A Coroa
de Espinhos

Hank Luce

A Coroa de Espinhos

A MAIS PODEROSA DAS RELÍQUIAS SAGRADAS

Uma corrida contra o tempo para evitar que ela caia nas mãos das Forças do Mal

Tradução:
JACQUELINE VALPASSOS

JANGADA

Título do original: *Crown of Thorns*.

Copyright © 2011 Hank Luce.

Copyright da edição brasileira © 2012 Editora Pensamento-Cultrix Ltda.

Texto de acordo com as novas regras ortográficas da língua portuguesa.

1ª edição 2012.

1ª reimpressão 2012.

Todos os direitos reservados. Nenhuma parte desta obra pode ser reproduzida ou usada de qualquer forma ou por qualquer meio, eletrônico ou mecânico, inclusive fotocópias, gravações ou sistema de armazenamento em banco de dados, sem permissão por escrito, exceto nos casos de trechos curtos citados em resenhas críticas ou artigos de revistas.

A Editora Jangada não se responsabiliza por eventuais mudanças ocorridas nos endereços convencionais ou eletrônicos citados neste livro.

Esta é uma obra de ficção. Todos os personagens, organizações e acontecimentos retratados neste romance são também produtos da imaginação do autor e são usados de modo fictício.

Coordenação editorial: Denise de C. Rocha Delela e Roseli de S. Ferraz
Preparação de originais: Marta Almeida de Sá
Revisão: Maria Aparecida Andrade Salmeron
Diagramação: Fama Editoração Eletrônica

Dados Internacionais de Catalogação na Publicação (CIP)
(Câmara Brasileira do Livro, SP, Brasil)

Luce, Hank
 A coroa de espinhos / Hank Luce ; tradução Jacqueline Valpassos. — São Paulo : Jangada, 2012.

 Título original: Crown of Thorns.
 ISBN 978-85-64850-11-8

 1. Ficção norte-americana I. Título.

12-04957 CDD-813

Índices para catálogo sistemático:
1. Ficção : Literatura norte-americana 813

Jangada é um selo editorial da Pensamento-Cultrix Ltda.

Direitos de tradução para a língua portuguesa
adquiridos com exclusividade pela
EDITORA PENSAMENTO-CULTRIX LTDA.
Rua Dr. Mário Vicente, 368 — 04270-000 — São Paulo, SP
Fone: (11) 2066-9000 — Fax: (11) 2066-9008
E-mail: atendimento@editorajangada.com.br
http://www.editorajangada.com.br
que se reserva a propriedade literária desta tradução.
Foi feito o depósito legal.

Para Paul e Stephen, que inspiram minhas histórias,
e sempre, sempre para Karen, que inspira minha vida

Prólogo

Villa Orsini, Veneza, Itália, 1238

Os gritos e gemidos tornavam-se mais altos, mais angustiados e mais reconhecíveis como humanos à medida que Frei Tiago aproximava-se da capela. Só a hora avançada e a espessura das paredes impediam que os terríveis sons fossem ouvidos pelo resto da casa. O reflexo da luz da vela nas paredes úmidas do corredor produzia sombras trêmulas que simulavam a escuridão do medo crescente de Frei Tiago e sua coragem vacilante.

Certamente — tentou tranquilizar-se —, certamente preservar do abuso de poder e de meros interesses temporais a relíquia mais sagrada em toda a cristandade valia qualquer sacrifício. Não era isso o que o Inquisidor havia afirmado com tanto esmero e ênfase? No entanto, justamente o que esse sacrifício implicava e quem estava fadado a fazê-lo não fora dito.

O que Frei Tiago não sabia era que o roubo de uma relíquia sagrada, a traição de um rei e a quebra de votos solenes eram o que menos importava.

Intensificando a maneira já desesperada como apertava o saco de algodão grosseiro em que trazia a falsificação cuidadosamente elaborada, que viera da longínqua Terra Santa, ele prosseguiu, rezando silenciosamente para o Salvador por força — e perdão.

Chegou à porta da capela, rezou novamente, empurrou a porta e engasgou; a bile subiu-lhe à garganta. A cena que o confrontou só poderia ser igualada a algum canto escuro do inferno. Deitado no chão, em meio a uma poça do próprio sangue, jazia o conde Vittorio Orsini, contorcido e convulso. Suas roupas haviam sido arrancadas do corpo e esse — especialmente o rosto, a cabeça e o tórax — parecia... dilacerado! Estava quase irreconhecível. Pedaços de carne descolada dependuravam-se do que antes havia sido o rosto do conde, revelando os ossos por baixo, como se ele fosse uma maquete de anatomia. Outros fragmentos de carne sanguinolenta pendiam de suas vestes. Seu peito, na região do coração, parecia ter sido escavado, como se o nobre houvesse tentado tirar algo dali. A dor que devia ter sentido era inimaginável.

No chão, junto ao corpo, a relíquia sagrada.

Lutando contra o medo e a repulsa, Frei Tiago entrou na capela e retirou a falsa relíquia do saco. Sobre o altar, acima do corpo destruído do conde Orsini, havia uma caixa de madeira polida à perfeição, belamente entalhada, ornamentada com ouro. Ele colocou a relíquia falsa na caixa e fechou-a. Benzendo-se e rezando novamente por perdão, pegou a relíquia genuína e colocou-a no saco. Então, pulando cautelosamente o corpo agora sem vida do conde Orsini, Frei Tiago desapareceu na noite.

Capítulo 1

Hopkinton, New Hampshire

A irmã Anne Marie Reilly, 35 anos, foi sepultada no Cemitério Portal do Paraíso, numa esplendorosa manhã no final de julho, um dia em que a terra, o sol e o céu combinaram sua transcendente beleza para prestar homenagem a uma vida — ainda que breve — bem vivida.

Mais de cem pessoas passaram por seu caixão de madeira simples, cada uma fazendo uma pausa para depositar uma única rosa vermelha sobre a tampa e lembrar-se com carinho da irmã Anne Marie à sua própria maneira. Primeiro, foram os pais dela, Desmond e Eileen Reilly, que ainda lutavam para acreditar que a morte de Annie, vítima de um câncer, de alguma forma era parte do plano divino. Depois deles, os três irmãos mais velhos da falecida. Teddy, o primogênito, era analista financeiro em Boston. Ele estava acompanhado de sua esposa, Celeste, que apreciava Annie como pessoa, mas simplesmente não conseguia entender a ideia de uma vocação religiosa que exigia o voto de castidade e, pior de tudo, o de pobreza. Teddy e Celeste não tinham filhos.

Em seguida, o irmão de Annie, Mike, chefe de polícia em Hopkinton, sua esposa ítalo-americana, Angelina, e seus três filhos — a bela Victoria, 12 anos, com seus lindos olhos escuros; Giancarlo, 10 anos, de tez clara e aparência aristocrática; e o esperto e indisciplinado Antonio, de 7 anos. Eles eram os favoritos da tia Annie, e o sentimento era recíproco — uma ligação estreita. Aquela era a primeira experiência de morte para eles.

O último familiar era Timmy, outro irmão de Annie — o padre Tim —, da Paróquia de Santa Clara, nas proximidades de Henniker. O padre Tim havia oficiado a missa do funeral e ministrara a extrema-unção à Annie. Em seguida, as freiras dominicanas companheiras de Annie, que se lembravam de sua piedade, de sua bondade e de seu temperamento alegre. Seus alunos na Universidade de Monte São Domingos lembravam-se dela como uma professora que os estimulava e os incentivava, e como uma catedrática brilhante. Por último, passaram diversos cidadãos e os habitantes de Hopkinton e Henniker e da vizinha Concord, cujas vidas Annie de alguma forma havia tocado e iluminado. Todos se lembravam de sua beleza e graça, seu senso quase pueril de admiração e deleite em relação ao universo de Deus.

Nick Renna — que estava sozinho, afastado dos demais presentes — se lembrava da sensação de tê-la nua em seus braços. De seus sabores e suas fragrâncias, canela e limão, e da calidez dourada de seu amor. E de como, enquanto estava com ela, se sentia uma pessoa melhor e o próprio mundo parecia um lugar melhor.

Acima de tudo, lembrava-se do dia — quinze anos antes — em que ela partiu seu coração.

Encontravam-se na sala de estar da casa da família Reilly. Nick estava lá em seu uniforme do exército, recém-chegado da Operação Tempestade no Deserto, ferido de uma maneira que nunca poderia ter imaginado.

— *Convento!* Você está entrando para um maldito *convento*? Pelo amor de Deus, Annie, o que você está dizendo? E quanto a mim? E todas as coisas sobre as quais falamos? Você sabe, coisas como casamento e filhos e ficarmos juntos para sempre? Eu amo você. Pensei que você me amasse. Que inferno, eu *sei* que você me ama. Como pode fazer isso comigo?

Annie respondeu:

— Eu amo você, Nicky. Sempre amarei você. É só... Só que eu acredito de coração que é isso que eu devo fazer... o que eu *quero* fazer da minha vida. Nicky, por favor, por favor, tente entender.

Ele não tinha entendido na ocasião, na sala de estar, e não entendia agora, em seu túmulo.

Eles se viram algumas vezes ao longo dos anos, principalmente em atividades acadêmicas, já que ambos tinham se tornado professores de História — irmã Anne Marie na Universidade de Monte São Domingos, e Nick na Faculdade Henniker. Nas vezes em que se encontraram profissionalmente, o contato entre os dois havia sido breve, educado e angustiante para ambos.

Quatro dias antes de sua morte, convocado pela madre superiora de Annie e informado da gravidade de sua condição, Nick foi visitá-la no Hospital Memorial de Concord. Ele havia parado na porta do quarto semiparticular no andar da Oncologia, chocado e estarrecido com o estado dela. Adormecida e inconsciente de sua presença, estava muito pálida, com uma aparência bastante frágil, devastada tanto pelo câncer que devorava suas células de forma virulenta e feroz, quanto pela quimioterapia que não conseguia detê-lo. Estava magérrima e totalmente sem cabelos, tanto na cabeça como nas sobrancelhas e nos cílios. Encontrava-se assustadoramente frágil. E, mesmo assim, de algum modo, a despeito de tudo, estava linda.

Sentiu uma pontada no coração e silenciosamente xingou e amaldiçoou o Deus supostamente amoroso, que ela tanto adorava, por ter feito aquilo com ela.

Então, Annie despertou. Seus olhos azuis ainda brilhantes se arregalaram assim que o viu, e ela sorriu.

— Nicky! Eu sabia que você viria!

Ele caminhou até a cabeceira da cama e segurou a sua mão.

— Annie... Oh, meu Deus, Annie... — Incapaz de se conter, chorou amargamente. Foi ela quem o confortou.

Tocando seu rosto carinhosamente, ela disse:

— Não chore por mim, Nicky. Eu não estou triste, não tenho medo, não estou com dor.

Ele olhou em seus olhos e viu que era verdade. Ela sorriu e disse:

— Na verdade, estou é um tanto curiosa, Nicky. Nós até já conversamos sobre isso. Lembra o que diz São Paulo? "Nem olhos viram, nem ouvidos ouviram, nem jamais penetrou em coração humano o que Deus tem preparado para aqueles que O amam." Em breve, eu saberei, conhecerei tais coisas! Não é maravilhoso?

Não havia sinal algum de assombro nele, apenas raiva e desespero. Ela percebeu isso e de uma forma ao mesmo tempo brincalhona e profunda disse:

— Nicky, quando eu estiver no céu, você vai ter uma amiga influente nas altas esferas. Uma amiga que vai te amar para sempre e sempre velará por você.

Ele não acreditava, mas se isso a consolava, ele aceitaria.

Falaram depois do passado, dos anos em que estiveram juntos. Nick ficou ali por várias horas e, durante esse tempo, Annie cochilou de maneira intermitente. Ele permaneceu ao lado dela, segurando sua mão, acariciando seu rosto. Ao cair da noite, ela despertou com um sobressalto de seu sono entrecortado e envolveu sua mão num aperto surpreendentemente vigoroso. Olhou para ele com uma grande intensidade e proferiu seu enigmático último desejo.

— Nicky, você precisa fazer uma coisa por mim. Prometa, prometa que vai fazer!

— Eu prometo.

— Minha pesquisa, minha busca. Você tem de terminar a pesquisa. Prometa-me, pelo amor que tem por mim.

— Prometo, pelo amor que tenho por você.

Ela estava enfraquecendo cada vez mais, visivelmente, e suas palavras se tornavam mais difíceis de compreender. Mesmo assim, ela se esforçava.

— Uma coisa... muito, muito importante... — e, então, ela revelou o que era, mas ele não tinha certeza de que a ouvira corretamente. O que ela disse ou foi "Você deve tomar cuidado com a Coroa de Espinhos" ou "Você deve colocar a Coroa de Espinhos".

Sem ao menos imaginar o que ela quis dizer ou que diferença isso fazia, ele concordou. Nick beijou sua testa suavemente, e, sorrindo, ela dormiu. Ele foi para casa, planejando voltar ao hospital no dia seguinte.

Às 6 horas da manhã seguinte, Nick recebeu um telefonema da irmã Kathryn Lombardy, presidente da Universidade de Monte São Domingos e madre superiora de Annie. Ela explicou que, depois de receber a extrema-unção e a santa comunhão do padre Tim, Annie havia morrido serenamente durante a noite.

Agora, parado ali nas sombras perto do túmulo, o coração amargurado com a perda e com os sonhos não realizados, Nick olhou para o alto, para o lugar em que acreditava, quando criança, que Deus devia habitar — um Deus que a roubara uma vez e agora a estava roubando de novo. "Vá se ferrar", disse ele. E então se virou e foi embora.

— Professor Renna, um momento, por favor.

Surpreso ao ouvir ser chamado por seu título acadêmico, Nick se virou e viu uma mulher de meia-idade alta e atraente caminhando em sua direção. Ela vestia um conservador, porém elegante, *tailleur* azul-marinho e uma blusa branca engomada. Não usava maquiagem, e seu único adorno era um crucifixo de prata que trazia sobre o peito, pendendo de uma corrente do mesmo material. Carregava uma maleta de couro marrom surrada, cujas costuras pareciam prestes a romper.

Ela disse a Nick:

— Peço desculpas por termos de nos encontrar dessa maneira, professor Renna. Sou a irmã Kathryn. Fui eu quem telefonou para o senhor. Estou ciente, é claro, de sua reputação acadêmica, mas também tenho consciência da enorme consideração que a irmã Anne Marie tinha pelo senhor. Meus pêsames.

Nick não estava com disposição para formalismos fúteis, sobretudo de um membro do clero.

— Não se preocupe, irmã. É óbvio que a irmã Anne Marie não se importava comigo o suficiente para passar a vida ao meu lado. Agora, se me der licença, eu tenho de ir. — Ele se virou para sair, mas a frieza na voz da freira o deteve.

— E, pelo visto, você não se importa o suficiente com ela para honrar uma promessa feita em seu leito de morte.

Enfurecido, ele disse:

— Quem diabos você pensa que é? Esse crucifixo que ostenta não me diz coisa alguma. Nada! E o que você tem a ver com qualquer promessa que fiz ou deixei de fazer?

Irmã Kathryn não se abalou; simplesmente ergueu a maleta.

— Aqui está a pesquisa da irmã Anne Marie. Ela me disse que era para entregá-la a você, que havia prometido continuá-la. Bem, eu não estou completamente familiarizada com o trabalho dela, mas o que a irmã chegou a me explicar é bastante notável, possivelmente de enorme importância. Em todo caso, ele agora pertence a você. Se eu puder ajudar de alguma maneira... eu o farei pela irmã Anne Marie. É só me ligar.

Então, ela disse:

— Professor Renna, estas circunstâncias não são fáceis para qualquer um de nós. Mas devo acrescentar uma observação pessoal. Deus com certeza o ama, e, por razões que eu desconheço, a irmã Anne Marie também o amava. Mas, francamente, pelo que pude ver de você, não estou impressionada. Agora, você pode levá-la ou deixá-la, mas esta pesquisa é sua. O que fará com ela é problema seu e de sua consciência, supondo que você ainda tenha uma. — Ela deixou cair a maleta aos pés dele e, sem voltar a lhe dirigir o olhar, foi embora.

Com o rosto vermelho, o ego ferido e sentindo-se de fato o completo cretino que acabara de parecer, Nick Renna recolheu a maleta e foi para casa.

Montreal, Canadá

Raymond Pelletier sentou-se na luxuosa sala de conferências da sede mundial da Fundação do Calvário e dirigiu suas observações ao viva-voz diante dele.

— Que bom ter notícias suas, senhor! Estou aqui com a senhora Levesque e Gregory. As informações do nosso contato no Hospital Memorial de Concord foram confirmadas, senhor. A irmã Anne Marie Reilly faleceu há quatro dias. Câncer. Foi enterrada ontem.

A voz ao telefone respondeu:

— Isso é lamentável. Sobretudo, inconveniente. E quanto à pesquisa que ela fazia?

Pelletier fez um sinal para a senhora Levesque, que abriu uma pasta de documentos diante dela e respondeu:

— Senhor, soubemos que a pesquisa da freira foi assumida por um tal de professor Nicholas Renna, da Faculdade Henniker, a pedido dela. Ele também é historiador e tem uma excelente reputação, embora não seja um medievalista. Evidentemente, ele é uma espécie de amigo de confiança da família. Não sabemos ainda quais são suas intenções em relação ao assunto, mas ele não demonstra ter o menor interesse por qualquer coisa que diga respeito a religião ou a práticas religiosas. Em razão disso, não há como estimar o grau de dedicação com que ele vai continuar a pesquisa, supondo que ele aceite nossa oferta.

A voz ao telefone soou áspera.

— Quero deixar bem claro a todos vocês: Sua Eminência e eu achamos que é *imperativo* que a pesquisa tenha prosseguimento e seja bem-sucedida. A oportunidade, se for real, expande a nossa causa de forma exponencial. Pelletier, preciso que você descubra tudo o que puder sobre esse professor Renna. Ele é capaz? Tem algum interesse pessoal na matéria? E, o mais importante, quero saber como controlá-lo. Pelletier?

— Sim, senhor?

— Eu quero que você lide com isso pessoalmente. Faça o que for preciso, mas dê conta do serviço.

— Pois não, senhor.

A voz ao telefone continuou:

— Agora, sobre o escritor suíço com quem a freira estava em contato, esse tal de Vogel, você acha que ele poderá ser um problema?

Pelletier respondeu:

— Vogel sem dúvida possui credenciais acadêmicas, ainda que fature milhões comprometendo-as. É improvável que seu trabalho atual atinja nossa área de interesse, embora não haja como dizer ao certo aonde seu comportamento pode levá-lo. Os americanos têm uma expressão para isso, senhor. Chamam de "mijar no vento".

— Uma expressão vulgar, senhor Pelletier, como os próprios americanos, embora a metáfora seja engenhosa. Em todo caso, uma vez que não sabemos o que ou quanto a freira compartilhou com ele, vamos optar pela prudência. No momento em que parecer que ele está se tornando um problema, dê um jeito nele. Gregory cuidará disso.

Ouvindo isso, Gregory sorriu:

— Estarei pronto, senhor.

— Na verdade, você sempre está, Gregory. Agora... Irei amanhã a Roma, para me encontrar com Sua Eminência. Nossa hora não tarda. Ainda que o pontífice seja idoso e não consiga levar as coisas por muito tempo, sou da opinião de que é do nosso interesse *avançar* a questão, especialmente agora. Essa brilhante inspiração da freira falecida, se for verdade e se pudermos colocá-la nas mãos de Sua Eminência, não só irá alterar a orientação de toda a Igreja, mas também colocará Sua Eminência no Trono de São Pedro. Não há lugar para fracasso ou fraqueza. Você tem de fazer isso acontecer. Sua Eminência, Deus e eu estaremos assistindo.

~

Nick Renna se apaixonou por Annie Reilly no primeiro dia de aula na sétima série. Ela era uma das meninas novatas na escola Saint Elizabeth Ann Seton e estava sentada bem na frente dele. Nick ficou olhando para a nuca dela, encantado. Nunca tinha visto cabelos que fossem verdadeiramente da cor dos raios de sol.

De repente, logo antes de a aula começar, ela se virou para encará-lo, e Nick se viu olhando para os olhos mais azuis que já tinha visto. Ela lhe deu um enorme sorriso, estendeu a mão e se apresentou.

— Oi! Sou Annie Reilly. Você não é o tipo de garoto que enfia as marias-chiquinhas das meninas nos tinteiros, é? Você parece inteligente demais para fazer esse tipo de coisa.

As escolas em New Hampshire já não usavam tinteiros havia 75 anos, e Annie Reilly não usava maria-chiquinha. Pouco importava. Nick se sentiu imediatamente atraído por ela e a recíproca foi verdadeira, embora tenham se passado alguns anos até que ambos admitissem isso um para o outro. A partir de então, tornaram-se inseparáveis — Reilly e Renna, Renna e Reilly, melhores amigos, camaradas, confidentes, a diferença dos sexos esquecida. Iam a toda parte juntos. Mas também eram muito diferentes.

A loura Annie, de olhos azuis, era generosa, sociável e invariavelmente alegre. Podia iluminar toda uma sala só de ficar parada na porta. Tanto na aparência como no temperamento, Nick era mais moreno — cabelos escuros, cílios escuros e olhos que uma vez foram descritos por Annie como sendo da cor do musgo que às vezes recobre as árvores. Ele também era reticente, um pouco distante e dado a ocasionais explosões temperamentais. Ambos eram excelentes alunos, que levavam os estudos a sério. Eram competitivos, aplicados e realmente apreciavam desafios intelectuais. Também eram atletas talentosos.

As diferenças entre Nick e Annie não eram apenas de temperamento: suas vidas familiares eram igualmente díspares. Nick, filho único. Seu pai era um cardiologista influente; sua mãe, editora de uma revista regional, *New Hampshire Country Living*. Tanto os avós paternos quanto os maternos de Nick haviam emigrado da Itália; entretanto, ainda que seus pais falassem e entendessem o idioma italiano, assim como Nick, não mostraram muito interesse em manter vivas sua herança cultural ou suas tradições. Nick sempre considerou isso um desperdício.

Os Renna levavam uma vida muito confortável. Jantavam fora com frequência em seu clube de campo, onde o dr. Renna jogava golfe e cartas e bebericava um legítimo uísque escocês. A senhora Renna era membro de um grupo de mulheres que jogavam golfe de nove buracos e era secretária do comitê social. Eles esquiavam no inverno e tinham uma cabana na região dos lagos perto de New Hampshire. A família não era muito religiosa, e eles assistiam à missa juntos apenas no Natal e na Páscoa. Apesar disso, insistiram para que Nick frequentasse escolas católicas — pelo menos até se formar no ensino médio. Então, como era de esperar, entraria para a *alma mater* de seu pai, o Dartmouth College. Os integrantes da família Renna se davam bem, mas não eram particularmente próximos e, com certeza, nada calorosos.

Os Reilly, por outro lado, eram barulhentos, brigões, expansivos, leais e amorosos ao extremo. Desmond Reilly, pai de Annie, era um irlandês orgulhoso que tocava um negócio próprio de climatização e aquecimento, modestamente bem-sucedido. Todas as noites, ao voltar do trabalho, parava na Taverna Merrigan, onde desfrutava de uma caneca de cerveja e de uma dose do uísque irlandês, antes de ir para casa jantar.

Eileen Reilly era uma esposa carinhosa, mãe coruja e uma enérgica e mais do que eficiente dona de casa, que enfrentava a dura rotina cantando e assobiando o dia inteiro. Sua voz era assombrosa e encantadora, com o sotaque de sua cidade natal ainda muito evidente.

A senhora Reilly também era uma mulher excepcionalmente devota, que ia fielmente à missa todos os domingos; ela também assistia à missa em todo dia santo como se fosse uma norma, a cada primeira sexta-feira e no dia da festa dos santos pelos quais tinha um carinho especial ou daqueles a quem recorria nas necessidades. Costumava arrastar alegremente com ela quem quer que atravessasse seu caminho. Apesar de que com seu marido e os filhos Michael e Ted isso acontecesse na base do "agarre-me se puder", Annie e Tim de alguma maneira sempre estavam disponíveis para acompanhá-la. Na verdade, os dois ansiavam por fazê-lo.

Foi durante a primavera do último ano no colégio que o relacionamento de Nick e Annie mudou — ou, mais precisamente, tornou-se realidade. Embora cada um deles tivesse se encontrado com uma série de outras pessoas, nenhum dos dois havia experimentado o primeiro grande amor — ou mesmo uma paixonite significativa. Na verdade, até conversavam sobre isso, pois eram bastante abertos e francos um com o outro, como melhores amigos são normalmente. Concordavam que, ao contrário de muitos de seus amigos, eles não estavam com grande pressa de encontrar alguém e que quando isso acontecesse... tudo bem. Eles não faziam ideia — pelo menos Nick nem imaginava — que isso já tinha acontecido havia muito tempo e logo se tornaria realidade de uma forma maravilhosa.

Num domingo de maio do último ano no colégio, Nick e Annie assistiram à missa das nove e, como de costume, tomaram café da manhã no restaurante Hopkinton. Eles se sentaram à sua mesa habitual e Lily, a garçonete que sempre os atendia, trouxe os menus.

Lily piscou para Annie e perguntou:

— Então, o que vai ser hoje, crianças?

Isso também nunca mudava. Nick franzia a testa, murmurava e parecia estar em dúvidas cruéis debruçado sobre o cardápio e, então, sempre acabava pedindo um bolinho inglês, uma porção de lombo canadense e café. Annie balançava a cabeça e dizia:

— Hum... escolha interessante, Nicky — e depois disso ela pedia o "Lenhador Especial" ou algum outro desjejum gigantesco que poderia alimentar uma família de quatro pessoas.

Enquanto esperavam seus pedidos, Annie disse:

— Adoro ir à missa, sempre se pode aprender algo novo ou ver algo bonito.

Nick, que geralmente ficava entediado durante a missa e mantinha-se atento apenas para evitar ser repreendido por Annie, não conseguiu ficar calado e disse:

— Como assim algo novo, Annie? É praticamente a mesma coisa *sempre*. As leituras são sempre das mesmas antigas fontes, e eles nunca as mudam, exceto de acordo com o calendário litúrgico. Talvez... *Talvez...* os sermões fossem diferentes se o padre realmente escrevesse um, em vez de escolher o caminho mais fácil e retirá-lo de alguma coleção de modelos de homilias. Mas nenhuma outra coisa é diferente. Então, o que você vê que parece tão interessante?

Annie amassou um guardanapo de papel e o atirou nele.

— Você só está se fazendo de difícil. Sabe o que eu quero dizer.

— Não sei, Annie, de verdade. Me dê um exemplo. O que houve de bonito nesta semana?

Annie pensou por um momento e, então, disse:

— O motoqueiro e sua filhinha.

Nick riu alto.

— O *motoqueiro* era *bonito*? Pelo amor de Deus, Annie, o cara parecia um estúdio de tatuagem ambulante. Provavelmente, levava um canivete na bota e um soco-inglês no bolso.

— Não estou me referindo à aparência dele, seu tonto. Foi o que ele fez. Você sempre perde essas coisas. Às vezes, isso realmente me preocupa.

Nick olhou para ela sem expressão.

— O quê? O que ele fez?

Annie, então, relatou o quanto lhe pareceu despropositada a cena de um motoqueiro entrando numa igreja com uma criança no colo.

— Lá estava ele, aquele cara barbudo, fortão, tatuado, de aparência ameaçadora, vestindo uma calça jeans suja, um casaco de couro e uma bandana vermelha, e segurando nos braços aquela doce menininha de 2 anos de idade. Mas o mais bonito, Nicky, o mais bonito foi o que ele fez. Justamente quando eu estava me perguntando que tipo de pai um cara durão daqueles poderia ser para uma menininha, eu o vi se ajoelhar rapidamente e depois se dirigir até a fonte de água benta. Ele molhou o dedo na água e muito delicadamente fez o sinal da cruz na testa da menina. Então, ele a beijou. E ela o olhou radiante, como se ele fosse a pessoa mais maravilhosa e bela do mundo. Ele molhou o dedo novamente, fez o sinal da cruz sobre a própria testa e procurou um assento na frente, onde o bebê poderia ver e ouvir melhor. Foi maravilhoso! Foi Deus nos dizendo que se pode encontrar grande beleza nos lugares mais improváveis, e Deus *me* dizendo para não fazer julgamentos prematuros. Você não vê isso?

Nick não viu. Quer dizer... aquilo fez um pouco de sentido, depois que Annie explicou. Mas ele nunca teria chegado a tal conclusão por si só. E isso talvez tenha sido algum tipo de julgamento sobre ele. A comida chegou e Nick aproveitou a oportunidade para deixar passar o momento de constrangimento.

Numa tentativa de mudar de assunto, Nick perguntou:

— Então, com quem você vai ao baile de formatura?

— Talvez eu não vá — respondeu Annie, atacando ferozmente seus ovos mexidos, as batatas coradas, as panquecas e o presunto defumado.

Nick ficou espantado. Simplesmente não era possível.

— Como assim "Talvez eu não vá"? Você é a Senhorita Popularidade, a Rainha do Colegial! Pelo amor de Deus, Annie, não será um baile sem você. Você *tem* de ir.

Então, um pensamento horrível o atingiu. Era impossível de se imaginar.

— Vai me dizer que *ninguém te convidou*? Isso é loucura!

Claro que seria. Mas também não corresponderia à verdade. Na realidade, Annie havia recebido — e recusado — um número considerável de convites. Ela evitou uma mentira direta, porém, respondendo:

— Você não me imagina correndo para comprar um vestido, não é?

Caramba, Nick pensou. *Ela deve estar tão decepcionada... Seus sentimentos devem estar tão feridos...* Era algo fora do comum: *Annie Reilly não ir ao baile de formatura?* Ele não podia deixar que isso acontecesse.

— Olha — ele disse, sem pensar duas vezes —, eu não estava muito interessado em ir. Mas você... Por que você não vai comigo? Quero dizer... Você sabe... nós poderíamos ir juntos. Nada sério. A gente apenas iria se divertir. Você e eu. O que me diz?

— Sim — respondeu ela. Esse tinha sido o seu plano o tempo todo.

O baile de formatura foi uma revelação. O senhor e a senhora Reilly pareciam encantados com o fato de Nick acompanhar Annie ao baile, e gastaram rolos e mais rolos de filme.

O senhor Reilly disse:

— Nicky, meu rapaz, devo admitir que você está danado de bonito. Eu quase não o reconheci nesses trajes. Não sei se te peço o cardápio ou o convido para dançar. Agora, vá para lá e coloque o braço em torno de

— 21 —

Annie. Não muito apertado, filho, ela não vai fugir. Ok, todos sorrindo! Muito bom. Agora, Eileen, você fica entre Nick e Annie, assim! Sorriam!

Annie estava estonteante. Usava o cabelo da maneira habitual, como se fosse ouro líquido emoldurando seu rosto. Mas ela havia adicionado toques de maquiagem ao redor dos olhos e até mesmo um pouco de brilho labial. Seu perfume era o de sempre, mas, de algum modo, mais inebriante. O vestido era um tomara que caia cor de vinho que revelava sua silhueta esbelta de uma forma que Nick jamais tinha visto ou imaginado. Ele não conseguia parar de olhar para ela.

O senhor Reilly deu um tapinha no ombro dele e sussurrou:

— Meu rapaz, é melhor tirar os olhos de cima dela e prestar atenção no volante, ou vão bater com o carro. Agora, vão, vocês dois. Divirtam-se! Deus os abençoe!

Eles dançaram, circularam por entre as mesas falando com todo mundo e riram com seus amigos. A banda era excelente, e até mesmo a comida estava gostosa. Sobretudo, porém, Nick não queria deixar a pista de dança, especialmente enquanto tocavam as músicas lentas: era tão boa a sensação de segurar Annie nos braços, de ter seu corpo colado ao dele. Ele tinha certeza de que ela sentia o mesmo também. Quando Annie segurava sua mão debaixo da mesa, era quase tão bom quanto.

A noite foi mágica, mas Annie tinha ainda mais surpresas guardadas para ele. Era tradição na escola Saint Elizabeth Ann Seton que os formandos esticassem depois do baile e, depois de um café da manhã no restaurante, trocassem de roupa e fossem para Hampton Beach, a pequena linha costeira de New Hampshire, de cara para o Atlântico. Annie, no entanto, tinha outras ideias:

— Vamos começar nossa própria tradição. Em vez disso, que tal arrumarmos algumas coisas para um piquenique e irmos até o lago?

O lago era o Sunapee, quarenta quilômetros a noroeste de Hopkinton, onde a família de Nick tinha uma cabana de férias. Nick, que nunca tinha sido o cara mais sociável da escola, concordou que era uma ideia maravilhosa.

Nick pegou Annie às 6 horas daquela manhã linda e ensolarada. Pararam ao longo do caminho em uma *delicatessen* e compraram café e *croissants* para comerem no carro, e também sanduíches quentes de carne desfiada, salada de macarrão, picles, batata frita extracrocante e chá gelado. Eles também levaram meio litro de sorvete para acompanhar os *brownies* que a senhora Reilly havia feito para eles na noite anterior.

Annie disse:

— Vai ser um verdadeiro banquete, Nicky. E eu sou a garota certa para fazer justiça a ele.

— Não tenho dúvida, Annie — respondeu ele.

A cabana da família Renna ficava fora de uma estrada de terra ao longo de um trecho menos desenvolvido do lago. Localizava-se em uma pequena enseada intocada e particular, cercada por pinheiros e rochas. A cabana tinha dois quartos no primeiro andar, uma cozinha, uma saleta para refeições leves e uma pequena lavanderia, com máquinas de lavar e secar roupas. Havia também uma sala de estar de tamanho modesto com lareira de pedra. Uma escada de madeira levava a uma espécie de sótão transformado num quarto de dormir acolhedor, que tinha uma grande janela de sacada que dava para uma vista maravilhosa do lago. A sala de estar abria-se para uma varanda telada. Lá fora, um grande deque, com escadas que iam dar num caminho tortuoso e coberto de musgo, que levava a um pequeno cais e ao próprio lago.

— Este lugar é maravilhoso — disse Annie.

— Vou morar aqui um dia — disse Nick, muito sério.

— Quer uma colega de quarto? — ela perguntou, sorrindo. Nick corou.

Enquanto Annie colocava a comida na geladeira, ela gritou:

— Ei, Nicky, tem uma garrafa de champanhe aqui.

— Deve ter sobrado do fim de semana do feriado — disse Nick. — Nós podemos tomar no almoço.

Annie riu.

— Sanduíches de carne, *brownies* e champanhe! Você realmente sabe como conquistar o coração de uma garota.

Eles vestiram seus trajes de banho e, apesar da água gelada de junho, foram nadar. Depois, pescaram na doca por um tempo, pegando e soltando principalmente percas — algumas percas-sol de guelras azuis e uma minúscula perca-americana de boca pequena. Annie não se importava de colocar as minhocas nos anzóis, mas ficava aflita na hora de retirar os peixes do gancho.

— Tem certeza de que eles não sentem dor? Jura que eles vão ficar bem?

— Sim, tenho certeza e, sim, juro. Podemos voltar depois, no verão, e pegar novamente o mesmo peixe. Eles nem sequer vão ficar magoados com a gente por isso.

Pegaram a canoa e remaram por lá durante mais de uma hora. Annie remava energicamente na proa, enquanto Nick se sentou na popa, ocasionalmente conduzindo, mas, principalmente, maravilhando-se com a flexão graciosa dos músculos das costas e dos ombros de Annie. De repente, o céu começou a escurecer e nuvens carregadas se formaram sobre a extremidade sul do lago.

— Uau — disse Nick —, olhe só aquelas nuvens. É melhor voltarmos.

Estavam a cerca de cinquenta metros do cais quando grossas gotas começaram a atingi-los, seguidas por uma forte trovoada. Depois, todo o céu pareceu se abrir e a chuva jorrou sobre eles torrencialmente. Rindo e gritando, eles puxaram a canoa da água e correram de volta para a cabana, completamente encharcados.

Nick disse a Annie:

— Você pode se secar no quarto de hóspedes. Me traga seu biquíni para eu colocar na secadora junto com o meu calção, para não termos de vesti-los molhados quando a chuva parar. Não deve chover forte assim por muito tempo.

Nick foi até o outro quarto, tirou o traje de banho e enrolou uma toalha na cintura. Quando voltou para a lavanderia, Annie já estava lá — com o biquíni na mão e uma toalha enrolada em volta dela. Aquelas duas peças certamente eram muito reveladoras, mas, parada ali, apenas com a toalha sobre ela e nada por baixo, os cabelos ainda úmidos e os olhos brilhando com um fulgor que jamais vira antes, ocorreu a Nick que ele nunca tinha visto nada tão belo. Ele sentiu o mundo girar, e o lugar parecia não ter ar suficiente.

Ele pegou o biquíni de Annie e o jogou na secadora junto com o seu calção.

— Então — disse ele, sua própria voz lhe soando estranha —, o que você quer fazer? Está com fome? Acha que devemos, sabe... pegar os sanduíches e abrir o champanhe, ou outra coisa?

Annie olhou-o nos olhos e disse:

— Ou outra coisa.

Não havia como interpretar errado o que ela disse.

— Oh, Annie, você tem certeza? Realmente tem certeza?

Ela o beijou levemente nos lábios.

— Sim, Nicky. Sim, sim.

Então, deixou cair a toalha e o beijou novamente. No sótão, o amor foi a princípio tímido e hesitante. Mas, à medida que foram se tocando e experimentando e falando sobre a maravilha do que estava acontecendo com eles, tornaram-se mais ávidos, mais exploratórios. E o mundo deles mudou para sempre.

Mais tarde, devoraram seus sanduíches e beberam champanhe em copos para água. Nick disse:

— Ei, Annie, estamos tendo um "Almoço nu".*

Annie fez uma pausa, seu sanduíche a meio caminho da boca.

— Nicky, você fez uma piada! E uma literária! Eu poderia apostar que o único Burroughs que você conhecia era o Edgar Rice. William S. não é exatamente o seu tipo de escritor. Caramba! Quando você se solta, é pra valer.

Ela riu alegremente, e Nick se perguntou quantas vezes na vida se pode experimentar um momento de tanta beleza. E ele sabia a resposta — todos os momentos que passasse com Annie.

---

* Trocadilho com o romance de William S. Burroughs, publicado em 1959. (N. da T.)

Nick estava com medo de uma coisa, no entanto. Sabendo como Annie era religiosa, se sentiu compelido a perguntar:

— Annie, como você está? Quero dizer... Como você se sente? Você se sente... sabe... culpada ou algo assim?

Annie deu uma mordida no sanduíche, que fez descer com um gole de champanhe, educadamente abafou um pequeno arroto e disse:

— Você está louco? Eu me sinto maravilhosa!

Seu rosto assumiu aquele ar de intensidade que ele conhecia tão bem, e depois, com aqueles olhos azuis voltados profundamente para os dele, ela disse:

— O amor não é errado, Nicky. É dom de Deus, uma dádiva a ser compartilhada. Quando se ama, é como levar uma parte de Deus no próprio coração. E, agora que penso nisso, tenho certeza de que Deus sempre quis que ficássemos juntos. Fomos feitos um para o outro.

Deixando-se levar por seu ceticismo inato, Nick brincou:

— Acho que Deus pode ter mais com que se preocupar do que com nós dois, Annie.

— Não seja bobo, Nicky. Pense nisso. Quero dizer o seguinte: por que eu fui colocada na classe da irmã Elizabeth Thomas naquele dia, na sétima série? E por que eu fui acabar sentando bem na sua frente?

— Foi o alfabeto, Annie. *Reilly*, depois *Renna*.

— Não, seu tonto. Eu poderia muito bem ter ficado na classe da irmã Mary James. Mas não, lá estava eu. Com você, entre todas as pessoas! Era para ser. Fomos feitos um para o outro. Eu sei disso! — E voltou a atacar o sanduíche alegremente.

Nick, percebendo que não havia como argumentar contra essa lógica, simplesmente disse:

— Bem, seja qual for o caso, foi a melhor coisa que já me aconteceu.

— Com certeza — respondeu ela. Depois, limpou a boca, sorriu para ele e disse:

— Então, está pronto para mais? Os *brownies* podem esperar. Vamos apostar corrida até o sótão — disse isso e saiu rindo em disparada até o outro lado da sala e subiu correndo a escada. Contemplando sua beleza inocente e ouvindo seu riso, Nick começou a pensar que talvez realmente houvesse um Deus, afinal de contas.

No sótão, ele a puxou para si e se acariciaram um pouco mais. Annie aconchegou-se a ele como um gato satisfeito. Ele quase podia ouvi-la ronronar.

Algum tempo depois, Annie, que parecia estar caindo no sono, de repente se sentou, pegou a mão dele e a colocou sobre o coração.

— Nicky — disse ela, com uma intensidade que o assustou —, eu estou tão feliz e amo tanto você... Mas quero que você saiba: se alguma coisa, qualquer coisa, algum dia nos separar, eu vou amar você, e só você, para sempre.

Ele a puxou de volta e disse:

— Amo você, Annie. E nada poderá nos separar, eu prometo.

E fizeram amor novamente.

Capítulo 2

Lago Sunapee, New Hampshire

Às 8 horas de uma ensolarada manhã de verão, a professora-assistente de psicologia Rachel Sternberg pairava naquela área nebulosa entre o sono e a vigília quando ouviu um carro estacionando em frente à cabana. Saiu da cama e, nua como estava, caminhou de mansinho até a janela, afastou a cortina e espiou lá fora. Uma Mercedes prateada último modelo encontrava-se parada na entrada da garagem com dois ocupantes do sexo masculino, que continuaram ali sentados, sem descer do carro.

— Que droga — murmurou ela, e voltou para a cama.

Deslizou para o outro lado da cama e comprimiu os seios fartos contra as costas de Nick Renna; então, correu a mão ao longo da coluna dele, pelas nádegas e entre as pernas. Agarrou-o gentilmente e disse:

— Acorde, Nick. Esperam por você.

Nick Renna gemeu e puxou o travesseiro sobre a cabeça.

— Pelo amor de Deus, Rachel. De novo? Você vai me matar.

— Acredito que não. Mas não sou eu quem quer você, pelo menos não ainda. São aqueles dois homens na entrada da garagem.

— O quê? Que merda...

Nick se enfiou numa calça jeans e cambaleou até a porta da frente, ainda se abotoando e puxando o zíper. Por cima do ombro, disse:

— É melhor você preparar um pouco de café, Rachel. Parece que já é hora de acordar.

Os dois homens saíram da Mercedes, enquanto Nick erguia a mão e gritava para eles:

— Esperem aí, caras. Não sei o que vocês querem, mas também não estou interessado. Então, por favor, caiam fora da minha garagem e vão procurar algum lugar para tomarem o café da manhã. Tem uma lanchonete lá no fim da estrada, a Spiro's. Digam ao Spiro que eu mandei vocês. E experimentem a omelete grega.

Ele se virou para voltar à cabana.

O homem que desceu do lado do passageiro falou primeiro. Tinha cerca de 50 anos, o cabelo grisalho revelava um corte caro, era bem apessoado e estava elegantemente vestido com um terno cinzento, camisa branca clássica e gravata marrom-avermelhada. Na lapela sobre o coração, usava uma cruz de ouro rodeada pelo que parecia ser uma coroa de espinhos.

— Ah, professor Renna! É claro que peguei o senhor em um momento inoportuno. Entretanto, deixe-me me apresentar, por favor. — Ele retirou um porta-cartões de prata esterlina do bolso, puxou um cartão de visita e entregou-o a Nick. — Sou Raymond Pelletier. Este é o meu sócio, Gregory.

Gregory saiu do carro, e Nick pôde perceber que estava tão bem vestido quanto Pelletier, mas era vinte anos mais jovem, tinha a cabeça raspada e a compleição de um dos parrudos zagueiros do futebol americano. Não ficou claro se Gregory era o seu nome ou sobrenome: o que ficou claro foi que ele irradiava uma antipatia imediata e intensa para com Nick.

Nick olhou para o cartão de visita em relevo, que trazia o logotipo da cruz e da coroa e dizia simplesmente "Fundação do Calvário. Raymond F. Pelletier, Ilmo. Sr. Diretor Financeiro".

— Senhor Pelletier, não tenho a mínima ideia do que você quer de mim e, francamente, seja o que for, não estou interessado. Então, faça-me a gentileza de me dar licença e cair fora da minha garagem, preciso terminar um serviço muito importante.

De repente, ouviu-se uma gargalhada vinda da cabana. Todos se viraram e viram Rachel de pé na janela, ainda nua, tentando se cobrir com a cortina.

Pelletier se limitou a erguer uma sobrancelha, divertido, mas o rosto de Gregory ficou vermelho, e ele rapidamente — quase violentamente — virou as costas para ela.

Pelletier disse:

— Sim, claro que odiaríamos mantê-lo afastado de algo tão importante. Talvez não se importe de se juntar a nós para uma bebida esta tarde...

Nick o interrompeu:

— Eu não tenho a menor intenção...

Foi a vez de Pelletier o interromper:

— A questão diz respeito à investigação da irmã Anne Marie Reilly sobre certa relíquia, possivelmente de valor inestimável, cuja recuperação pode ter implicações monumentais. Para ser mais específico, a Fundação do Calvário gostaria de discutir a sua disponibilidade para concluir a pesquisa. Com um salário generoso, é claro.

Nick foi pego de surpresa. Desde que havia recebido a maleta das mãos da irmã Kathryn, não tinha chegado a examinar seu conteúdo. Assim sendo, estava totalmente por fora tanto da importância da pesquisa como do interesse da tal fundação.

Percebendo a perplexidade estampada no rosto de Nick, Pelletier prosseguiu:

— Estamos hospedados na pousada Henniker Hill, perto da faculdade. Em minha opinião, eles têm um bar charmoso. Acredito que 17 horas seria um horário conveniente, não é, professor Renna?

Um Nick completamente desconcertado não fez mais do que balançar a cabeça concordando.

— Ótimo. Bem, então, Gregory, vamos deixar o professor com seu... serviço.

Voltaram a entrar na Mercedes e deixaram Nick ali parado na entrada da garagem se perguntando que diabos estava acontecendo.

Quando Nick entrou na cabana, Rachel lhe entregou uma xícara de café quente.

— O que foi aquilo?

Ela estava vestindo uma das camisetas de Nick, que lhe cobria apenas cerca da metade de suas nádegas bem torneadas. Rachel tinha 36 anos, 1,65 de altura, longos cabelos escuros, olhos castanhos e uma silhueta voluptuosa que chamava a atenção da maioria dos homens e também de algumas mulheres — que ela seduzia e curtia com igual entusiasmo.

Nick disse a ela:

— É algo chamado Fundação do Calvário. Já ouviu falar? — Nick lhe passou o cartão de visita.

— Cartão classudo. Mas não, não faço a menor ideia do que seja. Nick, dois caras estacionam na entrada da garagem logo de manhã cedinho, neste local fora de mão... Está claro que têm alguma coisa suspeita em mente. Perdoe a minha franqueza, mas que diabos está acontecendo aqui? E o que eles querem com você?

Nick tomou um gole de café e caminhou até um armário, de onde tirou uma garrafa de conhaque e despejou uma quantidade generosa em sua caneca.

— Tem a ver com uma pesquisa histórica que... que uma freira da Universidade de Monte São Domingos estava fazendo. A Fundação do Calvário a financiava. Ela morreu antes de a pesquisa ser concluída.

Rachel disse:

— Oh, certo. Eu vi algo sobre isso no jornal. Irmã Angela ou Agnes ou...

— Anne Marie. Irmã Anne Marie Reilly — Nick corrigiu-a.

— Tanto faz.

Nick tomou outro gole de seu café batizado com conhaque e olhou pela janela da cabana em direção ao lago.

— Evidentemente, a pesquisa dela é importante para eles. E eles estão doidos para que *eu* a termine.

— Você vai fazer isso?

— Sim. Vou encontrá-los para uns drinques e descobrir exatamente do que se trata.

— Pelo amor de Deus, por quê? O que essa freira ou sua investigação têm a ver com você?

Por um momento, Nick ficou perdido em uma lembrança particular. Então, disse:

— Fiz uma promessa e tenho a intenção de cumpri-la.

Rachel suspirou de maneira audível. Começava a ter a sensação muito desagradável de que estava sendo deixada de fora de algo significativo. Não era uma sensação de que gostasse. Mas, em se tratando de Nick, tal sensação era uma constante.

Rachel disse:

— Nick, precisamos conversar.

Ele se virou para ela e sorriu ironicamente.

— Rachel, em toda a minha vida, sempre que uma mulher pronunciou essas palavras para mim, foi sempre para dar uma má notícia. Então, se você vai me dizer que é hora de seguirmos caminhos separados, é assim que vai ser. Nós sempre dissemos que essa hora chegaria e que, quando chegasse, não haveria recriminações nem arrependimentos. Apenas seguiríamos em frente. Tudo bem, Rachel.

— Bem, é e não é isso.

— Agora estou confuso.

— Nick, há quanto tempo nos conhecemos?

— Dez meses.

— E por quanto tempo temos sido amantes?

— Sete meses. Mas o que...

— Em todo esse tempo, você foi maravilhoso. Você é brilhante, você me faz rir e é um amante generoso e hábil. Além disso, não está nem um pouco interessado na minha, digamos, "preferência sexual". Isso não lhe causa repugnância e também não o excita. Você simplesmente me aceita.

— Parabéns para mim. Aonde quer chegar com isso, Rachel?

— Nick, dizer isso é difícil para mim, mas, em todos os meus relacionamentos, tanto com homens quanto com mulheres... sempre fui o foco das atenções, o ponto central. Talvez eu precise disso, talvez eu não possa funcionar de outra maneira. Em todo caso, sempre foi assim. Exceto quando estou com você.

Seu rosto assumiu uma aparência mais suave, mais vulnerável, a psicóloga equilibrada, agressiva e feminista não estava mais em evidência.

— Nick, com você, eu sinto que estou sempre do lado de fora olhando para dentro. Sinto que estou sempre perseguindo algo, algo sobre você ou dentro de você, algo distante e remoto que lábios ou pontas dos dedos não podem alcançar. Certamente, não os meus... — ela fez uma pausa e depois acrescentou:

— Não é um sentimento com o qual eu queira lidar, Nick.

Nick adicionou mais conhaque ao café.

— Olha, Rachel, eu não sei o que lhe dizer. Nós sempre soubemos...

— E há também os sonhos, Nick. Quantas noites você os teve, nem faço ideia. Mas posso dizer o que eles fazem a você: eles o torturam durante a noite e o deixam exausto pela manhã. E suas cicatrizes, nas costas e na coxa, o que é isso tudo? Nick, há uma parte de você que eu não compreendo... que *você* pode não compreender. É um pouco assustador.

Imagens enterradas no passado de repente vêm à tona — Mogadíscio, Jimmy Grifasi carregando Troy Johnson sobre os ombros, Nick liderando o caminho por entre os escombros, projéteis ricocheteando por todos os lados. Então, a menina — por Deus, aqueles malditos somalis eram belos —, a menina tinha talvez 14 anos, simplesmente vem caminhando, com um sorriso inocente, sorrindo de modo que Renna pensaria "O que ela pode querer?", "O que isso pode significar?". Nick está paralisado. De repente, o ventre de Grifasi arrebenta, e seus intestinos derramam-se pela frente da camisa do uniforme militar. Ele grita: "Oh, meu Deus, Renna. Atire! Atire! Ela está me matando!". E ela continua a sorrir enquanto dispara repetidas vezes seu AK-47 nas entranhas de Grifasi. Nick finalmente reage e atira. O rosto, o peito e a barriga da menina explodem em sangue vermelho enquanto ela é despedaçada por uma descarga do M-16 de Nick: Oh, Deus, oh, Deus, quantos mais eu terei de matar? Em seguida, Nick se vira para Johnson e Grifasi — ele só tem condições de carregar um deles. Precisa escolher...

Balançando a cabeça para afastar as habituais e horríveis imagens, ele respondeu rispidamente:

— Que merda, Rachel, não é da sua conta, caramba!

Ela tomou o rosto dele entre as mãos e disse suavemente:

— Me deixe terminar, Nick. Por favor. Não é fácil para mim, também. A verdade é que eu acho que devemos deixar de ser amantes. Essa parte do nosso relacionamento acabou. Mas eu não quero perder você. O mundo... Tudo bem, o *meu* mundo... seria muito vazio sem você. Então, eu acho que o que eu queria dizer é: me deixe ser sua amiga, uma amiga muito, muito especial.

A raiva em Nick foi substituída por um sentimento de alívio, e ele respondeu:

— Ok, se é isso que você quer, então é isso que seremos, amigos.

Ele sorriu e acrescentou:

— Mas, Rachel, pelo bem da nossa recente amizade, talvez seja melhor você se trocar e vestir algo mais recatado do que essa camiseta minúscula. Se é que me compreende.

Rachel hesitou por um momento; depois, tirou a camiseta e deixou-a cair no chão. Nua e excitada, ela disse:

— Quer saber, Nick? Que tal mais uma para guardar de recordação?

~

Nick mergulhou vigorosamente da doca e começou a atravessar os mais de dois quilômetros do lago a nado. A água fria tanto o revigorava como acalmava. Nadava com braçadas fortes e firmes, esvaziando a cabeça de tudo, exceto da sensação física de deslizar poderosamente através da água. Quando alcançou a margem oposta, virou-se para voltar, aumentando a velocidade, sobretudo nos últimos duzentos metros. Exausto, mas energizado, saiu da água e foi para casa, para tomar um banho e barbear-se.

Meia hora depois, estava em seu pequeno escritório, com uma caneca grande de café ao seu lado, espalhando o conteúdo da maleta de Annie e tentando dar um sentido ao bizarro amontoado de anotações manuscritas, faxes, fotocópias, disquetes, e-mails, correspondência pessoal, mapas e folhetos de viagem. A primeira coisa que chamou sua atenção foi uma carta da Fundação do Calvário. Lia-se em parte:

Cara irmã Anne Marie:

Estamos intrigados com sua hipótese recente. Se for provado que está correta, pode muito bem ser monumental em significância e impacto. Assim, encorajamos plenamente a mudança de foco de sua pesquisa para explorar essa nova perspectiva ao máximo. Para isso, estamos aumentando o nosso patrocínio de 10 mil dólares para 25 mil dólares, com vigência imediata. Naturalmente, esperamos ser regularmente informados do seu progresso.

Era assinada por Raymond Pelletier. Totalmente intrigado nesse momento, Nick continuou a ler. Depois de duas horas e meia e várias outras canecas de café, Nick percebeu que Annie estava de fato buscando algo extraordinário, o paradeiro real da Coroa de Espinhos de Cristo. *Caramba, não era de admirar que a Fundação do Calvário estivesse tão interessada.*

Entretanto, sua pesquisa não havia começado dessa maneira. A intenção inicial era escrever objetivamente sobre a história da fundação da Ordem dos Pregadores de São Domingos, em 1216, vulgarmente conhecida como dominicanos. Enquanto lia as anotações iniciais de Annie, Nick aprendeu que São Domingos era espanhol, mas estabeleceu a sede da companhia religiosa em Prouille, França. A Ordem cresceu espantosamente rápido e alcançou tremenda notoriedade e influência. Em pouco tempo, mosteiros importantes foram fundados em Toulouse, Paris, Madri, Roma e Bolonha, e frades pregadores eram enviados para toda a Europa, Ásia e até a África.

No momento em que o Papa Gregório IX ascendeu ao trono de São Pedro, em 1227, suas castas compreendiam professores e médicos, ascetas e místicos, incluindo luminares canônicos e teológicos como São Raimundo de Penaforte, Santo Alberto Magno e Santo Tomás de Aquino.

A esfera de influência da Ordem dos Pregadores abrangia tanto o sagrado como o secular, com muitos de seus membros tornando-se papas, cardeais, bispos, núncios apostólicos, diplomatas e embaixadores. A Ordem também combatia ativamente — na verdade, apaixonadamente — as heresias, as dissidências religiosas e o paganismo. Também assumiram o papel principal na condução da Inquisição Papal, que teve início no ano de 1230 e consequências especialmente brutais e duradouras.

Mas o que mais parecia chamar a atenção de Annie foi a rapidez com que a Ordem desenvolveu conexões políticas e monárquicas, e como elas se tornaram profundamente enraizadas. A mais notável dessas conexões foi a relação com Luís IX da França, mais tarde canonizado como São Luís.

Foi enquanto rastreava a relação da Ordem com Luís que o foco da pesquisa de Annie mudou drasticamente, pois foi nesse ponto que ela deixou de escrever especificamente um texto acadêmico para enveredar pela pesquisa histórica sobre a Coroa de Espinhos.

Nick estava ciente, é claro, da história da coroação de Cristo por espinhos pelos relatos evangélicos. Entretanto, ele aprendeu nas anotações de Annie que, surpreendentemente, há pouquíssima documentação histórica e escassos estudos acadêmicos sobre a matéria depois disso.

Não mencionada por centenas de anos após a crucificação, a Coroa foi supostamente encontrada em Jerusalém, em 326, por Santa Helena, mãe de Constantino, na ocasião de sua descoberta da verdadeira cruz — que foi considerada o achado mais importante e por si só assunto de controvérsia. As anotações de Annie indicaram que a existência da Coroa foi posteriormente confirmada ao longo do tempo por vários indivíduos, tais como São Paulino de Nola, em 409, e pelo monge e escritor romano Cassiodoro, em 570. Supõe-se que a Coroa de Espinhos ainda estivesse sendo venerada na igreja do Monte Sião, em Jerusalém, em 870. Mas, então, por razões políticas e questão de segurança, o objeto parece ter sido transferido para Constantinopla, em 1063.

O evento na história da Coroa no qual Annie havia se concentrado, porém, foi seu reaparecimento em 1238. Em um esforço para arrecadar dinheiro para seu império cambaleante, Balduíno II, o último imperador latino de Constantinopla, vendeu a Coroa e algumas outras relíquias a um parente rico e piedoso, ninguém menos do que Luís IX da França. Segundo a pesquisa de Annie, quando Luís efetuou a compra, a Coroa estava, na verdade, nas mãos dos banqueiros de Veneza, como garantia de um empréstimo para Balduíno.

As anotações de Annie enfatizavam, particularmente, que Luís havia enviado dois frades dominicanos confiáveis — Frei Tiago de Paris e Frei André de Longjumeau — a Veneza para pegar a Coroa e voltar com ela a Paris. Luís, entretanto, encontrou-se com eles no Mosteiro de Sens com uma comitiva completa e seguiu para Paris, onde logo começou a construção da famosa Sainte Chappelle, para abrigar a Coroa. Após a destruição da Sainte Chappelle durante a Revolução Francesa, a Coroa (então desprovida de espinhos) foi transferida para a Catedral de Notre--Dame, onde supostamente encontra-se até hoje. A atenção de Annie, entretanto, manteve-se focada em Veneza.

Foi enquanto pesquisava os eventos em Veneza que Annie começou a suspeitar de que algo significativo havia acontecido lá, pois suas anotações passaram a tomar várias direções estranhas. Nick encontrou apontamentos sobre antigas famílias de Veneza, junto dos detalhes de um assassinato especialmente terrível de um conde veneziano. Também eram citados vários relatos históricos das viagens diplomáticas de Frei André de Longjumeau pela Europa e até pela Ásia. Mas, depois de Veneza, nenhuma menção foi feita novamente a Frei Tiago de Paris.

Outra seção da pesquisa de Annie, cuja relevância Nick também desconhecia, incluía notas sobre a posição da Igreja em relação a relíquias e milagres, o Sudário de Turim, anotações sobre a aparição da Virgem Maria em Fátima e Lourdes, histórias de santos modernos e das iniquidades dos inquisidores medievais.

As anotações de Annie pareciam culminar em uma lista de nomes seguidos de uma série de perguntas digitadas em uma folha de papel, todos fortemente sublinhados. *Conde Orsini, Veneza: foi assassinado por causa da Coroa? Victor Vogel, Genebra: há tráfico de relíquias? Monsenhor Bruno Della Vecchia, Vaticano: se recuperada, o quanto é importante? Para quem? Frei Tiago de Paris: o que aconteceu em Veneza? Por que ele desapareceu? Para onde ele foi?*

Nick percebeu que, para Annie, as respostas àquelas perguntas estavam no coração do mistério. Mas por que, dentre todas as perguntas que ela poderia formular, por que tinha se concentrado *naquelas* questões? A isso seguiu-se outro pensamento, mais pessoal: *Que diabos todas essas coisas têm a ver comigo? O que ela quis dizer com "tomar cuidado com a Coroa de Espinhos" ou "colocar a Coroa de Espinhos"?*

Por mais confusas e enigmáticas que as anotações de Annie lhe parecessem, Nick sabia que ela era competente demais para perseguir uma fantasia. O fato fundamental era que Annie havia se convencido de que a Coroa de Espinhos que atualmente se encontra na Notre-Dame era falsa. Essa convicção era o centro de tudo. Mas o que a levou a tal conclusão?

Foi quando lhe ocorreu: *a pergunta na negativa*. Annie havia formulado a pergunta na negativa. E isso fez toda a diferença.

Nick engoliu o restinho de café, agora frio e amargo, e olhou para o relógio: era quase meio-dia. Tendo se tornado totalmente engajado e comprometido em relação ao projeto de Annie, Nick sabia que estaria se metendo em áreas das quais sabia pouco. Não era um medievalista e tinha pouca familiaridade com assuntos eclesiásticos que, segundo suspeitava, começariam a desempenhar um papel cada vez mais importante em sua busca. Ele precisava de algum auxílio.

Uma voz calorosa e agradável atendeu à chamada de Nick:

— Paróquia Santa Clara. Em que posso ajudá-lo?

— Quem fala é o professor Nicholas Renna. O padre Tim está disponível, por favor?

Em pouco tempo, uma voz rouca, mas simpática e familiar, respondeu.

— Nicky, seu pagãozinho incorrigível, como você está? Já era hora de você me ligar.

O padre Tim Reilly, pároco da igreja matriz de Santa Clara, era o irmão favorito de Annie. Anos antes, também desempenhava um duplo papel na equipe de futebol americano Santa Cruz. Era um gigante de cabelos vermelhos e faces rosadas que era bem mais alto e pesava uns 35 quilos a mais do que Nick, por quem o padre Tim sempre teve um afeto fraternal.

— Timmy, eu estou bem. Como vai você? E seus pais?

— Ainda estão sofrendo, Nicky, como todos nós. E você, tanto quanto qualquer um de nós, eu imagino. Sua visita significou muito para eles, que Deus os ajude. Então, me conte como está sua vida e o que anda fazendo...

— Você já almoçou? — Nick perguntou.

— Você está me convidando?

— Sim.

— Então, eu não almocei. No Albert's, em meia hora?

— Vejo você lá.

O Albert's ficava a um quarteirão do centro da cidade, em frente ao prédio da administração da Faculdade Henniker. O restaurante ocupava um antigo prédio de três andares na margem esquerda do rio Contoocook. Embora corresse o risco de um dia deslizar para o Contoocook, o Albert's ostentava um salão de jantar relativamente luxuoso (nos fins de semana, o uso de paletó era exigido), um *pub* de nível médio (camisas e sapatos eram obrigatórios, normalmente) e mesas na varanda sobre um deque com vista para o Contoocook (se uma pessoa caísse, azar o dela).

Albert Grimaldi, um homem atarracado e ranzinza, que era o dono do lugar, abriu um largo sorriso quando viu Nick e o padre Tim entrarem.

— Ah! O sacerdote e o professor! A que devo a honra? Nos últimos tempos, vocês dois têm sido figurinhas difíceis por aqui.

O padre Tim disse:

— Albert, precisamos de comida... e um pouco de privacidade. Que tal uma mesa no deque?

— É pra já. Escolha uma, enquanto eu lhes trago os cardápios. — Ele começou a se afastar, mas então parou. — A propósito, padre, sobre a irmã Anne Marie, eu... eu...

— Eu sei, Albert. E obrigado por comparecer à cerimônia fúnebre. Significou muito para nós.

Albert assentiu.

— Eu sempre tive muito respeito por ela, padre. Aquela magricelinha, que Deus a tenha, comia como gente grande.

Nick e o padre Tim sentaram-se na varanda, em uma mesa à sombra, e Albert voltou com os menus:

— Cavalheiros, que tal uns drinques antes do almoço? Do que gostariam?

O padre Tim respondeu:

— Albert, o que eu gostaria é de ouvir a sua confissão e lhe conceder a absolvição. Se quiser, podemos ir para o fundo do bar. Lá é tranquilo e não demoraria nada.

Albert balançou a cabeça cansada.

— Padre, há quanto tempo é pároco na Santa Clara?

— Há onze anos.

— E há quanto tempo vem tentando ouvir minha confissão?

— Há onze anos.

— Então, por que continuar tentando?

— Albert, qualquer homem que prepara drinques e tira um chope como você merece a salvação. Eu vou continuar a insistir e perseverar. Nesse meio-tempo, pode me trazer uma cerveja.

Virando-se para Nick, Albert disse:

— Não sei como você aguenta. Esse cara é implacável. O que vai ser, professor, o de sempre? Coquetel de camarão, uma porção extra de camarão e uma Guinness?

Nick respondeu:

— Albert, você não existe.

O padre Tim, tendo voltado sua atenção para o menu, disse:

— Tranquilize-me, Nicky. Você está pagando, certo?

Nick concordou:

— Sim, estou.

O padre Tim abriu um grande sorriso.

— Nesse caso, Albert, eu também vou querer um coquetel de camarão, seguido por uma salada da casa com molho gorgonzola, e como prato principal um *bacon cheeseburger* com uma porção de *onion rings*.

— Padre, esse prato já vem acompanhado por batatas fritas.

— Obrigado, Albert. Também vou querer as batatas.

Balançando a cabeça enquanto ia embora, Albert murmurou:

— O colesterol desse cara deve estar mais em alta do que a maldita Bolsa de Valores. Não sei como ele faz isso.

Depois que suas bebidas chegaram, o padre Tim sorveu um longo e voluptuoso gole de sua cerveja e perguntou:

— Então, Nicky. O que você anda fazendo?

— Está mais para o que Annie andava fazendo — Nick respondeu.

Ao ouvir isso, o padre Tim sorriu e balançou a cabeça, como se rememorasse uma série de momentos particulares. Ele disse:

— Você quer dizer a pesquisa dela. A irmã Kathryn me contou que você concordou em terminá-la... e que poderia ser algo monumental. — Ele tomou um grande gole da cerveja e perguntou:

— Por que, Nicky? Por que *você*, dentre todas as pessoas, está tão interessado em um bando de dominicanos medievais?

Nick respondeu:

— Já que estamos falando dessas pessoas maravilhosas que proporcionaram a Inquisição, Timmy, digo que normalmente eu os evitaria como a própria peste. Mas, por Annie...

Nick se virou e olhou para as corredeiras Contoocook.

Sobrepujado novamente pelo sentido de sua perda, sem vontade de encarar o que a falta de Annie realmente significava, Nick abruptamente mudou o rumo da conversa.

— Timmy, o que você sabe sobre a Coroa de Espinhos?

O padre Tim foi pego totalmente desprevenido.

— Coroa de... Nicky, do que diabos você está falando? Você quer dizer *A* Coroa de Espinhos?

— Isso mesmo.

O padre Tim franziu o cenho.

— Bem, é uma questão um tanto nebulosa, pelo que sei. É mencionada em três dos Evangelhos, com exceção do de Lucas, e em algumas outras poucas fontes. Se bem me lembro, os franceses afirmam tê-la, em virtude de alguma transação medieval. Dizem que está guardada na Notre-Dame. Às sextas-feiras, durante a Quaresma, eles a exibem para adoração e um pouco de angariação de fundos eclesiástica. Ela atrai multidões consideráveis e euros bem significativos, para um monte de galhos velhos torcidos em círculo.

Nick disse:

— Você se dá conta de como está soando o que diz?

O padre Tim perguntou, com uma curiosidade genuína:

— E como está soando?

— Há um tom de dúvida e desprezo. E a que você acha que isso se deve, Timmy? Poderia ser porque, no fundo, você *realmente* não acha que seja a Coroa de Espinhos?

Os olhos do padre Tim se estreitaram e ele olhou para Nick desconfiado, sabendo que havia sido pego.

— Ok, Nicky. Algumas histórias, não importa o quanto bem-intencionadas sejam, são pura bobagem. Mas o que você e minha santa irmãzinha encrenqueira estariam aprontando?

Nick disse:

— Timmy, quando eu cursava a Universidade de New Hampshire, tinha um professor que era uma espécie de mentor para mim, Oliver Messenger. Nós costumávamos chamá-lo de "Professor Figuraça", pois realmente ele era um excêntrico. Desleixado com a aparência, ele andava sempre amarrotado, era radical e rabugento. Também era um erudito brilhante, escritor prolífico e um professor deslumbrante. Em todo caso, o Professor Figuraça costumava dizer: "Qualquer historiador idiota pode olhar para um amontoado de fatos e determinar *por que* algo aconteceu. Mas é preciso uma verdadeira inspiração, um bocado de criatividade e muito mais trabalho para formular a pergunta na negativa. Olhar para as coisas e perguntar por que algo *não* aconteceu."

Nick prosseguiu.

— Foi isso que Annie fez, Timmy. Ela formulou a pergunta na negativa. Por que a Coroa de Espinhos *não* é o ícone mais venerado no mundo cristão? Ouvimos histórias sobre a busca pelo Santo Graal e o Sudário de Turim, e os fiéis acorrem como loucos a todo tipo de coisa que seja mais distante do próprio Jesus — os milagres de Lourdes, Fátima e Guadalupe, padres e freiras com os estigmas, imagens da Virgem que choram, qualquer tipo de evento bizarro e supostamente milagroso — e nada, *nada* sobre a única relíquia que realmente fez parte do sofrimento e da morte de Cristo. A única relíquia que ainda retém alguma parte dele! Os elementos ressecados de seu próprio sangue! Pense nisso, Timmy. O fato de a Coroa de Espinhos ser ignorada é mais do que esquisito. Para os cristãos, ela deveria ser a relíquia mais poderosa, o objeto mais sagrado para o mundo cristão. E não é! Que diabos, até eu me envolver nisso, nem sequer sabia que esse objeto ainda existia. Mas Annie percebeu isso. Ela formulou a pergunta na negativa. Por que algo *não* aconteceu? E sua resposta é: porque a Coroa de Espinhos, a *verdadeira* Coroa de Espinhos, não é aquela fraude que se encontra em Paris. *A verdadeira Coroa de Espinhos nunca chegou a Paris.* Está desaparecida — muito possivelmente foi substituída em Veneza e escondida em algum lugar na Europa, no coração de um mistério de oitocentos anos.

— Oh, meu Deus! — disse o padre Tim.

— Pois é — Nick respondeu.

O padre Tim permaneceu em silêncio, tentando imaginar o impacto dessa afirmação surpreendente. Então ele perguntou:

— Enfim... E agora, Nicky? O que você vai fazer?

Nick tomou outro gole de sua Guinness e se inclinou para a frente com uma expressão intensa.

— Vou encontrá-la, onde quer que esteja, custe o que custar. A pesquisa de Annie deixou algumas dicas. Ela propôs uma série de perguntas e relacionou alguns nomes que me apontam a direção certa a seguir. O que está faltando é o que se passava em sua mente, quais suas teorias ou hipóteses, que conexões ela estava fazendo, mas não colocou por escrito.

Nick balançou a cabeça e acrescentou:

— Ela era extremamente inteligente, Timmy. De nós dois, Annie sempre foi a melhor acadêmica. Tinha mais paciência. Preciso responder a essas perguntas, conversar com essas pessoas e unir as peças. Mas há algo que eu preciso que você faça para mim.

— Diga.

— O clero, padres, freiras, irmãos e seja lá o que mais, forma a maior rede de inteligência do mundo. E faz 2 mil anos que você a integra. Consiga que ela me ajude, Timmy. Use seus contatos, descubra mais sobre a Fundação do Calvário. Fiquei de me encontrar com dois representantes dessa entidade para uns drinques esta tarde. Mas eu preciso saber mais. Quem está por trás da Fundação do Calvário? Será que eles têm alguma intenção secreta ou um plano de vingança? Possuem conexões em Roma?

Nick continuou:

— Eu visitei a página da Fundação na Internet e, aparentemente, é uma instituição canadense licenciada que levanta fundos para projetos católicos históricos e de caridade. Faz todo o sentido que Annie tenha recorrido a eles para obter uma bolsa de pesquisa. Mas ficaram muito animados e generosos demais quando de repente a pesquisa dela tomou esse novo rumo. Agora, estão surpreendentemente ansiosos para *me* financiar na continuidade do projeto. Por quê? Minha área é a história europeia do século XX. Por que a urgência de me pagar para passear no século XIII? Preciso ter uma ideia melhor de quem eles são exatamente, e de sua real intenção. Posso contar com a sua ajuda?

O padre Tim ficou pensativo por alguns instantes. Então, disse:

— Nick, você sabe que eu amo você como a um irmão. E sei o quanto você amava Annie. Quando ela entrou para o convento, sua dor deve ter sido excruciante. Mas, Nicky, eu vi o quão rápido a sua dor se transformou em amargura contra sua igreja. E, pelo que sei, contra o seu Deus. Francamente, estou com medo de seus motivos. Você realmente deseja atender aos pedidos de Annie? Ou vê nisso uma oportunidade para envergonhar a igreja que o prejudicou? Se eu ajudá-lo, o que estarei facilitando? Nick, a verdadeira questão é: suponha que a verdadeira Coroa de

Espinhos *exista*. Suponha que você *realmente* a encontre. Então, como vai ser depois?

Nick olhou para a sua Guinness e, com frieza na voz, disse:

— Me deixe esclarecer algumas coisas, Timmy. Em primeiro lugar, não dou a mínima para a Igreja Católica, a ponto de sequer me importar com o fato de desejar constrangê-la. Em segundo lugar, eu também não dou a mínima para Jesus, Deus ou o Papa. Vou cumprir a promessa que fiz a Annie, e é apenas esse o meu objetivo. Então, repito a minha pergunta: posso contar com a sua ajuda?

O padre Tim encarou Nick com o mesmo olhar assustador que ele dirigia aos jogadores adversários, pouco antes de acabar com a raça deles.

— Que alma infeliz e atormentada deve ser a sua, Nick. Tenho pena de você. Mas também vou lhe dizer uma coisa: antes de tudo isso terminar, você estará danado de contente por saber que Jesus ainda dá a mínima para você. De qualquer maneira, que Deus me ajude — disse o padre Tim —, pois pode contar com a minha ajuda.

~

A pousada Henniker Hill localizava-se a cerca de um quilômetro do centro da cidade. Era uma construção de madeira pintada de branco, com venezianas pretas, porta da frente vermelha, varanda ampla e flores abundantes, uma clássica pousada rural da Nova Inglaterra. Vangloriava-se da cozinha de primeira classe e do charmoso bar conhecido como Tap Room, com teto de vigas aparentes, lareira de pedra e assentos reservados acolhedores. Nick chegou precisamente às 17 horas e encontrou um sorridente Raymond Pelletier e um inexpressivo Gregory esperando por ele no bar.

— Professor Renna! Que bom que tenha vindo — disse Pelletier com arroubo. Virou-se para a atraente *bartender* e disse:

— Grace, por favor, traga mais dois dos mesmos e... O que vai beber, professor?

— Um *scotch* com gelo.

Pelletier disse:

— E o seu melhor uísque escocês *on the rocks* para o professor Renna. Vamos tomar nossas bebidas naquele reservado mais afastado, obrigado.

Uma vez no reservado, bebidas na mão — um *brandy* para Pelletier e água gelada para Gregory —, Pelletier foi direto ao que interessava.

— Professor Renna, a Fundação do Calvário deseja muito financiar a sua continuação da pesquisa da irmã Anne Marie Reilly sobre a Coroa de Espinhos. Estamos convencidos, mesmo com base na hipótese preliminar da irmã Anne Marie, de que se trata de uma oportunidade extraordinária para a Fundação e, o mais importante, para os cristãos de todo o mundo.

Pelletier ficou ainda mais entusiasmado.

— Imagine só! A *verdadeira* Coroa de Espinhos! Professor, que outra relíquia ou artefato poderia rivalizar com ela em importância? Assim sendo, estamos dispostos a apoiar os seus esforços com uma doação de 50 mil dólares.

Nick ficou chocado com a quantia.

— Senhor Pelletier, estou impressionado com sua generosidade. Francamente, minhas subvenções para pesquisa são geralmente uma fração desse valor, e tenho de implorar para consegui-las. No entanto, aqui estão vocês, procurando por *mim*. Sou forçado a perguntar: por que tanto dinheiro? E por que eu?

Pelletier respondeu:

— Em primeiro lugar, porque a irmã Anne Marie queria que fosse você. Além disso, a pesquisa poderia ser considerada parte dos bens dela, e, respeitando seu último desejo, a pesquisa agora pertence a você. Mas há uma série de outras razões, também. Você é altamente... na verdade, excepcionalmente qualificado.

Pelletier fez um sinal para Gregory, que tirou de sua maleta uma volumosa pasta de papelão. Quando passou a pasta para Pelletier, encarou Nick sem expressão.

— Que pasta enorme — disse Nick.

Pelletier respondeu, enquanto abria a pasta:

— Nossa diretora de pesquisa, senhora Levesque, é muito eficiente. Agora, veja, professor, que não se trata de uma bolsa de pesquisa qualquer. É, afinal de contas, um mistério de quase oitocentos anos. As exigências sobre o pesquisador são extraordinárias: habilidade, inteligência, engenho. É aí que o senhor entra! Sua história é muito interessante, professor Renna.

Pelletier, em seguida, começou a ler trechos do conteúdo da pasta.

— Depois da formatura no ensino médio, foi admitido na Dartmouth, *alma mater* de seu pai, para se especializar em História. Você passou três semestres lá, conseguiu as melhores notas nos três semestres e conquistou de cara uma posição no time oficial daquela instituição. No entanto, na primavera de seu segundo ano, foi expulso, depois de discutir com um dos seus professores. Deixe-me ver... Ah, sim. Aqui está. Professor Damien Lindell, professor-assistente de inglês.

Nick, que até então tinha escutado tudo sem expressão, de repente sentiu-se enrubescer.

— Ele me acusou de plágio. O que não era verdade.

— Sim — disse Pelletier —, e como resultado dessa acusação, o senhor invadiu seu escritório para confrontá-lo. Foi quando as coisas saíram do controle. Por que isso, professor?

— Eu contestei a sua sugestão de como eu poderia corrigir a situação.

— Entendo. E foi quando começou a atirar vários dos pertences do professor Lindell pela janela do escritório, que se encontrava fechada no momento. Entre os quais estavam o seu computador, uma luminária de mesa Tiffany antiga, um suporte de cachimbos, uma cópia do Dicionário Oxford de Inglês encadernada em couro e um busto de bronze do poeta pré-rafaelita Dante Gabriel Rossetti. O professor Lindell declarou que estava convencido de que ele seria o próximo item a ser arremessado.

— Não era muito alto, estávamos no primeiro andar. Mas, se bem me lembro, me parece ser a sequência correta — Nick respondeu.

Pelletier prosseguiu:

— Depois de suas dificuldades em Dartmouth, alistou-se no Exército dos Estados Unidos, para desgosto de seus pais. Qualificou-se para a Es-

— 47 —

cola de Aspirantes e, após a conclusão, o senhor se ofereceu para receber treinamento de Ranger, ou seja, a tropa de elite do exército dos Estados Unidos. Nunca escolhe o caminho mais fácil, não é, professor?

Nick permaneceu em silêncio. Pelletier continuou:

— Como Ranger qualificado, e parte do 75º Regimento Ranger, foi enviado para o Golfo Pérsico, na primavera de 1991, para tomar parte da Operação Tempestade no Deserto. Foi ferido, embora não gravemente, e recebeu um Coração Púrpura e uma Estrela de Bronze por bravura. — Ele olhou para Nick, que tomou um gole de uísque, sem expressão.

Pelletier disse:

— Após a conclusão de seu alistamento, candidatou-se para a Universidade de New Hampshire e foi aceito. Entretanto, não se matriculou. Em vez disso, por alguma razão, parece ter mudado de ideia e se alistou novamente. Por que, professor Renna?

Convento? Você está entrando para o maldito convento? E quanto a nós? E quanto a mim? Pensei que você me amasse!

Nick, em silêncio, tomou outro gole de uísque. Pelletier seguiu em frente:

— Depois do realistamento, passou um ano como instrutor Ranger em Fort Benning, Georgia, e, então, foi enviado para Mogadíscio, na Somália, com a Companhia Bravo, 3º Batalhão de Rangers, no outono de 1993. Na tentativa de resgatar os ocupantes de dois helicópteros Blackhawk que haviam sido derrubados, o senhor foi ferido duas vezes, uma delas gravemente, e foi condecorado com um segundo Coração Púrpura e uma Estrela de Prata.

Grifasi estava gritando: "Atire, Renna! Atire! Oh, meu Deus, ela está me matando!".

— Alguma coisa a acrescentar, professor Renna? Comentários, observações, objeções? Não? Bem, então, vou continuar. Depois de voltar de Mogadíscio, completou seu alistamento, renunciou ao seu posto e entrou na Universidade de New Hampshire. Agora, isso é muito interessante, professor. Durante seus estudos de graduação, pós-graduação e doutorado na UNH, que realizou com distinção, devo acrescentar, você

— 48 —

não praticou esportes, não pertencia a nenhuma organização e não se juntou a nenhum clube. Morava fora do campus e permaneceu um *outsider*. Por que isso?

— Eu tinha um monte de lição de casa.

— Evidentemente — disse Pelletier, ignorando o sarcasmo. E continuou: — Sua tese de doutorado, *Montanhas da Coragem: A Campanha Partisan Italiana nos Apeninos, 1943-1945*, foi publicada como livro e muito bem recebida pelos estudiosos e críticos. Seu segundo livro, *O Mito da Resistência: O Colapso Moral dos Franceses na Segunda Guerra Mundial*, embora aparentemente bastante controverso em alguns círculos, particularmente na França, também foi muito bem-sucedido. Durante sua carreira acadêmica, o senhor conseguiu publicar regularmente e ainda ensina, com carga horária integral, na Faculdade Henniker, na qual, além de ocupar uma cátedra, foi o mais jovem membro do corpo docente a obter o posto de professor titular. Entretanto, é um tanto misantropo. Não viaja, recusa convites para palestras em todo o país e no exterior. A única exceção é uma conferência anual na Universidade de Monmouth, em Nova Jersey. E, mesmo assim, apenas em consideração ao professor Tom Pierson, a quem tem em alta conta. Além disso, como ficou claro esta manhã, também consegue ter uma vida pessoal ativa, para não dizer pouco convencional.

Nick disse:

— No que diz respeito à minha carreira, a vida acadêmica combina comigo. É solitária, tranquila e ordenada. Em relação à minha vida pessoal, gostaria de frisar que ela é e permanecerá *pessoal*.

E, então, Nick continuou:

— Mas, agora, eu tenho algumas perguntas para você.

— Pois não, será um prazer respondê-las — disse Pelletier.

— Quanta liberdade eu terei para viajar, seguir pistas e entrevistar pessoas?

Pelletier respondeu:

— Total. A Fundação deve ser mantida informada regularmente sobre o seu progresso, é claro. Mas de que forma irá executar a busca é com o senhor.

— Supondo que eu realmente encontre a Coroa de Espinhos, o que acontecerá, então? O que farão com ela?

Pelletier disse:

— Em última análise, isso será determinado por nosso fundador e pelo Conselho de Curadores da Fundação do Calvário. No entanto, uma descoberta dessa magnitude com toda certeza clama por algo monumental, um magnífico santuário, talvez até mesmo uma catedral. Por que pergunta?

— Porque, seja o que for — disse-lhe Nick —, quero que o nome da irmã Anne Marie Reilly esteja ligado de forma proeminente à descoberta. Isso é uma condição absoluta.

Pelletier perguntou com genuíno interesse:

— E o *senhor*, professor Renna? O que ganhará, além do subsídio de 50 mil dólares, da emoção da realização e, muito provavelmente, da publicação de prestígio ou de um livro?

Nick respondeu:

— Poderei voltar para a minha vida na Faculdade Henniker e ser deixado em paz.

Pelletier sabia que, dadas as circunstâncias, havia pouca probabilidade de que Nick Renna algum dia voltasse a fazer alguma coisa. Entretanto, sorriu e disse:

— Entendo.

Capítulo 3

Laguna de Veneza, 1238

Na luz pálida e cinzenta da aurora, a pequena gôndola abria caminho através do nevoeiro que recobria a laguna de Veneza, em direção a Isola di San Giorgio Maggiore. O vento ainda não tinha começado a soprar e as águas da laguna estavam tranquilas. Ao contrário do coração de Frei Tiago, que batia desesperadamente. Haviam-se passado mais de dois meses desde que ele havia deixado o seu tesouro sagrado sob a proteção inconsciente dos monges beneditinos no mosteiro de San Giorgio Maggiore; um mês desde que ele e Frei André de Longjumeau encontraram-se com o rei Luís IX e sua comitiva no mosteiro em Sens, na França, para entregar aquilo pelo qual Luís havia pagado a inédita soma de 10 mil peças de ouro — a relíquia que, como esperava o rei, incitaria fervor para a próxima Cruzada. Um mês desde a entrega do que Sua Majestade e o restante do mundo cristão erroneamente acreditavam ser a Coroa de Espinhos de Jesus Cristo.

Frei Tiago apertou sua capa em torno de si, tanto para se proteger da friagem da úmida alvorada quanto da ideia de voltar a se encontrar com o Inquisidor, Sua Excelência o Reverendíssimo Aguinaldo Guttierez-Ramos — do qual qualquer decisão, qualquer opinião, cada capricho tornava-se uma questão de vida ou morte por causa de sua missão e autoridade. Frei Tiago estremeceu novamente e perguntou: "Como um homem assim trataria a relíquia mais sagrada do cristianismo?".

Sua Excelência o Senhor Inquisidor, ao atribuir-lhe aquela missão terrível, havia dito a Frei Tiago que a Coroa iria imediatamente para o Santo Padre em Roma. Mas poderia Tiago realmente acreditar nele? A posse de um objeto tão sagrado e poderoso não poderia tentar até mesmo o mais devoto dos homens? Se assim fosse, o que deveria ou poderia Frei Tiago fazer a respeito disso? Na verdade, o que seria dele, a única "ligação" com o roubo? Não era páreo para o poder e a sabedoria do Inquisidor; e lhe faltavam as habilidades diplomáticas e o refinamento de Frei André. Ainda assim, Frei Tiago era um homem genuinamente bom e piedoso. E também prudente. Talvez devesse ter um plano B. Só para prevenir.

Cidade do Vaticano, 2007

Pelos padrões habituais de um príncipe da Igreja Católica Romana, os aposentos do cardeal Marcel LeClerc, arcebispo de Quebec — ex-prefeito do Seminário de São Pio X e, nos últimos dez anos, um temido e poderoso baluarte para o controvertido movimento Tradicionalista —, eram quase humildes. Estavam localizados junto à Via Borgo Pio, uma tranquila rua de pedestres já fora dos muros do Vaticano, perto tanto da Basílica de São Pedro como da famosa fortaleza papal de Castel Sant'Angelo. Na época da Renascença, a rua servia como passagem privativa do Papa até a catedral principal. O cardeal LeClerc se divertia ao pensar que, se Deus quisesse, isso aconteceria novamente.

Os aposentos do cardeal ocupavam o terceiro andar de um edifício do século XV. Embora nada imponentes, eram confortáveis, práticos e imaculadamente limpos, condizentes com um homem que evitava ardentemente a pompa e o esplendor tão apreciados pelos outros cardeais, especialmente os malditos italianos. Pompas nada significavam para ele. Mas o *poder* do cargo era outra coisa muito diferente.

Sempre fora uma questão de poder — o poder de impor *sua* visão, *sua* vontade, *sua* compreensão do que era do interesse da Santa Madre Igreja. E ninguém, o cardeal LeClerc tinha certeza, ninguém sabia melhor do que *ele* como exercer esse poder.

Quando fosse eleito Papa, usaria o poder supremo do santo ofício para mudar o mundo. A apostasia que foi o infame Concílio Vaticano

II havia enfraquecido e corrompido a Igreja. Imagine estender a mão aos judeus! Para outros assim chamados "cristãos" — os odiosos negros protestantes, os estúpidos e fanáticos fundamentalistas. Os muçulmanos eram bárbaros, selvagens abaixo da crítica. Os católicos modernos, entretanto, eram a morte para ele. A indignidade das missas acompanhadas por violão, leigos distribuindo a Sagrada Comunhão e — o pior de tudo — a missa rezada em vernáculo, em vez de latim! Isso simplesmente não podia mais ser tolerado.

Disciplina! Sofrimento! Eis os caminhos para a salvação. Não o blá-blá-blá autoindulgente, autopiedoso e efeminado que permeava e degradava a liturgia atual. Que tipo de Igreja, que tipo de *mundo* este virou quando a *Reconciliação* substituiu a *Confissão*! Quando o *pecado*, o voluntário afastamento de Deus, tornou-se meramente uma *escolha sem amor*! O que, em nome de Deus, verdadeiramente, em nome de Deus, tais pusilânimes insípidos haviam feito de sua fé?

O cardeal LeClerc iria salvá-la. Sua visão, seu brilhantismo, a fundação de sua *Salvatio Dolore*, uma organização clandestina, porém cada vez mais influente, cujo nome significava "salvação através do sofrimento", mostrariam o caminho para uma nova Igreja, um novo mundo, ancorado na crença imperturbável de que somente por meio do sofrimento a salvação pode ser alcançada. Sim, estava acontecendo, embora lenta e silenciosamente — mas de maneira irrevogável. A *Salvatio Dolore* estava ganhando força, membros e poder quase que diariamente. A posse da Coroa — o símbolo máximo do sofrimento — seria a peça final na sua ascensão ao poder. E — o cardeal sabia — era o homem sentado diante dele, naquela noite, quem tinha os recursos para colocar o cardeal LeClerc no trono de São Pedro.

O cardeal e seu convidado estavam sentados à sombra, debaixo de um elaborado caramanchão no florido terraço do cardeal. Bebiam uma limonada com hortelã preparada na hora.

O homem que visitava o cardeal, Émile Ducasse, disse:

— Está indo bem, Vossa Eminência. Pelletier me informou que aquele tal de Renna concordou em continuar o projeto. Está a caminho da

Europa, agora, enquanto falamos. Iremos, naturalmente, ficar de olho nele.

Émile Ducasse, magro e em forma, tinha quarenta e tantos anos, duros olhos cinzentos, nariz aquilino agressivo e cabelo escuro bem aparado. Demonstrava o comportamento controlado e extremamente confiante de um homem de vastíssima fortuna que apreciava o poder de sua riqueza. LeClerc, cujos cabelos estavam agora totalmente brancos, tendo adentrado já a casa dos 60 anos, poderia passar como pai de Ducasse. O cardeal disse:

— Você tem de entender, meu querido Émile, que o tempo está se tornando essencial. A Igreja está em crise. As pessoas estão desesperadas, desorientadas. Leigos cada vez mais confusos se voltarão, inevitavelmente, para quem for mais forte, mais seguro, mais empenhado em conduzi-los. E tal papel será... *terá de ser* nosso.

Ducasse perguntou retoricamente:

— Quem pode ficar no seu caminho, Vossa Eminência? Ninguém.

O cardeal balançou a cabeça, concordando, e disse:

— Os europeus estão fracos, cansados e fragmentados. Os franceses são uns loucos detestáveis que vivem apenas para se lamentar e pontificar. Os alemães debatem minúcias infinitamente; os italianos, com um histórico de séculos de velhacaria, simplesmente não são confiáveis. E, quanto aos outros, os asiáticos são ávidos, mas sem substância, os africanos são selvagens, e os latino-americanos, ainda que ativos, estão irremediavelmente ligados a noções ultrapassadas e malsucedidas da "teologia da libertação". Têm quantidade, mas não dignidade.

Tomou um gole de sua limonada e disse com desdém:

— E também há os americanos. — Com desagrado evidente na voz, continuou: — Apesar de numerosos e ricos, não passam de pederastas, escória, desprovidos de estatura moral e autoridade... e todo o mundo cristão sabe disso.

Ducasse perguntou:

— E quanto ao Santo Padre, Vossa Eminência? Até que ponto ele constitui um obstáculo?

LeClerc respondeu:

— O Santo Padre sem dúvida é um formidável intelecto. Mas é preciso suspeitar de um homem que está muito ligado a uma visão de mundo acadêmica, muito aberto a diferenças de opinião. Está apenas esquentando o lugar, é um tapa-buraco cujo papel é o de ganhar tempo até que alguém forte, alguém poderoso e carismático possa conduzir a Santa Madre Igreja para a Nova Terra Prometida. Uma liderança assim demanda visão, recursos e vontade. Juntos, meu querido Émile, estamos mais do que à altura da tarefa.

— Mas *timing* é tudo. Se o Papa morrer *antes* de nós conseguirmos a Coroa, as minhas chances de ascender ao papado são substancialmente mais raras. Entretanto, se ele morrer *depois* que estivermos de posse da Coroa, o voto dos meus colegas cardeais será indiferente, e meu pontificado será um fato consumado. Afinal de contas, nossos amigos estão bem colocados e bem cuidados, graças a você.

Ducasse sorriu, respondendo:

— Tenha certeza de que é com grande prazer que o faço, Eminência.

Um sorriso satisfeito e confiante apareceu no rosto do cardeal.

— Sim, meu querido Émile, quando tivermos a Coroa, nada poderá nos deter.

Empolgado com o tema agora bem familiar, LeClerc prosseguiu com voz trêmula de emoção, os olhos brilhando de convicção.

— Em primeiro lugar, como em uma nova Inquisição, vamos purgar os impuros e pusilânimes de nossas próprias castas, os liberais e os fracos, os alcoviteiros teológicos, os não compromissados. Em seguida, voltaremos nossa atenção e nossos esforços para fora, para a Terra Santa. Usando nossa influência e nossos recursos em todo o mundo, insuflaremos chamas de discórdia ainda maiores entre os judeus e os muçulmanos, alimentando as chamas de suas psicoses e de sua selvageria, até a Terra Santa ficar inundada de sangue e o mundo inteiro ficar horrorizado. Então, da mesma forma que nossos antepassados espirituais empunharam a Cruz numa santa cruzada, guiaremos católicos de todo o mundo, um bilhão de pessoas, para empunhar a Coroa e estabelecer a sede do poder da Santa Madre Igreja no lugar a que pertence por direito. Não em Roma, corrupta e decadente, mas na terra severa e austera onde Nosso Senhor sofreu e morreu, em Jerusalém, *nossa* Jerusalém.

Ducasse disse:

— Para isso, Vossa Eminência, considerando que Renna de fato recupere a Coroa, em que ponto nós poderemos aliviá-lo dela?

O olhar do cardeal endureceu.

— Imediatamente. Melhor ainda, permaneça próximo ao professor o suficiente para que, assim que ele localizar a Coroa, antes mesmo que possa tocá-la, possamos pegá-la. Não importa o que façam com o professor Renna, é de vital importância que ele nunca nos venha criar problema novamente. Quanto à maneira de conseguir isso, bem, meu querido Émile, deixo essas questões para você. Em defesa da Santa Madre Igreja, muitos sacrifícios são necessários, inclusive o de vidas.

Ducasse sorriu e balançou a cabeça, em completo acordo. Naquele momento, um criado do cardeal interrompeu-os educadamente. Alto, bem constituído e com excelente aparência, parecia ter vinte e tantos anos.

— Com licença, Vossa Eminência. O senhor Ducasse ficará para o jantar?

— Não esta noite, Kurt. O senhor Ducasse e eu sairemos. Sinto vontade de comemorar... Prudentemente, é claro. Pode tirar a noite de folga, se quiser.

— Obrigado, Vossa Eminência.

Depois que o homem se retirou, Ducasse perguntou:

— Ele é novo?

— Está comigo há vários meses. Está pensando em entrar para o sacerdócio. Muito eficiente e discreto... É suíço.

~

Nick Renna partiu do Aeroporto Logan de Boston no voo 272 da British Airways, às 17h50. Fez sua conexão no aeroporto de Heathrow, em Londres, e chegou ao Aeroporto Internacional de Genebra às 10 horas da manhã seguinte. Carregando apenas uma sacola de lona e uma mochila contendo o seu laptop e material de leitura, conseguiu vencer a multidão rumo ao ponto de ônibus e pegou o número 10 para o centro de Genebra.

Cinco quilômetros e vinte minutos mais tarde, caminhou vários quarteirões ao longo do Quai du Mont Blanc até o Hotel de la Paix, situado em frente ao Lago Genebra (Lac Léman, para os locais), com o seu famoso *Jet d'Eau* a esguichar um enorme gêiser de água para o alto.

Quando começou o processo de *check-in*, foi assistido por uma jovem bastante atraente, cuidadosamente arrumada e muito solícita, que conseguia ser profissional e simpática, discreta, mas sedutora, tudo ao mesmo tempo.

A jovem lhe saudou com um sorriso deslumbrante que quase pareceu sincero.

— Ah! Professor Renna, *bonjour*. Meu nome é Vivienne. Espero que tenha feito uma boa viagem. O seu quarto já está pronto. Só preciso dar uma olhada no seu passaporte para o senhor se registrar. Oh, a propósito, tem uma mensagem para o senhor. — Curvou-se por baixo do balcão e lhe entregou um envelope lacrado. Os suíços são notoriamente discretos.

A mensagem era de Victor Vogel. Dizia: *"Bem-vindo, professor Renna! Estou familiarizado com o seu trabalho e muito ansioso para conhecê-lo. Por favor, seja meu convidado para o jantar esta noite no Chez Auguste, Bourg-de-Four, 19. Fica na Cidade Velha, na margem oposta do lago em relação ao seu hotel. Estarei lá às 20h30. Bienvenue! Wilkommen!".*

Nick enfiou a mensagem de Vogel no bolso e perguntou para a jovem:

— Dá para ir a pé ao restaurante Chez Auguste?

— Mas é claro, professor, tranquilamente, em especial para um homem com seu óbvio condicionamento físico. O restaurante é pequeno e calmo, mas também excelente, devo dizer.

Entregou o passaporte a Nick e, enquanto ele assinava o livro de registro, disse:

— Uma noite só, professor? Viajou tanto para chegar a Genebra e só ficará uma noite... — Ela sorriu de novo, mais intimamente, e acrescentou: — Desconfio que será uma noite inesquecível para o senhor, não é?

Nick disse:

— O início da noite é estritamente profissional. Mas, depois disso, ela está em aberto. Se você tiver alguma sugestão de como eu poderia passá-la, ou com quem, eu ficaria muito grato, Vivienne.

Vivienne sorriu sedutoramente.

— Tenho certeza de que posso oferecer alguns conselhos, professor. E agora — ela bateu a campainha para chamar o carregador, e um jovem sério correu para pegar as malas de Nick —, Jules irá levá-lo ao seu quarto. Mais uma vez, *bienvenue, mon professeur*.

Jules acabou por se revelar um homem careca e corpulento, embora bem-intencionado, de cerca de 30 anos, que exalava um forte cheiro de perfume. Ele apanhou a pequena bagagem de Nick e o guiou até o pequeno elevador, característico na Europa. Uma vez no interior do cubículo, Nick ficou ciente da fragrância enjoativa e penetrante da água de colônia de Jules. Preso entre suas malas, o corpulento Jules e aquele perfume quase insuportável, quando chegaram ao andar Nick quase saltou para fora do elevador.

Depois de chegar ao quarto e gratificar Jules por seus esforços, mas não por seu gosto para perfumes, Nick arrumou suas coisas e se despiu. Tirou duas garrafinhas de uísque do frigobar, esvaziou-as sobre um pouco de gelo e, em seguida, sentou-se à escrivaninha na área de trabalho de seu quarto e abriu a pasta de papelão em que guardava suas anotações atuais. Estava na hora de fazer a lição de casa, e se preparar para o jantar com Victor Vogel.

Nick não estava inteiramente certo do motivo pelo qual Annie havia procurado Victor Vogel. Pareceu-lhe, depois de pesquisar um pouco *on-line*, que Vogel seria a última pessoa a quem deveria recorrer para obter informações. Não era um charlatão, nem antiético, mas não estava longe disso. Certamente, era apaixonado em suas opiniões e em sua hostilidade contra a Igreja Católica. E ganhou *status* na vida ridicularizando as coisas religiosas, para o que sempre havia público. Seu primeiro livro, *Milagres: Mito, Magia e Marketing*, pretendia ser uma análise "fundamentada" de uma série de milagres realizados por Jesus, assim como dos milagres que supostamente ocorreram em Fátima, Lourdes e outros locais sagrados.

A posição de Vogel era a de que a manifestação e as descrições dessas assim chamadas "ocorrências milagrosas" na maioria dos casos poderiam ser facilmente explicadas como fenômenos naturais mal compreendidos, mal interpretados ou simplesmente incomuns. A atitude da Igreja em proclamá-los "milagres", portanto, era no mínimo incorreta e enganosa e, com mais frequência, velhaca, fraudulenta e manipulativa. Em seu livro mais recente, *Relíquias: Reverência, Engodo e Ridículo*, ele raivosamente desancava a Igreja pela exploração do inato interesse humano por restos mortais para seus próprios e manipulativos desígnios, entre os quais, santificações fraudulentas, superstição e simonia.

Nick bebericou novamente seu *scotch* e suspirou. Por Deus que não estava nem um pouco ansioso para ouvir aquele papo de maluco rancoroso a noite toda. Ainda assim, Annie acreditava por algum motivo que valia a pena falar com o cara, e por isso Nick se sentiu na obrigação de seguir em frente. Mas um pensamento o perturbava: o que Annie sentia ou sabia sobre Victor Vogel que o elevou de excêntrico para colega?

Várias horas depois, após tirar um cochilo, tomar um banho e fazer a barba, Nick sentia-se definitivamente melhor enquanto caminhava pela Cidade Velha de Genebra em direção ao Chez Auguste.

O restaurante era realmente muito encantador. Num misto de rusticidade e elegância, tinha paredes de estuque branco, vigas aparentes no teto e uma grande lareira de pedra, mas as mesas ostentavam flores frescas, linho branco e talheres e copos brilhando de limpos. A sala de jantar abrigava uma mistura de casais românticos, grupos alegres e um único cliente desacompanhado, de aparência próspera, todos visivelmente satisfeitos com a refeição, o ambiente e uns com os outros. O zumbido agradável de conversas íntimas enchia o salão.

Nick estava prestes a abordar o *maître* para perguntar sobre Victor Vogel quando uma voz alegre o chamou:

— Ah, professor Renna! *Bonsoir, bienvenue, wilkommen!* É uma honra conhecê-lo.

Nick não tinha certeza de como esperava que Victor Vogel parecesse, mas não era nada como o radiante homem que o cumprimentava tão alegremente. Victor Vogel era um homem diminuto, que lembrava um elfo, medindo no máximo uns poucos centímetros a mais do que um metro e meio. Tinha uma compleição delicada, idade indeterminada — entre 40 e 50 anos —, estava impecavelmente vestido e meticulosamente bem tratado. Usava um terno de verão cinza-claro de seda, camisa rosa com colarinho branco, gravata amarela estampada e um cravo amarelo na lapela. O cabelo era penteado para trás da testa em ondas cuidadosamente construídas; seus brilhantes olhos azuis apareciam sob as sobrancelhas espessas e por trás dos óculos de armação redonda dourada, que combinava perfeitamente com o seu alfinete de gravata de ouro. O mais surpreendente de tudo é que ele parecia absolutamente encantado em travar conhecimento com Nick.

Segurando a mão estendida de Nick entre as mãos dele, disse:

— É um prazer muito grande conhecê-lo, meu amigo! Sua reputação como estudioso é impecável em toda a Europa. Bem, exceto na França, é claro. E, o mais importante, aquela alma maravilhosa, a irmã Anne Marie, que Deus a tenha, falava muitíssimo bem de você. E só isso já basta para mim. Venha, vamos comer, beber e conversar.

Vogel liderou o caminho até uma mesa na parte de trás do restaurante com uma vista encantadora do jardim dos fundos. Enquanto tomavam seus assentos, um homem robusto e de ar sério, aparentando estar na casa dos 60 anos, vestindo um colete preto sobre uma camisa branca engomada e pesadamente bordada, aproximou-se com os menus na mão.

— *Bonsoir, monsieur* Vogel, é sempre um prazer vê-lo. — Virando-se para Nick, ele disse: — E quanto ao senhor, *monsieur le professeur*, sou

Auguste Lescobar. Antes de tudo, quero que saiba que qualquer amigo de *monsieur* Vogel é muito bem-vindo e, certamente, um convidado de honra no Chez Auguste.

Ele colocou os menus diante deles, mas Victor Vogel, levantando a mão, objetou.

— Auguste, meu bom amigo, a título de reconhecimento pela primeira visita do professor Renna à nossa cidade, e às notáveis habilidades de sua cozinha, vamos jantar a seu critério.

Auguste balançou a cabeça concordando, com gravidade.

— Então, meu amigo, posso sugerir uma salada de alface-manteiga com o nosso delicioso *vinaigrette limone*, seguido por um *fillet des perches du Lac Léman*, pois não há peixe melhor em toda a cidade, *messieurs*. Claro, o prato é acompanhado de *haricots verts* e nossa inimitável *rösti*. Para o vinho, recomendo o nosso Chasselas local, rascante, seco, revigorante. O complemento ideal para a riqueza amanteigada do peixe. Depois, para a sobremesa, quem sabe uma *Sacher Torte* de chocolate e framboesa e champanhe, seguidos de café e conhaque. Que tal?

Vogel bateu suas pequeninas palmas, deliciado.

— Perfeito, meu caro Auguste. Ele olhou para Nick e acrescentou: — E vamos começar com um coquetel. Martinis, bem secos, pode ser?

Nick concordou com a cabeça.

Enquanto Auguste deixava-os para pegar as bebidas, Nick perguntou a Vogel:

— Você mencionou a irmã Anne Marie. Quão bem você a conhecia?

— Ah, meu amigo, não tão bem quanto eu gostaria. Nós nos correspondemos algumas vezes durante vários meses e nos falamos ao telefone duas vezes. E, no entanto, ela me cativou.

Nick ficou surpreso com essa reação.

— Por que isso?

— Em primeiro lugar, porque ela era uma mulher que combinava uma fé incomum com um intelecto igualmente extraordinário. Você sabe como isso é raro? Ela era surpreendentemente sem preconceitos e sofisticada em sua forma de pensar. Eu, com meu estilo de vida *singu-*

— 61 —

lar e publicações controversas, deveria ter sido encarado como inimigo. Afinal de contas, ela era uma freira dominicana! Sua própria formação acadêmica e seu pensamento religioso eram diametralmente opostos ao meu. Mas ela entendeu que eu poderia ser útil em certas áreas de sua pesquisa sobre a fascinação da Idade Média por relíquias e, por isso, estava disposta a considerar o que para outros em sua posição seria inaceitável.

— Em segundo lugar, a comunicação com ela era simplesmente uma delícia... Entusiasmada, engraçada e tão humana... Eu estava tentando convencê-la de que uma viagem para Genebra seria bom para sua pesquisa. Acredito que ela estava realmente levando isso em consideração quando... quando ficou doente. — A voz do homem tornou-se rouca de emoção e seus olhos encheram-se de lágrimas.

Recuperando o equilíbrio, Vogel perguntou a Nick:

— E quanto a você, meu novo amigo? Qual era o seu relacionamento com a irmã Anne Marie? Como acabou incumbido de terminar seu trabalho? Não é, afinal de contas, a sua área de especialização.

Nick respondeu:

— Eu sou um velho amigo... da família.

Victor Vogel sorriu de forma encorajadora, e Nick pegou-se explicando:

— Annie e eu crescemos e estudamos juntos. Agora que penso nisso, Victor, a partir do momento em que nos conhecemos na sétima série até irmos para a universidade, passávamos pelo menos uma parte de cada dia juntos. E depois... depois eu entrei para o exército e ela para o convento. Nossas vidas tomaram direções muito diferentes. Até que eu lhe fiz esta última promessa.

Nick pegou seu Martini e sorveu um gole longo e profundo de sua secura gelada.

Victor Vogel nada disse por alguns instantes, apenas olhava nos olhos de Nick. Então, ele falou com doçura:

— Ah, começo a entender. Ela era, sem dúvida, uma mulher notável. Se eu fosse outro tipo de homem, meu amigo, eu acho que teria inveja dessa... amizade. Agora, como posso ajudá-lo?

Nick disse:

— Tem a ver com relíquias, Victor. Annie começou a escrever uma história da Ordem Dominicana na Idade Média, a partir de sua fundação por São Domingos, em 1216, traçando seu crescimento notável, e o crescimento ainda mais notável de sua influência política e eclesiástica durante seus primeiros cem anos. No curso de sua pesquisa, entretanto, deparou-se com a participação dos dominicanos na venda, a Luís IX de França, de uma série de relíquias da Terra Santa. O preço, evidentemente, era astronômico para a época, e a importância era imensa. Em última análise, como eu tenho certeza que você sabe, as relíquias foram levadas até Paris, e Luís IX construiu a Sainte Chappelle para abrigá-las. Foi nesse ponto que Annie começou a pensar que havia algo *suspeito* sobre toda a empreitada, algo que não cheirava bem. E foi por isso que ela recorreu a você, graças ao seu recente livro sobre relíquias. O que eu preciso é de sua ajuda para descobrir o que não cheirava bem.

Victor Vogel sorveu avidamente seu Martini e abriu um largo sorriso.

— Isso tudo é *tão* excitante, e vocês americanos falam de maneira tão vívida e criativa! Com toda certeza, eu posso ajudá-lo, Nicholas. Estou ciente da remessa de que você fala. Irmã Anne Marie e eu discutimos isso. Mas, primeiro, o quanto você sabe sobre relíquias?

— Muito pouco. E, para ser franco, até agora não tive muito interesse em saber.

Victor Vogel sorriu deliciado e disse:

— Então, beba sua bebida, aprecie sua refeição e deixe comigo que vou educá-lo, entretê-lo e esclarecê-lo. — Tomou um gole de Martini e começou:

— O fascínio da humanidade por relíquias e a suposição de que elas podem possuir algum tipo de poder sobrenatural são tão antigos quanto a existência do próprio homem. E transcendem todas as culturas, etnias e religiões. Os supostos restos de Édipo e Teseu foram homenageados em

Atenas, os ossos de Asclépio, em Epidauro, e os de Zoroastro também foram venerados. E a história da distribuição de relíquias do Buda realmente recebeu, em certa medida, confirmação da arqueologia do início do século XX. Entretanto, isso possibilitou que a Igreja Católica transformasse esse fascínio em algo mais — em outra forma de poder sobre seus súditos. Em meados da chamada "Idade das Trevas", no Concílio de Niceia, em 787, a Igreja Romana formalizou seu controle sobre as relíquias ao declarar que os bispos estavam proibidos de consagrar igrejas *sem* relíquias. Esse decreto foi posteriormente apoiado pelo Conselho de Constantinopla, em 1084. Então, as relíquias tornaram-se uma necessidade absoluta! Um século mais tarde, tudo mudou novamente, com as Cruzadas. A caça a relíquias e o valor delas, tanto monetária como eclesiasticamente, atingiu níveis fantásticos. Mas isso não era tudo. Afirmações falsas, práticas supersticiosas, santuários concorrentes e, o mais odioso de tudo, a compra e a venda de relíquias se alastraram. Pedaços da "verdadeira cruz" apareceram de repente em todos os lugares, o suficiente para se construir uma armada inteira! Tantos espinhos foram supostamente retirados da Coroa que seria necessária toda uma floresta de espinhos para dar conta de todos eles. Crânios, ossos e cabelos de santos eram as relíquias mais comuns, mas mesmo itens mais exóticos estavam supostamente disponíveis também... Como cabelos da Virgem Maria, em diversas cores bem diferentes, devo acrescentar. Várias cabeças de João Batista estavam à venda, assim como o corpo desmembrado de Santa Teresa, junto do cordão umbilical e até do prepúcio do próprio Jesus. Nenhuma catedral, nenhuma capela e nenhum mosteiro deixavam de ter sua própria coleção de relíquias, que muitas vezes eram mantidas em elaborados relicários de ouro cravejados de pedras preciosas. Se não fosse tão repugnante em sua ilusão cega e em seu cinismo arrogante, seria risível.

O comportamento do franzino homem fora-se tornando cada vez mais agitado enquanto falava, e Nick teve de perguntar:

— *Todas* eram fraudes? As relíquias não têm realmente qualquer poder ou significado?

Vogel respondeu:

— Quanto ao poder, bem, quem pode dizer? Nós, modernos, especialmente eu, desmistificamos a noção, é claro, mas tem seus adeptos. São Cirilo de Jerusalém, por volta do ano de 347, e alguns outros escritores patrísticos e medievais falam de algum poder especial inerente às relíquias, incluindo a ressuscitação de um cadáver, por mais improvável que isso pareça. Afinal, Nicholas, este é um universo amplo e complexo em que qualquer coisa pode ser possível. Tomando emprestado de Hamlet, "há mais coisas entre o céu e a Terra, Horácio, do que sonha a nossa vã filosofia". Talvez algumas relíquias realmente tenham poder, e de fato mereçam reverência. O que posso garantir é que *eu* não encontrei nenhuma.

— E qual é a posição da Igreja em relação a tudo isso?

Vogel não hesitou.

— Desprezível. Desprezível, hipócrita e manipuladora. Quando não estava fomentando a insensata devoção às relíquias, estava desviando os olhos de outros excessos, por interesses próprios.

Nick sorriu para ele e disse:

— Isso é uma acusação e tanto, Victor. Você parece ter a Igreja em menos conta ainda do que eu.

Vogel tomou outro gole de seu Martini e sorriu de modo um tanto triste, Nick notou.

— Deixe-me colocar de outra maneira, um pouco mais pessoal, meu amigo. Toda minha vida eu odiei valentões intimidadores. E pode ter certeza de que minha experiência com eles é vasta para além da conta, de uma forma ou de outra. A Igreja de Roma não passa de um desses valentões, o mais cruel, ameaçador, provocador e arrogante na história do mundo. Não porque ameace o seu bem-estar físico, embora tenha feito isso, também. Não! É cruel porque atormenta a sua vida ao ameaçar a sua alma imortal.

Fez uma pausa e sua expressão se tornou mais dura e sua voz mais estridente.

— Pense nisso, Nicholas, pense nos pobres coitados que não podem se alimentar nem alimentar suas famílias, e a Igreja ainda os proíbe de exercer o controle da natalidade, para que eles continuem a pôr no mundo mais crianças famintas só para vê-los viver vidas miseravelmente breves e morrer de morte horrível. Você já viu isso em fotos... Crianças com barrigas inchadas e olhar vazio, mães cujos seios devastados já não podem produzir uma gota de leite sequer, seus olhos escuros cheios de uma espécie de desamparo e desespero que ninguém deveria ter de suportar. Pense, também, nos maridos de luto e no sofrimento de seus filhos órfãos quando uma esposa e mãe é condenada a morrer no parto, mesmo que um aborto pudesse salvá-la. Pense nos milagres da ciência médica que não podem vir a ser concretizados porque a *Santa Madre Igreja* proíbe pesquisas que poderiam livrar a humanidade de uma miríade de doenças e sofrimento. E pense, finalmente, meu amigo, nos solitários, nas pessoas desprezadas a quem é negada a alegria e o conforto de outro corpo, porque a Igreja diz que todo sexo deve objetivar apenas a procriação. E qual é a ameaça, o preço da desobediência ou do desacordo? *A perda de sua alma imortal!* Em nome de Deus, quem está apto a pronunciar tal sentença? Certamente, não uma igreja repleta de pederastas, que gasta milhões de dólares comprando o silêncio daqueles que eles traíram!

Auguste chegou com as saladas e o vinho, e Victor Vogel aproveitou a oportunidade para recuperar a compostura. Novamente calmo, ele disse:

— Como pode ver, tenho pouco respeito pela Igreja Romana. Mas, para minha própria surpresa, vim a ter um grande respeito pela irmã Anne Marie. Assim sendo, o que eu puder fazer para ajudar, farei.

O acesso colérico daquele homem pequenino havia sido doloroso e, de alguma forma que Nick não entendia, dolorosamente pessoal. A vida não havia sido sempre um mar de rosas para Victor Vogel, mas ele parecia ter chegado a um acordo com ela. Nick respeitava a honestidade e a coragem nele. Era justo que Nick reconhecesse aquela coragem, sendo ele próprio honesto.

— Victor, preciso saber mais sobre a remessa de relíquias que Luís IX levou para a França. Annie estava sentindo que algo havia acontecido, provavelmente em Veneza, e que isso envolveu um assassinato e o roubo de uma relíquia muito importante. Em razão de sua importância e do preço pago, como seria possível que uma das relíquias fosse roubada ou trocada?

Victor Vogel ficou pensativo por vários minutos, saboreando sua salada e bebendo seu vinho.

— Roubo e fraude andam de mãos dadas quando se trata de aquisição de relíquias. A questão neste caso particular é: *por quem e para qual propósito específico?* A venda ou a posse de uma importante relíquia significaria grande riqueza e *status* elevado. Nesse caso, há inúmeros culpados possíveis, quase não há esperança nessa busca.

Então, uma ideia lhe ocorreu, uma ideia que simplesmente parecia ser a correta.

— Ah, mas suponha, meu amigo, que deixemos de lado a riqueza e o *status*. Suponha que o que importava era o *poder*. Se poder for o motivo, como tantas vezes é nas coisas relacionadas à Igreja, então, a questão de saber se uma relíquia *em si* tem poder é uma coisa, mas a *posse* da relíquia significa poder de outro tipo, e poder é o que impulsiona tanto governantes seculares como eclesiásticos. É por aí que deve começar.

Ele ficou quieto por um momento, seus pensamentos estavam focados nessa noção de poder. Então, disse, pensando em voz alta:

— Para ser o maior poder, Nicholas, seja simbólico ou, menos provável, embora possível, poder físico real, teria de ser uma relíquia intimamente associada ao próprio Cristo, ou a algum aspecto crucial de seu ministério.

De súbito, seus olhos se arregalaram.

— Claro! É a Coroa de Espinhos! Meu Deus, ela estava atrás da Coroa! Nicholas, meu amigo, finalmente eu percebo. O que mais poderia ser? Isto é o mais extraordinário.

De repente, ele colocou a mão sobre a boca e sussurrou encabulado:

— Oh, me desculpe, Nicholas. Entendo a necessidade de manter a maior discrição possível sobre este assunto. Nunca se sabe quem pode estar ouvindo, por bisbilhotice... ou pior.

A mesma preocupação havia ocorrido a Nick. Ele olhou em torno do restaurante, tentando encontrar qualquer evidência de interesse indesejável. A maioria dos clientes era de casais ou famílias, totalmente envolvidos com seus próprios assuntos e suas refeições. A única pessoa que jantava sozinha era um senhor de idade, careca, com prótese auditiva no ouvido esquerdo, aparentemente atento ao seu bife com batatas fritas. Sentindo o olhar de Nick sobre ele, o homem ergueu os olhos do prato e simplesmente sorriu para Nick. Então, voltou a prestar atenção no seu jantar — e, sem que Nick desconfiasse, também na conversa entre Nick e Vogel, que ele estava monitorando cuidadosamente por meio de seu fone de ouvido.

Victor se apressou em mudar o assunto da conversa.

— Já vi pelo menos um documento publicado em algum lugar que lista os itens comprados por Luís IX de Balduíno II que foram guardados pelos venezianos. No meio deles estava a Coroa de Espinhos. O documento em si não tem qualquer importância real. Na verdade, a irmã Anne Marie tinha conhecimento de uma série de documentos que localizavam a Coroa nas mãos dos venezianos. Entretanto, o truque é descobrir onde as relíquias foram guardadas enquanto estavam em Veneza, e por *quais* venezianos. Então, seremos capazes de determinar *quem* poderia ter tido acesso a elas. Amanhã, venha ao meu apartamento. É lá que mantenho meu escritório, e começaremos a rastrear a lista. Então, vamos tentar pensar como ladrões... ou, mais sagazes ainda, como dominicanos!

Ele se inclinou sobre a mesa e agarrou a mão de Nick.

— Meu amigo, isso é tão emocionante! Encontraremos a Coroa e escreveremos um livro juntos! E vamos dedicá-lo à irmã Anne Marie Reilly!

De repente, sua alegria desapareceu e ele ficou sério.

— Nicholas, se você realmente quer fazer isso, para descobrir o paradeiro da verdadeira Coroa e expor a fraude em Paris, precisa estar muito consciente de que, quando se trata de poder desse tipo, do tipo que pode influenciar ou alterar um papado, na verdade, toda a Igreja, há aqueles que farão de tudo tanto para tirá-lo de você quanto para chegar lá primeiro. Lembre-se, há facções dentro da Igreja, bem como fora dela, que fariam qualquer coisa para adquirir tal relíquia. Mas os interesses mais poderosos estão em Roma, rondando os corredores do poder, sobre os quais nada sabemos, preparados para manter o poder a qualquer custo. Você está pronto para enfrentar isso?

Nick simplesmente respondeu:

— Vamos começar amanhã.

~

Eram quase 23 horas quando Nick adentrou o saguão do Hotel de la Paix. Vivienne o saudou de trás do balcão:

— *Bonsoir, mon professeur*, espero que tenha tido um jantar agradável. Tenho uma mensagem telefônica para o senhor.

A mensagem era do padre Tim. Dizia: *"Nicky, tenho algumas informações interessantes sobre seus amigos da Fundação do Calvário. Ligue-me de volta na residência paroquial. Tim".*

Intrigado, Nick dobrou o pedaço de papel e colocou-o no bolso do paletó. Ele sorriu e disse para Vivienne:

— Muito obrigado, Vivienne. O jantar foi muito agradável. Mas o que você ainda está fazendo de plantão? Foi um longo dia para você.

Ela saiu de trás do balcão, soltou um prendedor que mantinha presos seus cabelos castanhos avermelhados e os deixou cair livremente sobre os ombros.

— Um dia longo que agora, graças a Deus, finalmente terminou. — Ela passou a mão pelos cabelos e disse: — E vou tomar um drinque bem merecido.

Nick foi pego de surpresa, embora apenas levemente, quando ela sorriu e acrescentou:

— Gostaria de se juntar a mim?

O bar do Hotel de la Paix tinha pé-direito alto, colunas de mármore e era belamente decorado. Nick e Vivienne escolheram uma mesa e um garçom veio imediatamente para anotar seus pedidos: um conhaque para Vivienne e um uísque escocês para Nick. Ele retornou momentos depois. Tomando um pequeno gole de seu conhaque, Vivienne não perdeu tempo.

— Então, me diga, professor, há uma senhora professora? — Seus olhos escuros brilhavam de malícia.

Nick respondeu:

— Não. Eu nunca fui casado.

Ao ouvir isso, Vivienne assentiu, como se confirmando algo de que já suspeitava. Ela perguntou:

— Você já foi "quase" casado? Isto é, como vocês americanos dizem, "por pouco" não casou?

— Uma vez — Nick respondeu. Desviando o assunto de si mesmo, ele perguntou:

— E quanto a você? Está casada agora ou já foi casada?

Vivienne tirou um cigarro da bolsa, acendeu-o e exalou um filete de fumaça antes de responder. Ela disse, sem emoção visível:

— Fui casada com um francês.

— Como era ele, esse francês? — Nick quis saber.

Ela encolheu os ombros com desdém.

— Como todos os franceses. Imaginava-se um intelecto brilhante, um amante fabuloso e um cozinheiro *gourmet*.

— E ele era? — Nick perguntou.

Vivienne deu uma tragada no cigarro e pareceu refletir sobre a questão seriamente. Com um sorriso, ela respondeu:

— Considerando todas as coisas, ele não era um cozinheiro ruim.

Ela então perguntou, com fingida inocência:

— Mas... e quanto a você, professor? Nós já sabemos que é intelectualmente brilhante. Você é um cozinheiro *gourmet*?

— Infelizmente, eu não cozinho bem — Nick disse a ela. — Para mim, o negócio é, principalmente, sanduíches e congelados.

— Ah! Então, agora eu sei dois de seus segredos, não é? — Ela apagou o cigarro no cinzeiro, levantou-se abruptamente e disse:

— Obrigada pela bebida, professor. Foi delicioso.

Nick, esperando que aquilo fosse um boa-noite de despedida, ficou surpreso quando ela acrescentou:

— Eu o convido a se juntar a mim para outro drinque, mas não aqui, entretanto.

Nick olhou para ela interrogativamente, e o sorriso reapareceu.

— Eu mantenho um apartamento aqui no hotel, para noites como esta, quando trabalho até tarde. Prefiro tomar meu segundo drinque lá, com mais conforto... e privacidade. Gostaria de se juntar a mim?

— Na verdade, sim — disse ele.

Duas horas depois, um Nick esgotado e satisfeito consigo mesmo destrancou a porta de seu quarto, com a fragrância do perfume de Vivienne e o cheiro almiscarado de seu corpo ainda impregnados nele. Ela tinha sido uma amante habilidosa e criativa, embora de forma alguma afetuosa. Ainda assim, para uma noite de sexo casual apenas, ela havia sido um presente delicioso e inesperado. A satisfação de Nick, entretanto, teve curta duração. Ao entrar em seu quarto, foi outro perfume que o surpreendeu.

A princípio, passou quase despercebido, e de fato teria passado despercebido se Nick não estivesse pensando nas fragrâncias de Vivienne. Mas o perfume persistente em seu quarto era diferente — nada que pertencesse a ele, com certeza, mas estranhamente familiar. Não era cheiro de purificador de ambientes ou de materiais de limpeza; era mais doce, mais enjoativo. Foi então que percebeu. Jules, o carregador e sua pavorosa colônia. Que diabos ele estivera fazendo no quarto de Nick?

Nick olhou para a cama. As cobertas haviam sido cuidadosamente dobradas e dois chocolates jaziam sobre os seus travesseiros, junto a uma nota da gerência desejando-lhe um agradável descanso — nada fora do comum para um hotel de qualidade. Ele caminhou até o banheiro e, lá também, tudo estava como deveria ser, o seu kit de barbear e variados produtos de higiene dispostos ordenadamente, suplementos de cortesia do hotel ao lado da pia.

Nick, então, voltou sua atenção para a área de trabalho do quarto, que incluía uma escrivaninha, acesso à internet, telefone e fax. Sobre a mesa descansava seu laptop, próximo à grossa pasta de papelão em que mantinha os artigos, as cartas e anotações que ele havia consultado antes de sair para jantar com Victor Vogel. Entre eles, as anotações que tinha feito sobre a empreitada até ali e os possíveis próximos passos depois que deixasse Genebra e viajasse para Roma. À direita da pasta, a cara caneta folheada a ouro, que havia sido um presente dos formandos em História do ano anterior.

Tal constatação atingiu Nick como um soco no estômago. *Santo Deus, a caneta...* estava à *direita* da pasta. Nick era canhoto. Depois de completar suas anotações, havia, como sempre, deixado a caneta do lado *esquerdo* de seu trabalho. Aquele maldito Jules esteve bisbilhotando em seu quarto. Mas por quê? O que estava procurando? E, o mais importante, a mando de quem?

Então, outra constatação, mais constrangedora e exasperadora, o atingiu. — *Oh, merda! Todo aquele episódio do encontro com Vivienne havia sido uma armação!* Quem diabos iria tão longe, e por quê? Nick relembrou as palavras de Victor Vogel: "Quando se trata de poder, há aqueles que farão de tudo para detê-lo". Mas não havia ninguém, além da Fundação do Calvário e do padre Tim Reilly, que soubesse o que ele estava fazendo. Ou havia?

Nick olhou para o relógio: quase 1h30 da madrugada em Genebra; o que correspondia a cerca de 19h30 da noite anterior em New Hampshire. Ligou para a casa paroquial da Santa Clara para falar com o padre Tim.

— Nicky, como vai você? Está fazendo algum progresso?

— Não sei se você chamaria de progresso, Timmy, mas eu aparentemente cutuquei com vara curta um leão que nem sabia que existia. Mas fale você primeiro. Qual é a história com a Fundação do Calvário?

— Eles são um grupo interessante, Nick. Canadenses, como você sabe. São extremamente bem financiados, ativos e muito generosos, porém, muito discretos e muito, *muito* católicos. Eles dividem sua filantropia em três áreas principais. A primeira é a educação católica; tudo, desde o maternal até a pós-graduação. A segunda é a assistência católica na saúde e nos cuidados infantis; hospitais, orfanatos, casas de acolhida temporária, esse tipo de coisa.

— Qual é a terceira? — Nick perguntou.

— É justamente a que nos interessa, é a que diz respeito ao trabalho de Annie. Eles financiam um grande número de atividades acadêmicas católicas. Segundo o site da Fundação, no ano passado, eles financiaram projetos que vão desde a restauração de obras de arte religiosas medievais e renascentistas até a encomenda de arte sacra moderna, da tradução de textos antigos até o financiamento de novas obras teológicas e filosóficas de estudiosos católicos. Uma grande parte do dinheiro custeia escavações arqueológicas e pesquisa de arquivos em sítios religiosos em todo o mundo.

— Quem paga a conta de tudo isso? — Nick quis saber.

— Um bilionário canadense chamado Émile Ducasse.

— Um bilionário *canadense*? Não pode haver um monte de caras assim por aí.

— Não há. E é isso que torna o cara ainda mais impressionante. Aparentemente, a família Ducasse se fez à moda antiga, trabalhando muito. O avô, François, foi um lenhador na Colúmbia Britânica e, de acordo com a opinião geral, por tudo que se diz, era um cara durão. Ducasse pai, Maurice, o seguiu no negócio quando era apenas um garoto, por volta dos 14 anos. Entretanto, na época em que Maurice tinha 25, ele e o velho já haviam comprado uma serraria, reconstruíram-na e a transformaram numa máquina de fazer dinheiro. Outras aquisições se seguiram ao longo dos anos, cortesia do cérebro, da determinação e da crueldade de Maurice. Então, seu filho Émile juntou-se ao negócio. Ele foi o responsável por levar a família à real opulência, expandindo os negócios da madeira para a mineração, o petróleo, o transporte e, por fim, os serviços financeiros e de consultoria.

— Impressionante — disse Nick. — Como é esse tal Émile?

— Com base na breve biografia que aparece no site da Fundação Calvário e em tudo o que pude encontrar *on-line*, ele tem 45 anos, é brilhante, bonito, bem-educado, solteiro e católico dedicado. É uma história e tanto. Esteve brevemente no seminário menor, mas desistiu e entrou para o negócio da família. Acabou fazendo faculdade e pós-graduação, embora a família tivesse condições de comprar uma faculdade inteira a essa altura, e conseguiu se destacar por mérito durante os anos de estudo.

— E quanto ao seu estilo de vida? — Nick perguntou. — Você encontrou quaisquer atividades questionáveis ou algo assim?

— Nicky, esse cara faz São Francisco de Assis parecer um libertino. Assiste à missa e comunga diariamente, e faz um prolongado retiro religioso uma vez por ano. Recebeu todos os tipos de prêmios seculares e filantrópicos, mas ele é realmente importante na Igreja Católica, especialmente para um leigo. É tanto Cavaleiro de Malta como Cavaleiro da Espora de Ouro, que é uma honraria papal concedida muito raramente. Ele teve várias audiências privadas com o Papa anterior, embora não tenha muito contato com o atual. Bebe apenas ocasionalmente, exclusivamente vinhos franceses, e, quando é obrigado a comparecer a funções sociais, tem por prática escoltar apenas mulheres de suas empresas, secretárias, datilógrafas, avós, executivas de nível médio. Para elas, é como um prêmio da empresa, uma espécie de "agradecimento pela dedicação ao trabalho", e sua conduta é sempre irrepreensível. Fora isso, ele é normalmente visto com sua assistente pessoal, Marie-Claude Levesque, que é bastante impressionante por si mesma. Graduada em Marketing pela Universidade McGill com mérito, formada em Direito pela Universidade de Quebec. Ducasse cerca-se de um bocado de poder de fogo intelectual.

O cara era realmente impressionante, Nick pensou. Ainda assim, algo o estava incomodando. Era o aviso de Victor Vogel sobre poder, e aqueles que fariam qualquer coisa para obtê-lo. Um pensamento lhe ocorreu.

— Tim, o que é seminário menor?

— É quando um menino, geralmente em idade colegial, decide que ele talvez possa ter uma vocação, e por isso entra em uma espécie de programa de treinamento pré-religioso. Geralmente é muito difícil, muito rigoroso, como forma de eliminar os fracos de coração. Mas a Igreja já não investe tanto nesse aspecto. Os garotos são jovens demais para tomar uma decisão tão importante. E nem quero entrar na questão do abuso.

— Santo Deus, isso soa doentio, horrível e tirânico. Mas por que será que eu não estou surpreso? Ouça, me faça mais um favor. A única coisa no currículo de Ducasse que se aproxima de uma falha parece ser o abandono do seminário menor. Por quê? O que aconteceu ou o que o levou a fazer isso? Se é para esse cara que estou de fato trabalhando, quero saber mais sobre ele.

O padre Tim disse:

— Com certeza. Vou ver o que posso fazer. Quando é que você quer que eu volte a entrar em contato?

Nick respondeu:

— Vou me encontrar com Victor Vogel em sua casa amanhã cedo. Depois, pego um avião para Roma na parte da tarde para procurar esse tal de monsenhor Della Vecchia, que Annie mencionou em suas anotações. Depois que chegar e já estiver acomodado, dou uma ligada pra você. Imagino que dentro de dois dias.

O padre Tim disse:

— Já ouvi falar dele, esse Della Vecchia. Está agora na Comissão Pontifícia para o Patrimônio Cultural e Artístico da Igreja. Um cara brilhante, bom sacerdote, mas é um pouco rebelde também. Seu trabalho acadêmico tenta estabelecer uma ponte entre a ciência e a teologia, o que faz dele um pouco avançado demais para alguns tradicionalistas linha-dura. Para ficarem de olho nele, lhe deram uma posição "abaixo do radar", bastante discreta e fora de exposição. Ele é uma espécie de "erudito em quarentena". Não consigo imaginar um homem como ele às voltas com essa questão. Será interessante ver como ele reage a você, Nicky.

— O que é essa Comissão e o que ela faz? — Nick perguntou.

— Bem, é aí que o contato de Annie com ele fica interessante. A Comissão preside a tutela do "patrimônio histórico e artístico" de toda a Igreja. Isso significa que eles são os responsáveis por todas as obras de arte, pelos documentos históricos e textos, tudo mantido em museus, bibliotecas e arquivos, inclusive as relíquias. São os caras que ou serão de muita ajuda a você ou podem lhe dar uma grande dor de cabeça. Boa sorte!

— Timmy, você deve ter alguns contatos em Roma. Você passou dezoito meses estudando lá, certo? Você pode me dar um nome ou um contato? Melhor ainda, você pode mexer os pauzinhos para arranjar um encontro meu com o monsenhor Della Vecchia?

O padre Tim suspirou:

— Nicky, exatamente quando eu me tornei seu assistente administrativo? Ok, eu vou tentar. Mas só porque minha irmã viria me assombrar se eu não fizesse.

— Você é o cara, Timmy.

Agitado, cansado e sentindo-se afundar cada vez mais em águas perigosas, Nick caiu na cama.

Capítulo 4

Genebra, Suíça

Na manhã seguinte, Nick deixou o hotel, atravessou a Pont du Mont-Blanc e se dirigiu novamente para a Cidade Velha de Genebra e a seu encontro com Victor Vogel. A Cidade Velha é uma área tranquila de ruas de paralelepípedos e casas cinzentas de pedra, altas e elegantes, que datam dos séculos XV, XVI e XVII. A casa de Victor Vogel localizava-se bem na saída da Rue Fontaine, não muito longe da Place du Bourg-de-Four. Chegando ao endereço que Victor lhe dera, Nick viu-se diante de um prédio de quatro andares, do século XVII, estreito e muito bem conservado, que contava com vários pequenos balcões de ferro forjado (cada qual com jardineiras repletas de flores), janelas altas guarnecidas de venezianas e uma elaborada porta dupla de madeira entalhada, arrematada com duas reluzentes aldravas de latão e uma daquelas campainhas antigas, consistindo de uma sineta e corrente. Victor Vogel, evidentemente, morava muito bem.

Nick foi recebido na entrada por um jovem louro de, talvez, uns 30 anos, bem constituído, que se apresentou como Lorenz, assistente-executivo de Victor. Ele acompanhou Nick até o segundo andar, que era onde, conforme informou a Nick de uma forma um tanto arrogante, "*Herr* Vogel mantém seu escritório particular".

— Ah, Nicholas, meu caro amigo! Seja muito bem-vindo — saudou Nick um radiante Victor Vogel com um aperto de mão caloroso e um tapinha nas costas. Em seguida, virou-se para Lorenz:

— Lorenz, por gentileza, tomaremos café com *croissants* na varanda em cerca de quinze minutos. O professor Renna e eu temos algumas coisas para discutir antes.

Vogel sorriu enquanto Lorenz se retirava.

— Então, venha comigo, Nicholas. Estive ocupado e fui bem-sucedido.

Victor conduziu Nick ao seu escritório, uma grande sala com pé-direito alto e lareira, uma enorme mesa de mogno e as quatro paredes cobertas por estantes cujas prateleiras estavam abarrotadas de livros diversos, manuscritos e objetos de arte.

Vogel apontou para a tela do seu laptop, que exibia o que parecia ser uma análise acadêmica das práticas bancárias na Idade Média.

— Veja isso aqui, meu amigo. Os banqueiros venezianos são a chave. A fome de dinheiro e a fome de poder são inseparáveis, de modo que eles não poderiam ficar de fora de uma operação tão importante como a que envolve as relíquias. O desafio para você é identificar o banqueiro certo. Lembre-se de que, no século XIII, Veneza estava se tornando uma grande potência, *la Serenissima Repubblica*, "a república mais serena". Em virtude da força de sua Marinha e de seu comércio com o Oriente, principalmente com Constantinopla, e sendo o ponto mais ocidental da Rota da Seda para a China, Veneza estava embarcando em quatrocentos anos de riqueza incomparável. E eram as famílias de comerciantes e banqueiros que detinham a maior parte da riqueza e do poder. Tais famílias perduraram durante centenas de anos. Algumas existem até hoje. São chamadas de *I longhi*, famílias como os Bessagio, os Morosoni, Cornaro, Dandolo, Orsini...

Nick o interrompeu:

— Espere um minuto. *Orsini!* Annie mencionou esse nome em suas anotações. Deixe-me pensar um instante... Ela tinha escrito algo como: "*Quem matou o conde Orsini?*". Santo Deus, Victor, tem de ser a mesma família.

Um pensativo Victor Vogel levou Nick da biblioteca para a varanda do terceiro andar, onde uma mesa havia sido posta com flores frescas, um serviço de café em prata e *croissants* recém-assados, ainda quentes. Uma vez sentados à mesa, Vogel serviu primeiro Nick e depois a si próprio.

Então, disse:

— Neste caso, você deve ir a Veneza e procurá-los, Nicholas. Essas famílias têm orgulho de sua história e de sua longevidade. Elas certamente possuem algum tipo de registro ou documentos que você pode pedir para consultar, especialmente em sua posição de historiador. Em todo caso, os venezianos eram mestres em velhacarias e manipulação, os banqueiros ainda mais. Se houve alguma falcatrua na aquisição da Coroa, os banqueiros de Veneza, e muito provavelmente o seu conde Orsini, estavam no meio.

Nick disse:

— Bem, minha próxima parada é Roma. Annie achava que um tal de monsenhor Della Vecchia, que é presidente da Comissão Pontifícia para o Patrimônio Cultural e Artístico da Igreja, poderia ser útil. Até agora, ela acertou, Victor. Ela me trouxe até você.

Vogel sorriu agradecido. Então Nick, que normalmente sempre preferia trabalhar sozinho, surpreendeu a si mesmo tanto quanto a Vogel ao perguntar:

— Ei, Victor, você se importaria de vir comigo? Sua colaboração certamente seria de grande ajuda para mim.

Vogel, embora encantado com o convite, respondeu:

— Receio que seja obrigado a declinar do seu convite, Nicholas, pois tenho uma série de importantes ainda que tediosas reuniões às quais preciso comparecer... com editores, agentes, advogados, esse tipo de aborrecimento. O próximo compromisso é nesta manhã mesmo, um pouco mais tarde. Mas, à medida que sua aventura avançar, meu amigo, eu espero que possamos juntar forças novamente. Enquanto isso, lembre-se: o que você procura é um artefato precioso e, possivelmente, poderoso. Inevitavelmente, outros também irão procurá-lo. Como é mesmo aquela expressão maravilhosa que se usa em todos aqueles deliciosos filmes de espionagem norte-americanos? — Vogel pensou por alguns instantes. Então, disse: — Ah, sim, lembrei!

Ficou sério:

— Fique atento à sua volta, Nicholas. *"Watch your back."*

Depois de deixar Vogel, Nick voltou ao Hotel de la Paix para fazer as malas e planejar seus próximos movimentos. Ele tinha várias horas antes de pegar o voo da Alitalia que partia às 15 horas de Genebra, para chegar a Roma às 16h30. Tempo de sobra para embarcar no "Leonardo Express", ligando o Aeroporto Fiumicino/Leonardo DaVinci ao centro de Roma, e de lá pegar um táxi para o seu hotel, perto do Vaticano.

Quando estava fazendo o *check-out*, Nick percebeu que os recepcionistas eram dois jovens que ele não tinha visto antes. Nem sinal de Vivienne ou Jules. Nick perguntou ao recepcionista que lhe apresentou a conta:

— Vivienne não está trabalhando hoje?

— Não, senhor. Ela voltou para Zurique. Posso ajudá-lo em alguma coisa?

— Zurique? O que ela está fazendo em Zurique?

O recepcionista pareceu desconcertado pela forma de Nick falar.

— O escritório central de nossa rede, senhor, está localizado em Zurique. Temos hotéis em toda a Europa — explicou, com certo orgulho.

— Isso é maravilhoso, mas quero saber de Vivienne e Jules. — Suavizando sua abordagem, Nick acrescentou: — Eu só queria agradecê-los pessoalmente pelo serviço esplêndido, especialmente o serviço prestado por Vivienne. — A ironia passou despercebida pelo recepcionista, que ainda parecia perplexo.

— Senhor, Vivienne e Jules trabalham para a Argus Security, uma empresa que presta serviços para todos os nossos hotéis. Faz parte de um conglomerado canadense, Ducasse Ltda., creio. Agora, senhor, tem certeza de que não posso mesmo ajudá-lo de alguma maneira?

Agora, quem estava perplexo era Nick. Ele pagou a conta rapidamente e dirigiu-se ao Aeroporto Internacional de Genebra.

~

O voo de Nick, pela Alitalia, partiria do Terminal M. Enquanto caminhava para a alfândega e a segurança, ele meditava sobre a estupidez de sua aventura com Vivienne e sobre o fato de ter caído tão facilmente numa armação. A questão mais importante, entretanto, era: por quê? O que Jules estaria procurando? E para quem, de fato, eles estariam trabalhando? Qual o interesse? Ainda pensativo, aproximou-se da verificação da segurança, apanhou seu passaporte e sua passagem e os entregou ao agente.

O agente olhou atentamente o passaporte de Nick, em seguida, o próprio Nick e, depois, voltou para o passaporte novamente. Então, ele se virou para um policial uniformizado que estava por perto observando com cuidado. O agente de segurança fez um sinal com a cabeça e o policial uniformizado se aproximou de Nick.

— Professor Renna? Queira me seguir.

— O que está acontecendo, policial? Tenho certeza de que meu passaporte e o bilhete de viagem estão em ordem. E meu avião sai em menos de uma hora.

— Apenas me siga, professor.

O homem conduziu Nick até um pequeno escritório, no qual se encontrava um homem de meia-idade alto, de rosto pálido, vestindo um caro terno cinza-escuro e um casaco, fumando um cigarro sem filtro.

— Ah, professor Renna, serão apenas alguns minutos, eu lhe asseguro — disse ele, com afetada simpatia. — Sou o inspetor-chefe Denis Chabron, do GIS suíço, o Groupe D'Investigations Spéciale. — Ele mostrou a Nick sua identificação. — Professor, você está a caminho de Roma, não é?

— Inspetor-chefe, o senhor obviamente sabe quem eu sou. Então, por que não me diz simplesmente o que está acontecendo aqui, para que possa então retornar aos seus assuntos mais prementes e eu pegue o meu voo?

Sem pressa, Chabron tragou languidamente o cigarro, exalou a fumaça e, em seguida, perguntou abruptamente:

— Qual é o seu relacionamento com Victor Vogel, professor?

A questão pegou Nick totalmente desprevenido. Que diabos estava acontecendo? No que Victor poderia estar envolvido que tivesse qualquer coisa a ver com o GIS suíço?

— Eu o conheci ontem, por razões profissionais. Eu o procurei para conversarmos a respeito de uma pesquisa histórica para um projeto em que estou trabalhando. Ele acabou sendo muito útil, extremamente útil, na verdade. Nós nos tornamos amigos.

Chabron lhe perguntou, em tom de desafio:

— E quando foi a última vez que o viu?

— Hoje mesmo, pela manhã. Encontrei-me com ele em sua residência. Tomamos café e *croissants* e discutimos meu trabalho. Inspetor--chefe, Victor tem uma vasta experiência em áreas com as quais não estou familiarizado. Não sou um medievalista. Minha especialidade é a história europeia do século XX, principalmente a Segunda Guerra Mundial. Mas estou perseguindo um tópico no qual uma colega minha estava interessada, uma história da Ordem Dominicana durante os primeiros duzentos anos após sua fundação. E, se não for perguntar demais, que possível interesse isso tem para o senhor? E por que todas essas perguntas sobre Victor?

Sem emoção nos olhos castanhos que observavam Nick cuidadosamente, Chabron respondeu:

— Lamento informá-lo, professor, que Victor Vogel está morto. Ele saltou, caiu ou foi empurrado da sacada do terceiro andar de sua residência há apenas duas horas. Bem próximo ao horário em que o senhor afirmou que estava com ele.

— Ah, meu Deus... — disse Nick, sentindo o choque repentino daquela perda dolorosa e surpreendente. — Victor. Oh, Deus. O que diabos aconteceu?

— Estava esperando que o senhor pudesse nos dizer. Evidentemente, o assistente-executivo de Vogel, Lorenz, estava fora, incumbido de alguma tarefa. Verificamos essa informação, é claro. Ele voltou e encontrou uma multidão reunida na rua, diante da casa. A polícia chegou quase ao mesmo tempo, no momento em que Lorenz identificava o corpo estendido na rua como o de Victor Vogel.

Nick meneou a cabeça, consternado:

— Santo Deus, Victor.

O inspetor-chefe perguntou:

— Qual era a natureza de seu assunto com Vogel?

— Já lhe disse. Discutíamos o meu projeto de pesquisa. Victor contribuía com sua experiência, com seu conhecimento sobre a Idade Média.

— Qual era o estado de espírito dele? Estava com medo? Deprimido? Desanimado? Homens com a mesma... hum... *inclinação* de *monsieur* Vogel muitas vezes são emocionalmente, digamos, frágeis.

Nick respondeu rapidamente:

— Ele estava entusiasmado, ansioso por ajudar, e me ofereceu conselhos muito preciosos. Quanto à sua "inclinação", era assunto dele, não nos diz respeito.

— Ao contrário, professor. Por melhor que seja a sua intenção de protegê-lo, por qualquer motivo, tudo que possa contribuir para solucionar essa questão diz, com toda certeza, respeito a mim. Neste momento, então, tem mais alguma coisa a acrescentar?

— Não.

— Muito bem, o senhor pode ir. Mas fique atento, professor. Entrarei em contato com meus colegas em Roma. Ficarão muito interessados em suas atividades. E, dependendo do rumo que a investigação tomar, eu posso contatá-lo novamente. Faça uma boa viagem!

Mais tarde, sentado na classe executiva, a espetacular paisagem dos Alpes a passar despercebida abaixo dele, um Nick inquieto refletia sobre o número de mortes, acidentais ou não, relacionadas com a busca da Coroa. Annie havia morrido durante a sua investigação sobre ela, Victor morreu (ou foi assassinado) ao tentar localizá-la e, de acordo com a pesquisa de Annie, em 1238 o conde Orsini havia sido horrivelmente mutilado enquanto ela estava em seu poder. Isso o levou a se perguntar: o que, de fato, havia acontecido ao conde Orsini? E teria isso alguma implicação hoje, quase oitocentos anos mais tarde? Enquanto Nick prosseguia sua viagem para Roma, se lembrou das palavras de despedida de Victor: "*Fique atento à sua volta, Nicholas. 'Watch your back'*".

Capítulo 5

Isola di San Giorgio, 1238

Por 250 anos, o monastério beneditino naquela pequena ilha na laguna de Veneza havia sido um conveniente e acolhedor refúgio para uma variedade eclética de monges e estudiosos visitantes, peregrinos errantes e ricos patronos.

Agora, Frei Tiago sentava-se ali com o Inquisidor em um depósito mal iluminado, três andares acima da capela do mosteiro, e dois andares acima das humildes celas dos monges. Em torno deles, o trabalho de mais de dois séculos dos dedicados beneditinos: centenas de pergaminhos, volumes encadernados com couro, manuscritos adornados com iluminuras, livros de oração, traduções da Sagrada Escritura e até mesmo registros meticulosos de visitantes casuais do mosteiro. Apesar de seca e empoeirada, a sala era, na verdade, bastante aconchegante. Mesmo assim, Frei Tiago experimentou um calafrio bem perceptível.

— Você fez bem, Frei Tiago — falou o Inquisidor, com uma voz tão seca e empoeirada quanto a sala. Seu rosto estava parcialmente coberto pelo capuz do hábito, mas Frei Tiago ainda podia ver-lhe o semblante delgado e contraído, o nariz aquilino e os olhos escuros, sem vida. O Inquisidor prosseguiu: — Sabe, Frei Tiago, este é um momento que irá mudar o mundo.

Ele indicou o saco de pano rústico que continha a relíquia sagrada roubada por Frei Tiago segundo instruções do Inquisidor; instruções essas, por sua vez, enviadas pelo próprio Pontífice. Ele continuou:

— Apesar da ganância ou da sede de poder, nem imperadores nem reis possuirão esse tesouro. Pertence tão somente à Sua Santidade. Para ser usado apenas para veneração.

O rei a quem o Inquisidor se referia era Luís IX da França, que havia pago uma soma verdadeiramente principesca pelo artefato que o Frei Tiago havia roubado; o imperador era Frederico II, Sacro Imperador Romano-Germânico, em sua luta contra o Papa Gregório IX pelo poder temporal no mundo cristão, que se arrastava havia décadas e resultara na sua excomunhão.

Mas Frei Tiago não encontrou consolo nessas palavras, nem muita veracidade. Observava, com um crescente mau pressentimento, enquanto o Inquisidor, com mãos trêmulas e olhos arregalados, removia com avidez a relíquia de seu rude invólucro.

O Inquisidor quase desmaiou quando sentiu a energia pura e transcendente que emanava da relíquia sagrada pulsar por todo o seu corpo. Sua respiração acelerou e seu rosto ficou vermelho; seu corpo se contorceu e estremeceu sob o manto de lã negra. O Inquisidor esticou os lábios finos num horrível arremedo de sorriso e olhou ameaçadoramente para Frei Tiago. Foi então que Frei Tiago chegou a uma chocante conclusão que alteraria o mundo.

A relíquia sagrada e seu poder não passariam para Luís IX; nem acabariam nas mãos de Frederico II e sua luta política. Tampouco nas de Sua Santidade, o Papa Gregório IX. Não, o homem que agora segurava a Coroa de Espinhos jamais a largaria.

Frei Tiago assistiu em silencioso terror quando o Inquisidor, o Reverendíssimo Aguinaldo Guttierez-Ramos — um homem que havia ordenado a tortura e presidira a morte de centenas, sem mostrar um pingo de misericórdia —, levantou a Coroa e disse:

— A Coroa é a Coroa do sofrimento. Seu poder é o poder do sofrimento. Como servo devoto de Nosso Senhor e conhecendo a necessidade do sofrimento, tenho direito ao seu poder. — E, então, cometeu o sacrilégio: colocou a Coroa de Espinhos sobre a própria cabeça.

A transformação foi tão rápida quanto chocante. Os olhos do Inquisidor primeiro cintilaram e abaularam antes de revirarem totalmente, como se, de certa forma, estivessem olhando para o abismo de sua própria alma. A boca se abriu em um grito silencioso, enquanto os dedos recurvaram-se e torceram-se, e as unhas alongaram-se em garras. Frei Tiago desejou fugir, mas permaneceu paralisado no lugar por uma mórbida fascinação pelas horripilantes mudanças que presenciava.

E, então, Santo Deus, como se aquilo já não fosse suficiente, o Inquisidor começou a raspar, arranhar e retalhar a própria pele, rasgando-a horrivelmente, debatendo-se em agonia, mas incapaz de parar. Seus olhos foram arrancados das órbitas, suas faces, transformadas em tiras de carne dependuradas do osso. Em seguida, as garras prosseguiram a destruição pelo pescoço e pelo peito, descendo mais e mais, até que ele já não era mais do que uma irreconhecível massa de carne sangrenta, contorcendo-se, convulsa, mas ainda continuando a se dilacerar, com a boca aberta num grito sem som todo o tempo.

E Frei Tiago compreendeu. Aquela era a mesma morte experimentada pelo conde Orsini, a morte destinada a qualquer pessoa que se atrevesse a colocar na cabeça a Coroa de Espinhos. Ao som dos estertores finais do Inquisidor, Frei Tiago pegou a Coroa e guardou-a novamente no saco de pano rústico.

Temeroso, mas determinado, pôs seu plano em ação. Pegou um pergaminho e registrou suas experiências e seus atos — não em latim, mas em seu idioma nativo antigo. E escreveu de tal forma que o manuscrito — se algum dia fosse encontrado — não faria sentido para qualquer um, apenas para um compatriota; de maneira confusa e enganosa para todos, menos para o mais digno e inteligente. Para esse, entretanto, seu manuscrito revelaria o poder e a glória.

Ele assinou seu nome de nascimento, enrolou o pergaminho em um cilindro, depois o embrulhou em couro macio. Em seguida, amarrou-o com uma fita de seda e colocou-o entre centenas de outros pergaminhos como aquele no depósito.

Antes da primeira luz da aurora, com o precioso e mortal tesouro escondido em seu embornal, Frei Tiago deixou o mosteiro de San Giorgio Maggiore furtivamente e começou sua jornada final, rumando para o oeste e depois para o sul, para o anonimato e o lar.

Roma, Itália, 2007

Marie-Claude Levesque e Émile Ducasse sentaram-se no escritório do caro e elegante apartamento de Ducasse, perto do Campo de' Fiori, não muito longe da Piazza Farnese e da Piazza Navona, a leste, e da Piazza San Pietro e do Vaticano, do outro lado do Tibre, a oeste. Conversavam sobre negócios.

— Senhor — a sempre eficiente senhora Levesque começou a falar —, o serviço em Genebra foi muito bem executado. A possibilidade de qualquer pessoa vir a saber sobre a importância da pesquisa do professor Renna por intermédio de Victor Vogel foi eliminada. Nosso agente não foi descoberto, e o equipamento funcionou perfeitamente. E, como era de esperar, Gregory agradeceu a oportunidade de servir ao Senhor.

Ela usava uma blusa bege leve e uma saia combinando, apropriadas para trabalhar no calor do verão implacável de Roma. A saia, vaporosa, levantou-se repentinamente, oferecendo a visão de suas longas e magníficas coxas.

Ducasse, por ora concentrado apenas em seu relatório, sorriu.

— Por favor, não deixe de dizer a ele que não é necessário me agradecer, senhora Levesque. Aprecio demais as habilidades e a dedicação de Gregory. Prossiga, por favor.

A senhora Levesque continuou:

— A equipe de Zurique também obteve importantes informações sobre uma série de questões que Renna pretende investigar, juntamente com vários contatos que ele fez ou pretende fazer, tanto em Roma como em Veneza. A equipe entrará em contato com seus correspondentes nessas cidades para implantar os recursos apropriados. Os planos de Renna para depois de Veneza ainda são desconhecidos. De fato, determinar exatamente o que ele vai fazer em seguida pode ser um problema. Ele é bastante imprevisível e parece ser um tanto incoerente. — Percebendo que o interesse de Ducasse havia aumentado, ela prosseguiu:

— Na avaliação da equipe de Zurique, Renna foi surpreendentemente fácil de enganar. Ou ele não é particularmente sofisticado, ou permite que matérias alheias, tais como sexo, prejudiquem o seu julgamento. Em todo caso, não parece fazer ideia de que estamos interessados nele, não apenas financiando a pesquisa. Isso faz dele um alvo fácil, e fácil de seguir.

Ducasse disse:

— Comportamento tipicamente americano, só que mais patente. Por favor, continue.

— Apesar desses defeitos, entretanto, de acordo com nossa verificação de seus antecedentes, suas credenciais acadêmicas e seu histórico militar são impressionantes. Por razões ainda não inteiramente conhecidas, o que mais importa para ele nisso tudo é a reputação da irmã Anne Marie Reilly, amiga da família. Não liga a mínima para si mesmo, nem para a possibilidade de obter fama ou fortuna; só o que importa é ela. A esse respeito, porém, é obsessivo. Em matéria de relacionamentos, o professor Renna é sexualmente promíscuo e autoindulgente, mas permanece emocionalmente desprendido. Na verdade, em todas as suas relações interpessoais, ele permanece emocionalmente distante.

Ela pensou um momento e continuou:

— Vamos considerar, senhor, esse distanciamento. Pode ser uma brecha para nós. Ele vive em uma cidadezinha insignificante, no estado quase ignorado de New Hampshire, da qual ele raramente sai. Leciona em uma faculdade remota, embora de muito prestígio. Tem um grupo muito pequeno de amigos que não vê com frequência.

Quanto mais refletia sobre o estilo de vida peculiar de Nick Renna, mais animada a senhora Levesque se tornava. Ela prosseguiu:

— Senhor, todo o seu modo de vida, assim como o lugar que ele escolheu viver, é excêntrico, fora de mão. Isolado. Assim sendo, com Victor Vogel fora da equação, Renna está ainda mais isolado. Sem os contatos de Vogel, encontra-se sem uma rede para ajudá-lo ou dar cobertura a ele. Sendo assim, senhor, que dificuldade ele poderia nos impor como adversário?

Ducasse, recém-saído do banho e vestindo um roupão branco que conseguia ser a um só tempo luxuoso e simples, bebeu um gole de sua limonada gelada com sabor de hortelã e disse:

— Não nos precipitemos em nossa arrogância, senhora Levesque. Vogel era uma criatura patética, sem dúvida. Mas não era burro. Pode muito bem ter dado conselhos ao professor Renna ou instruções das quais nós não temos conhecimento. Além disso, Renna pode ser muito ligado em sexo, não ter muito autocontrole, mas nunca nos esqueçamos do maldito talento dos norte-americanos para o improviso. Devemos admitir o desconhecido, o inesperado. Quero uma estratégia desenvolvida para lidar com Renna, que possamos implantar de forma eficaz aonde quer que ele vá e seja lá o que fizer, não importa o quanto equivocada, autoindulgente ou inadequada seja a forma de ele se comportar.

A senhora Levesque descruzou e voltou a cruzar as pernas muito longas, proporcionando, novamente, uma ampla visão de suas esplêndidas coxas. O olhar de Ducasse se demorou ali.

Ela disse:

— Eu já desenvolvi uma, senhor.

Ducasse mudou um pouco sua posição no assento e falou, numa voz um pouco mais rouca do que pediria uma conversa de negócios:

— Você é incomparável, senhora Levesque. Por favor, continue.

— Muito simples, senhor, nós podemos usar suas idiossincrasias contra ele próprio. É claro que precisamos dele para ter sucesso na localização do artefato. Mas queremos que ele faça isso sem ser notado, sem despertar interesse ou suspeita. Então, como vamos proceder? De três maneiras. Para começo de conversa, acima de tudo, Renna é um solitário. Muito bem, vamos mantê-lo isolado. Ele já viajou para a Europa e esteve na Itália várias vezes a trabalho, fazendo pesquisas, mas a Idade Média não é sua área de especialização; assim sendo, num sentido acadêmico, logo de saída ele está "isolado". Bem, continuamos a mantê-lo deslocado e inseguro. Para conseguirmos isso, a Fundação do Calvário pode fazer certas exigências junto a ele, em virtude dos termos do subsídio da pesquisa. Por exemplo, como o senhor já ressaltou, o fator tempo é fundamental. Então, devemos insistir em afirmar que ele precisa entregar a Coroa ou informar o seu paradeiro certo, digamos, dentro de poucas semanas. O próximo Sínodo proporciona a oportunidade perfeita. Isso vai forçá-lo a seguir uma trilha puramente acadêmica, sem desvios ou oportunidades para desenvolver quaisquer aliados ou contatos. E se, mesmo assim, ele der um jeito de conseguir ajuda, nós simplesmente aplicamos a "solução Vogel" e prosseguimos. A próxima providência é mantê-lo em estrita vigilância, para que possamos antecipar e influenciar seus movimentos em nosso benefício. Precisamos nos certificar de que sabemos o que ele está pensando quase no instante mesmo em que ele pensar. Nós temos... isto é, o *senhor* tem... recursos globais mais do que suficientes para isso. A equipe de Roma pode substituir a equipe de Zurique e assim por diante, de modo que, aonde quer que Renna vá, nossa gente estará lá. Por último, com a nossa proximidade estreita e permanente, será fácil interceptá-lo no momento em que ele encontrar a Coroa ou descobrir seu paradeiro exato. E depois, bem...

Ducasse sorriu.

— Isolamento, vigilância, interceptação. Senhora Levesque, você é muito boa. Pode agir de acordo com o seu plano.

Ducasse, muito aliviado com as novidades, recostou-se em seu lugar, o olhar percorrendo de forma apreciativa e demorada o corpo esguio da senhora Levesque. Então ele disse:

— Muito bem, senhora Levesque. Muito bem. Você é muito boa em seu trabalho.

Então, Ducasse acrescentou, com o rosto em fogo, a voz rouca:

— Mas você também pode ser muito má. Na verdade, você está sendo muito má neste exato momento — disse ele, olhando aquelas longas pernas, o espaço entre elas.

Sabendo bem o que estava por vir, e pronta e ansiosa para que começasse logo, a senhora Levesque, no entanto, fingiu confusão.

— Má? Como assim, senhor? Como estou sendo má? — Ela se aproximou e parou em pé diante dele.

A voz de Ducasse engrossou:

— Você está me fazendo ter pensamentos impuros, senhora Levesque. E eu não posso ter pensamentos impuros. Devo permanecer forte, puro e concentrado. Mas você fica me tentando, fica me tentando...

Então, a expressão de seu rosto mudou e ele pareceu voltado para dentro de si, para algo que só ele podia ver.

— Como fez Mimi. Mimi fez isso comigo...

A senhora Levesque sentiu uma pontada aguda de excitação e expectativa. Ela não sabia quem era "Mimi" ou o que ela representava para Émile Ducasse, se era uma memória ou uma fantasia. Mas quando ele evocou o nome, ambos sabiam o que estava para acontecer.

A senhora Levesque, fingindo confusão, disse:

— Mimi, senhor? O que Mimi fez?

Os olhos de Ducasse se arregalaram e os lábios se apartaram. Estava ao mesmo tempo tendo lembranças e antegozando. Quase sussurrando, ele disse:

— Ela me mostrou o corpo, seus lugares escondidos, seus locais escuros. Mimi me fez fazer coisas com ela, fez acontecerem coisas comigo que eu não podia controlar. Mas devo estar sempre no controle. Devo controlar essas coisas.

A senhora Levesque aproximou-se mais, com as mãos alisando a frente da saia sugestivamente. Postou-se diante dele, com a virilha a poucos centímetros do rosto de Ducasse e levantou a saia, revelando a calcinha ousada.

— Quer dizer pensamentos deste tipo, senhor?

A voz de Ducasse soou quase inaudível.

— Você tem de ser punida, Mimi. Tire a saia. — Ela o fez, lentamente, primeiro desabotoando-a na cintura, depois, puxando-a para baixo, os dedos arrastando junto, aparentemente sem querer, a borda da calcinha, expondo a macia pele abaixo do umbigo. A saia caiu no chão.

— 91 —

— Impureza exige punição. Você deve ser punida por sua impureza, Mimi, você sabe disso. É a única forma de salvação.

— Por favor — ela disse, com voz rouca, os olhos arregalados —, por favor, me castigue. Seja a minha salvação.

Ducasse, permanecendo sentado, abriu as dobras de seu roupão de banho.

— Tome a sua posição.

Marie-Claude Levesque, então, esparramou-se no colo de Émile Ducasse, virilha contra virilha, o rosto pressionado contra as almofadas do sofá.

Ducasse disse:

— Você é uma pecadora! Deve ser punida por sua condição de pecadora! — E ele a espancou forte. — Punida por sua falta de pudor. — Ele a espancou mais forte. — Punida por me tentar, Mimi, por me fazer fraco! Mimi! Mimi!

Marie-Claude Levesque contorcia-se em seu colo, mordendo o lábio.

— Sim, sim!

E assim foi, de novo e de novo, até que os dois, tensos, entre gemidos e trêmulos, lançaram-se à conclusão do ritual.

Passado um tempo, Ducasse disse:

— Vá se lavar. Jantaremos com o cardeal.

~

Às 20 horas, naquela mesma noite, Nick Renna, nu e suado, acordou de repente de seu sono induzido pelo uísque e sentou-se com um solavanco. Balançou a cabeça violentamente, tentando limpar os horríveis resquícios da versão mais recente de seu pesadelo recorrente. Estava novamente em Mogadíscio, mas, dessa vez, além de tentar desesperadamente carregar Jim Grifasi, horrivelmente ferido, e Troy Johnson para um lugar seguro, sonhou que havia outro corpo ensanguentado caído perto dele: o de Victor Vogel. Agora, eram três as pessoas que ele não pôde salvar. Nick girou para fora da cama, cambaleou até o banheiro e vomitou. Olhou para o seu rosto no espelho e estremeceu.

Mais cedo, à tarde, havia tomado o "Leonardo Express" no aeroporto de Roma, Fiumicino/Leonardo DaVinci, rumo à estação de metrô Lepanto. De lá, caminhou cerca de um quarteirão e meio até o aconchegante e charmoso Hotel Farnese, um favorito seu. Anos antes, Nick havia esbanjado e se hospedado lá em suas duas últimas noites em Roma, quando fazia pesquisa para sua tese de doutorado. Antigamente uma residência aristocrática e antes ainda um mosteiro, o Farnese estava localizado a meio caminho entre o centro histórico de Roma e o Vaticano, não muito longe do Campo de' Fiori. Giovanni, o gerente assistente, lembrava-se dele e cumprimentou-o calorosamente.

— *Bongiorno, professore!* Estamos encantados com a sua estadia conosco. Tudo está preparado. Se o senhor precisar de alguma coisa, basta pedir, meu bom amigo. A casa é sua.

Giovanni, um esteio na recepção do Farnese, e agora um gerente assistente altamente considerado, não passava de um mero mensageiro de hotel quando Nick lá se hospedara oito anos antes. Haviam criado certa camaradagem e tomado uns bons copos de vinho juntos no espetacular bar na varanda do hotel, quando Giovanni estava de folga; jovens falando confiantemente sobre os respectivos futuros.

Ocorreu a Nick, enquanto se inclinava vacilante contra a pia do banheiro, que combinava ladrilhos hidráulicos e mármore, fixando os olhos vermelhos e o rosto fatigado no espelho, que a trajetória de Giovanni havia sido anos-luz mais bem-sucedida do que a sua.

Nick quase já se acostumara com pesadelos a perturbar seu sono noturno, mas a intromissão deles em seus cochilos, até mesmo nas sonecas induzidas pela bebida, e a adição do pobre Victor eram uma nova e inesperada tribulação.

— Renna — disse ele ao seu reflexo no espelho —, você está um lixo! Recomponha-se, amigo. Há trabalho a ser feito.

Uma hora mais tarde, depois de uma chuveirada escaldante seguida de outra bem gelada, a barba feita e um punhado de comprimidos para dor de cabeça, Nick se sentiu um pouco melhor; capaz, pelo menos, de telefonar para o padre Tim nos Estados Unidos, onde ainda estavam no meio da tarde.

Nick se surpreendeu de ter ficado feliz por ouvir a voz de seu amigo. O padre Tim disse:

— Enquanto você roda o mundo e apronta sabe Deus o quê, coisa que, aliás, não é da minha conta, e serviria apenas para me horrorizar, eu venho trabalhando como um miserável de meia-idade e ascendência irlandesa-católica que sou, e com muito sucesso, devo dizer. Tenho várias coisinhas apetitosas para você. E depois... a cereja da cobertura.

— Timmy, meu herói, diga que você tem mais algumas informações sobre esse tal de Ducasse e sua Fundação do Calvário.

— Espere, espere. Me deixe saborear este momento ao máximo. Para começar, entrei em contato com um cara que eu conheci em Roma, quando eu estava estudando aí. O nome dele é Brian Donnelly, formado pela Universidade de Boston. Deixou o sacerdócio, casou-se com uma garota italiana, e são muito felizes, devo acrescentar. Na última contagem, tinham dois filhos lindos e mais um a caminho. Brian é o chefe do escritório de Roma do *Boston Globe*. Mas você me deve uma pelo que vou lhe contar agora, meu camarada. Ele conseguiu para você uma entrevista pessoal com o monsenhor Bruno Della Vecchia. E, como se descobriu, esse tal Della Vecchia na verdade conhece você de nome, desde o seu primeiro livro. E está ansioso para conhecê-lo, que Deus o perdoe. De qualquer forma, Donnelly disse para você ligar para o escritório dele para se encontrarem antes de você ir ver o Della Vecchia. Ele vai lhe dar um breve dossiê do tal sujeito. Então, esse é o favor número um. Com respeito à Fundação do Calvário, ouça com bastante atenção. Nicky, você se lembra de DeWayne Benjamin? Ele jogava bola comigo no Santa Cruz. Quando eu estava no segundo ano, ele já estava no último.

Nick pensou por um momento e nada lhe ocorreu de imediato:

— DeWayne... — De repente, a lembrança o atingiu como um raio. — Espere um minuto! Você está falando do Benjamin "Bola de Boliche"?

Um cara negro, um metro e sessenta e cinco de altura, cerca de 95 quilos? Um jogador com um chute fantástico, diabolicamente rápido, e um baita defensor. Claro que eu me lembro. O que aconteceu com ele? Teve chance de jogar profissionalmente?

— Não na Liga Nacional de Futebol Americano; aqueles palhaços se importavam muito com o tamanho dele. Mas fez uma excelente carreira no Canadá, durante sete ou oito anos, creio. Ganhou a final do campeonato da liga canadense com o Calgary e foi figurinha carimbada no time *All-Star** por cerca de seis anos seguidos. Amavam o cara por lá. E ainda o amam.

Nick disse:

— Que ótimo, Timmy, mas o que isso tem a ver com Ducasse e a Fundação do Calvário?

— Se segure para não cair, meu garoto. Benjamin Bola de Boliche agora é o *Padre* Bola de Boliche, e muito bem relacionado, também. É o pastor de uma paróquia de bom tamanho fora de Edmonton. Além disso, ensina homilética no Seminário de São Pio X. É o lugar que costumava abrigar o seminário menor que Ducasse frequentou.

— Benjamin Bola de Boliche ensina *homilética*? Timmy, o cara mal falava, e quando o fazia era quase ininteligível; e de dez palavras, nove eram palavrões. E agora está ensinando a arte de pregar aos seminaristas?

O padre Tim respondeu com certeza e tranquilidade:

— Misteriosos são os caminhos do Senhor. Mas vamos ao que interessa, Nick. Eu contei ao Bola de Boliche um pouco sobre a sua situação com a Fundação do Calvário. Ele está familiarizado com eles, inclusive com Ducasse. Sempre achou que eram um pouco presunçosos e hipócritas, talvez até um pouco sombrios, mas não sabia precisar a razão disso. Em todo caso, depois que nos falamos, o Bola de Boliche saiu perguntando sobre Ducasse a alguns dos outros professores do seminário, mas se deparou com um muro de silêncio. Só o que descobriu foi

---

* No esporte, uma equipe All-Star é um time formado pelos melhores jogadores (estrelas) de cada uma das posições dentro de um determinado esporte de equipe. (N. da T.)

que Ducasse é um grande... muito grande... patrocinador do Seminário. Quanto ao seminário menor, faz bastante tempo que foi fechado, e sua história há muito foi esquecida. Eles admitem que Ducasse passou vários anos "espiritualmente formativos e pessoalmente proveitosos" lá, mas dizem que saiu porque percebeu que "Deus o estava chamando de outras maneiras".

— Isso não ajuda muito, Timmy. O que mais?

— Ah, mas então o Bola de Boliche falou com um dos veteranos, um sacerdote idoso que realmente fez parte do seminário menor quando Ducasse estava lá, no final dos anos 1970. Aqui é onde a coisa se complica. Evidentemente, Ducasse sempre pareceu ser um menino de ouro. Todos previam para ele o avanço eclesiástico e um grande futuro. Então, de repente, é *arrividerci Roma*. Ele sai. E nunca ninguém sequer investigou a razão ou mencionou de novo o fato, especialmente desde que ele se tornou um figurão e um grande benfeitor para a Igreja e o Seminário.

— Ora, vamos, Timmy, fale logo. Você sabe de alguma coisa importante e está fazendo suspense.

Nick quase podia ver o sorriso do padre Tim através da linha telefônica.

— Nicky, não é que Ducasse tenha se dado conta de que "Deus o estava chamando de outras maneiras". Ele foi *expulso*. Oh, o fato foi encoberto de forma rápida e eficaz pelo reitor do Seminário, sobre quem, a propósito, falarei mais tarde. Mas a verdade é que ele foi expulso. Agora, acrescente a isso o fato de que o velho padre começou a ficar envergonhado e relutante em continuar a contar. Bola de Boliche pressionou e o velho sacerdote, claramente desconfortável, revelou ao Bola que Ducasse foi expulso por *excesso de zelo*. E foi uma tremenda confusão. Depois, ele se recusou a dizer qualquer coisa mais.

— *Excesso de zelo*? Que diabos isso significa?

— Pelo que Bola de Boliche pôde descobrir da história, Ducasse e outros dois seminaristas menores eram as estrelas do lugar: brilhantes, dedicados, ambiciosos. Mas também eram muito competitivos, sempre tentando superar-se entre si. Sabe? Quem era mais piedoso, quem se levantava mais cedo, quem sabia mais latim, quem realizava as penitências mais árduas. E é aí que a coisa se torna ainda mais sombria. Evidentemente, aconteceu algum tipo de incidente envolvendo automortificação, que resultou na morte acidental de um dos seminaristas.

— Caramba, você tem razão. A trama realmente começa a esquentar.

O padre Tim hesitou por um momento, tentando encontrar o contexto apropriado. Ele disse:

— Nick, você sabe o que é "automortificação"?

— Claro, espancar a si mesmo por uma razão teológica idiota e pervertida, perdida nas brumas do tempo, na crença equivocada de que, assim procedendo, cairá nas graças de Deus. Passei perto?

A exasperação do padre Tim levou a melhor sobre ele. Então ele respondeu:

— Nicky, eu sei que é inútil lhe pedir isto, mas talvez você possa tentar não agir como o pagão insolente e possivelmente irrecuperável que às vezes temo que você realmente seja. O que estou lhe pedindo é que, pela primeira vez na sua vida miserável e em grande medida imoral, você tente aprender alguma coisa com alguém. Em outras palavras, *ouça* antes de abrir a boca!

Depois da bronca, Nick disse:

— Ok, Timmy, você parece mesmo convencido de ter um bom argumento. Por favor, continue.

O padre Tim explicou pacientemente:

— Pense na automortificação como a negação voluntária de prazeres físicos, necessidades supérfluas e confortos corporais. A automortificação tem uma história longa, rica e honrosa entre as grandes religiões do mundo: budismo, islamismo, judaísmo, hinduísmo e cristianismo. Pode assumir a forma de abstinência, jejum, peregrinação, votos de pobreza, de celibato ou de obediência. Por um lado, pode ser bastante inócua e em grande parte simbólica, como não comer carne na sexta-feira, abrir mão de algo na Quaresma ou jejuar pela manhã antes da Comunhão, na tradição cristã. Por outro lado, como você sabe tão bem quanto qualquer um, algumas seitas muçulmanas podem realmente mergulhar fundo nisso, adotando flagelação e autoflagelação e todo tipo de comportamento extremo. Em sua mais pura expressão, a automortificação representa apenas a morte metafórica do antigo eu para se tornar renascido em uma nova forma de experimentar Deus e Sua criação. Mas o perigo, e ele é grande, é que pode se tornar excessiva, abusiva. Quando isso acontece, a pessoa não está se *dirigindo para* Deus, para experimentá-lo mais intensamente, mas, sim, *afastando-se* dele, voltando-se, na verdade, para dentro, em direção a elementos mais sombrios e destrutivos do eu. Suspeito que Ducasse possa ter se envolvido em algo assim, e que eles trataram de encobrir.

Nick pensou por alguns instantes, tentando catalogar essa informação mais recente. Então, ele disse:

— Timmy, você está no caminho certo, sem dúvida encontrou algo. Nós temos que prosseguir nessa linha de investigação. Talvez o Bola de Boliche possa descobrir um pouco mais. Mas você disse que tinha outra coisa, também. O que era?

— Nick, eu sei que seguir as maquinações da Igreja Católica Romana, muitas vezes medievais, não está na sua lista de atividades divertidas.

— Nada sobre a Igreja Católica Romana está na minha lista de atividades divertidas.

— Mas você já ouviu falar do cardeal Marcel LeClerc? Ele nasceu e cresceu na França, na costa desolada e melancólica da Normandia. Então, quando tinha em torno de 8 ou 9 anos, a família emigrou para o Canadá. Eles se estabeleceram em algum lugar de Quebec. Foi onde ele frequentou a escola e encontrou sua vocação. E que vocação tem sido...

Nick disse:

— Acho que já ouvi esse nome. Não é um cardeal conservador dissidente ou algo assim?

— Conservador? Nicky, esse cara acredita que a Inquisição não foi longe o suficiente. Ele deseja um retorno universal à missa em latim, argumenta que o Vaticano II foi uma farsa e, portanto, todos os Papas eleitos, desde então, são ilegítimos. Também está convencido de que os judeus realmente são responsáveis pela morte de Cristo e, no que diz respeito aos muçulmanos, acharia ótima a ideia de uma Décima Cruzada nuclear para retomar a Terra Santa.

— Ok, ele é um biruta que vive no século XIII, mas qual é o problema?

— Na verdade, são dois problemas. Primeiro, o cara tem um grande número de seguidores, e que está crescendo cada vez mais, junto aos eclesiásticos e aos leigos, no mundo todo. Trata-se de uma organização chamada *Salvatio Dolore*, "salvação pelo sofrimento". Pelo que pude perceber, conta tanto com o clero como com os leigos entre seus membros, mas todos são muito dedicados. Não posso especificar como ou onde tudo começou, mas pense na propagação do movimento Tradicionalista, o poder crescente e secreto da Opus Dei e multiplique por dez. Porém esses caras são muito espertos, voam muito abaixo do radar. Não pontificam, não fazem declarações bombásticas. É impossível determinar o tamanho real de sua influência, mas tenho a nítida impressão de que eles são muito bem relacionados e ambiciosos. E não são nem um pouco amigos do atual Papa, a quem eles veem como oriundo de uma formação muito liberal, acadêmica. A triste verdade, Nick, é que há um mercado mundial para esse tipo de pensamento religioso não convencional e de extrema direita, mesmo que ele beire a heresia. E, no entanto, apesar de Roma repreendê-lo e puni-lo, LeClerc ignora isso e continua a fazer onda. Vez ou outra, chega mesmo a haver comentários à boca miúda sobre ele ser censurado por desobediência ao Papa. Mas ninguém tem *cojones*, eclesiasticamente falando, de recomendar isso ao Papa.

Nick disse:

— Você está certo em pensar que é um grande problema, mas o problema é *seu*, seu e do Papa. Não tem nada a ver comigo. Então, qual é o segundo problema?

— Nick, Marcel LeClerc quer *ser* Papa. Pense na multidão de católicos em todo o mundo tendo de receber ordens desse cara.

— Ok, você está começando a me assustar, mas qual é a ligação entre LeClerc e Ducasse?

— Trinta anos atrás, o reitor do Seminário São Pio X era o monsenhor Marcel LeClerc. Ele arranjou o encobrimento de Émile Ducasse. Espiritualmente, são pai e filho. No fundo, se você está trabalhando para Ducasse, está de fato trabalhando em prol de LeClerc, em sua busca pelo papado. Apoiado por recursos financeiros quase ilimitados provenientes de Ducasse, e pelo poder moral da Coroa de Espinhos fornecido por *você*, ele poderia muito bem chegar lá.

Nick disse:

— Ai, que merda.

O padre Tim respondeu:

— Boa percepção.

A mente de Nick estava a toda. De repente, tudo aquilo assumia proporções que ele nunca havia imaginado.

— Timmy, o que mais você acha que Bola de Boliche consegue descobrir?

— Ele praticamente esgotou suas fontes; a menos que comece a criar confusão pra valer. Sendo quem é o nosso velho Bola de Boliche, ele não se oporia, é claro, a fazer isso. Ele nunca foi o cara mais sutil do mundo. Entretanto, sendo tão óbvio, pode acabar funcionando contra nós.

De súbito, Nick teve um lampejo:

— Timmy! O terceiro seminarista! Havia o Ducasse, o cara que morreu e o terceiro seminarista. Quem era ele? Onde ele está? Veja se Bola de Boliche pode bisbilhotar e descobrir o nome do cara. Então, você e eu poderemos prosseguir a partir desse ponto.

— Me parece um excelente plano, meu garoto. Vou telefonar para o Bola de Boliche.

Então, o padre Tim suspirou dramaticamente.

— Sabe? Tudo o que eu sempre quis foi ser um simples padre provinciano, com uma pequenina e agradável paróquia. Agora, você e minha santa e endiabrada irmãzinha, que Deus a tenha, me envolveram num esquema que pode muito bem influenciar o destino de toda a Igreja Católica Romana e, por extensão, de todo o resto da civilização ocidental. Fazer o quê... Misteriosos...

— ... são os caminhos do Senhor. Assim você me disse, Timmy — completou Nick.

~

Anos antes, quando viajara para a Itália por causa de sua tese de doutorado, Nick havia aprendido que uma das coisas maravilhosas sobre aquele país notável, entusiasta da vida, é que se pode dar um passeio a pé, tarde da noite, sentar em um café ao ar livre ou em uma *trattoria* do bairro, bebericar um copo de vinho da casa ou uma xícara de café e ficar apreciando o movimento descompromissadamente. Ninguém para apressá-lo; sem garçons em cima de você, silenciosamente exigindo uma gorjeta extravagante pelo simples fato de estarem ali, ninguém esperando que a sua mesa esvazie.

Naquela noite, tentando avaliar sua conversa com o padre Tim, Nick aceitou a sugestão de Giovanni e simplesmente saiu perambulando pelas ruas, ainda animadas, em torno da Piazza Farnese, até que encontrou um aconchegante café familiar e sentou-se a uma mesinha do lado de fora. Pediu uma garrafa do vinho da casa, que chegou acompanhada de um pequeno prato de queijo e azeitonas. Nick tinha certeza de que o estabelecimento não constava em nenhum guia de viagem a Roma, e uma resenha culinária do pequeno café jamais seria impressa. Mas, como tantas coisas em Roma, o lugar era mágico.

Apesar de já passar das 21h00, famílias, casais de mãos dadas e turistas de vários países ainda podiam ser vistos em grande afluência, desfrutando de um passeio pela Piazza Farnese, com suas duas fontes, seus pequenos e tranquilos cafés, o bonito prédio projetado por Michelangelo, que abriga a embaixada da França, e a igreja de Santa Brígida, do século XVI.

Logo, porém, sua serenidade o abandonou. Como fizera por tantos anos, provocado por tantas coisas, Nick começou a sentir novamente o peso esmagador da perda de Annie. Lutou para ignorar a familiar e dolorosa sensação que tantas vezes invadira sua vida, a sensação de *Annie teria adorado isso*. Ansiando por uma distração, ele voltou sua atenção para as pessoas ao seu redor.

Um jovem casal americano encontrava-se sentado perto dele, bebendo vinho e dizendo todas as coisas tolas, bregas e maravilhosas que os casais apaixonados dizem. Nick ouviu a jovem, cujo cabelo louro curto e os luminosos olhos azuis lembravam Annie, dizer:

— É verdade, Terry. Onde quer que você olhe, há história, arte e vida! Esta cidade é realmente "Eterna".

Nick não sabia se deveria se encolher de vergonha ou chorar quando o companheiro da moça disse:

— Assim como é eterno o meu amor por você.

Torturado pela recordação de Annie e pela noção barbaramente dolorosa do que *poderia ter sido*, assombrado por seu fracasso em salvar Jimmy Grifasi e Troy Johnson, agoniado com a ideia de que ele poderia de alguma maneira ser responsável pela morte de Victor Vogel, Nick atirou um punhado de euros sobre a mesa e saiu caminhando vigorosamente pela praça.

Sem destino, mas buscando solidão e afastamento da felicidade dos estranhos, Nick atravessou a praça rapidamente e subiu quase aos tropeções os degraus da antiga igreja de Santa Brígida. A construção, como ele, também havia passado seus maus bocados.

Erguida durante o papado de Bonifácio IX, bem no finalzinho do século XIV, a antiga igreja foi mais tarde abandonada, mas posteriormente reconstruída no século XVI e restaurada no século XVIII. Para muitas pessoas, representou proteção e refúgio, e ainda hoje oferece amparo. Mas Nick Renna não conseguia entrar. Por isso, se sentou ali mesmo nos degraus, com o rosto enterrado nas mãos, se escondendo de si mesmo e também dos transeuntes.

~

Nick havia marcado um encontro com Brian Donnelly num café popular no Campo de' Fiori às oito da manhã. Entretanto, ele decidiu chegar mais cedo a fim de verificar a área com cuidado e ver se mais alguém poderia estar interessado no encontro dos dois. Estava seguindo à risca o conselho de Victor: "Fique atento à sua volta, Nicholas. *'Watch your back!'*"

A área em torno do Campo de' Fiori estava começando a ganhar vida, com a população local a caminho do trabalho, os comerciantes armando suas barracas e seus estandes, os alunos fazendo alvoroço pela praça, e turistas, mesmo tão cedo. Um jovem fotógrafo montava um tripé perto de uma das fontes, a câmera pendurada no pescoço balançava-se ao lado de um medidor de luz; havia um rolo extra de filme parecendo um cartucho de espingarda preso numa alça de seu colete de brim. Nick teve a súbita sensação de que havia algo de estranho com ele, mas, depois de um segundo exame, deixou para lá.

Várias pessoas já estavam sentadas no café, incluindo dois sacerdotes tomando seu desjejum, uma família alemã ansiosa para começar o dia e um homem de quarenta e poucos anos, alto, de cabelos escuros e tez clara, já bem instalado em uma mesa, bebendo o seu *cappuccino* da manhã e lendo uma cópia do *La Reppublica*.

— Com licença — disse Nick, caminhando até o homem e lhe estendendo a mão. — Senhor Donnelly? Sou Nick Renna, amigo do padre Tim Reilly.

O homem abriu um sorriso largo, segurando a mão de Nick.

— Professor Renna! É um grande prazer, de verdade. O padre Tim me contou tudo sobre você. Aqui, sente-se, enquanto eu peço um *cappuccino* para você. Gostaria de uns docinhos para acompanhar?

— Um *cappuccino* está ótimo, obrigado. E, por favor, me chame de Nick.

Debruçados sobre suas xícaras, Nick contou a Donnelly que havia assumido a pesquisa de Annie sobre as atividades da Ordem Dominicana na Idade Média. Não mencionou especificamente a Coroa de Espinhos, mas não deixou de destacar sua investigação sobre o papel dos dois frades dominicanos no transporte das relíquias compradas por Luís IX e o posterior sumiço de Frei Tiago de Paris dos registros históricos.

Nick explicou:

— Eu sei que a irmã Anne Marie entrou em contato com o monsenhor Della Vecchia e, provavelmente, lhe deu uma ideia da questão sobre a qual ela precisava de ajuda. Mas eu preciso saber o que essa "ajuda" envolvia e se ele vai estendê-la a mim. Pode ser crucial. É por isso que é tão importante que você tenha me arranjado uma entrevista com ele. Eu realmente lhe sou muito grato por isso, Brian.

Donnelly balançou a cabeça concordando e disse:

— Não é problema algum, Nick. O padre Tim e eu devemos alguns favores um ao outro. Mas tenho que ser totalmente sincero com você. Fico feliz em ajudar, mas sou um jornalista, e minha intuição me diz que há mais coisa envolvida nisso do que a história da Ordem Dominicana.

Ele começou a contar nos dedos.

— Primeiro, Della Vecchia é um cara polêmico, qualquer coisa que ele faça pode virar notícia; segundo, você é um acadêmico de certa proeminência, mas nunca esteve interessado na Idade Média; em terceiro lugar, Timmy fez uma pressão danada sobre mim. Não tenho certeza do que é exatamente, mas estou disposto a apostar que vocês estão tramando algo. Então, está bem, eu fico na minha... Por ora. Mas se eu realmente ajudá-lo, e se você encontrar alguma coisa importante, espero que você passe para mim o furo de reportagem.

— Feito — Nick prometeu.

Donnelly assentiu, satisfeito com o acordo.

— Agora, então, o que você sabe sobre o monsenhor Bruno Della Vecchia, Nick?

Só o que Tim me contou, seu título e uma vaga noção do que seu trabalho no Vaticano implica. Tim ficou impressionado com ele, mas a mim não pareceu algo de excepcional.

Donnelly sorriu:

— Então, você realmente precisa de mim. Nick, remontando à década de 1990, a revista *Time* fez uma reportagem de capa sobre o monsenhor Della Vecchia, cuja manchete perguntava: "Será ele o antropólogo de Deus?". Isso despertou um bocado de polêmica, por causa das posições teológicas muito incomuns, até mesmo radicais, que ele mantém. Inquestionavelmente, o cara é brilhante. Tem um doutorado em teologia pela Pontifícia Universidade Gregoriana de Roma e outro em antropologia, pela Universidade de Chicago. Por alguns anos, ele ocupou cátedras simultaneamente na Pontifícia Universidade e na Universidade de Bolonha. Hoje, porém, Della Vecchia é *persona non grata* em muitos lugares nesta cidade, mas é amado em muitos outros. Essencialmente, ele tenta reunir ciência de vanguarda e as crenças tradicionais. O resultado é um novo tipo de teologia que assusta enormemente os conservadores linha-dura.

Brian Donnelly pôs-se a explicar que o monsenhor Bruno Della Vecchia tinha uma excelente reputação na comunidade científica, mas havia alienado um monte de gente na comunidade religiosa. O cientista nele estava convencido e comprometido com a verdade científica da evolução. Ele simplesmente se recusava a tolerar, não tinha a menor paciência com o que chamava de "ignorância criacionista", dizendo que isso "rebaixava a complexidade e a maravilha que é Deus". Ao mesmo tempo, ele sustentava firmemente que a ciência e a teologia não apenas são conciliáveis em termos de evolução, mas são os dois lados da mesma moeda.

— Ele cita a paleontologia, rochas, ossos, essas coisas, como evidência da evolução física, e a antropologia, especificamente a onipresença do mito e a busca por transcendência, como prova de um tipo de evolução mística. A Sagrada Escritura conserva a sua verdade, mas ele a vê como verdade metafórica e não estritamente literal. Você pode imaginar como *isso* é recebido por algumas pessoas nesta cidade.

— Seu argumento central — Donnelly explicou — é que o universo é ao mesmo tempo uma entidade física e espiritual, e que a espécie humana ocupa um lugar especial dentro dele. Em outras palavras, Nick, ele acredita quase em uma espécie de panteísmo, em que um Deus pessoal e um universo infinito são um só em uma relação criativa e generativa de evolução progressiva. O propósito por trás dessa relação criativa é um movimento inevitável em direção ao que Della Vecchia chama de "síntese final, uma união mística de toda a vida com Deus". Ele também sustenta que o homem não apenas faz parte desse passeio cósmico, mas lhe é essencial.

— Meu Deus — disse Nick —, eu imagino a oposição que essa linha de pensamento deve ter provocado.

— É claro — disse Donnelly. — Além do mais, tudo isso deixa os tradicionalistas e os conservadores loucos. Ele é uma grande ameaça para eles, Nick. E os liberais na Igreja, que poderiam, pelo menos como se deveria esperar, considerar tal pensamento, estão todos muito ocupados defendendo o controle da natalidade e mulheres no sacerdócio para explorar suas implicações. Agora, o interessante. Antes de se tornar Papa Leão XIV, o cardeal Francesco Barberini Giuliano foi prepósito da Pontifícia Universidade Gregoriana de Roma. Os dois se conheciam. Na verdade, Barberini e Della Vecchia travaram algumas batalhas teológicas épicas durante alguns anos. Eram dois pesos-pesados realmente empenhados. Ambos brilhantes, ambos tenazes, ambos sofisticados. Vecchia, o radical; Barberini, o moderado. O que foi fascinante na época para os observadores do Vaticano é que não parecia haver nenhum rancor, nenhuma animosidade. Era simplesmente um debate brilhante, apaixonado, bem-intencionado. Então, logo após Barberini ser eleito para o papado, Della Vecchia foi banido para o Patrimônio Cultural e Artístico da Igreja. A opinião geral era a de que os poderes constituídos e os caras da velha-guarda, ameaçados por seu pensamento e querendo se livrar dele, pressionaram o Papa recém-eleito para atribuir a ele um gabinete sem importância no Vaticano. E é onde ele se encontra hoje, classificando e categorizando relíquias, nenhum poder, nenhuma influência. Entretanto, para algumas pessoas dentro e fora da Igreja, ele ainda é um cara muito popular, muito carismático.

Nick ficou em silêncio por alguns instantes, processando as informações. Ele conseguia entender a razão de Annie ter contatado Della Vecchia, em virtude da posição atual do homem no Vaticano e de sua riqueza de conhecimentos e competência. Mas estaria Annie familiarizada com suas posições teológicas? Ou mesmo consciente delas? Annie sempre fora pra lá de devota, mas ela entendia, também, a complexidade tanto do coração humano como do universo físico. E, do ponto de vista político, como era Della Vecchia? Seria ele confiável ou será que tentaria se apoderar da Coroa para seus próprios propósitos? Em outras palavras, estaria ele do lado dos mocinhos ou era apenas mais um fanático com fome de poder?

Nick perguntou:

— Teologicamente, como o Della Vecchia se compara a alguém como, digamos, o cardeal LeClerc?

Donnelly abriu a boca incrédulo:

— Você está brincando? Eles são polos opostos. Ouvi dizer que eles, pelo menos, sabem da existência um do outro, mas os dois cara a cara seria algo muito feio, eclesiasticamente falando. — Então, ele sorriu: — Para um repórter, entretanto, seria o paraíso.

Nick e Donnelly continuaram a conversa, porém os dois sacerdotes, sentados em uma mesa não muito longe deles, tinham ouvido o suficiente. O senhor Ducasse e Sua Eminência precisavam saber dessa nova e, possivelmente, ameaçadora virada de eventos. *Della Vecchia, dentre todas as pessoas!*

Ao mesmo tempo, do outro lado da praça, sem ser visto tanto pelos sacerdotes como por Nick e Donnelly, o fotógrafo estava acompanhando de perto os quatro. Ele era um jovem de boa aparência perto dos 30 anos, com o cabelo cortado curto e pele clara. Além de sua parafernália fotográfica, tinha um fone de ouvido inserido em sua orelha esquerda para que pudesse ouvir as conversas, enquanto fazia anotações em seu Blackberry. Suas notas eram breves e sucintas, mas ele não perdia nada de importante. Afinal de contas, ele era suíço.

Capítulo 6

Cidade do Vaticano

Os escritórios da Comissão Pontifícia para o Patrimônio Cultural e Artístico da Igreja situavam-se no interior dos muros do Vaticano, ao longo da Piazza Pio XII, por entre um labirinto quase indistinguível de edifícios da época do Renascimento. Nick localizou o prédio em que ele deveria se encontrar com o monsenhor Della Vecchia. Como tantos outros, era uma construção do século XVI, de tijolo e argamassa, com paredes pintadas de ocre e telhado vermelho. E, também como tantos outros, nele as flores se derramavam das jardineiras penduradas para fora das janelas de cada andar.

Depois de tocar a campainha, Nick foi escoltado por um jovem clérigo através de um corredor estreito e de teto alto até um pátio pequeno, mas encantador. Havia uma fonte no centro e uma profusão de samambaias e de outras plantas, todas vigorosamente saudáveis e bem cuidadas — evidentemente, pelo homem que Nick viu fuçando e murmurando entre várias delas.

Era um homem alto, corpulento, com fartos cabelos — grisalhos, na maior parte, embora lhe restassem algumas mechas castanhas. Tinha ombros largos e apoiava-se em duas muletas de alumínio que se encaixavam em torno de seus fortes antebraços. Quando o homem se virou na direção dele, Nick percebeu que, por baixo das sobrancelhas espessas, seus olhos eram de um castanho profundo, eram ferozmente inteligentes e desafiadores, mas, de certo modo, amorosos e calorosamente receptivos. De repente, ocorreu a Nick um pensamento muito estranho e atípico — se algum dia, por acaso, decidisse se confessar, coisa que não havia feito ou sequer considerado em quinze anos, aquele seria o homem que iria procurar. Ele também lhe parecia estranhamente familiar. Ao ver Nick, o homem sorriu.

— *Ah! Professore Renna! Buongiorno, buongiorno. Come sta?*

Aproximou-se amparado por suas muletas e tomou a mão estendida de Nick.

Mudando para o idioma de Nick, ele disse:

— Estou muito feliz em conhecê-lo, professor. Conheço o seu trabalho, é maravilhoso. E minha família fala tão bem de você, especialmente meu irmão Cesare.

A princípio, Nick ficou confuso. Em seguida, entendeu:

— Monsenhor Della Vecchia, o senhor é um *daqueles* Della Vecchia? Meu Deus, senhor, é realmente um enorme prazer.

A tese de doutorado de Nick explorara a contribuição de partisans antifascistas na campanha dos Aliados na Itália, na Segunda Guerra Mundial, particularmente nos Apeninos. O argumento de Nick sustentava que não apenas a contribuição deles sempre fora negligenciada historicamente, mas que também tinha virado a maré da guerra na Itália e fora dela, mantendo ocupadas numerosas divisões alemãs que, de outra forma, estariam disponíveis para deter a invasão do Dia D.

Inicialmente um grupo heterogêneo de comunistas, alguns monarquistas e — a vasta maioria — antipatizantes dos alemães e de opositores de Mussolini, os partisans se tornaram muito rapidamente uma força bem organizada, eficiente e mortífera. Seus esforços chegaram a manter sete divisões alemãs fora de combate, para ira e frustração do marechal alemão Albert Kesselring. Além disso, eles obtiveram a rendição de duas divisões alemãs completas, o que acabou resultando diretamente no colapso das forças alemãs no norte da Itália. Operando nas montanhas e em grupos de ação clandestinos, constituíam uma força terrível, disciplinada e notavelmente bem-sucedida e importante.

Entre os grupos partisans destacava-se a orgulhosa Brigada Garibaldi, que, entre seus lendários integrantes, contava com Vito Della

Vecchia. De acordo com uma das muitas histórias sobre ele, quando estava agindo com um grupo de guerrilheiros fora da cidade de Lucca, contrabandeou para a cidade de Siena um conjunto de planos de defesa da metade ocidental da Linha Gótica de Kesselring nas solas de seus sapatos. Chegou a ser capturado e espancado, mas os planos não foram descobertos e ele depois conseguiu escapar com eles intactos, matando dois de seus captores durante a fuga.

Na época de suas façanhas, entre 1943 e 1945, Vito Della Vecchia já era pai de três crianças muito pequenas. A mais velha delas era uma menina, Alessandra, seguida pelos gêmeos Bruno e Cesare. Nick havia entrevistado Cesare e, na verdade, ficou hospedado com a família durante sua pesquisa. Ele soube, na ocasião, que o outro filho era sacerdote, mas nunca lhe ocorreu que o monsenhor Bruno Della Vecchia fosse um dos filhos do grande Vito Della Vecchia, condecorado com a Medalha Garibaldi e um verdadeiro herói da Campanha Partisan Italiana.

Nick disse:

— Monsenhor, me permita perguntar: como vai Cesare? Espero que esteja bem.

O monsenhor riu.

— Mesmo agora, com quase 70 anos, ele está como sempre foi: um médico brilhante, socialista impenitente, pai amoroso, marido às vezes exasperante e uma excelente companhia para um jantar: um homem que combina todas as virtudes e os vícios de nossa humanidade heroica e digna de pena dentro de seu notável e generoso coração. Mas venha se sentar comigo, *professore*. Pedirei para nos trazerem um pouco de vinho, e você poderá me contar mais sobre essa pesquisa. Em nossas conversas e correspondências, a irmã Anne Marie, que Deus guarde sua boa alma, expressou sua convicção de que nem todas as relíquias adquiridas por Luís IX por uma quantia exorbitante chegaram a Paris. É um pensamento intrigante, talvez com profundas implicações.

Ele conduziu Nick até uma mesa com tampo de mármore, coberta por anotações, livros, correspondências e artigos de periódicos acadêmicos. Convidou Nick a se sentar em uma das três cadeiras, cuidadosamente se instalou em outra, apoiou as muletas no encosto da cadeira e apontou para a bagunça na mesa.

Receio pelo fato de minha assistente de pesquisa e eu compartilharmos os mesmos maus hábitos. Em nosso afã de perquisar, fazemos uma grande bagunça. Vou pedir a ela que dê um jeito nessa confusão. Além disso, tenho certeza de que ela vai gostar de conhecer você.

Ele ergueu uma pequena sineta da mesa e a chacoalhou delicadamente. Um instante depois, olhando por cima do ombro de Nick, monsenhor Della Vecchia sorriu.

Aparentemente, alguém havia entrado no pátio.

Monsenhor Della Vecchia disse:

— Professor Renna, esta é minha assistente de pesquisa, sem a qual fico totalmente perdido, irmã Alazne Elizalde. Para facilitar a pronúncia, nós a chamamos de irmã Alana.

Nick se virou e se deparou com um rosto tão bonito que quase engasgou. Certamente não tinha mais do que 22 ou 23 anos, e vestia o hábito de noviça dominicana, que escondia suas formas femininas: um véu branco sobre os muito curtos porém sedosos cabelos castanhos, uma túnica branca, coberta pelo escapulário, e um cordão atado em torno da cintura estreita. E, no entanto, apesar de seu hábito de freira, a jovem era estonteante.

Tinha quase um metro e setenta de altura, conforme Nick estimou, maçãs do rosto proeminentes, nariz pequeno e reto, e queixo firme; seus lábios eram perfeitamente formados, carnudos, mas sem exagero, e sua tez era clara e tenra, levemente bronzeada pelo sol romano. Mas o que tinha de verdadeiramente surpreendente era a cor dos seus olhos: *violeta*. Emoldurados por cílios escuros e espessos e sobrancelhas arqueadas, eram grandes, expressivos e inteligentes — e eram cor de violeta. Nick nunca tinha visto nada como eles. Sentiu-se de certa forma atraído para eles, *desejando* ser atraído para eles, como se fossem a entrada para outro mundo, totalmente inimaginável.

De repente, ao se dar conta de que a estava encarando, Nick se esforçou para se lembrar de suas boas maneiras. Adiantou-se, lhe estendeu a mão e tentou falar sem gaguejar.

— Ir... Irmã Alana, sou Nicholas Renna.

Enquanto Nick dava um passo à frente, a irmã Alana recuou e evitou a mão estendida. Com as faces enrubescidas e sem fazer contato visual, ela se dirigiu a Nick no idioma dele, só que com um estranho sotaque:

— Como vai, professor? É um grande prazer conhecê-lo. Conheço o seu trabalho. É bastante influente.

Virando-se para Della Vecchia, ela disse:

— Monsenhor, vou pedir ao irmão Alfonso para trazer algumas frutas e vinho. Nesse meio-tempo, vou limpar a mesa.

— Muito obrigado, irmã. E, por favor, retorne e se junte a nós, sim? Tenho a impressão de que você vai ser de grande ajuda.

Recolhendo o trabalho espalhado, a irmã Alana assentiu com a cabeça e se retirou rapidamente do pátio.

Um Nick desconcertado disse:

— Monsenhor, me perdoe. Sinto ter ofendido a irmã Alana de alguma maneira. Peço desculpas, eu...

Monsenhor Della Vecchia ergueu a mão, interrompendo-o:

— Não há necessidade, professor. O que ocorre é que a irmã Alana tem um medo profundo de ser tocada... por qualquer pessoa. Na verdade, ela sempre evita que isso aconteça.

Vendo o olhar interrogativo no rosto de Nick, ele prosseguiu.

— Ela foi... É um tanto embaraçoso, Nicholas. Basta dizer que ela foi... abusada horrivelmente quando jovem. Desde então, ela evita o contato físico com os outros. Isso inclui qualquer pessoa: as irmãs que a acolheram, as freiras companheiras dela no convento, eu. O toque é proibido. No entanto, ela é extremamente corajosa, uma linguista brilhante e uma assistente de pesquisa incansável.

— Há quanto tempo ela está com o senhor? — Nick queria saber. — Ela parece tão jovem... E seus olhos, a cor deles...

Della Vecchia respondeu:

— 112 —

— Irmã Alana tinha 14 anos quando cambaleou para a Igreja de Nossa Senhora da Assunção, na aldeia de Segura, em Guipúzcoa, sangrando, faminta e quase morta...

Nick franziu a testa para os nomes estranhos, desconhecidos.

— Segura? Guipúzcoa?

— A irmã Alana é basca, Nicholas. Guipúzcoa é uma província basca, no norte da Espanha, no sopé dos Pireneus. Segura é a pequena aldeia onde ela ficou com as irmãs até ser curada física e, tanto quanto se poderia esperar, emocionalmente. Foi lá que ela encontrou sua vocação e foi admitida como postulante. Depois de vários anos, as irmãs a enviaram para ser educada na universidade em Donostia-San Sebastián, época em que ela se tornou noviça. A essa altura, era evidente para todos que essa jovem era algo muito fora do comum. Em seu último ano de noviciado, o bispo de Donostia-San Sebastián enviou-a aqui para Roma, para estudar comigo. Está morando em um convento dominicano, enquanto exerce o cargo de assistente, a fim de ampliar sua educação. Ela fará seus votos finais daqui a mais ou menos seis meses. Quanto a seus olhos, a cor deles é realmente extraordinária, embora não seja inédita entre os bascos, pelo que sei.

Nick teve uma reação quase visceral. Assim como Annie, a irmã Alana era outra mulher bonita, jovem e brilhante presa à Igreja, numa vida desperdiçada.

Antes que pudesse se deixar levar por tais pensamentos, Nick ouviu alguém entrar no pátio, atrás dele. Pensando que pudesse ser a irmã Alana, ele se virou rapidamente, só para dar de cara com o irmão Alfonso trazendo uma bandeja com uma garrafa de vinho branco, uma tigela de frutas e uma travessa de biscoitos. Nick ficou surpreso e perturbado ao perceber que estava decepcionado.

A irmã Alazne Elizalde se deteve em um canto escuro do corredor que ligava o interior do edifício ao pátio. Sua respiração agora estava controlada, mas sua mente estava em disparada. Era o *betadur*! Para os *euskaldunak*, o povo basco, *betadur* é um poder ou uma força que emana dos olhos; para alguns é apenas um mito, mas outros entendem isso como uma espécie de magia poderosa, capaz, muitas vezes, de trazer uma profunda mudança de vida.

Ela realmente tinha visto isso nos olhos do estudioso norte-americano? O verde dos olhos dele era escuro como uma floresta, como o musgo em uma árvore. No entanto, apesar da cor deles, que por si só era uma afirmação de vida, a primeira impressão que lhe causaram fora de frieza, desconfiança e distanciamento.

Ainda assim, quando Alazne olhou mais profundamente em seus olhos, percebeu uma miríade de emoções contraditórias: raiva, humor, cinismo e esperança. Mas, acima de tudo, viu os olhos de um homem sofrido. Ela precisou de um tempo para recuperar a compostura; então, juntou-se novamente ao professor e ao monsenhor no pátio.

— Ah, irmã — disse Della Vecchia, servindo o vinho para ele e Nick, e um copo também para a jovem freira —, o *professore* Renna e eu conversávamos sobre relíquias em geral, e aquelas adquiridas por Luís IX, em particular.

A irmã Alana se sentou à mesa e tomou um golezinho de nada do vinho. Ela evitou fazer contato visual com Nick.

Monsenhor Della Vecchia continuou:

— Depois da legalização da Igreja pelo Império Romano no início do século IV, Nicholas, os túmulos de santos foram abertos e as relíquias foram removidas para que fossem veneradas. As relíquias, então, vieram a ocupar um lugar de destaque na vida da Igreja; muitas vezes, entretanto, foram proeminentes demais. Assim, São Jerônimo, no ano de 420, foi compelido a admoestar a Igreja: "Não devemos adorar relíquias, por medo de nos curvarmos à criatura, em lugar do Criador". Foi com esse entendimento que a veneração de relíquias... não a adoração, que é expressamente proibida nos Cânones 1.190 e 1.191 do Código de Direito Canônico... mas a veneração de relíquias tem uma longa tradição na Igreja. Essencialmente, uma relíquia provoca a meditação além do objeto em si, além até mesmo das obras de piedade ou da santidade do indivíduo canonizado ligado a ele, e leva, em última instância, à fonte de toda Santidade: Deus, nosso pai, e Jesus, seu amado filho.

Empolgado com seu discurso e estimulado por mais um gole de vinho, Della Vecchia continuou:

— Agora, voltando para o século XIII, para os nossos propósitos, existem várias razões pelas quais as relíquias adquiridas por Luís IX são importantes, Nicholas. A primeira é por motivos eclesiásticos. Algumas das relíquias oferecidas por Balduíno estariam, pelo menos aparentemente, diretamente relacionadas com o ministério de Cristo. Isso fazia delas as mais preciosas e raras dentre todas as relíquias, e notáveis em sua importância para a Igreja, presumindo-se, é claro, que elas existiam "conforme o anunciado". Mas há poderosas forças políticas em jogo aqui também. Lembre-se de que, por essa época, desde sua ascensão ao papado em 1227 até sua morte em 1241, o Papa Gregório IX tinha a intenção de estender seu poder *temporal* por toda a Europa... e além. Receio que não faltava a Gregório IX a ambição mundana. Entretanto, para bloquear e tentar frustrar ativamente essa ambição havia Frederico II, imperador do Sacro Império Romano-Germânico. Os desígnios do próprio Frederico eram tão grandiosos e ambiciosos quanto os do Papa. O antagonismo entre eles durou anos. Gregório IX acabou excomungando Frederico: para todos os efeitos, por não cumprir a promessa de partir para a Cruzada. Mas o que importa para os seus propósitos, Nicholas, é que todas essas idas e vindas deixaram Luís IX da França na posição de o mais forte monarca cristão na Europa, uma posição que ele desejava desesperadamente conservar e mesmo reforçar. Pouco antes, ele havia frustrado a tentativa de Henrique III da Inglaterra de invadir seu território, e era mais rico que todos os outros monarcas do continente. Leve em conta, Nicholas, que ao adquirir essas relíquias Luís iria avançar imensamente sua posição. Ajudaria o desventurado Balduíno II em Constantinopla, ao menos temporariamente, e possuiria itens de inestimável valor e influência.

Nick ficou pensativo por um momento. Então, ele perguntou:

— Qual era a posição do Papa sobre as relíquias?

— Ah, essa é uma pergunta interessante, Nicholas. Por um lado, Gregório IX não podia tolerar a prática de simonia, que é a compra e venda de relíquias e outros artigos religiosos, postos ou prebendas. Era um crime muito comum, apesar de ser punido com a excomunhão ou até mesmo a morte. Por outro lado, porém, Gregório IX teria visto com bons olhos o "empréstimo" de Luís a Balduíno. Alguns relatórios trazem o montante de 135 mil *livres*,* outros dizem 157 mil libras esterlinas, e outros, ainda, cerca de 10 mil peças de ouro. Em todo caso, uma soma extraordinária. Do ponto de vista de Gregório IX, o dinheiro ajudou Balduíno II a se manter na superfície, por assim dizer, e no bolso da Igreja ocidental. Em troca, Luís recebeu o "presente" das relíquias.

Então, foi a vez de a irmã Alana falar:

— Em ambos os casos, porém, monsenhor, parece que o Papa precisava ter conhecimento prévio da transação e aprová-la para que pudesse ser realizada. De acordo com o Cânone 1.192, relíquias "notáveis" não poderiam de forma alguma ser transferidas ou transportadas sem a autorização expressa da Sé Apostólica. E, também, considerando as suas próprias ambições, por que o Papa Gregório IX não desejaria esses objetos para si mesmo para reforçar o próprio poder?

Monsenhor Della Vecchia balançou a cabeça concordando e sorriu orgulhoso para ela. Então, disse a Nick:

— Viu? Eu disse que ela era brilhante.

Nick ficou intrigado com a ideia e falou:

— Ok, vamos aprofundar um pouco mais as conclusões da irmã Alana. Como meu amigo Victor Vogel diz... dizia, "tudo se resume ao poder". Então, se Gregório IX estava preocupado com o poder de Frederico II, ele certamente teria se preocupado também com a possibilidade de Luís IX obter poder demais, apesar de Luís ser tão obediente à Igreja. Se Annie, a irmã Anne Marie, estava certa ao afirmar que nem todas as relíquias chegaram a Paris, acabamos de adicionar alguns nomes de peso à lista de suspeitos. Como a irmã Alana observou, a lista agora inclui o

---

* Em 1266, o rei Luís IX implantou um novo sistema monetário baseado na *livre tournois* (libra de Tours), que valia quase o dobro da libra inglesa. A libra francesa também era chamada de franco. (N. da T.)

próprio Papa Gregório IX, além de Frederico II, seguidores e associados vários, e simplesmente toda e qualquer pessoa que pudesse ter interesse em roubar as relíquias e depois vendê-las pelo maior lance, apesar das punições por simonia. E nós ainda não levamos em conta os banqueiros de Veneza ou os dois frades dominicanos, Tiago de Paris e André de Longjumeau, os enviados de Luís. Então, a questão é, dentre todas essas possibilidades: quem é o mais suspeito? — Ele meneou a cabeça: — Esta é uma pergunta difícil. Além disso, tem quase oitocentos anos. Onde se procura respostas para um mistério de oitocentos anos?

Monsenhor Della Vecchia ficou em silêncio, bebendo seu vinho e petiscando algumas uvas. Após um momento, ele limpou a boca delicadamente com um guardanapo de linho branco como a neve, olhou para Nick e para a irmã Alana e disse enigmaticamente:

— Meus filhos, para desvendarmos um mistério de quase oitocentos anos, talvez devêssemos procurar numa biblioteca de dezessete séculos. Mas deixe-me pensar um pouco mais sobre o assunto. Então, compartilharei minhas conclusões com vocês dois.

Ele se levantou e tirou as muletas do encosto de sua cadeira, e a irmã Alana ajudou-o a encaixá-las nos braços.

— Se vocês me dão licença, tenho alguns outros assuntos para resolver, e já está quase no horário da oração. — Sorriu calorosamente para Nick. — Nicholas, você com certeza nos deu o que pensar. Um material e tanto para a massa cinzenta! — Deu tapinhas na mão de Nick. — Apreciei demais esta manhã. Por favor, volte amanhã, para nós três conversarmos novamente. A irmã Alana vai acompanhá-lo até a saída.

Sozinhos no pátio, Nick e a irmã Alana experimentaram um constrangimento e um desconforto semelhantes; nenhum dos dois falou ou se moveu para sair. Por fim, Nick disse:

— Bem, então, irmã Alana, eu vou deixá-la com seu trabalho.

Ele começou a caminhar em direção ao corredor que dava para o *hall* de entrada da frente.

Tentando ser natural e fazendo parecer, segundo esperava, que havia lhe ocorrido uma reflexão tardia, ele perguntou:

— Então, eu... hum... vejo você amanhã, irmã?

Ao ouvir isso, ela olhou diretamente para o rosto dele, e Nick se sentiu enrubescer. Apressou-se em acrescentar:

— Quero dizer, bem... Ficou claro o quanto o monsenhor conta com você. E no que diz respeito aos meus conhecimentos, estou um pouco perdido nesses assuntos, então, certamente sua ajuda seria muito útil... e a do monsenhor também, é claro. — Ele soava, e sabia que soava assim, como um pateta balbuciante.

Mirando os olhos dele, a irmã Alana disse:

— Sim, professor. Vejo o senhor amanhã.

Sozinho em seus aposentos particulares, monsenhor Bruno Della Vecchia estava parado em frente à janela com vista para o jardim, observando Renna se despedir da irmã Alana. Não havia como negar que Renna era um camarada envolvente e, obviamente, brilhante. E ficou claro que seu compromisso com a pesquisa da irmã Anne Marie era total, talvez até mesmo obsessivo. Renna era um homem formidável; não deveria ser subestimado. Com isso em mente, o monsenhor Della Vecchia pegou o telefone.

~

Em sua caminhada de volta, do Vaticano até a Piazza Farnese, Nick cruzou o Tibre na ponte Vittorio Emmanuele II e seguiu na direção sudeste ao longo da Via Banchi Vecchi. Embora essa rota estivesse entre as mais inspiradoras de Roma, Nick deu pouca atenção ao seu entorno. Estava, em vez disso, absorto em pensamentos dolorosos sobre Annie e pensamentos confusos sobre a irmã Alana. De alguma maneira, ali em Roma, apesar de seus esforços para ignorar e negar tal constatação, o vazio raivoso de sua vida — e a intrusão nele de mulheres intocáveis — continuava a se fazer presente.

Mergulhado em melancólicas meditações, Nick quase se chocou com um bando de turistas japoneses armados até os dentes com equipamentos fotográficos que acionavam freneticamente suas câmeras. De repente, ele percebeu o que o tinha incomodado no fotógrafo do Campo de' Fiori.

Meu Deus, o filme! O rolo de filme enfiado numa alça do colete de brim... Estava completamente errado! A câmera pendurada no pescoço do fotógrafo era *digital*. Não havia necessidade de filme.

Nick se lembrou das palavras de um instrutor em Fort Benning, um major do 75º batalhão Ranger, natural da Geórgia, que ensinava inteligência de campo. "Senhores, a primeira regra de inteligência é esta: nenhum filho da mãe é tão esperto quanto ele pensa que é. O corolário é: todo mundo um dia faz besteira. E a lição é: é melhor você tirar vantagem disso em seu inimigo e minimizar os danos a si próprio."

Ok, Nick pensou, então, quem quer que fosse o fotógrafo e quem quer que o tenha enviado, eles não eram tão espertos quanto pensavam que eram. Mas a questão permanecia: *quem diabos eram aqueles caras?* Nick sabia que tinha de agir como se estivesse sendo constantemente vigiado. Estava começando a aceitar a ideia de que alguém da Fundação do Calvário o estivesse monitorando, por causa de seu generoso subsídio, do incidente em Genebra e do relacionamento de Ducasse com o cardeal LeClerc. Mas seria o fotógrafo um deles? Ou alguém mais estava envolvido agora? E estaria ele sendo vigiado naquele exato momento?

Num impulso, Nick fez um desvio para um pequeno beco e enveredou-se por várias ruas laterais, até que alcançou o lado norte do Campo de' Fiori. Então, se pôs a andar mais depressa, em zigue-zague, mudando de rumo, tentando aparentar que estava se movimentando aleatoriamente, em direção à extremidade sul da Piazza Farnese. Não levou mais de dez minutos fazendo isso, mas, mesmo assim, ficou sem fôlego, sentindo o impacto do calor do meio-dia no verão de Roma. Entretanto, tinha de encontrar as respostas para duas perguntas. Primeira: se alguém o seguia, teria conseguido despistá-lo? Segunda: esse alguém ainda estaria procurando por ele?

As respostas foram sim e sim. Era o fotógrafo. Nick conseguiu dar a volta e se posicionar atrás dele. O homem estava a uns vinte metros de Nick, câmera ao redor do pescoço, parado em um café ao ar livre.

Nick se aproximou silenciosamente por trás dele e bateu no seu ombro.

— Você não precisa de filme em uma câmera digital, imbecil.

Nick estava esperando surpresa, indignação ou negação. O que não esperava era um chute de caratê direcionado à sua cabeça. Ele mal conseguiu erguer os braços a tempo de bloquear o impacto do chute. Afastando-se quase que imediatamente, levantou os braços cruzados para absorver a maior parte da força, mas ainda assim recebeu certo impacto no lado esquerdo do rosto, bem embaixo do olho. O golpe foi forte e doloroso o suficiente para derrubá-lo no chão. Sorrindo, o homem avançou. Era alto e louro, com uma compleição musculosa e tensa. Seu porte físico e seu comportamento sugeriam algum tipo de treinamento militar, mas havia algo mais, uma espécie de intensidade de propósito que era... quase religiosa. Fosse o que fosse, o cara era bem treinado e confiante. E parecia estar pronto para matar.

Nick se levantou rapidamente e começou a recuar para a área central das mesinhas do café ao ar livre. Mais uma vez, ele se lembrou de seu treinamento Ranger. Um sargento-mor afro-americano, durão e rígido, com trinta anos de serviço e com mais condecorações de guerra do que qualquer um, uma vez disse: "Senhores, o segredo do combate corpo a corpo é não esquecer de que se trata realmente de um combate. Não é a porcaria de uma luta de boxe! Se puderem evitar, não usem as mãos. Usem os pés, a cabeça, o cinto... Caramba! Usem a maldita caneca do cantil, mas acertem o filho da mãe inimigo com alguma coisa dura, o mais forte que puderem!"

Nick pegou uma cadeira dobrável de madeira, de uma das mesas do café, e atirou-a rapidamente nas pernas do adversário. O homem tropeçou na cadeira e se chocou com uma mesa, espalhando o almoço de um jovem casal pelo chão e derramando suas bebidas, enquanto ele próprio desabava.

Num átimo, Nick estava diante dele, pronto para chutá-lo no queixo. No último segundo, o homem se desviou para o lado, mas não conseguiu evitar que o rude golpe acertasse sua orelha. Àquela altura, as pessoas no

— 120 —

café gritavam assustadas. Os garçons italianos, por um momento atordoados, começaram a se mover na direção dos adversários, enquanto o *maître* imediatamente providenciou para que chamassem os *Carabinieri*.

O fotógrafo rolou para trás e, em seguida, se levantou. Com a mão cobrindo a orelha sangrando, começou a caminhar na direção de Nick, o ódio estampado nos olhos. Nick agarrou uma garrafa de vinho de uma mesa próxima. Segurando a garrafa pelo gargalo, enquanto o conteúdo dela escorria para o chão, ele disse:

— Continue vindo, amigo. Vamos ver quem presta mais atenção na aula.

O fotógrafo parou, surpreso com o desafio de Nick. Seus olhos miraram a câmera caída no chão. Ela estava mais perto de Nick do que dele próprio, mas, por um instante, ele pensou na possibilidade de fazer um movimento na direção dela, até que Nick o chamou com a mão e disse:

— Por favor. Por favor, tente fazer isso.

O fotógrafo hesitou como se considerasse fazê-lo. Em vez disso, olhou atentamente para Nick, para memorizar seu rosto, e apontou o dedo para ele, como se dissesse: "da próxima vez...". Então se virou e saiu correndo pelas ruas cheias de gente.

Nick rapidamente pegou a câmera do chão e correu em direção ao Hotel Farnese, sob os aplausos e as vaias dos clientes remanescentes, antes que os *Carabinieri* chegassem.

Quando um descabelado e amarfanhado Nick entrou no saguão do hotel, Giovanni gritou:

— *Professore*, o senhor recebeu uma carta, um convite, creio eu. — Giovanni reparou a sujeira e as manchas na roupa de Nick e o inchaço debaixo de seu olho esquerdo, mas, sempre profissional, nada comentou a respeito. Passando o elegante envelope em relevo às mãos de Nick, Giovanni disse: — Foi entregue por um mensageiro por volta das 10 horas da manhã. O senhor já tinha saído.

Nick pegou o envelope e, notando o discreto ar de interrogação nos olhos de Giovanni, disse:

— Obrigado, meu amigo. Foi uma manhã interessante.

Em seu quarto, Nick se serviu de um copo de uísque do frigobar e, em seguida, despejou vários cubos de gelo em uma toalha e aplicou-a sobre o olho. Quando o uísque e a bolsa de gelo improvisada começaram a fazer efeito, Nick pegou a câmera digital e acessou o seu banco de imagens. Havia nove fotos, a maioria delas, de Nick conversando com Brian Donnelly, mas também uma série de fotos dos dois sacerdotes que, como Nick agora lembrava, estavam sentados na mesa ao lado.

Nick pensou por um momento — o cara da câmera era obviamente seu inimigo, mas a novidade era que aqueles dois padres *também* deviam ter escutado a conversa entre Nick e Brian; então, eles eram igualmente suspeitos. Mas para quem trabalhavam? E qual era a ligação entre eles e o fotógrafo? Seriam oponentes?

Seria terrivelmente penoso para ele, naquele momento, tentar arrumar uma explicação lógica para tudo aquilo. Por isso, Nick tomou outro gole de seu uísque e abriu o envelope que Giovanni havia entregado. Tinha sido enviado por Émile Ducasse, que se desculpava pelo convite de última hora, mas pedia a Nick para que fosse ao seu apartamento no Campo de' Fiori para um coquetel, naquela noite, pontualmente às 20 horas. Traje: "esporte fino".

"Meu Deus", Nick pensou, "este dia foi um inferno e ainda não acabou."

Capítulo 7

Roma, Campo de' Fiori

Para Émile Ducasse, a oportunidade de avaliar de perto Nicholas Renna era um passo importante. Ducasse sempre acreditou ser um soberbo juiz de caráter e sempre procurou conhecer as pessoas, especialmente aquelas que poderiam vir a ser suas rivais ou adversárias. Estava ansioso para se encontrar com Renna pessoalmente. O relatório de Pelletier fora abrangente e esclarecedor. Renna era impressionante. Apesar de não ser um medievalista, Renna era um estudioso empenhado e criativo. Como ex-Ranger e veterano de guerra condecorado, encararia qualquer desafio até o fim. Adicione a isso sua ligação com a falecida freira, ligação essa que Ducasse suspeitava que fosse mais do que o fato de ser um mero "amigo da família", e Renna realmente era a escolha ideal para a tarefa de localizar a Coroa. Ideal, sim, mas não isenta de riscos.

Havia provas abundantes de que Renna tinha sérios defeitos. Era autoindulgente, imprevisível e, obviamente, tinha alguma mágoa no passado. Seu mundo consistia principalmente em cuidar de suas próprias necessidades. E, mesmo assim, parecia haver alguma coisa naquele sujeito para se pensar — talvez até mesmo *esperar* — que ele pudesse ser, além de tudo, um participante interessante nas maquinações de Ducasse, *ao menos pelo breve tempo em que estaria por perto*. Ducasse era cauteloso na maneira de conduzir seus assuntos; na verdade, meticuloso. Não tolerava qualquer coisa fora dos eixos. E quando encontrava alguma coisa inadequada, tratava logo de cuidar do assunto. A propósito, havia surgido uma novidade estranha envolvendo um padre canadense intrometido.

Ducasse ficou sabendo, por intermédio de Raymond Pelletier, que um tal padre DeWayne Benjamin, professor em meio período no Seminário São Pio X — um negro, ainda por cima —, andara fazendo perguntas incômodas sobre os anos em que Ducasse atuou na instituição, perguntas especificamente relacionadas com a razão de Ducasse ter saído de lá.

Um Ducasse furioso pensou: "De onde, *de onde* partira aquilo? Ao longo dos anos, ele tinha sido tão cuidadoso, tão diligente... E as poucas conexões remanescentes haviam, com efeito, desaparecido. O que poderia ter restado?".

Suas instruções para Pelletier foram imediatas e inequívocas:

— Senhor Pelletier, isso pode ser inconveniente. Deve ser eliminado imediatamente.

Pelletier respondeu, com certo orgulho:

— Eu já resolvi a questão, senhor. Instruí Randolph, colega de Gregory, para cuidar disso. Em breve, entrarei em contato com o senhor para fornecer os detalhes do resultado, que, sem dúvida, será favorável.

Com sua irritação um pouco aplacada pela eficiência de Pelletier, Ducasse esperava uma noite interessante. Além dele e da senhora Levesque, Sua Eminência o cardeal Marcel LeClerc estaria lá, junto com seu novo assistente pessoal suíço, Kurt. Ducasse também fez questão que Gregory estivesse presente; não que esperasse qualquer aborrecimento, mas, com toda certeza, para referência futura. Oportunamente, as habilidades especiais de Gregory seriam necessárias para resolver a questão de Nicholas Renna.

Nick chegou ao apartamento de Ducasse pontualmente às 20 horas, vestindo um blazer de verão azul-marinho sobre uma camisa sem colarinho vinho e calça de linho bege. Ele foi saudado pelo nome por uma mulher atraente e matronal que se apresentou como Rosa, a governanta. Rosa, em seguida, conduziu-o por um *hall* de entrada com piso de mármore, passando por uma sala de refeições elegante e atravessando uma porta dupla que dava para um grande terraço florido, com uma vista deslumbrante para a cúpula da Basílica de São Pedro, para Sant'Andrea della Valle e várias outras igrejas.

No centro do terraço havia uma grande mesa coberta, com tampo de mármore, exibindo uma fartura de mariscos crus, *crudités*, frios e queijos diversos e uma grande variedade de frutas frescas. Ao lado, um bar bem equipado e abastecido. Nick ficou impressionado. Nada mau para um cara supostamente ascético como Ducasse.

Estavam presentes cinco pessoas que Nick presumiu serem os outros convidados: uma jovem de beleza gélida e quatro homens. Já estavam petiscando e bebendo champanhe ou outros drinques. Entre eles, um príncipe da Igreja, que Nick tinha certeza que era o cardeal LeClerc em pessoa, resplandecente em sua batina negra, adornada com uma capa de seda escarlate, faixa e barrete combinando.

Nick foi abordado e saudado por um homem alto e sutilmente belo, cujo sorriso era ao mesmo tempo encantador e rapinante.

— *Benvenuto a Roma, il professore* Renna. Tenho muito prazer em finalmente conhecê-lo. Sou Émile Ducasse. Temos muito a discutir. Mas, primeiro, sei que apreciaria uma bebida... Um *scotch*, eu creio.

Ducasse levou Nick com sua bebida na mão até os outros convidados e fez as apresentações. Nick descobriu que a mulher era Marie-Claude Levesque, assistente pessoal e advogada de Ducasse. Chamava a atenção vestida com uma blusa de seda lilás de manga curta, simples e elegante, e uma saia reta, de cor creme. Seu brilhoso cabelo negro estava preso em um coque, com uma fivela de prata lisa. O efeito intensificava os contornos bem definidos do rosto e a suavidade e a palidez, quase fantasmagóricas, de sua pele. Seus olhos eram cautelosos e atentos, com um toque de calma ironia e nenhuma ternura; eram quase da mesma cor de seu cabelo. Quando apertaram as mãos, Nick sobressaltou-se com o contato úmido e morno, quase quente, da pele dela. Sua voz era surpreendentemente rouca.

— É um imenso prazer, professor.

Ducasse continuou com as apresentações.

— Já conhece Gregory, é claro.

Nick assentiu com a cabeça e Gregory fez o mesmo, embora não tivesse havido, de nenhuma parte, menção de se apertarem as mãos.

Ducasse escoltou Nick até um jovem de aparência bem cuidada que estava próximo ao cardeal.

— E este é Kurt Schraner, assistente do cardeal LeClerc. Kurt é da Suíça. Está pensando em seguir a carreira eclesiástica, e todos nós, é claro, estamos rezando por isso.

Kurt era bem constituído e estava em boa forma, trazia o cabelo louro cortado curto e tinha olhos azuis. Parecia ter por volta de 30 anos, talvez um pouco mais ou um pouco menos. Havia algo estranhamente familiar nele. Ao apertar sua mão, Nick de repente percebeu o que era. *Este filho da mãe poderia muito bem ser irmão do fotógrafo: mesmo porte, mesmas características físicas.* Imediatamente, outra poderosa percepção ocorreu a Nick. *O secretário de Vogel, Lorenz! Suíço, jovem, bem constituído. De onde, diabos, esses caras estão vindo? Quem são eles?* Nick forçou um sorriso e disse:

— Bem, com certeza, espero que você tome a decisão certa, Kurt. Boa sorte! Seja ela qual for.

Finalmente, Ducasse e Nick pararam diante do cardeal.

— Eminência, deixe-me apresentar o famoso historiador americano Nicholas Renna. Professor Renna, tenho a honra de apresentá-lo à Sua Eminência, o cardeal Marcel LeClerc.

Embora tivesse sido criado como católico, Nick não estava totalmente familiarizado com os protocolos e os níveis de autoridade dentro da Igreja. Sabia, entretanto, que um cardeal era algo especial. Os cardeais geralmente são escolhidos entre arcebispos versados e eruditos, cujas dioceses são as maiores e mais importantes em suas regiões ou seus países; eles também podem ser selecionados entre os membros da Cúria Romana, o corpo governante da Igreja, que ocupam cargos de particular importância ou influência. Sua principal responsabilidade é ajudar o Papa em sua liderança da Igreja e, é claro, também têm a impressionante responsabilidade e a honra singular de eleger um novo Papa quando o trono de São Pedro se torna vago. Seu poder e sua influência, tanto eclesiásticos como seculares, podem ser enormes. Isso era especialmente verdadeiro no caso do cardeal Marcel LeClerc.

Quando o cardeal estendeu a mão, Nick pensou que se alguém parecia um príncipe da Igreja, esse alguém era o cardeal LeClerc. Alto e empertigado, olhos penetrantes, nariz proeminente, cabelo grisalho, irradiava carisma e uma espécie de total autoconfiança que não deixava espaço para dúvida, ambiguidade moral ou fraqueza intelectual. Timmy estava certo. Se aquele cara algum dia se tornasse Papa, o mundo seria diferente.

O cardeal encarou Nick firmemente e disse, com um sotaque franco--canadense pronunciado e de maneira altiva:

— Sua reputação como catedrático é conhecida por nós, professor Renna. Entendo que os italianos, em especial, parecem ter o seu trabalho em alta conta.

O cardeal sorriu de uma forma que parecia sugerir que a opinião acadêmica italiana tinha pouca importância. Ele continuou:

— Me parece, entretanto, *mon professeur*, que muitos historiadores e intelectuais franceses têm uma opinião diferente, na verdade, menos elogiosa de seu trabalho.

Nick sorriu e disse:

— É verdade, Eminência. Por outro lado, é preciso considerar a opinião dos franceses com certo... talvez bastante... cuidado. O hábito que eles têm de depreciar qualquer coisa não francesa é uma afetação conhecida e tediosa. Na verdade, é o que os demais estudiosos e intelectuais do mundo já esperam deles e descartam. Por exemplo, a Igreja francesa se autoengana mantendo a crença de que realmente possui a *verdadeira* Coroa de Espinhos. E, sendo francesa, não perde a oportunidade de comercializá-la como tal, não importando a validade disso. Sua observação, porém, é correta, Eminência, e quando os resultados das deduções da irmã Anne Marie e de minhas humildes investigações se tornarem disponíveis, eles também, provavelmente, gerarão desprezo entre os intelectuais franceses. *Nós*, entretanto, pensaremos de forma diferente, não é?

O cardeal, que não estava nem um pouco acostumado a ser objeto de sarcasmo, fulminou Nick com os olhos. Com frieza, ele disse:

— Embora em outra ocasião possa até ser divertido debater tanto o valor de seu trabalho passado quanto as perspectivas de seu futuro, professor Renna, no momento não estou interessado em nenhum dos dois. O que eu insisto em saber, *de imediato*, é a extensão de seu progresso em nome da Fundação do Calvário.

Ducasse se intrometeu na conversa antes que ela tomasse rumos mais desagradáveis, dizendo:

— De fato, todos nós, Eminência. Diga-nos, professor, que progresso obteve na localização da sagrada Coroa?

Lembrando-se de que, afinal de contas, aquelas eram as pessoas que estavam financiando sua pesquisa, Nick respondeu:

— Os sinais são positivos, e eu estou otimista. Ainda assim, o assunto é pouco pesquisado, e o mistério tem quase oitocentos anos.

Nick explicou que, além das anotações e da correspondência que Annie havia deixado para trás, havia também uma série de questões que ela havia levantado — questões essas que agora lhe serviam de pistas de como proceder. Então ele disse:

— Pensem nisso da seguinte maneira: se essa fosse uma investigação criminal em vez de acadêmica, eu estaria à procura de meios, motivo e oportunidade. A primeira pergunta ou "pista" me levou a Victor Vogel, que foi muito útil ao fornecer um contexto secular para a aquisição e posse de relíquias na Idade Média. Simplificando, era um grande negócio. O argumento de Victor era o de que o poder das relíquias, pelo menos naquela época, tinha, de fato, mais a ver com sua importância *política* do que *espiritual*. Em outras palavras, quem possuía a melhor relíquia detinha o maior poder. O motivo, então, seria a aquisição de poder.

Ao mencionar Victor, Nick pensou ter detectado algo como um lampejo de jocosidade nos olhos de Gregory, mas deixou passar. Foi a senhora Levesque que falou:

— Victor Vogel era um bufão. Seu patrocínio acadêmico era pouco prestigioso, seus objetivos eram estritamente monetários e seu impacto era limitado.

Nick controlou sua extrema indignação com o ataque da senhora Levesque a Victor e disse:

— Não obstante o seu parecer, senhora Levesque, Victor tinha muito a oferecer. Foi ele que me sugeriu, num *insight* fundamental, que eu deveria investigar os banqueiros venezianos. Veneza foi o local onde se deu a troca física, de fato. Mais uma vez, usando a analogia da investigação criminal, a troca em Veneza daria a alguém a "oportunidade". É para lá que vou a seguir.

Nick explicou:

— Quanto às minhas atividades aqui em Roma, eu me encontrei com o monsenhor Bruno Della Vecchia, a quem a irmã Anne Marie considerava uma importante autoridade eclesiástica e uma fonte de informação e de auxílio à pesquisa potencialmente valiosa. O que eu preciso dele é uma explicação de como as relíquias medievais eram tratadas, em que tipos de relicários elas eram mantidas, quem poderia ser responsável por elas, como elas eram transportadas, esse tipo de coisa. Se eu entender isso, então, talvez eu tenha uma ideia dos "meios", a parte final da tríade da investigação criminal. Eu me encontrei com ele hoje, e amanhã nos reuniremos novamente, junto de sua assistente de pesquisa.

Foi a vez de o cardeal interromper.

— Qual é a sua impressão de Della Vecchia, professor? E, mais importante, o que esse herege sabe sobre as suas verdadeiras atividades?

A essa questão, todos na sala se concentraram na resposta de Nick.

Monsenhor Della Vecchia claramente tinha inimigos naquele grupo, e Nick poderia dizer que ele próprio também não era lá muito popular.

Incapaz de evitar a tentação de continuar a irritar o imperioso cardeal LeClerc, Nick sorriu inocentemente e disse:

— Minha impressão, Eminência? Bem, deixando momentaneamente de lado a parte da "heresia", eu realmente achei o monsenhor Della Vecchia bastante simpático.

— 129 —

E acrescentou, brincando:

— Eu também descobri que ele é canhoto, notavelmente ágil para alguém que usa muletas e que gosta de um copo de vinho ao meio-dia, parece preferir frutas frescas e queijo a doces, além de ser astuto o suficiente para ter selecionado uma assistente de pesquisa excepcionalmente talentosa e perspicaz. Quanto ao que ele conhece das minhas atividades, ele certamente sabe, pela sua correspondência com a irmã Anne Marie, que eu estou pesquisando a *verdadeira* localização das relíquias de Luís IX, entre elas, é claro, a Coroa de Espinhos.

Então, desprovido de qualquer intenção de ser simpático, ele disse a Ducasse e ao cardeal:

— Só para que fique registrado, senhores, me deixem esclarecer que eu não me importo nem um pouco com suas diferenças políticas ou teológicas com o monsenhor Della Vecchia. Eu só me importo com a conclusão da pesquisa da irmã Anne Marie. Della Vecchia pode me ajudar a fazer isso. Ele é um contato importante. Se não concordarem com o auxílio dele, os senhores mesmos serão os mais prejudicados.

Ducasse estava achando Renna rude, arrogante e insolente. Era claro que, assim que ele localizasse a Coroa, poderia muito bem ser descartado. Ainda assim, Ducasse sentia que era preciso lhe responder naquele momento. Então, disse com frieza:

— Professor Renna, eu quero que ouça com atenção, apenas para que não haja mal-entendidos aqui. Nós, Sua Eminência, a Fundação do Calvário e eu, também estamos interessados apenas na Coroa. Entretanto, à medida que certas pessoas vão se tornando cientes da continuidade da pesquisa da irmã Anne Marie por seu intermédio, é equivocado e ingênuo ao extremo de sua parte não perceber que motivos políticos e/ou pessoais entrem em jogo. Portanto, devemos insistir em salientar que o seu trabalho deve ser concluído o mais rapidamente possível.

Ducasse fez um sinal com a cabeça na direção do cardeal LeClerc e disse:

— Sua Eminência estará presente no Sínodo dos Bispos, que será realizado na primeira semana de setembro, aqui em Roma. Ocasião mais do que propícia para nós, professor, e crucial para você. Sabe qual é a função de um Sínodo?

— Só sei que a etimologia da palavra sugere uma "reunião" de algum tipo. Mais que isso, não.

O cardeal LeClerc se dignou a explicar:

— Um Sínodo é uma reunião de bispos, arcebispos e cardeais, a pedido do Papa, quando é oportuno para o bem-estar da Igreja, ou quando o Papa considera necessário. É de natureza consultiva e, normalmente, não pode preceituar ou mudar a doutrina. Só pode aconselhar.

A voz do cardeal e seu comportamento se tornaram mais intensos quando ele continuou:

— No entanto, depois de considerar o conselho do Sínodo, o Papa pode mudar ou revisar a doutrina como ele desejar. Assim, o resultado do Sínodo pode ter um profundo impacto sobre a direção da Igreja. Se Deus quiser, este Sínodo certamente terá. Saiba que, entre os temas de discussão no Sínodo, o tema principal, de fato, é um que *eu* introduzi: a importância crítica de um compromisso renovado e revitalizado para com o aspecto salvífico da Paixão de Nosso Senhor, incluindo a adequada e obediente veneração de seus símbolos. O argumento, *meu argumento*, será que a salvação só é alcançada por meio do sofrimento. *Assim como Nosso Senhor sofreu!* Certamente, professor, até mesmo o senhor pode ver quão importante a existência da verdadeira Coroa seria para essa discussão, e para o subsequente impacto sobre a Igreja e, por extensão, é claro, para o mundo inteiro.

Ducasse disse:

— Num nível mais mundano, professor, considere que estamos agora na segunda quinzena de agosto. Isso significa que tem apenas uma quantidade limitada de tempo para localizar, assegurar e entregar a mim, *pessoalmente*, a própria Coroa de Espinhos, ou prova de seu paradeiro exato. Depois disso... bem, de nada nos serviria.

Nick tomou um gole de uísque e, depois de um momento, disse:

— Só para eu ver se entendi direito: a verdadeira Coroa de Espinhos está desaparecida há quase oitocentos anos, e eu tenho duas semanas para encontrá-la e trazê-la de volta. É isso?

Foi Ducasse quem respondeu:

— Ah, então estamos de acordo.

— Não estamos nem um pouco de acordo — Nick disse, balançando a cabeça. — Está completamente fora da realidade, senhor Ducasse. Eu apenas comecei a fazer contato com as pessoas que talvez possam me ajudar. É impossível determinar aonde esses contatos irão me levar e quão valiosos eles se mostrarão no final das contas. Haverá falsos pontos de partida, becos sem saída e todo tipo de desvios. Entretanto, eu preciso segui-los, ter tempo para segui-los de Roma a Veneza, e depois para onde eles me levarem em seguida. Sujeitar-me a um prazo arbitrário é contraproducente.

Ducasse ficou cara a cara com Nick, sua voz parecia o silvo de uma cobra:

— Deixe que *eu* lhe esclareça as coisas, professor. Meu emissário, Raymond Pelletier, está convencido de que você é o melhor recurso, a melhor opção para encontrar a Coroa. Normalmente, ele é muito astuto nesses assuntos. Mas, cuidado, professor. Você não é o *único* recurso, não é a única opção. Eu posso substituí-lo com um estalar de dedos. E pode ter certeza, professor, de que o novo encarregado *encontrará* a Coroa. *Eu* farei com que encontre. E quando o fizer, exigirei a restituição de seu subsídio de 50 mil dólares, e vou garantir que o mundo saiba que falhou miseravelmente.

Em seguida, veio a parte mais saborosa para Ducasse:

— E eu também irei cuidar para que a irmã Anne Marie Reilly não receba um pingo de reconhecimento por ter tido a inspiração original sobre a Coroa de Espinhos. Na verdade, suas lamentáveis especulações sobre o paradeiro da Coroa ou serão para sempre ignoradas ou... — Ducasse fez uma pausa, sorrindo maliciosamente — ou, se vierem à luz, providenciarei pessoalmente para que elas sejam ridicularizadas como os delírios fantasiosos de uma freira demente. Sua reputação como catedrática ficará arruinada para sempre. A escolha é sua, professor.

Quando estava prestes a esmurrar o nariz de Ducasse, Nick percebeu duas coisas: Gregory deslocou seu peso, como se estivesse se preparando para entrar em ação, e os olhos da senhora Levesque arregalaram-se de expectativa, enquanto sua boca se entreabria e a língua, surpreendentemente longa e rosada, umedecia-lhe o lábio superior.

Santo Deus, eles estão me testando, pensou Nick. Se ele agredisse Ducasse. Gregory partiria para cima dele num piscar de olhos. E sua chance de cumprir a promessa que tinha feito a Annie em seu leito de morte, de concluir a pesquisa, estaria perdida. Ele não tinha escolha, o jeito era fingir que estava de acordo para demonstrar submissão a Ducasse.

Nick engoliu o resto de seu *scotch* e bateu seu copo de cristal sobre a mesa de tampo de mármore, quase espatifando o caro utensílio.

— Ok. Você deixou bem claro. Duas semanas. Agora, se me dão licença... — Ele saiu.

Foi o cardeal LeClerc quem falou primeiro.

— Exatamente como eu suspeitava, mais um americano fanfarrão, fraco e frívolo, como todos eles.

Ducasse acompanhou com os olhos Nick sair.

— Talvez. Gregory, o seu pessoal está a postos, certo?

Sem dúvida, senhor.

— Muito bem, muito bem — disse Ducasse. — E vamos trazer o senhor Pelletier para supervisionar as coisas, apenas por medida de precaução. Quando agirmos, deverá ser rápido e de forma decisiva.

~

Na manhã seguinte, Nick se encontrou com o monsenhor Della Vecchia e a irmã Alana, esperando elucidar a enigmática observação que o monsenhor havia feito no dia anterior, referente a uma "biblioteca de dezessete séculos". Estavam tomando um *cappuccino* na pequena sala que funcionava como biblioteca e escritório para o monsenhor.

— 133 —

Então o monsenhor Della Vecchia disse:

— Vamos começar a nossa pesquisa no *Archivo Segreto Vaticano*.

Nick quase engasgou com sua bebida.

— O Arquivo Secreto do Vaticano?

A irmã Alana também parecia atordoada.

Nick falou:

— Não quero ser rude, monsenhor, mas, se vamos pensar grande, por que não pegamos um avião para a América e xeretamos Langley?

A irmã Alana não entendeu:

— O que é "Langley" e por que deveríamos xeretar lá?

O monsenhor Della Vecchia sorriu carinhosamente para ela:

— Irmã Alana, Langley, na Virgínia, é o quartel-general da Agência Central de Inteligência dos Estados Unidos, a CIA.

A irmã Alana ficou calada por um instante. Então, os olhos cor de violeta se arregalaram e seu rosto se abriu num enorme sorriso. Ela se virou para Nick.

— Oh! Foi uma piada! Você usou um exagero irônico para expressar seu ceticismo. Muito inteligente da sua parte, professor! — Ela riu alegremente.

Nick percebeu que, quando relaxado, embora fosse extremamente belo, o rosto da irmã Alana mantinha um ar de desconfiança e reticência. Naquele momento, entretanto, estava expressivo e brilhando de vivacidade. Por um breve instante, Nick sentiu de novo a alegria incomparável de fazer uma menina bonita sorrir.

Antes que se deixasse embarcar nessa sensação, ele disse ao monsenhor:

— Eu sei que, já faz algum tempo, os arquivos têm sido franqueados a eruditos respeitáveis. Mas, geralmente, leva meses para se obter a devida aprovação. E, pelo que sei, ninguém ali move uma palha para facilitar as pesquisas que são efetuadas. Entretanto, não é de admirar. Estamos falando da instituição mais misteriosa dentro da organização mais reservada na história do mundo.

O monsenhor Della Vecchia concordou, sem se abalar com o sarcasmo de Nick. Disse simplesmente:

— Todavia, Nicholas, eu não deixo de ter influência em certas áreas, e isso certamente se enquadra dentro da minha alçada. Certifique-se de que tenha duas carteiras de identificação com fotografia e que pelo menos uma delas prove que você é catedrático.

Nick tinha seu passaporte e a carteira de identidade da Faculdade Henniker.

"Meu Deus", Nick pensou, "isso realmente vai ser interessante: o *Archivo Segreto Vaticano*. Annie, você conseguiu me envolver em algo realmente importante."

A Igreja Católica e seus papas iniciaram oficialmente a manutenção de uma biblioteca no século IV. Assim, a Igreja vem acumulando material há 1.700 anos, mas não em um único lugar. Os papas tradicionalmente mantêm registros de suas atividades — privadas e também públicas — e, ao longo dos séculos, esses foram alojados em uma variedade de locais seguros e não tão seguros, à medida que os papas se mudavam, viajavam, fugiam, tiravam férias etc. Em resultado, muitos documentos foram perdidos ou destruídos, acidental ou intencionalmente. Ainda assim, um número incalculável de documentos foi salvo.

Foi o Papa Pio IV, no início do século XVII, que designou oficialmente certas seções da Biblioteca do Vaticano como o "Archivo Segreto", e elas foram abrigadas em um edifício separado, especial. Por duzentos anos o acesso ao Arquivo Secreto era estritamente proibido às pessoas de fora, até o século XIX, quando alguns estudiosos "qualificados" tiveram acesso.

Hoje, calcula-se que o acervo do Arquivo Secreto do Vaticano, se fosse disposto em estantes de seis prateleiras enfileiradas, cobriria uma distância de aproximadamente oitenta quilômetros. Só o catálogo seletivo compreende cerca de 35 mil volumes. Numa estimativa superficial, o total de itens compreende cerca de 2 milhões de livros impressos, 8 mil incunábulos (originais "do berço", isto é, obras que datam da origem da imprensa), por volta de 75 mil cartas em latim, grego, árabe, hebraico,

— 135 —

persa, etíope e outras línguas do terceiro mundo (incluindo até mesmo os documentos mais antigos escritos em mongol, que remontam à segunda metade do século XIII). Além disso, existem 65 mil volumes de arquivo, 100 mil estampas, gravuras, mapas e desenhos, e mais de 300 mil moedas gregas, romanas e papais.

Os documentos conhecidos, embora não tenham sido completamente catalogados, perfazem muitos milhões. Incluem registros históricos, tratados, transações de negócios, cartas pessoais, correspondências e decretos papais, material diplomático, registros de personalidades, ordens religiosas suprimidas, heresias e afins.

Dezenas de milhares — talvez mais — de outros documentos nos Arquivos jamais chegaram a ser examinados, muito menos indexados e catalogados. Eles existem, mas ainda não foram descobertos. E é provável que assim permaneçam, já que os estudiosos "aprovados" devem solicitar expressamente o documento que desejam consultar. Isso significa que, para começo de conversa, os estudiosos devem ter uma forte suspeita de sua existência.

Cerca de 1.500 estudiosos provenientes de mais de sessenta países são admitidos nos Arquivos a cada ano. As instalações que encontram são adequadas, embora de forma alguma sejam primorosas. Há duas salas de leitura, uma sala de índice, uma biblioteca interna, um laboratório para atividades como preservação, restauração e encadernação. Também estão disponíveis um centro de processamento de dados, um laboratório de informática e uma variedade de serviços administrativos.

Entretanto, dada a magnitude do acervo, as instalações são totalmente inadequadas — fato que parece não preocupar nem um pouco os administradores ou o próprio Vaticano.

Nick, descrente do sucesso de tão monumental empreitada, perguntou:

— Como nós três, sozinhos, poderemos cobrir oitenta quilômetros de estantes que abrigam sabe lá Deus quantos volumes, manuscritos, caixas, envelopes e similares, se não sabemos exatamente o que estamos procurando, e sendo que não nos é permitido pesquisar por conta própria?

O monsenhor Della Vecchia deu tapinhas na mão de Nick e disse:

— Eu dei um jeito de termos acesso aos Arquivos. Cabe a você, Nicholas, encontrar uma maneira de acelerar nossa busca. — E então ele entregou a Nick várias folhas de papel, impressas a partir do próprio website do Vaticano.

— Procure no *Schedario Garampi*, Nicholas, o lugar de costume para se iniciar uma pesquisa de documentos da Idade Média. Encontre-nos um caminho, *professore*.

Nick gemeu ao saber que o *Schedario Garampi* compreende mais de 800 mil cartões organizados em 125 volumes. Mas, então, percebeu que eles eram subdivididos em dez classificações gerais, *Benefici, Vescovi, Miscellanea I, Abati, Cronologico, Papi, Cardinali, Chiesi di Roma, Offici* e *Miscellanea II*.

"Tudo bem", pensou ele, "deixe eu fazer jus ao meu título." *Benefici* se referem às prebendas, ou rendimentos eclesiásticos inerentes a determinados cargos. O que não parecia promissor, como era o caso também de *Vescovi*, ou Bispos. Naturalmente, pensou Nick, *Miscellanea I* e *II* seriam áreas que teriam de cobrir. Provavelmente não precisariam se preocupar com *Abati* (Abades), mas *Cronologico* e *Papi* (Cronologia e Papas) pareciam ser boas apostas. *Offici* e *Chiesi di Roma* (Ofícios e Igrejas de Roma) não pareciam vir ao caso.

— Ok, pensei numa maneira de começarmos, mas, primeiro, as coisas mais importantes. Monsenhor, o senhor conseguirá se locomover sozinho ou precisará de nossa ajuda?

— Eu sou capaz, Nicholas. Continue, por favor.

Nick expôs sua ideia:

— Com uma tarefa dessa grandeza, cada um de nós terá de se encarregar de uma parte da pesquisa. Vejam como nos dividiremos. Irmã Alana, você fica com *Cronologico*. Os cartões e assuntos estão organizados em ordem cronológica. Então, veja se consegue encontrar qualquer coisa que pareça relevante para nós a partir do ano de 1237 até, digamos, 1240. Sei que algumas pessoas estabelecem como a data da entrega das relíquias o ano de 1239, mas vamos ficar com o que Annie, a irmã Anne Marie, pare-

— 137 —

cia achar que era a data correta, 1238, e assim começaremos a investigação um ano antes e, então, acrescentaremos dois anos. Para tentar restringir as possibilidades, irmã Alana, procure qualquer menção aos frades Tiago de Paris e André de Longjumeau. Fontes primárias, isto é, documentos escritos por eles próprios, seriam demais para se esperar. Assim, se concentre nas fontes secundárias, nos documentos oficiais ou materiais que possam ter ligação com eles. Você consegue lidar com isso?

A irmã Alana respondeu:

— Se consigo "lidar" com isso? Você quer saber se eu entendo o que é preciso ser feito e se posso fazê-lo? É claro.

Ela era, provavelmente, a mulher menos "deste mundo" que já conhecera, mas não lhe faltava confiança. Ele prosseguiu:

— Monsenhor, claramente, o senhor tem influência considerável nessa área. Para começo de conversa, foi por isso que conseguiu nos colocar lá tão rapidamente. Temos de usá-lo da maneira mais eficaz: o senhor fica com *Papi*. Se o Papa Gregório IX estava por trás disso tudo, ninguém melhor do que o senhor para descobrir. Talvez até mesmo checar o pontificado anterior ao dele, o de Inocêncio III, e ver se algo teve início ali que pudesse afetar o que estamos procurando. Por último, eu vou analisar *Miscellanea I* e *II* e ver se consigo ter sorte com qualquer coisa relativa à efetiva transferência de bens, questões de dinheiro, e a conexão com os banqueiros venezianos. Se qualquer um de nós descobrir qualquer indício do que estamos procurando na bibliografia do *Schedario Garampi*, pediremos para consultar o documento e torceremos pelo melhor.

O monsenhor Della Vecchia disse:

— Muito bem. Agora, vamos passar para questões ainda mais práticas. Os Arquivos estão abertos das 8h30 até 13h15, seis dias por semana. Os cartões de admissão são conferidos até as 10h30. Solicitações de acesso são submetidas ao chefe de departamento, juntamente com uma carta de apresentação de uma instituição de ensino superior reconhecida ou de uma pessoa devidamente qualificada. Eles vão dispensar tal exigência por mim. Contudo, o acesso aos Arquivos normalmente não é permitido a mais de um pesquisador trabalhando no mesmo tema. Então, teremos de demonstrar interesses diferentes. Além disso, não mais do que três volumes ou documentos podem ser solicitados por cada pessoa por dia. Assim sendo, poderemos examinar apenas nove itens diariamente.

Nick disse:

— Ok. Eis o que faremos. Irmã, seu tópico será a história da Ordem Dominicana. Eu vou dizer que estou pesquisando as práticas relativas ao transporte e acondicionamento de relíquias medievais. E o monsenhor está interessado na relação entre o Papa Gregório IX e Luís IX da França.

Nick meneou a cabeça ao pensar na situação:

— Poderíamos passar anos no lugar e nem sequer chegarmos perto. Ainda assim, esta é a nossa melhor aposta.

O monsenhor Della Vecchia, em seguida, sorriu para a irmã Alana e para Nick.

— Meus amigos, nosso desafio é grande, não resta dúvida. Mas temos recursos formidáveis, também; nossa capacidade e uns aos outros. Vamos conseguir.

Embora apreciasse as palavras de encorajamento do monsenhor Della Vecchia, Nick estava preocupado. Para começar, mais uma vez ele iria quebrar o protocolo estabelecido havia muito tempo de trabalhar sozinho. Fazê-lo era coisa muito fora do normal para ele. Segundo, estava envolvendo seus novos amigos no que certamente era tarefa polêmica e, com base em sua reunião com Ducasse, muito possivelmente perigosa. Mas quanto mais poderia ou deveria lhes revelar? Certamente precisava da ajuda dos dois, e parte dele queria muito confiar neles. Por outro lado, não queria assustá-los ou correr o risco de o monsenhor Della Vecchia contar a toda Cúria Romana o que Nick estava fazendo. Decidiu agir como Annie teria agido e falar a verdade.

Nick disse:

— Antes que ambos se comprometam a fazer isso, devo lhes dizer com toda franqueza que as pessoas que estão financiando a minha pesquisa, a Fundação do Calvário, são um bando impaciente e ambicioso. Essas relíquias são de vital importância para eles. Além disso, sem dúvida, eles têm um plano por trás da coisa toda, que desconheço. Sendo esse o caso, o meu palpite é que teremos não mais do que quatro ou cinco dias antes de eles ficarem nervosos e... interferirem de alguma forma. Francamente, pode haver riscos que nem sequer conhecem. Agora, eu estou empenhado em ir até o fim, porque prometi a Annie que o faria. Mas vocês dois não têm obrigação alguma. Como se sentem em relação a isso?

Monsenhor Della Vecchia encarou Nick:

— Me deixe ser franco, também, Nicholas. Não estou familiarizado com a Fundação do Calvário. Tampouco sei quem os apoia ou quais são os propósitos deles. Além disso, a irmã Anne Marie me confidenciou que o verdadeiro objetivo de sua pesquisa era, de fato, a Coroa de Espinhos de Nosso Senhor. Suas ideias eram brilhantes e a recompensa por seus esforços era inestimável. É por causa da irmã Anne Marie e pelo bem da Igreja que eu estou dentro, aconteça o que acontecer.

Nick perguntou:

— E você, irmã?

A irmã Alana ficou chocada ao saber que o objetivo deles era a recuperação da Coroa de Espinhos. Depois de refletir durante certo tempo, ela disse a Nick e ao monsenhor Della Vecchia:

— Tanto como freira quanto como pesquisadora, eu não posso deixar passar essa oportunidade.

Seu rosto se iluminou de repente com um sorriso ansioso, o que a fazia parecer ainda mais jovem, e ela acrescentou:

— Mas eu acho também que a procura pela Coroa de Espinhos será muito agradável e bastante emocionante, não é?

Nick não sabia como poderia ser empolgante ficar enfurnado dias e dias em uma sufocante construção secular, desprovida de ar-condicionado, rodeado por documentos intocáveis, sob o olhar nada amigável dos guardas de segurança do Vaticano. Mas, por outro lado, vendo o sorriso da irmã Alana e seu entusiasmo, podia ser que estivesse errado.

Ele lhes disse:

— É importante não chamarmos muita atenção sobre nós. Devemos chegar e deixar os arquivos em diferentes momentos, trabalhar de forma independente e evitar o contato ostensivo uns com os outros. No final da semana, vamos nos encontrar em algum lugar, comparar as anotações e decidir como proceder.

Monsenhor Della Vecchia disse:

— Eu vou celebrar a missa do meio-dia na igreja de Santa Brígida no próximo domingo, quatro dias úteis a partir de hoje. Sugiro que nos reunamos em meu apartamento depois da missa, digamos às 14 horas. Minha governanta pode preparar um almoço dominical e nós poderemos discutir nossa pesquisa durante uma boa refeição. Nicholas, você está convidado a assistir à missa.

Nick não tinha interesse em assistir à missa e estava pensando em uma maneira graciosa de recusar o convite quando a irmã Alana lhe falou:

— Eu estarei presente nessa missa, professor. Se o senhor quiser, posso encontrá-lo na Santa Brígida e lhe mostrar o caminho para o apartamento do monsenhor.

— Obrigado, irmã Alana — disse Nick. — Vejo você, então, no domingo, na Santa Brígida.

~

Todas as manhãs, o padre DeWayne Benjamin dirigia pelos bairros suburbanos em torno de sua pequena diocese em Edmonton, Alberta, e levava a Sagrada Eucaristia aos doentes e inválidos da Paróquia do Sagrado Coração de Jesus. Era uma das suas funções favoritas. Levar o corpo e o sangue de Cristo à casa de alguém colocava o padre Benjamin em contato com seus paroquianos de uma forma muito mais íntima, mais pessoal do que era possível na igreja. Ocorreu-lhe que os antigos médicos de família que atendiam na residência de seus pacientes deviam sentir algo parecido.

Muitas vezes, ele era convidado a ficar para o café e fazer uma boquinha. Sempre aceitava, não apenas porque estava com fome o tempo todo (verdade seja dita, ainda tinha o apetite de um atleta profissional), mas também porque significava muito para o seu povo se sentar e conversar com seu pastor sobre as coisas espirituais e temporais, elevadas e mundanas. Padre Benjamin não só apreciava o que fazia, mas também era grato por sua vocação, que havia chegado um pouco tarde e de forma totalmente inesperada em sua vida.

Naquela manhã chuvosa, a parada final do padre Benjamin tinha sido dar a Sagrada Comunhão a uma senhora de 74 anos, Catherine Boisvert, que morava sozinha numa casa pequena e arrumada em uma rua tranquila e arborizada, uns vinte minutos a sudeste de Edmonton. O padre Benjamin ficou satisfeito. Catherine estava se recuperando bem de um acidente vascular cerebral leve. Estava começando a se locomover bastante satisfatoriamente com o auxílio de um andador, embora só pudesse voltar a dirigir seu carro, na melhor das hipóteses, dali a muitos meses. Mesmo assim, Catherine estava alegre e agradecida e lhe serviu várias xícaras de seu café admiravelmente forte e saboroso e deliciosos *croissants* amanteigados.

O padre Benjamin era um homem feliz — na maior parte do tempo.

A única nuvem no seu céu azul havia sido aquele negócio do seminário em que Tim Reilly o havia envolvido. Quanto mais descobria sobre os anos de Émile Ducasse no seminário menor, e sua amizade íntima com o arquitradicionalista cardeal LeClerc, mais ele sentia que a Igreja canadense, ao menos, estava com problemas. Ducasse tinha muita fome de poder e LeClerc era excessivamente ambicioso. Eles deviam estar armando alguma coisa. Talvez aquele "terceiro seminarista" sobre quem ele e Tim haviam conversado, que ainda não havia sido localizado, pudesse fornecer uma resposta. O padre Benjamin nem imaginava onde o cara poderia estar, mas ele conseguira obter o nome dele com o velho padre que havia comentado sobre a existência de um escândalo no passado envolvendo Ducasse. Quanto ao paradeiro do sujeito, teria de localizar por si mesmo. Então, poderia voltar a falar com Tim e descobrir como proceder.

Ao atravessar a rua diante da casa de Catherine, esquivando-se das gotas de chuva ao longo do caminho, o padre Benjamin não tomou conhecimento do Ford Explorer azul-escuro estacionado a uns cem metros e a várias casas de distância, com o motor ligado. Como também não notou o homem atrás do volante, paciente, mas ansioso, que prestava muita atenção nos passos do padre Benjamin. O sacerdote alcançou seu Honda CR-V, pôs no chão a maleta preta e multicompartimentada, em que levava as hóstias e outros itens relacionados com seu dever, e atrapalhou-se com as chaves ao tentar abrir o carro. O Explorer deixou o lugar em que estivera estacionado e foi em direção a ele, aproximando-se com velocidade crescente.

Finalmente alertado pela proximidade do rugido do motor, o padre Benjamin olhou para cima a tempo de perceber que o Explorer vinha em sua direção — propositalmente. Ele já não tinha os reflexos de um atleta profissional altamente condicionado, mas mesmo assim reagiu. Quando o Explorer estava prestes a se chocar contra ele, o padre Benjamin tentou saltar sobre o capô do CR-V. Ele quase conseguiu.

O Explorer atingiu-o no quadril e na perna direita e jogou-o para cima, sobre o capô do CR-V; sua cabeça e seu braço direito se chocaram contra o para-brisa, e ele caiu de bruços na calçada. O motorista do Explorer fez uma breve parada para avaliar os danos. Não percebendo movimento algum no padre Benjamin, Randolph dirigiu rapidamente para fora da vizinhança, satisfeito com a oportunidade de servir.

~

Na manhã seguinte ao seu encontro com o monsenhor Della Vecchia e a irmã Alana, Nick parou no Pátio do Belvedere do Vaticano, rodeado pelas magníficas esculturas de Bramante, e olhou para as graciosas colunas e os arcos do Palácio Belvedere. Pensou na grandiosidade de seu acervo e na extensão da operação que estavam tentando realizar; pensou, também, em todo o poder e conhecimento, todas as traições e fraudes que foram sendo acumulados por 1.700 anos e armazenados ali. *Meu Deus, aquilo era como entrar na boca do leão.* Ele suspirou e entrou nos Arquivos Secretos do Vaticano.

Uma vez dentro do edifício, Nick procurou se orientar, contando com sua formação acadêmica e o instinto para guiá-lo. Rapidamente descobriu que havia um número surpreendente de outros estudiosos e que, apesar do sigilo formidável em torno dos Arquivos e de sua complexidade aparentemente subjugante, existia alguma literatura de referência disponível. Para marinheiros de primeira viagem, a Universidade de Michigan havia realizado um trabalho acadêmico verdadeiramente notável sobre os Arquivos e publicou um extenso guia. Além disso, os próprios funcionários indicaram a Nick quatro guias padrão de referência geralmente recomendados para os estudiosos: um deles era escrito por um canadense chamado Boyle, dois eram escritos em italiano, elaborados por Pasztor, e outro era em alemão, por Fink. O italiano de Nick era muito bom, seu latim, passável, e seu alemão, limitado. Escolheu usar as referências da Universidade de Michigan e de Pasztor.

Nick também sabia que, embora tais referências fossem úteis, a pesquisa em arquivos é diferente da pesquisa que se realiza em bibliotecas normais — e os Arquivos do Vaticano exigiriam ainda mais. Quando se pesquisa arquivos, simplesmente não há a opção de consultar um banco de dados *on-line* ou o catálogo de cartões para encontrar a localização precisa do que se procura. Não acontece dessa forma. O guia da Universidade de Michigan explica o processo de busca comparando-o à consulta que alguém faria a uma lista de empregados de um escritório para encontrar uma pessoa cujo cargo soasse *aproximadamente* como se tivesse *alguma coisa* a ver com o que realmente estivesse sendo procurado. O truque é ter certa noção do que o cargo envolve, a fim de determinar se a pessoa que o exerce terá a informação que se deseja.

Finalmente, quando se encontra de fato o que se procura, os Arquivos do Vaticano não permitem o empréstimo ou a remoção de documentos. Anotações são permitidas, mas só com lápis.

Nick demorou um dia inteiro para se familiarizar com o sistema de indexação, com os guias de arquivamento publicados e com o *layout* físico geral. No segundo e no terceiro dia, ele tentou se concentrar em questões relacionadas com o reinado de Luís IX e Balduíno II, ou qualquer menção de algum tipo de comunicação entre os dois. Dessa maneira, ele esperava encontrar, se existisse, a informação relativa à compra por Luís das relíquias de Constantinopla.

Quando Nick finalmente solicitou o que ele imaginava que fossem materiais úteis, esses lhe foram entregues por um sacerdote arquivista, na forma de folhas de pergaminho costuradas e encadernadas em couro. O papel, que estava começando a se tornar popular no século XIII, apesar disso, não era usado em documentos oficiais e cerimoniais, só em cartas pessoais. Os documentos em si estavam escritos em latim, alguns com elaboradas iluminuras, outros apenas com texto, todos na escrita gótica apreciada pelos escribas monásticos.

Foi no sábado, após três dias de tédio e frustração, três dias em que o discernimento acadêmico se alternou com tiros no escuro, que Nick finalmente teve sucesso. Foi em um volume seco, desbotado e encadernado em couro, que reunia correspondências entre — ao que tudo indicava — emissários de nível médio de Luís IX e alguns membros da nobreza e do clero italiano, sobre assuntos seculares e eclesiásticos. No meio delas, entretanto, Nick descobriu uma diretiva de aparência marcadamente diferente, com o selo de Luís IX, dirigida ao conde Vittorio Orsini de Veneza.

Com o máximo de precisão que seu latim lhe permitia, Nick traduziu o trecho em que Luís ordenava que "aquelas preciosas relíquias que concordamos em adquirir de nosso irmão, Sua Excelência Balduíno II de Constantinopla, para fins de veneração e de meditação", fossem levadas a Veneza em três baús, o primeiro, de ouro, o segundo, de prata, e o terceiro, de madeira. Cada baú deveria trazer o selo do nobre veneziano (ou seja, o banqueiro), que iria manter os baús sob custódia até a chegada dos frades André e Tiago a Veneza, para completarem a transação e voltarem para sua terra, a França. O documento afirmava ao conde Orsini: "em virtude de sua impecável reputação e devoção à Santa Madre Igreja, guardará o que é mais precioso para nós", a caixa de madeira.

Nick estava maravilhado. Isso ligava a família Orsini diretamente à transferência das relíquias, talvez até mesmo à própria Coroa. Além disso, permitia a possibilidade de haver um elo entre as relíquias e a morte do conde Orsini.

Depois de fazer extensas anotações, Nick devolveu os documentos ao padre arquivista que os tinha levado a ele, sem dizer coisa alguma sobre o que havia encontrado. Deixou os Arquivos e voltou rapidamente para o Hotel Farnese, onde planejava entrar na Internet e tentar encontrar qualquer informação relevante. No dia seguinte, depois da missa, iria compartilhar a boa notícia com seus amigos.

Frei Bartolomeo Ugolino, com uma expressão carrancuda no rosto moreno de calabrês, observou enquanto Nick ia embora. O frei era arquivista no *Archivo Segreto Vaticano* havia nove anos, labutando em silêncio, com lealdade e sem questionamentos. Nomeado pelo Papa, frei Bartolomeo havia recebido orientações precisas quanto às suas responsabilidades. Frei Bartolomeo acreditava fervorosamente que, apesar do tédio ocasional de seu trabalho, esse era de vital importância. A seu ver, estava defendendo não só a Santa Madre Igreja, mas também o próprio papado de canalhas seculares disfarçados de estudiosos que tinham a intenção de usar a História como arma para escarnecer de tudo que era verdadeiro e santo, com o propósito de denegrir e macular.

O papado, acima de tudo, tinha de ser protegido. Frei Bartolomeo era, portanto, incansável em se certificar de que as "pessoas certas" fossem mantidas informadas sobre quais temas eram mais pesquisados por gente de fora, especialmente os tópicos que representavam uma possível ameaça à Sua Santidade. Naquele dia, frei Bartolomeo mandaria uma palavra ao Geral em pessoa, prevenindo-o de que elementos tanto de dentro como de fora da Igreja andavam sondando justamente os temas que o Geral recentemente o instruíra a proteger — temas que datavam do século XIII, referentes a certas relíquias.

~

Na manhã seguinte, Nick acordou cedo para que pudesse trabalhar em suas anotações antes de se reunir ao monsenhor Della Vecchia e à irmã Alana para a missa na Santa Brígida. Mais tarde, tomou café da manhã na varanda do Hotel Farnese, com a sua esplêndida vista da cidade, escolhendo uma refeição leve constituída de café, frutas e um pãozinho. Enquanto folheava o *International Herald Tribune* e bebia sua segunda xícara de café, puro e encorpado, uma notícia de Genebra chamou a sua atenção.

A "morte do famoso e frequentemente polêmico autor Victor Vogel" havia sido oficialmente declarada "suspeita" pelas autoridades de Genebra, que definiram a investigação como "em andamento e de âmbito internacional". Nick imediatamente sentiu tanto uma pontada de tristeza como uma pitada de mau pressentimento. Os *Carabinieri* italianos não o haviam incomodado, mas não tinha dúvida de que o inspetor Chabron os alertara sobre sua presença em Roma e sua associação com Victor. Também não tinha dúvida de que suas atividades seriam vigiadas. Nick sorriu ironicamente e pensou: "Meu Deus, será que há alguém em Roma que não está de olho em mim? *Watch your back*, Nicholas".

Capítulo 8

Roma, Santa Brígida

Às 11h30 da ensolarada manhã de domingo, vestido com uma calça de algodão bege, camisa verde-clara de popeline e mocassins sem meias, Nick deixou o Hotel Farnese e se dirigiu à igreja de Santa Brígida. Levava sua mochila de náilon recheada com as anotações que havia feito ao longo dos últimos três dias. Pouco antes do meio-dia, estava no interior fresco e mal iluminado da igreja.

Lá dentro, Nick não parou para se benzer em nenhuma das pias de água benta lavradas em mármore. Mas, à medida que seus olhos se ajustavam à luz fraca, ele parou, entretanto, para se maravilhar com as obras de arte: belas pinturas murais retratando a vida de Santa Brígida, numerosas imagens esculpidas, altares de pequenas capelas internas, decorados com pinturas representando cenas da vida da Santíssima Virgem. Aquilo tudo podia não ser inspiração divina, mas certamente era inspiração criativa.

Enquanto caminhava para um banco vazio, Nick percebeu que os hinos eram cantados em latim. Ficou impressionado com sua beleza e força emotiva.

Então, notou que a música não provinha de caixas acústicas, mas estava sendo executada ao vivo, e sentiu seu impacto de maneira ainda mais poderosa. Eram vozes femininas, mas intensas, que soavam com sinceridade e pureza quase cristalina. Experimentou o súbito e profundo *insight* de que as cantoras estavam fazendo mais do que simplesmente cantar as palavras; elas estavam *cantando a sua fé.*

Voltou-se para o lugar de onde vinha o som e ali, à esquerda do altar-mor, em uma pequena sacada, estavam as cantoras — quatro freiras dominicanas, entre as quais, a irmã Alana. A dela, talvez, era a voz mais doce e pura de todas. Quando ergueu os olhos cor de violeta da partitura e avistou-o, eles se arregalaram de surpresa e prazer, mas, em seguida, rapidamente e quase culpados, retornaram para a pauta musical. Ele notou um ligeiro rubor nas faces dela, enquanto ela continuava a cantar, e seu canto era como um presente para Deus.

Nick se acomodou desajeitadamente em um banco. De onde vinha aquela fé? Como era sustentada em um mundo sem sentido, debochado? Fé semelhante à que Annie devia sentir, que a levou a se tornar uma freira dominicana — e a deixá-lo. Sem entender os seus próprios sentimentos, ele se pegou pensando: "Eu não sei, Deus, se você realmente existe. E, quanto a mim, não me importo muito. Mas, se você não existe, uma fé cantada assim poderia muito bem trazê-lo à existência".

A música se tornou uma antífona de entrada; um cortejo de acólitos, empunhando velas bem alto, saiu da sacristia seguido pelo monsenhor Della Vecchia, apoiado em suas muletas, resplandecente em vestes brancas. As pessoas presentes, cerca de duzentas, mais ou menos, velhos e jovens, famílias, casais e solteiros, levantaram-se a um só tempo; e a missa, celebrada em italiano, começou. Nick olhou para o coro, esperando que pudesse pegar a irmã Alana olhando para ele. Embora não fizesse ideia do que isso poderia significar.

Depois da segunda leitura, o monsenhor Della Vecchia levantou-se de sua cadeira com aspecto de trono e subiu no púlpito para a leitura do Evangelho. Nick foi surpreendido por dois motivos: primeiro, o monsenhor não utilizou um microfone e não precisava de um; segundo, ele não estava "lendo" o Evangelho, recitava-o de memória. Era Lucas 24:13-35, "O Caminho de Emaús". Nesse episódio, o evangelista conta a história da tarde da primeira Páscoa cristã, quando Jesus ressuscitado aparece a dois discípulos preocupados e assustados, que seguiam juntos a estrada de Jerusalém ao vilarejo de Emaús, distante cerca de sete quilômetros.

Estavam tão desanimados, tristes e cegos com sua crucificação e morte que não o reconheceram, mesmo ele estando ao lado deles.

Em sua homilia, o monsenhor Della Vecchia comparou a tristeza e a desesperança dos dois discípulos, cuja cegueira os impedia de ver o propósito redentor de Deus nas coisas que aconteceram, com os cristãos e os católicos contemporâneos que estão cegos por suas próprias circunstâncias e dificuldades imediatas.

— É especialmente nesses tempos — monsenhor Della Vecchia disse — que o Cristo ressuscitado está conosco. Lucas nos diz que "Jesus se aproximou e seguiu com eles", acabando por abrir seus olhos à sua presença e "acender o fogo do amor de Deus em seus corações". No caminho para Emaús, Jesus explicou-lhes o significado das Escrituras que se referiam a si mesmo e à sua missão. E, quando chegaram a Emaús, Jesus "tomou o pão, deu graças, e o partiu e deu a eles", e seus olhos se abriram. Eles sentiram novamente o fogo que queimava glorioso dentro de seus corações quando escutavam sua mensagem, e retornaram imediatamente a Jerusalém para contar a história de seu encontro com o Senhor ressuscitado. Então percebam, meus amados, que ao longo da vida, mesmo com toda a tristeza, o medo e a incerteza que atravessarem, que apesar de não o reconhecerem ou sequer o procurarem, Jesus está com vocês. Ele está com vocês. Em sua jornada pela vida, não importa o quanto seja difícil, não importa que amargas decepções vocês possam experimentar, busquem por ele. E quando vocês mais precisarem, ele estará lá com vocês. Acreditem e busquem força nisso, pois é assim que é. Deus ama vocês.

Na conclusão da homilia, Nick teve a desconfortável sensação de que o monsenhor Bruno Della Vecchia estava olhando diretamente para ele.

Nick não ficou para a comunhão. Em vez disso, saiu da missa antes do final e aguardou do lado de fora pela irmã Alana, nos degraus frontais da igreja de Santa Brígida. Ela apareceu vinte minutos depois, radiante, transbordando de alegria e dolorosamente linda.

Ela disse:

— Vi quando você entrou. Gostou do nosso canto? O coro é formado por irmãs do Convento Dominicano de Santa Catarina de Siena, onde eu moro, aqui em Roma. Acabamos de formá-lo e o monsenhor nos deu a chance de cantar. Você gostou?

— Vocês foram maravilhosas — disse Nick, com uma profundidade de sentimento que surpreendeu a ambos. Buscando superar o momento desconcertante, Nick perguntou:

— E então, como vai a sua pesquisa? Alguma coisa interessante?

A irmã Alana franziu a testa pensativa:

— Creio que sim, mas não posso ter certeza. Tem a ver com o Mestre Geral da Ordem dos Pregadores e Frei André de Longjumeau, mas não estou totalmente certa do contexto. Assim, quaisquer conclusões seriam prematuras e muito especulativas.

Ela ergueu a bolsa de lona que carregava.

— Entretanto, trouxe algumas anotações que talvez nos sejam úteis. — Junto de uma maçã e uma garrafinha de água, como ele observou.

Nick disse a ela:

— Estou na mesma situação. Estou convencido de que Veneza é a chave, mas não sei o que aconteceu lá. — Sorriu para ela de maneira encorajadora. — Mas, talvez, possamos descobrir tudo ao longo de um bom almoço. A que distância, exatamente, fica a residência do monsenhor?

A irmã Alana respondeu:

— Não muito longe. Você desfrutará do passeio. É um trajeto muito agradável.

E foi, principalmente por causa da companhia. A irmã Alana estava admirável — o branco do seu hábito de freira, radiante no brilhante sol romano, contrastava drasticamente com os cabelos escuros e os olhos cor de violeta. Mas não apenas isso: ela parecia cheia de energia e animada, explodindo de tanta vitalidade que parecia desejar compartilhar um pouco dela. Ocorreu a Nick que ela, como Annie, obviamente adorava assistir à missa e sempre via algo de bonito na cerimônia. Ele sentiu uma pontada no coração e sabia que devia desviar seus pensamentos para a caminhada e o seu propósito.

Andaram por antigas ruas de paralelepípedos, relativamente vazias das multidões de turistas habituais e do tráfego de pedestres, uma vez que, sendo domingo, as lojas e galerias estavam fechadas. Sempre havia uns poucos turistas, é claro, mas a maioria das pessoas que encontraram era constituída por alegres e bem-vestidas famílias romanas que iam visitar parentes, com os braços carregados de alimentos, flores, doces variados e/ou garrafas de vinho. Nick se lembrou de que sua mãe dizia que os italianos consideravam falta de educação chegar à casa de alguém de mãos abanando. Por isso, eles sempre chegavam abarrotados de presentes.

Ele mencionou casualmente essa história para a irmã Alana, que sorriu no início, mas depois fechou o rosto e nada mais disse. Nick, lembrando-se da explicação do monsenhor sobre o motivo de a irmã Alana evitar o toque humano — porque ela havia sido "abusada horrivelmente" quando menina —, decidiu desviar do tema família.

Ele disse:

— Você estava certa. É um lindo passeio. O monsenhor Della Vecchia vive em um bairro encantador.

O trajeto que haviam seguido passava pela Via di Monserrato, depois ziguezagueava por ruas menores e desembocava em uma via maior.

A irmã Alana concordou com a cabeça:

— Esta é a famosa Via Giulia. Monsenhor Della Vecchia mora próximo ao chamado arco de Michelangelo, o que restou de uma ponte incompleta perto da Ponte Sisto.

Ela passou a explicar que a Via Giulia recebeu esse nome em homenagem ao "Papa Guerreiro", Júlio II, que contratou o artista/arquiteto Bramante para torná-la a via mais importante de Roma. Em última instância, ela deveria ligar o Vaticano com a Ponte Sisto e o Porto di Ripa Grande. O projeto nunca foi concluído, mas a rua veio a abrigar alguns luminares do Renascimento, como Rafael e Cellini, e uma série de outros. Quinhentos anos depois, em um estilo substancialmente menos grandioso, abriga também o modesto apartamento do monsenhor Bruno Della Vecchia.

Nick disse:

— Você parece saber muito sobre Roma. Gosta daqui?

Ela abriu um largo sorriso:

— Eu amo todas as Romas.

— *Todas* as Romas? — Nick riu. — Quantas Romas existem?

Rindo também, ela disse:

— Ora, três, é claro! Há a Roma Antiga, a Roma Renascentista e, depois, a efervescente e movimentada Roma moderna. Gosto de todas as três! — Ela continuou: — Antes de vir para Roma, eu só conhecia minha pequena aldeia e a cidade de Donostia-San Sebastián, onde frequentei a universidade. Donostia-San Sebastián não é grande, tem apenas 180 mil habitantes. Mas é bonita, tem praias, montanhas e florestas e maravilhosas oportunidades culturais. Porém, aqui, eu tenho três cidades em uma.

A irmã Alana então concluiu:

— Mas você deve ter viajado tanto... Conhece o mundo todo?

Nick respondeu:

— Principalmente a Europa, em especial, a Itália, que eu amo. — Então, assaltado pelas memórias do Kuwait e da Somália, acrescentou: — E alguns outros lugares aos quais não quero voltar... Jamais.

A dor que Nick associava a esses tais "outros lugares" era tão evidente em seu rosto que a irmã Alana virou o foco de volta para ela propositalmente.

— Bem, sei que não sou livre para viajar como gostaria, mas eu adoraria conhecer mais da Europa, e a oportunidade de visitar a América seria o mais maravilhoso!

Trazendo-se de volta para o presente, Nick disse:

— Eu ficaria muito feliz... Na verdade, irmã Alana, eu consideraria uma honra e um grande prazer ser seu guia, se você algum dia viajasse para a América.

Nesse momento, ambos voltaram seus pensamentos para questões mais imediatas e menos embaraçosas.

Enquanto Nick e a irmã Alana seguiam caminhando e conversando, não tinham consciência de que, cerca de uns cinquenta metros atrás deles, um homem e uma mulher vigiavam e registravam seus movimentos. Nas aparências, passavam por um próspero casal de meia-idade; muito provavelmente, pareciam turistas americanos aproveitando um passeio vespertino. Na realidade, haviam se encontrado pela primeira vez na noite anterior.

Observando Nick e a irmã Alana, o homem concluiu:

— Meu Deus, que belezinha que ela é. Uma freira! Que maldito desperdício... — Então, riu de seu próprio trocadilho. — Desperdício mesmo será acabar com ela, uma pena.

Sua parceira era inteligente o suficiente para ir além do óbvio.

— Freira ou não, há algo acontecendo entre eles. E isso os torna vulneráveis.

Eram percepções como essa que a mantinham viva e empregada, com uma longa e lucrativa carreira.

~

Monsenhor Bruno Della Vecchia vivia em um prédio de dois andares, do século XVI, construído com pedra e estuque, cuja fachada era decorada com jardineiras floridas e uma reluzente porta vermelha. Em razão de sua mobilidade prejudicada, o monsenhor utilizava apenas o primeiro andar, que era bastante espaçoso e lhe possibilitava o deslocamento com facilidade. O andar superior era reservado para convidados, alunos e, nas ocasiões em que ela sentia que era seu dever permanecer até tarde, para a governanta, Senhora Bertucci, cuja devoção ao monsenhor era superada apenas por sua devoção aos seus três netos. Foi a senhora Bertucci, uma mulher sorridente, de cabelos grisalhos repuxados para trás em um coque, usando um vestido de verão, porém austero e negro, quem os recebeu na entrada e os escoltou até a área externa do pátio e o jardim atrás da casa. Nick reparou que ali havia ainda mais plantas com flores do que no jardim do monsenhor, atrás de seu escritório, na Cidade do Vaticano.

— Ah, meus caros colegas, *benvenuto, benvenuto!* Sejam muito bem-vindos! — O monsenhor estava sentado à sombra de um caramanchão, diante de uma longa e lustrosa mesa de madeira na qual já estavam servidos frutas, queijos e vinho, tanto tinto quanto branco, e uma jarra de limonada com hortelã, gelada e recém-preparada. — Por favor, tomem um refresco. A sempre eficiente e santa *signora* Bertucci acha que podemos bater um papinho antes de ela nos chamar para o que será, sem dúvida, uma maravilhosa refeição.

A senhora Bertucci, ao ouvir como foi descrita, corou de prazer e voltou para a cozinha.

Servindo vinho para Nick e limonada para a irmã Alana, o monsenhor perguntou:

— Então, como vai a nossa pesquisa?

Como ficou claro que a irmã Alana estava explodindo de entusiasmo, o monsenhor assentiu com a cabeça, convidando-a a falar.

Ela retirou de sua grande bolsa de lona várias páginas de anotações e disse:

— Eu estava pesquisando os documentos relativos aos primeiros anos da Ordem Dominicana e me deparei com um fólio de escritos de Raimundo de Penaforte, o Mestre Geral da Ordem de 1238 até sua renúncia em 1240, para voltar ao serviço paroquial. Seu trabalho como Mestre Geral envolveu uma grande quantidade de escritos... Tratados, opiniões teológicas, numerosas correspondências, bem como uma revisão da Regra da Ordem. Mas o interessante é que anteriormente, em sua carreira, ele havia sido designado para Roma, onde o Papa Gregório IX lhe pediu para reunir todas as cartas oficiais de vários papas a partir de 1150. Como resultado desse trabalho, ele publicou cinco volumes e ajudou a escrever a lei da Igreja. Assim sendo, ele era claramente íntimo do Papa. Como se costuma dizer, "era de casa".

Nick perguntou:

— Qual é a relação disso com André de Longjumeau?

A irmã Alana sorriu.

— Entre os documentos, havia um tratado que ele escreveu sobre a virtude da obediência religiosa. Raimundo explica que a obediência religiosa consiste em se aderir às regras de cada Ordem religiosa ou ser coerente com elas. Portanto, um superior não pode exigir qualquer coisa externa ou fora da respectiva regra de sua Ordem — *exceto se o superior conceder uma dispensa da regra*. É como poder comer e assobiar ao mesmo tempo! Como resultado, a obediência e a desobediência a uma Ordem são áreas muito controversas. É aí que entra o Frei André de Longjumeau.

A irmã Alana prosseguiu:

— O que é relevante para nós é que Raimundo cita, a título de exemplo, a obediência de Frei André de Longjumeau! Na verdade, ele o cita nominalmente em relação à sua obediência a uma diretriz anterior e não especificada, mas muito importante por sua implicação. Então, Raimundo opõe a isso, abre aspas: *"desobediência pecaminosa e condenável traição da nossa Ordem"* por alguém a quem se refere como *"irmão"* de André.

Com patente entusiasmo, a irmã Alana disse:

— E se a importante diretriz tinha a ver com o papel que os frades André e Tiago desempenharam como enviados para buscar as relíquias com os venezianos? O "irmão" não foi citado nominalmente, mas e se o traidor a quem Raimundo se refere for Frei Tiago? Talvez a natureza de sua desobediência e traição tenha algo a ver com o que aconteceu com a verdadeira Coroa.

Sua empolgação contagiou Nick. Pensando em voz alta, ele disse:

— Ok, sabemos que, no início de sua pesquisa, Annie perguntou: "O que aconteceu com Frei Tiago?". Então, quer dizer que ela achava que o Frei Tiago era uma figura importante no mistério. Aposto que o seu palpite está certo, irmã Alana. Frei Tiago é a chave. Tenho certeza disso.

A irmã Alana abriu um sorriso radiante.

Foi a vez de o monsenhor Della Vecchia falar:

— Irmã, suas maravilhosas ideias talvez tenham implicações para minhas próprias descobertas. Escolhi pesquisar o *Archivo Segreto Vaticano* buscando quaisquer *decretos* emitidos por Gregório IX.

Percebendo o olhar interrogativo de Nick, ele acrescentou:

— Decretos papais, o termo correto é *epistola decretalis*, Nicholas, são pronunciamentos ou cartas pontifícios que contêm uma decisão papal. Geralmente, dizem respeito a questões de disciplina sobre as quais o Papa recebeu um apelo. Muito embora tais decretos não sejam, estritamente falando, leis gerais da Igreja, o papa normalmente ordena que o destinatário comunique a resposta papal às autoridades eclesiásticas no distrito a que pertence. Assim sendo, os decretos possuem extraordinário poder. O Papa Gregório IX é conhecido por ter emitido uma série deles. Entretanto, o mais interessante, pelo menos para os nossos propósitos — e aqui o monsenhor Della Vecchia se referia às suas anotações —, decidia que um tal de Aguinaldo Guttierez-Ramos, um dominicano espanhol e inquisidor papal, tinha a autoridade e a orientação para "*providenciar, em nome do Sumo Pontífice, a aquisição e a subsequente proteção de certos artefatos e relíquias de valor inestimável, entre os quais, principalmente, o símbolo máximo do sofrimento, a Coroa que cobriu a adorável cabeça de Nosso Senhor, dependendo a disposição final dessa exclusivamente da orientação de Sua Santidade Gregório IX*". O decreto ordenava que Guttierez-Ramos agisse "*com extrema discrição e sigilo, para recrutar esses frades que podem ser enviados para validar e recuperar os objetos, usando de astúcia e subterfúgios, sempre que necessário, a fim de evitar o fracasso e prevenir uma possível retaliação militar como consequência*".

O monsenhor tomou um gole de seu vinho e continuou:

— É, como se diz, "a prova do crime". Deixa claro que Gregório IX ordenou que esse tal de Guttierez-Ramos deveria, além de encontrar, de fato, também *roubar* a Coroa de Espinhos, utilizando os dois frades, André de Longjumeau e Tiago de Paris, como seus veículos. Creio que Gregório estivesse tentando ampliar seu próprio poder e *status* ao frustrar secretamente os esforços de Luís IX, e utilizou o poder do decreto papal para fazê-lo. Entretanto, tudo isso levanta uma questão óbvia: Guttierez-Ramos teve sucesso?

Nick perguntou:

— E por qual razão, se a trama foi bem-sucedida, Gregório IX *não* alardeou a recuperação do precioso objeto? Deve ser porque ele nunca o recebeu. Se for esse o caso, então, onde ele está?

Nick se referiu às próprias anotações dizendo:

— Descobri mais sobre o papel do tal conde Orsini e, com base na pesquisa de vocês, estou começando a ter uma ideia melhor de como ele se encaixa nessa história.

Ele passou a explicar como encontrou o documento com o selo de Luís IX, dirigido ao conde Vittorio Orsini de Veneza, ordenando que as relíquias de Balduíno II fossem entregues a Orsini e a dois outros banqueiros de Veneza, que haviam levantado o empréstimo necessário. As entregas seriam feitas em três baús diferentes, de ouro, prata e madeira. O último, o de madeira, seria entregue a Orsini.

Monsenhor Della Vecchia interrompeu-o:

— Isto é importante, Nicholas. A relíquia mais digna, a mais preciosa, ter sido transportada no baú mais humilde, o de madeira. Em seu interior, contudo, deveria haver um relicário mais elaborado. E Orsini certamente teria os recursos para proporcionar segurança para o baú.

Nick continuou:

— Os frades André e Tiago teriam lidado com todos os três banqueiros, mas é claro que Orsini é o que *nos* interessa. Como afirma o documento, foi Orsini que, "em virtude de sua impecável reputação e devoção à Santa Madre Igreja, guardará o que é mais precioso para nós", o baú de madeira. E foi Orsini, segundo Annie, que acabou morto.

— Mas o que une todo o nosso trabalho? — a irmã Alana quis saber.

— E como nós procederemos com base no que descobrimos?

Nick ficou pensativo por um momento. Então, disse:

— Depende da sucessão dos eventos. Temos apenas de ordenar nossas ideias na sequência correta. Isso irá sugerir o próximo passo. — Nick estendeu a mão, apanhou uma folha de papel e começou a fazer anotações enquanto falava. — Ok, vamos trabalhar com o que já temos. De acordo com a Lei Canônica, como vocês dois salientaram, o transporte de relíquias importantes deve ser feito com o consentimento da Santa Sé. Foi assim que Gregório soube que Balduíno estava vendendo a Coroa para Luís. Ele, então, totalmente absorvido em acumular e manter seu poder temporal, decidiu interceptar a Coroa e ficar com ela. Faz sentido. Já que está tendo problemas com Frederico II, não deseja que Luís IX ganhe ainda mais influência e poder do que já tem. Gregório ordena a esse inquisidor, o tal Aguinaldo Guttierez-Ramos, que faça o que for preciso para obter a Coroa. Para prosseguirmos com nossas conjecturas, vamos supor que o inquisidor tenha conseguido uma forma de recrutar os frades Tiago e André para auxiliá-lo. Talvez tenha bastado dizer que eram ordens do Papa. O conde Orsini, entretanto, também tomou parte no plano. Seus motivos? Muito provavelmente, para ganhar o favor papal. Talvez fosse muito ambicioso e pensasse que seria um diferencial e tanto ter o Papa lhe devendo um favor. Em todo caso, o papel de Orsini é propiciar a oportunidade de a Coroa ser roubada no momento da transferência, embora estivesse sob sua proteção ostensiva.

A irmã Alana falou:

— E Orsini, ou alguém trabalhando para ele, provavelmente também providenciou uma Coroa substituta, à qual você, professor, se refere como "fraude", para ser colocada no baú no lugar da verdadeira Coroa!

Nick balançou a cabeça concordando e sorriu para ela.

— Como banqueiro, Orsini certamente teria contatos. Isso faz sentido para mim, irmã.

Ele prosseguiu:

— No meio de toda essa conspiração, porém, Orsini foi assassinado, e o resultado disso é uma espécie de efeito dominó. A fraude vai para Luís IX, que se julga possuidor do objeto genuíno e se comporta como tal. Gregório IX sabe muito bem que isso não é verdade, mas não pode admitir saber de coisa alguma, pois isso iria revelar o seu embuste. Raimundo de Penaforte só pode resmungar de frustração. Frei André de Longjumeau prossegue em uma carreira diplomática longa e bem documentada no Extremo Oriente. E por último, mas não menos importante, nosso Frei Tiago desaparece da História e, ao que parece, da face da Terra. E ninguém faz ideia do paradeiro da verdadeira Coroa.

Foi monsenhor Della Vecchia quem perguntou:

— Mas o que fez o plano dar errado, Nicholas? O que poderia ter acontecido?

— Tem de ser o Frei Tiago — respondeu Nick —, como Annie suspeitou desde o início.

— Mas por quê? — perguntou a irmã Alana.

Nick especulou:

— Suponha que Frei Tiago fosse um homem verdadeiramente devoto e um bom padre. E se, em meio a tudo isso, ele passa a acreditar que a Coroa de Espinhos de Jesus Cristo é simplesmente importante demais, sagrada demais para ser usada como um peão em jogos de poder pessoais? Então, ele decide fazer algo a respeito.

Ninguém disse coisa alguma por um tempo, mas o ar estava carregado de tensão, pois todos haviam chegado à mesma conclusão. Nick foi quem quebrou o silêncio.

— Monsenhor, irmã, sou capaz de apostar que Frei Tiago desapareceu com a Coroa de Espinhos e no processo se envolveu de alguma forma na morte do conde Orsini. A resposta está com ele. Se o encontrarmos, acharemos a Coroa.

Monsenhor Della Vecchia disse:

— Que Deus perdoe as minhas suspeitas, e rezo para que você esteja errado, Nicholas, mas parece que tudo se encaixa mesmo.

A irmã Alana perguntou:

— Se esse for realmente o caso, o que vamos fazer agora?

Nick olhou para o monsenhor, que balançou a cabeça em sinal de aprovação e consentimento, dizendo:

— Devemos seguir essa pista, Nicholas, aonde quer que ela nos leve.

Nick sorriu para a irmã Alana.

— Ok, então. Nosso próximo passo é descobrir mais sobre a morte do conde Orsini. Tanto Victor como Annie nos apontaram essa direção, e nossas pesquisas individuais sustentam essa ideia. Então, vamos continuar nossa pesquisa em Veneza... Todos nós.

Seus olhos cor de violeta se arregalaram e, incapaz de esconder sua empolgação, a irmã Alana explodiu:

— Veneza! Minha nossa...

~

A *signora* Bertucci finalmente insistiu que eles fossem para a mesa, e o grupo o fez ansiosamente. Depois de tantas análises e conjecturas, estavam famintos, mas exultantes. E a comida da senhora Bertucci recompensou tanto o apetite quanto os esforços deles.

Primeiro, ela trouxe uma salada de tomates frescos e rúcula, levemente temperada com azeite extravirgem, um pouco de suco de limão fresco, sal, pimenta e queijo parmesão ralado. Depois, um risoto de cogumelos selvagens, aromatizado com azeite de trufas. Por último, seu prato principal consistia em costeletas de cordeiro grelhadas temperadas com alho e alecrim, acompanhadas de flores de abobrinha empanadas ligeiramente fritas em azeite de oliva. O vinho tinto, frutado e fresco, era caseiro, fabricado pelo irmão mais novo da senhora Bertucci, Manuel, e servido em garrafas enfeitadas com um desenho de aparência primitiva, ao qual se referiu magnanimamente como o "brasão de armas" da família Bertucci.

Nick nem se lembrava de ter desfrutado alguma vez na vida tanto de uma refeição e de companhia como aquelas. Monsenhor Della Vecchia foi um perfeito anfitrião e o principal contador de histórias, regalando-os com anedotas sobre relíquias reverenciadas e ridículas, de finos relicários artisticamente trabalhados, projetados para abrigar as peças mais mundanas e às vezes mais bizarras, e de séculos e séculos de santos e pecadores que buscaram relíquias por razões tanto sacras quanto profanas.

Depois do café expresso e da salada de frutas silvestres servida com creme de leite fresco batido com vinho Marsala, Nick perguntou, mais delicado do que melancólico:

— Monsenhor, no fundo do seu coração, o senhor realmente acredita que uma relíquia, seja lá qual for, até mesmo a Coroa de Espinhos, possui um poder intrínseco qualquer, ou é tudo apenas uma questão de percepção?

O monsenhor considerou a questão longa e cuidadosamente e, então, disse:

— Nicholas, a função de uma relíquia é, em última análise, fazer com que voltemos o pensamento para o amor de Nosso Senhor. Eu acredito *nesse* poder, o poder do amor. Não, apresso-me a acrescentar, o amor narcisista ou a autoindulgente agitação de lombos que se associa com o amor em nosso mundo moderno. Nem me refiro tampouco a uma fixação temporária ou uma obsessão. Quero dizer amor genuíno, centrado nos outros, amor altruísta. O poder desse tipo de amor, meu amigo, é ilimitado.

Nick discordou respeitosamente:

— Sinto muito, monsenhor, mas acho que o poder do amor é superestimado e, francamente, não tenho certeza de que eu acredito que exista mesmo algo como "amor genuíno, centrado nos outros, amor altruísta". — Ele não percebeu que a irmã Alana o observava e ouvia atentamente enquanto ele falava.

O monsenhor Della Vecchia tomou um gole de vinho e sorriu, aquecendo-se para a tarefa.

— Muito bem, Nicholas. Deixe-me me ater apenas à ciência, para que você não ache que estou sendo doutrinário ou, pior, sentimental. Você está ciente, é claro, da extensa literatura científica que demonstra o impacto negativo sobre a saúde, causado tanto pelo stress agudo como pelo crônico, não é?

Nick respondeu:

— Sim, estou.

— Então, você sabe também — o monsenhor continuou — que respostas emocionais a eventos externos são mediadas por hormônios e neurotransmissores, e que esses, por sua vez, podem influenciar aspectos específicos do funcionamento das células do sistema imunológico.

De fato, estudos recentes indicam que diferentes formas de stress, social, psicológico, físico, emocional, ativam diferentes componentes do sistema nervoso central, e podem ter uma profunda influência sobre o padrão das doenças.

Nick concordou com a cabeça:

— Ouvi dizer isso também. Mas aonde o senhor quer chegar? O que isso tem a ver com amor?

— Nicholas, há um corpo de pesquisa científica cada vez maior, pesquisa *científica*, veja bem, estudando os efeitos sobre o sistema imunológico das emoções *positivas* e, especificamente, do amor compassivo. Pesquisa essa que começa a sugerir que o amor compassivo não tem apenas um efeito benéfico sobre o bem-estar emocional. Tem também um efeito salutar, isto é, promove a saúde e é favorável ao bem-estar *físico*. É bem possível, como postula essa pesquisa, que o amor compassivo não apenas bloqueie ou atenue a resposta ao stress, mas que também *ative* neurotransmissores positivos no cérebro.

Nick estava mais do que cético:

— E quem está conduzindo essa pesquisa, monsenhor? A Santa Madre Igreja? Seguidores do reverendo Moon? Um grupo de *hippies* velhos e doidões que sobraram dos anos 60?

O monsenhor Della Vecchia não vacilou:

— Na verdade, na América, a pesquisa está sendo realizada pelo Instituto Nacional de Saúde Mental, pela Escola de Medicina da Universidade Brown, pela Faculdade de Medicina da Universidade Case Western Reserve, pela Fundação Fetzer e uma série de outras instituições.

Nick ficou surpreso e impressionado, mas se esforçou para não demonstrá-lo. A irmã Alana estava claramente fascinada.

— Continuando, existem estudos em andamento que examinam o impacto do amor compassivo sobre o câncer de mama, a asma, a artrite reumatoide e o transtorno do stress pós-traumático. Um estudo fascinante está pesquisando os efeitos do amor compassivo sobre as condições relacionadas ao HIV. Os resultados preliminares sugerem que pessoas infectadas pelo HIV empenhadas em *conceder* amor compassivo são cinco vezes mais propensas a ter uma contagem de CD4* elevada. O que tudo isso sugere é que o amor parece ser tanto um iniciador como um promotor de salutogênese, a produção de saúde. Isto é, pode ser que o amor não apenas seja um fator *protetor* contra morbidade e mortalidade, mas também um *estimulador do processo de cura*. Considere, se você preferir, o trabalho de Pitirim Sorokin, o renomado sociólogo que estudou o amor extensivamente. Sorokin afirma que o amor é uma força física, uma "energia" que pode ser armazenada de verdade. Ele o descreve como um "agente de cura" que existe em quantidade ilimitada por todo o universo. Ainda mais interessante, Sorokin estava convencido de que o amor não só reside nos indivíduos, mas também em quantidade exponencialmente maior em alguns deles, que também são mais capazes de *transmiti-lo*. Peço-lhe, então, meu amigo cético e cínico, para abrir sua mente para novas possibilidades, novas possibilidades *científicas*. E se Sorokin estivesse com a razão? E se outros pesquisadores provarem que estão certos? Então, vamos levar tal hipótese um pouco mais longe, Nicholas. E se determinado indivíduo possuísse a *capacidade máxima para o amor compassivo*? Que poderes salutogênicos tal indivíduo possuiria? Qual seria o impacto desse indivíduo sobre aqueles com quem ele entrasse em contato? Qual seria a extensão de seu poder? Finalizando, Nicholas, *e se esse indivíduo fosse Jesus Cristo*? Então, meu amigo, qual seria o poder de um objeto que fosse a personificação física de seu amor compassivo?

Nick não conseguiu responder, de tão impressionado que estava com a contundência das observações do monsenhor Della Vecchia — e a profundidade de suas implicações.

O religioso encerrou a conversa dizendo:

— Bem, meus queridos amigos, talvez possamos encontrar as respostas em Veneza.

---

* Linfócitos T CD4. O HIV destrói gradativamente essas células de defesa. A contagem dos CD4 é inversamente proporcional à gravidade da doença. (N. da T.)

Capítulo 9

Nova Escócia, Canadá

O padre Tim Reilly deixou Halifax, o aeroporto da Nova Escócia, por volta de 12h30, no carro de aluguel mais barato que conseguiu encontrar. Partiu na direção nordeste, pela Rota 104, acompanhado por pesadas e baixas nuvens cinzentas e uma garoa fria intermitente, que serviam para sublinhar o isolamento e a solidão de seu trajeto de quase quatro horas em direção à costa atlântica de Cape Breton Island.

O caminho o levou para fora da cidade, atravessando aldeias grandes e pequenas, cruzando dezenas de pontes interligando ilhas, lagos e enseadas: ele passou por minúsculas vilas pesqueiras e agrícolas, por entre o verde das montanhas cobertas de vegetação e vales estreitos, ao longo da costa acidentada e recortada. A paisagem era alternadamente cativante e sombria, envolvente e desoladora, e nunca distante do mar mais do que uns poucos quilômetros — mas remota por toda parte e continuamente. Ele não conseguia definir se amava ou odiava o lugar.

Contradições similares eram refletidas nos sentimentos do padre Tim em relação às suas razões para empreender aquela viagem. O que o impelia era a lealdade a Annie e Nick, ou a raiva que o agitava e fazia seu sangue ferver, tão notavelmente imprópria a um sacerdote, mas provocada pelo "acidente" que quase havia matado Benjamin "Bola de Boliche"?

Tão logo soube do acontecido, o padre Tim voou de Boston para Alberta e correu para visitar seu amigo na unidade de cuidados intensivos do Hospital Santo Nome, em Edmonton. O padre DeWayne tinha a perna direita e o quadril direito quebrados, duas costelas fissuradas, seu braço direito havia sofrido uma fratura grave e o rosto era uma colcha de retalhos de pontos e suturas. Mas estava vivo; sua força sempre formidável e sua resistência inata o haviam sustentado, juntamente com os esforços dos melhores cirurgiões ortopédicos e enfermeiros do Canadá.

De pé ao lado da cama do Bola de Boliche, o padre Tim segurava firmemente a mão do amigo e olhava para seu rosto que, agora sem brilho, com uma coloração marrom-acinzentada, outrora sempre fora tão profundo e orgulhosamente negro.

— Timmy... — a voz do padre DeWayne saiu-lhe rouca e quase inaudível, mas o padre Tim podia sentir o poder do espírito por trás dela.

— Estou aqui, Bola. Eu estou aqui.

— O cara estava mirando, Timmy. Estava mirando. Tem de ter relação com Ducasse. O terceiro cara... O nome dele é Dupuy. Não sei onde... onde ele está, mas, encontre-o por intermédio da Chancelaria. Pergunte a um cara chamado L'Oiseau. Há coisas acontecendo, Timmy. Cuidado, tome cuidado, meu irmão... — e então ele adormeceu.

Exasperado pelo sofrimento do amigo e frustrado por sua incapacidade de ajudá-lo, o padre Tim invadiu o posto de enfermagem esbravejando e desvairado, ameaçando a enfermeira-chefe de excomunhão, a menos que ela dispensasse ao seu amigo todos os cuidados e serviços que ele precisava para sair daquele estado. Sendo ela uma profissional durona, qualificada e totalmente dedicada, a enfermeira permaneceu indiferente e não se sentiu nem um pouco intimidada.

— Calminha aí, padre. Um padre da paróquia não pode excomungar ninguém. Além disso, sou agnóstica de carteirinha.

Então, amenizando um pouco, ela sorriu e afagou o braço do padre Tim.

— Não se preocupe, padre. Deixe comigo. — Ela piscou e disse: — Eu tinha apostado no Calgary no ano em que o Bola de Boliche retornou aquele *punt* para um *touchdown* e eles ganharam a Grey Cup. Tenho certeza de que ele sai dessa bem e inteiro.

O padre Tim, mais tarde, telefonou para o escritório da Chancelaria na Arquidiocese de Edmonton e, depois de ser transferido para uma infinidade de ramais, finalmente conseguiu falar com o padre Jean L'Oiseau, o assistente executivo do arcebispo. Depois de provar sua boa-fé (dizendo que havia sido companheiro de Bola de Boliche Benjamin no Santa Cruz), o padre Tim pôde abrir caminho e descobrir a paróquia atribuída ao padre Charles Dupuy.

O padre L'Oiseau disse:

— É Sainte Cécile du Mer, uma pequenina e remota paróquia em algum lugar em Cape Breton Island, na costa nordeste da Nova Escócia. Para dizer a verdade, eu nunca ouvi falar do lugar.

O padre L'Oiseau prosseguiu num tom de fofoca que alguns sacerdotes empregam, ao comentar sobre promissores colegas cujas carreiras acabaram sendo decididamente decepcionantes perto do que se poderia esperar. Ele disse:

— Parece que, no início de sua carreira, nosso padre Dupuy foi assistente na Catedral Marie-Reine-du-Monde, em Montreal. Por aqui, é o que há de melhor, padre Reilly. É uma réplica da Basílica de São Pedro, em Roma, a atribuição de ouro. Aparentemente, no entanto, após três anos, ele foi transferido para Sainte Cécile, embora seu arquivo não explique a razão. Está lá, desde então. É o tipo de transferência que aqui no Canadá chamam de "fim de carreira".

Padre Tim respondeu:

— Sei, usamos a mesma expressão nos Estados Unidos.

O padre Tim chegou à cidade de Sainte Cécile du Mer (com uma população de 1.314 habitantes) um pouco depois das 16 horas. Situava--se na costa, entre as cidades de Framboise, ao sul, e Fourchu, ao norte, quase tão minúsculas quanto ela própria.

A aldeia era composta de algumas construções gastas agrupadas em torno do que o padre Tim caridosamente classificou como o centro da cidade. Uns quatrocentos metros adiante, ele encontrou a própria igreja, empoleirada no alto de uma pequena península, de costas para o mar. Tinha, obviamente, mais de cem anos e consistia de uma pequena estrutura em pedra com um telhado inclinado agudamente e uma torre modesta, encimada por uma cruz de ferro forjado. Estava claro que a paróquia era pobre, mas a pequena igreja parecia bem cuidada e exibia, com legítimo orgulho, uma vista verdadeiramente magnífica do Atlântico. O padre Tim estacionou seu carro alugado e saiu.

Aproximando-se da igreja, notou que a porta lateral se abria em uma rampa para cadeiras de rodas, que finalizava em um sujo caminho de terra batida que ia dar numa pequena e desgastada cabana. Uma van Ford Econoline com um adesivo indicativo de usuário portador de deficiência estava estacionada no caminho de cascalho, entre a igreja e a cabana, ao lado de um sedã Volvo antigo.

Diante da cabana, um homem ajoelhado martelava pedaços de madeira para apoiar outra rampa para cadeiras de rodas que levava até a porta da frente da casa. Padre Tim adivinhou que a cabana era a casa paroquial, e o homem vestindo uma surrada e desbotada calça cáqui, sandálias e camisa preta manchada de suor, com um colarinho clerical bastante gasto, devia ser o padre Charles Dupuy.

Ao se aperceber da aproximação do padre Tim, o homem levantou-se e encarou-o, com o martelo firmemente seguro em sua mão. Era um homem alto, ossudo, com rosto envelhecido e feições angulosas. Seu cabelo grisalho, com uns poucos fios na parte superior e mais cheio nas laterais, era usado longo e preso atrás em um rabo de cavalo, amarrado com uma tira de couro cru. Seus olhos eram azuis-claros e sérios.

O padre Tim calculou: Dupuy havia sido ordenado por volta de seus 25 anos e passou três anos em Montreal. Como estava em Sainte Cécile du Mer havia uns dezoito anos, então ele devia ter quarenta e tantos anos. Os anos haviam sido duros.

Aproximando-se dele, o padre Tim acenou e gritou:

— Boa tarde. Você por acaso é o padre Charles Dupuy?

— Sou. O que você quer?

Ligeiramente desconcertado pela rispidez de Dupuy, o padre Tim disse:

— Eu avisei uma mulher ontem que daria uma passada aqui. Sou o padre Tim Reilly.

— Eu sei quem você é. Perguntei o que você quer, padre. Além dessa conversa fiada de estar em férias, e de como você estava dirigindo pela nossa bela Cabot Trail quando, de repente, decidiu do nada visitar Sainte Cécile du Mer. Que sorte a nossa... — Sua voz transbordava sarcasmo.

Desmascarado, o padre Tim concluiu que dizer a verdade era a única opção.

— Padre Dupuy, eu estou tentando entender certos incidentes que tiveram lugar no Seminário Menor Pio X, há muitos anos. Eu sei, padre, que isto pode ser embaraçoso, mas eu estava esperando...

O padre Dupuy interrompeu-o irritado:

— Embaraçoso? Um menino puro e inocente morreu há muito tempo, Émile Ducasse está tentando influenciar a escolha do próximo Papa, que poderia muito bem instaurar novamente a Inquisição, e eu passei quase vinte anos no exílio no fim do mundo! Então, você chega do nada dizendo que a conversa pode ser *embaraçosa*?

O padre Tim falou suavemente, mas com intensidade:

— Eu não sou seu inimigo, padre. Não é minha intenção prejudicá-lo nem desrespeitá-lo. E pode ter certeza de que não morro de amores por Émile Ducasse. Mas pessoas boas foram feridas, e estou convencido de que mais problemas, graves problemas, certamente virão por aí, para a Igreja e seus fiéis, a menos que eu e um amigo possamos colocar um paradeiro nisso. É por isso que preciso de você.

O olhar fuzilante do padre Dupuy lentamente se dissipou, restando apenas o cenho franzido. Finalmente, depois de aparentar travar uma luta consigo mesmo, ele suspirou e disse:

— Talvez possa entrar um instante, padre Reilly.

O padre Tim, então, experimentou a primeira de duas surpresas. A pequena cabana era encantadora. Estava claro que sua sala de estar, assim como a igreja ao lado, já tinha visto dias melhores, mas ela também estava limpa, bem cuidada e era bastante acolhedora. A mobília era antiga, mas servia bem aos seus propósitos, e o piso de madeira estava coberto por tapetes trançados, cujas cores, outrora vibrantes, eram agora uma memória distante, mas ainda presente. A lareira ficava em um canto, com um sofá e uma poltrona de cada lado, uma de balanço, outra reclinável.

Três das paredes e a maior parte da escrivaninha e das mesas disponíveis estavam decoradas com obras de arte originais, primitivas, mas de muito impacto: quadros cujos temas pareciam de importância histórica ou nativa local, esculturas de animais selvagens variados e outras esculturas em madeira visualmente impressionantes, porém, mais abstratas. A quarta parede era tomada por completo por prateleiras de livros bem usados. Obviamente, o padre Dupuy passava muito tempo de qualidade naquela sala.

A segunda surpresa foi a governanta do padre Dupuy. Depois de entrarem na cabana, o padre Dupuy havia chamado Bernadette Guidry para se reunir a eles, e uma mulher decididamente impressionante, aparentando uns vinte e tantos anos, entrou na sala de estar numa cadeira de rodas. No que dizia respeito a governantas, padre Tim pensou consigo mesmo, Bernadette Guidry estava a anos-luz da gorda e maternal senhora Gilhooley, sua própria governanta, de 66 anos de idade.

Com a pele cor de ferrugem, maçãs do rosto proeminentes e traços angulosos, ela muito provavelmente era índia — a não ser pelo fato de que tinha olhos cinzentos, tão cinzentos e tão frios quanto o céu da Nova Escócia. Trazia o cabelo longo e escuro repartido ao meio e abaixo dos ombros. Usava uma saia jeans desbotada e uma camisa de algodão cru cujas mangas haviam sido cortadas, o que permitiu ao padre Tim ver a tatuagem no bíceps esquerdo. Uma grossa faixa vermelha estava amarrada em volta da cintura. Irradiava uma inegável força e feminilidade, quase palpáveis, apesar do fato de estar numa cadeira de rodas.

Logo depois das apresentações desajeitadas, o padre Dupuy disse:

— Bernadette, você poderia, por gentileza, trazer umas bebidas para mim e o bom padre aqui? — Virou-se para o padre Tim: — Você não se opõe a um drinque, não é?

O padre Tim respondeu com grande sinceridade:

— Raramente. E certamente não agora. Obrigado, padre.

Os olhos do padre Tim seguiram a mulher enquanto ela deixava a sala. Percebendo isso, o padre Dupuy disse:

— Impressionante, não é? Ela é do povo Métis, como muitos dos meus paroquianos.

Notando o olhar interrogativo do padre Tim, ele explicou:

— "Métis" significa "mistos", também "híbridos" ou "mestiços". Se refere aos filhos de mulheres indígenas e homens europeus, geralmente franceses e escoceses, e a tribos como os Ojíbuas e os Cree. Os Métis eram chamados de "povo esquecido", embora agora sejam reconhecidos como um dos povos indígenas do Canadá. Esse *status* não foi conseguido sem luta.

De súbito, algo ocorreu ao padre Tim e ele olhou novamente os objetos de arte. Então, virou-se para o padre Dupuy:

— Ela é a artista, não é?

— Sim. Na verdade, ela é artista residente na Universidade de Cape Breton. Ser minha governanta é um trabalho secundário, embora ela o veja quase como uma obrigação.

Ao olhar interrogativo do padre Tim, o padre Dupuy disse:

— Ela é minha filha adotiva.

Passados uns instantes, Bernadette retornou com uma garrafa de uísque escocês barato, um balde de gelo e três copos. Obviamente, estava se juntando a eles.

Nesse ponto, o padre Tim estava além de qualquer comentário ou conjectura e precisava urgentemente daquele drinque.

Quando já estavam com suas bebidas, reunidos em volta da lareira, o padre Dupuy tomou um gole generoso e disse:

— Acho que sempre esperei que você, ou alguém como você, viesse me procurar. Émile Ducasse sempre soube onde me encontrar, mas até agora ele tem me deixado em paz, talvez porque eu esteja aqui neste fim de mundo e não represente ameaça a ele. Pelo menos, até agora.

O padre Tim perguntou:

— Mas por quê? E por que agora, padre?

O padre Dupuy respondeu:

— Você está ciente, é claro, de que o Santo Padre convocou um Sínodo dos Bispos que se realizará em Roma, em setembro.

O padre Tim assentiu com a cabeça, e Dupuy continuou, inclinado
para a frente, com uma expressão intensa:

— Eu acredito que algo importante vai ocorrer e que o cardeal Le-
Clerc e Émile Ducasse estão envolvidos.

— Padre Dupuy, eu não quero ser rude, mas como você, aqui... em
um dos postos mais remotos de Deus, afirma saber o que está acontecendo em Roma? E, ainda por cima, nos bastidores do Vaticano.

O olhar de Dupuy tornou-se duro como aço e o mesmo aconteceu
com sua voz.

— Passei dois anos estudando em Roma, padre, por isso não sou
completamente estranho às intrigas e políticas de poder que acontecem
por lá. E, caso você tenha esquecido ou simplesmente ignore, Internet e
e-mail são acessíveis mesmo aqui. Assim sendo, tão difícil de acreditar
como pode ser para alguém como *você*, abrigado na segurança de sua,
sem dúvida, rica e presunçosa paróquia da Nova Inglaterra, não sou um
caipira, sem amigos e contatos.

O padre Tim queria dizer a Dupuy que a paróquia de Santa Clara
estava muito longe da opulência e que ele próprio, embora se sentindo
falho tanto como homem como sacerdote, não era nada presunçoso. Entretanto, apenas disse:

— Peço desculpas, padre. Prossiga.

O padre Dupuy olhou para Bernadette Guidry com ar de interrogação. Ela assentiu, e ele continuou, num tom que misturava amargura e
pesar.

— Eu não fui sempre assim, irrelevante, isolado. No início da minha
carreira, era assistente na Catedral Marie-Reine-du-Monde. — Por um
momento, o padre Dupuy pareceu estar distante, como se estivesse se
lembrando de tempos muito diferentes.

Ele continuou:

— Meu superior era o arcebispo Marcel LeClerc. Ele me conhecia da
época do Pio X e tinha arranjado as coisas para eu acompanhá-lo. Ele era

ambicioso e polêmico já nesse tempo, mas tanto seu fervor como seu carisma eram inegáveis e irresistíveis. Era um posto glorioso. Tudo correu bem durante alguns anos. Então, fomos visitados por Émile Ducasse, e toda a minha vida mudou. Émile havia herdado a fortuna de seu pai e a tinha aumentado significativamente. Das madeireiras e da mineração ele diversificou para o ramo do petróleo e dos transportes, e assim por diante. Mas ele também estava começando a entender e a exercer o poder que veio com sua fortuna. Durante o jantar naquela noite, Émile sugeriu a LeClerc que eles usassem a *Salvatio Dolore* como veículo para fazer avançar a causa deles, o retorno ao tradicional, o catolicismo conservador com um foco renovado sobre a natureza redentora do sofrimento e a necessidade de disciplina na Igreja. Seria também um meio de estender o poder e a influência do próprio LeClerc.

— Como eles iriam conseguir isso?

— Com um plano muito estratégico e incisivamente tático. Émile o chamava de "influenciar os influenciadores". Creio que seja um tipo de expressão usada em marketing. A ideia era mirar, entre os atuais líderes da Igreja e os corretores de poder, aqueles que seriam mais valiosos para que ficassem ao lado deles. Depois de identificar esse grupo, Émile usaria o que chamou de "cenoura e chicote" para levá-los a alinhar-se com LeClerc. Então, faria com que *eles* influenciassem *outros*.

O padre Tim perguntou:

— Que tipos de cenouras e que tipos de chicotes?

— Para alguns, ajuda financeira para sua diocese ou donativos para suas causas favoritas ou de caridade, no nome deles, é claro, para que pudessem ficar com o mérito. Para outros, mais numerosos do que eu teria imaginado, era dinheiro para eles mesmos. Mas a recompensa também podia ser influência política. Os alvos de Émile eram convidados a participar de comitês ou de conselhos. De uma hora para outra, passavam a ter acesso a pessoas poderosas na comunidade leiga ou recebiam nomeações ou promoções acadêmicas prestigiosas. E também havia o que Émile chamava de "remoção de obstáculos". Inimigos dos membros da *Salvatio Dolore* de alguma forma tornavam-se subitamente enfraquecidos, eram removidos das posições de poder ou encontravam-se diante de alguma crise ou de algum escândalo. Émile era capaz de obter tudo isso.

— E o chicote?

O padre Dupuy disse com tristeza:

— Padre Reilly, nenhum de nós está livre de pecado. Cada um de nós abriga alguma vergonha secreta, alguma indiscrição que poderia, se tornada pública, nos humilhar ou até mesmo nos destruir. Émile é muito bom em descobrir esses segredos. E está mais do que disposto a explorá--los. Essa é a ameaça que usa para abrir caminho.

O padre Tim ficou em silêncio por um longo tempo, ajustando-se ao impacto das palavras de Dupuy e considerando a grandeza de suas consequências. Finalmente, ele perguntou delicadamente:

— E quanto a você, padre Dupuy? Onde você se encaixa nisso tudo? Por que você foi banido?

— No começo, concordei em participar do plano. Podia ver algo de bom nele. E, francamente, colaborar seria bom para a minha carreira. Mas, depois, eu... Eu tive de protestar. Disse que era muito manipulador, muito *diabólico*. Especialmente à luz do que havia acontecido no seminário menor.

Ele hesitou e olhou novamente para Bernadette Guidry, que disse:

— Tudo bem. Você pode falar sobre isso. — E, naquele momento, colocou a mão no braço do padre Dupuy. — Você deve falar sobre isso.

Resignado, e talvez sofrendo, o padre Dupuy começou o seu relato.

— Cheguei ao Pio X três meses depois do meu 14º aniversário. Foi lá que conheci Émile Ducasse e Alain Franey. Éramos os melhores e mais brilhantes alunos do seminário menor. E sabíamos disso. Estudávamos mais diligentemente, rezávamos com mais fervor, sacrificávamo-nos mais prontamente e suportávamos o sofrimento com mais coragem do que qualquer outro. Todo mundo notava e tinha consciência disso, e nós três também. Mas também éramos muito diferentes, e tínhamos razões muito diferentes para estar no seminário menor.

O rosto do padre Dupuy assumiu uma expressão quase sobrenatural, e ele disse:

— Desde que eu tinha 7 anos de idade, queria ser padre. Lembro-me de ir com minha família à minha primeira missa na Catedral Marie-Reine-du-Monde. Sua beleza e os maravilhosos ornamentos eram de tirar o fôlego. Lembro-me de sentir o cheiro estranho e exótico de incenso, de ouvir as vozes entoando o canto gregoriano e, sobretudo, de ver o sacerdote, representante do próprio Cristo, resplandecente em suas vestes, o centro incontestável das atenções. Cada palavra sua, cada gesto era recebido com um misto de reverência e arrebatamento. Que mistério! Que majestade! Eu sabia que tinha de experimentar aquilo. A partir daquele dia, minha vocação nunca vacilou.

— E Émile? — o padre Tim perguntou. — Qual era a natureza de sua vocação?

A expressão do padre Dupuy mudou, tornando-se mais sombria, e sua voz ficou mais hesitante quando ele disse:

— Émile também estava obcecado com o sacerdócio, mas por razões muito diferentes. Para ele, a questão era estar no controle. Era feroz em seu ímpeto de ser o primeiro ou o melhor em tudo. Porém, mais do que isso, Émile era obcecado por poder, especialmente o poder de controlar e influenciar os outros, até mesmo para controlar o destino de suas almas.

O padre Tim disse:

— Me parece, padre, que ele poderia ter realizado seu desejo de poder e controle de outras formas que não o seminário menor ou o sacerdócio.

Mais uma vez parecendo buscar forças num gole de sua bebida, o padre Dupuy respondeu:

— Foi sua família, o pai, na verdade, que insistiu para que Émile entrasse no seminário menor, por... por razões familiares.

O padre Tim notou o olhar assombrado nos olhos do outro homem. Ele sondou instantaneamente:

— Por qual razão? De que tipo de família vem Ducasse, padre?

— De uma família condenada e disfuncional. Até onde sei, o pai e a mãe de Émile tinham muito pouco do que se pode chamar de um relacionamento. Seu pai estava completamente imerso nos negócios, na construção de um império, na verdade. A mãe de Émile, evidentemente, era uma mulher de extraordinária beleza, mas semi-inválida: sofria de lúpus, uma doença autoimune. Como não era esse o tipo de esposa que desejava, seu marido foi menos do que solidário e praticamente a ignorava. Ela buscou consolo em sua fé católica. Mas isso se tornou uma obsessão. Rezava o rosário pela manhã e à noite, assistia à missa diariamente ou sempre que sua saúde lhe permitia, fazia incontáveis novenas. Entretanto, isso não a salvou de si mesma e dos demônios que a assombravam. Ela cometeu suicídio. Foi quando Émile entrou para o seminário menor.

— Ele tinha irmãos? — o padre Tim perguntou.

O padre Dupuy mostrou ainda mais desconforto. Depois de um longo período do que pareceu ser uma espécie de luta interior, o padre Dupuy respondeu:

— Uma irmã. Émile tinha uma irmã três anos mais velha do que ele. Ela era... Ela era uma criança muito estranha e difícil, bonita como a mãe, mas incontrolável e devassa... Abusava de drogas e álcool, era sexualmente libertina. Ela acabou fugindo, e a família perdeu contato com ela.

— Como ela se chamava? — perguntou o padre Tim.

O padre Dupuy respondeu:

— Camille. Seu nome era Camille. Mas a família a chamava de "Mimi".

O padre Dupuy desviou o olhar do padre Tim, e sua expressão mais uma vez sugeriu agitação interior, uma dor excruciante. Ele tomou outro gole de sua bebida.

O padre Tim estava convencido de que o padre Dupuy sabia mais do que estava dizendo, mas achou que não conseguiria arrancar mais nada. Ainda assim, havia algo ali. O padre Tim perguntou:

— E quanto a Alain Franey?

O padre Dupuy sorriu.

— Alain era o melhor de nós três. Era uma contradição ambulante, um menino diminuto e delicado, de saúde frágil. Entrava em uns transes estranhos, durante os quais ficava alheio ao seu entorno, mas parecia sorrir e balançar a cabeça em sinal de aquiescência. Quando perguntávamos o que era aquilo, ele apenas respondia dizendo que estava "ouvindo os anjos". Soubemos mais tarde que os transes eram crises de *ausência*, o que se costumava chamar de *petite mal*: epilepsia. Mas ele era muito corajoso e um pilar da fé. Ele realmente, genuinamente, acreditava no poder redentor de Cristo e, como ensinado por LeClerc, nos aspectos redentores de seu sofrimento. Foi Alain, depois de ter sido tão profundamente tocado pela influência de LeClerc, que decidiu iniciar um pequeno "clube" entre nós, seminaristas. Ele o chamou de *"Salvatio Dolore"*, salvação por meio do sofrimento.

O padre Tim não conseguiu esconder sua surpresa.

— *Alain Franey* começou a *Salvatio Dolore*? Pensei que fosse ideia de Ducasse e LeClerc.

— Em sua manifestação maligna atual, realmente *é* ideia deles — respondeu o padre Dupuy. — Como eu lhe disse, é financiada por Émile Ducasse e tem seus tentáculos em todos os cantos da Igreja, ainda que de forma sutil e insidiosa. Entretanto, a ideia original era de Alain. E era apropriada... Não balance a cabeça, padre Reilly. Você certamente sabe que a automortificação possui uma longa tradição em muitas religiões.

O padre Tim respondeu:

— Eu sei que tem sido uma oportunidade tanto para o sacrifício como para terríveis abusos. Entretanto, por favor, continue a contar sobre o "clube" de Alain Franey.

— Certa manhã, na missa, o monsenhor LeClerc fez um sermão centrado na automortificação como meio de purificação do corpo e libertação do espírito. Ele falou do poder redentor e salvífico do sofrimento. Suas palavras comoveram a todos nós, mas, para Alain, elas foram um divisor de águas. Foi aí que ele teve a ideia de que poderíamos acrescentar sofrimento ao nosso modo de viver já espartano. Oh, isso começou de modo inocente. Para "sofrer", fazíamos coisas como negar água a nós mesmos quando estávamos com sede, sair sem sapatos na neve, sempre deixar a mesa ainda com fome, colocar espinhos em nossas camas ou uma pedrinha em nossos sapatos, coisas assim. Essas são coisas que os ascetas vêm fazendo há séculos. Ainda hoje, os membros da Opus Dei usam o *cilício*, a corrente com cravos que é enrolada em torno da coxa durante duas horas por dia. Outros se chicoteiam regularmente. A prática pegou entre nossos pares e foi estimulada por monsenhor LeClerc. Logo, todos estavam procurando Alain para discutir as formas como ele poderia alcançar a "salvação por meio do sofrimento". Émile percebeu que Alain agora era considerado um líder entre os seminaristas e tornou-se invejoso de uma forma assustadora. Foi assim que ele sugeriu a estrapada.

O padre Tim estava perplexo:

— Eu acredito que a palavra tenha algo a ver com amarrar, mas nada sei, além disso...

— Era uma prática apreciada pelos inquisidores medievais como meio de extrair confissões dos indivíduos acusados de várias infrações eclesiásticas. Essencialmente, a pessoa era suspensa no ar por meio de uma corda ou correia amarrada às mãos, por trás das costas. A corda era passada por uma viga ou um gancho e a pessoa era puxada até ficar pendurada pelos braços no ar, com todo o peso do corpo apoiado apenas nas articulações dos ombros. O resultado é uma dor excruciante, ainda que não cause ferimentos externos.

— Vai me dizer que Émile Ducasse sugeriu essa loucura *e você embarcou nela*!

Evitando o olhar do padre Tim, o padre Dupuy prosseguiu.

— Havia um velho celeiro atrás do dormitório no seminário, que outrora abrigava animais de fazenda. Ele ainda tinha várias rédeas, cordas, chicotes e toda essa parafernália. Um dia, Émile nos levou lá fora e nos desafiou a suportar a estrapada por um minuto cada. Era para ser um teste de força de vontade, de fé, e uma oportunidade para oferecer nosso sofrimento ao Senhor.

— Deus tenha piedade de nós — sussurrou o padre Tim.

O padre Dupuy continuou, ainda evitando olhar para cima:

— Deveríamos nos revezar puxando uns aos outros. Alain se ofereceu para ir primeiro, exatamente como Émile sabia que faria. Mas Alain insistiu que o soltássemos apenas quando ele nos dissesse para fazê-lo, não antes. Estava determinado a resistir mais do que um minuto. Eu disse que ele era louco, mas ele não quis ouvir. Parecia quase saborear o suplício.

Então, o padre Dupuy enterrou o rosto nas mãos. Sua voz se tornou embargada de emoção:

— Ele ainda estava bem no segundo minuto, não sei como resistiu tanto tempo, quando algo aconteceu. Seus olhos reviraram nas órbitas e ele começou a se sacudir e emitir sons bizarros. Eu comecei a gritar com Émile: "Desça-o! Desça-o!". Mas Émile ficou ali parado olhando para Alain, com o rosto sem expressão, as mãos segurando firme a corda. Ele disse: "Ele não pediu para parar". Finalmente, eu não aguentei mais. Com medo de atacar Émile, em vez disso, corri de volta ao dormitório para buscar ajuda. Quando voltei com LeClerc e outro padre residente, Alain estava no chão inconsciente. Descobrimos mais tarde que ele havia tido uma crise epiléptica. Sua garganta ficou obstruída pelo próprio vômito, e ele não conseguia respirar. Sofreu grave privação de oxigênio no cérebro e entrou em coma. Nunca se recuperou.

— O que aconteceu, então? O que aconteceu com Ducasse?

— Eu não voltei a ver Émile novamente até ele aparecer na Marie--Reine-du-Monde, muitos anos mais tarde. Mas no dia em que Alain... No dia do incidente com Alain, LeClerc me puxou de lado e disse que não havia sido culpa de Émile, que ele simplesmente havia paralisado. Me disse que enquanto eu tinha fugido... *fugido*... para obter ajuda, Émile havia tentado de tudo para reviver Alain, mas não havia conseguido. Então, ele explicou que Émile deixaria o seminário e que eu precisava ter em mente o quão importante era para o seminário, para todos nós, que eu entendesse exatamente o que tinha acontecido. E fez questão absoluta que eu soubesse o quanto isso era importante para *mim*.

— E você entendeu, padre Dupuy? Você chegou a descobrir a verdade sobre o que havia acontecido com Alain Franey?

Um gemido escapou dos lábios do padre Dupuy e, enterrando o rosto nas mãos mais uma vez, ele começou a chorar amargamente:

— Santo Deus — ele soluçou —, por que você está me torturando?

Bernadette Guidry mudou de posição para colocar o braço em volta dos ombros dele.

Olhando para cima, com os olhos cheios de lágrimas, com uma expressão de vergonhoso desespero, o padre Dupuy disse:

— Que Deus me ajude, pois eu descobri. Mas não posso lhe dizer. Nem a você nem a ninguém. Jamais. Sabe? Quando Émile foi à Marie-Reine-du-Monde, ele se certificou de que eu jamais pudesse falar sobre o que realmente aconteceu para a família de Alain, para... para sua própria família. Ele assegurou o meu silêncio para sempre.

— Como? Como, padre? O que Émile Ducasse tem contra você que possa importar agora?

O padre Dupuy disse:

— Eu o ouvi em Confissão.

O padre Tim estava atordoado.

— Você *o quê*?

O padre Dupuy continuou:

— Lembro-me de que, na época, não podia entender, não conseguia imaginar por que ele escolheria *a mim*, dentre tantos, para ouvi-lo em Confissão. Então, hesitei. Mas, é claro, não poderia recusá-lo.

Com os olhos baços, o rosto sem vida e drenado de emoção, o padre Dupuy disse:

— Ele zombou da situação, caçoou de mim com sua... sua ladainha de pecados. Recusei-lhe a absolvição, mas ele riu de mim. Estava pouco se incomodando, isso não importava para ele. Já tinha o que realmente queria: meu eterno silêncio. Estou de mãos atadas pelo Sigilo Sacramental. Sou obrigado a me calar para sempre pelo Sigilo Sacramental. — Então ele chorou.

O padre Tim ficou chocado com a enormidade do sacrilégio e do cinismo de Ducasse. Um sacerdote está obrigado eterna e inalteravelmente a não revelar o Segredo de Confissão. O que acontece no confessionário entre o penitente e o confessor é entre eles e Deus, ninguém mais. De acordo com o Direito Canônico, sob nenhuma circunstância pode um sacerdote revelar o que foi dito em Confissão, mesmo à custa de sua própria vida.

O padre Tim agora entendia que tipo de controle Ducasse exercia sobre o padre Dupuy. Que fosse algo cínico e perverso e aviltasse o próprio significado e a essência do sacramento — contrição sincera e incondicional perdão —, não importava nem um pouco para Ducasse. Ele queria garantir o silêncio do padre Dupuy e lhe causar uma dor inefável; conseguiu ambas as coisas.

Então, sabendo que não seria possível qualquer consolação, o padre Tim se levantou para ir embora e disse:

— Eu vou orar por você, padre. Todos os dias.

Dupuy subitamente ergueu a vista para ele, com os olhos flamejando, uma veia pulsando no pescoço. Ele gritou com o padre Tim:

— Eu não quero suas orações! Ou a sua piedade. Quero apenas uma coisa: que você pare Émile Ducasse. Nada mais tenho a dizer.

Lá fora, um abalado padre Tim estava prestes a entrar no carro e partir quando Bernadette Guidry o chamou:

— Padre Reilly, um momento, por favor.

Ela rolou a cadeira de rodas pelo caminho de terra batida e parou na frente dele. Olhou nos olhos do padre Tim por um momento antes de falar. Satisfeita com o que viu neles, ela disse:

— Você não deve julgá-lo muito duramente, padre. Ele é um bom homem, mas é atormentado e torturado por coisas que até eu desconheço.

O padre Tim perguntou delicadamente:

— *Até* você, senhorita Guidry?

Ela sabia que o sacerdote estava se perguntando sobre a verdadeira natureza de seu relacionamento com o padre Dupuy.

— Meu pai era um *canuck**, minha mãe, Cree. Ele trabalhava como marinheiro em um barco de pesca em Port Hawkesbury. Não sei como eles se conheceram, provavelmente num bar. Viveram juntos por um tempo. Ele a abandonou quando soube que estava grávida. A última vez em que ouvi falar dele, tinha ido para o oeste, Vancouver ou uma das ilhas. Não tenho vontade de encontrá-lo. Minha mãe, então, começou a beber. Quando eu tinha 13 anos, ela estava dirigindo bêbada, e eu estava no carro. Ela perdeu o controle da direção e... bem, acabei assim.

— E sua mãe?

— Morreu no acidente. Era para eu ser enviada para um orfanato católico em Halifax. Uma órfã aleijada em uma cidade estranha... Eu teria me matado. O padre Dupuy tinha sido o nosso pároco. Ele me acolheu, descobriu o meu talento artístico e me incentivou a segui-lo. Ele arranjou para mim uma bolsa de estudos na universidade. Eu tenho um apartamento lá, agora. Mas eu volto semanalmente para ajudar a manter o lugar e para lhe fazer companhia. É uma paróquia miseravelmente pobre, mas para as pessoas que vivem aqui, é tudo que eles têm. O padre Dupuy aconselha os bêbados, incentiva as crianças, obtém auxílio para eles junto às autoridades e implora aos ricos por empregos. Não sei o quanto de fé lhe restou, mas eu realmente conheço o coração que ele tem. E sei que ele me ama como filha e que precisa de mim.

Com os olhos cinzentos chispando e a expressão do rosto sombria, ela disse:

— Ducasse o reduziu a isso. Você tem de detê-los, padre Reilly. Eles são capazes de qualquer coisa. Qualquer coisa.

No caminho de volta para Halifax, um taciturno padre Tim sabia que Bernadette Guidry tinha razão. Émile Ducasse era capaz de tudo.

O problema era como detê-lo.

---

* Gíria cunhada por volta do século XIX, de etimologia incerta, designando os canadenses. (N. da T.)

Capítulo 10

Veneza, Itália

Nick Renna, instalado em um compartimento de primeira classe no Eurostar Italia, ergueu a vista de seu livro e olhou para seus companheiros de viagem. Haviam deixado a Roma Termini — principal estação ferroviária de Roma —, rumo ao norte, cerca de uma hora antes, o que significava que ainda tinham pela frente três horas e meia de viagem até a estação Santa Lucia, em Veneza. O monsenhor Bruno Della Vecchia dormia profundamente, com as mãos cruzadas sobre a barriga, o queixo apoiado no peito. Suas muletas de alumínio descansavam contra a parede do compartimento.

A irmã Alana Elizalde estava que não cabia em si de empolgação, com olhos arregalados e o rosto quase colado na janela, com um sorriso enorme. Ela virava a cabeça de um lado para o outro, olhando na direção em que iam e também para o que estavam deixando para trás. Ficou entusiasmada com a ideia de viajar de trem, mas acomodações de primeira classe (Nick imaginou que a Fundação do Calvário podia muito bem pagar por elas) no luxuoso Eurostar Italia foram além de sua imaginação.

Enquanto olhava para os seus companheiros, Nick pensou: "Meu Deus, somos um time e tanto." Uma freira de uma beleza transcendental, admiravelmente jovem e inocente; um sacerdote do Vaticano, semialeijado, erudito brilhante e irreverente, planejando sabia Deus o quê; e o próprio Nick, um historiador cínico, assombrado pelo passado, católico não praticante, que havia jurado cumprir uma promessa feita num leito de morte, aonde quer que isso o levasse. Verdade seja dita, aquela estranha associação já havia feito um progresso significativo, apenas pesquisando os Arquivos Secretos do Vaticano. Mas isso era só o começo.

Nick acreditava que a Fundação do Calvário, muito provavelmente, colocaria alguém em seu encalço em breve, talvez mais de uma equipe, a julgar pela intensidade do desejo de Ducasse e LeClerc pela Coroa e sua indubitável falta de confiança em Nick. O professor também acreditava que havia alguém ou algum outro elemento envolvido. O homem que o havia atacado naquela praça em Roma, o secretário de Victor, e o novo assistente administrativo de LeClerc eram todos farinha do mesmo saco. Mas para quem eles trabalhavam? E qual era a extensão de seu alcance?

Ele teria de ser hipervigilante em Veneza. A próxima grande pista, se existisse, seria encontrada lá. Isso significava que todos os interessados, fossem eles quem fossem, iriam convergir para a cidade dos canais. Ainda assim, não obstante a ansiedade e as incertezas, Nick estava curtindo a sensação de estar na caça, especialmente se isso significava que ele poderia frustrar os planos de Émile Ducasse, enquanto Ducasse pagava as contas.

Não fazia muito tempo desde que haviam tomado o desjejum, mas Nick estava precisando tomar um café. Não querendo perturbar monsenhor Della Vecchia, Nick inclinou-se para a irmã Alana e sussurrou:

— Eu estou indo até o vagão-restaurante tomar um café.

Então, ele surpreendeu a si mesmo. Em vez de perguntar se ela gostaria que trouxesse alguma coisa para ela na volta, perguntou:

— Você gostaria de ir comigo?

Depois de um momento de hesitação e um rápido olhar para o monsenhor adormecido, ela respondeu:

— Sim, obrigada.

O vagão-restaurante do Eurostar Italia era abobadado em vidro, proporcionando aos passageiros uma visão panorâmica do cenário lá fora, que era lindo — campos e fazendas, cidadezinhas, e vilarejos antigos e minúsculos, empoleirados em encostas absurdamente íngremes. Rumando para o norte e leste, atravessariam a Itália, cruzando os Apeninos, cortando a Úmbria e a Toscana, passando por Florença e Bolonha e, em seguida, transpondo o rio Pó e chegando a Veneza.

Havia talvez oito ou nove outras pessoas no vagão-restaurante quando Nick e a irmã Alana chegaram, uma animada família italiana composta de dois adultos e duas menininhas, vários estudantes universitários com suas sempre presentes mochilas e um casal de meia-idade de aparência próspera, que Nick supôs que fosse americano. Nick e Alana sentaram-se em uma mesa em frente ao casal, do lado oposto do corredor. Um garçom se aproximou imediatamente e perguntou o que desejavam. Depois de consultar a irmã Alana, Nick respondeu em italiano, pedindo um *cappuccino* para a irmã Alana e um expresso duplo para ele, juntamente com uma travessa de biscoitos sortidos.

Nick disse à irmã Alana:

— Você parece estar curtindo esta sua excursão.

— Minha *excursão*? Eu não... — Ela gesticulou indicando sua confusão com o termo.

— "Viagem" — disse Nick. — Você parece estar gostando da viagem.

— Adorando! Viajar e ver coisas novas... Nunca me dei conta de como isso poderia ser prazeroso.

Ela enfiou a mão na grande bolsa de viagem de lona e tirou dali um guia de viagem Michelin.

— Estive lendo sobre Veneza. É extraordinária. Você já esteve lá?

Nick fez que sim com a cabeça e disse:

— Quando eu estava pesquisando para a minha dissertação, passei a maior parte do tempo indo e voltando ao longo da Linha Gótica, mas...

— Linha Gótica? O que é isso?

Nick explicou que, durante a Segunda Guerra Mundial, após a libertação de Roma, o marechal de campo alemão Albert Kesselring recuou para as montanhas e arranjou suas forças de defesa em uma espécie de linha, passando por cima dos Apeninos, desde Carrara, no Mar Tirreno, atravessando a Itália em direção ao leste, até Rimini, no Adriático. Essa linha de defesa, conhecida como a Linha Gótica, era uma área-chave de atividade para os partisans italianos, sobre os quais Nick estava escrevendo naquela época.

Nick disse:

— Como Veneza fica cerca de 150 quilômetros ao norte de Rimini, eu aproveitei a oportunidade para passar alguns dias lá. E você está certa. É uma cidade extraordinária.

Uma voz cordial, vinda do outro lado do corredor do vagão-restaurante, interrompeu-os:

— Bem, então você é justamente a pessoa ideal para nos ajudar com algumas sugestões.

O homem de meia-idade da mesa oposta se levantou e adiantou-se, com a mão estendida. Corpulento e em boa forma, tinha cerca de um metro e oitenta, cabelo grisalho cortado rente e barba cuidadosamente aparada. Nick aceitou a mão estendida; o aperto era firme, a pele, um tanto áspera e seca.

O homem abriu um largo sorriso:

— Sou Martin Smalley, Harrisburg, Pensilvânia. Pode me chamar de Marty. Esta é minha esposa, Jessie.

A mulher acenou com a cabeça e sorriu amavelmente. Ela tinha os cabelos quase brancos e era um pouco gorda, e seus olhos não acompanhavam o sorriso.

O homem continuou:

— Nós vimos vocês embarcarem no trem e... Nossa... Percebi que a irmã aqui e o padre não eram americanos, mas você, meu filho, nota-se logo de cara que é. Então, quando escutei você falar em inglês e também em italiano, achei que era precisamente o homem que deveríamos conhecer.

Nick fez as apresentações, descrevendo-se como um estudioso, e a irmã Alana e o monsenhor Della Vecchia como colegas de pesquisa. Ele não mencionou o objeto de sua pesquisa. Martin Smalley não perguntou. Tampouco deu o menor sinal de que considerava fora do comum um homem tomar um café com uma jovem e atraente freira desacompanhada.

— 186 —

Smalley lhes disse que possuía três concessionárias GM na Pensilvânia, em Harrisburg, Mechanicsburg e Shippensburg.

— Tenho uma vida confortável e achei que já era hora de Jessie e eu conhecermos um pouco do mundo, sabe?

— Por que a Itália? — Nick perguntou.

Por um breve segundo, Smalley pareceu ser pego de surpresa pela pergunta, e foi Jessie que respondeu.

— Pela comida! — Ela riu, de maneira autodepreciativa. — À minha moda, sou uma espécie de cozinheira *gourmet*, e adoro a cozinha italiana. Quando Marty decidiu que era hora de conhecermos um pouco do mundo além de Harrisburg, pensei que a Itália seria o lugar ideal.

Marty acrescentou:

— E nós estamos experimentando a comida por todo o país. Comer e viajar, o que mais a vida pode oferecer, hein?

Nick lançou a Smalley um olhar estranho, mas rapidamente o substituiu por um sorriso. Não tinha certeza, mas achou que Jessie havia reparado. Alana, que nada tinha dito durante a conversa, não obstante também detectou algo na reação de Nick.

Nick disse a Smalley:

— Bem, você certamente vai desfrutar de Veneza. É uma cidade notável, e os frutos do mar são maravilhosos.

— Se me permite perguntar, onde vocês vão ficar? — Jessie disse.

A irmã Alana, ciente da hesitação de Nick, disse:

— Oh, eu me hospedarei com os dominicanos da cidade. O monsenhor, creio eu, vai ficar com amigos.

Embora isso não fosse propriamente uma mentira, com certeza era uma dissimulação.

Não se preocupando sequer em se aproximar da verdade, Nick disse:

— Na verdade, eu ainda não decidi, embora saiba que isso é arriscado na alta temporada. E vocês dois, onde ficarão?

— Bem, nós vamos botar banca e nos hospedar no Hotel Cipriani. Jessie merece, especialmente por me aturar todos esses anos.

— Estou impressionado — Nick respondeu. — É um dos mais elegantes e certamente o hotel mais famoso de Veneza. — Então, claramente sinalizando um ponto final na conversa, Nick disse:

— Bem, se a irmã Alana não se importar, acho que vou pedir a ela para me ajudar a desenferrujar o meu italiano. Foi um prazer conhecer vocês.

— Igualmente — disse Marty. Então, ele sorriu e acrescentou: — Talvez a gente se esbarre em Veneza.

Nick disse adeus e então se virou para a irmã Alana, se dirigindo a ela em italiano. Ele falou sobre os pombos em Veneza, as multidões que Roma atrai e praticamente qualquer coisa de pouca importância ou consequência, até que viu Marty e Jessie Smalley pagarem a conta e deixarem o vagão-restaurante.

— Você acha que há algo errado com eles, não é? — disse a irmã Alana.

— E você percebeu isso muito rapidamente, irmã. Muito bem.

— Mas o que foi? O que você notou?

Nick apontou as coisas nos dedos.

— Primeiro, ele não perguntou a natureza de nossa pesquisa. Será que já sabe? Segundo, o fato de você estar sozinha aqui comigo no vagão-restaurante não lhes causou estranheza alguma. Freiras não costumam viajar dessa maneira.

A irmã Alana enrubesceu:

— Mas o que poderia...

— Terceiro, ele tropeçou ao falar da razão pela qual viajaram para a Itália, e ela teve de socorrê-lo. Por último, ele não é da Pensilvânia. É canadense.

— *Canadense?* Como você sabe?

— Você reparou na forma como ele disse "o que mais a vida pode oferecer"? Na pronúncia? E arrematou com "hein". Esse modo de falar é tipicamente canadense. Irmã Alana, os dois são impostores.

A irmã Alana não falou nada por um tempo, parecendo assimilar as informações. Então, disse:

— Você mencionou em Roma que a Fundação do Calvário tem muito interesse em recuperar a Coroa. Você acha que eles podem ter contratado esses dois para nos seguir? Para, quando nós a encontrarmos, eles a pegarem? Mas por que eles se dariam o trabalho de fazer isso? Por que não simplesmente esperar até que você a dê para eles? Afinal de contas, foi para isso que a Fundação do Calvário contratou você, para começo de conversa.

Nick nada disse, mas a irmã Alana percebeu a expressão em seu rosto.

— Entendo... É porque acham que você *não* vai entregá-la a eles. E você não vai mesmo, vai? Você fará... outra coisa. Santo Deus, professor, no que você nos envolveu?

— Irmã Alana, você tem de confiar em mim. Eu...

— Confiar em você? Eu praticamente não o conheço!

Depois de um momento, ela disse:

— Sinto muito, professor. É que isso tudo é tão novo para mim, todas essas intrigas e os subterfúgios. Mas eu realmente confio em você. E você pode confiar em mim, também.

De volta ao compartimento de primeira classe, Jessie disse:

— Eu acho que você colocou tudo a perder. Aquele professor espertinho suspeita de alguma coisa. E a freira também não é nada boba.

Seu companheiro disse:

— Sossegue. Aquele cara está tão ocupado tentando traçar a freira que não suspeita sequer de que a noite vem depois do dia. Vamos segui-los até que encontrem alguma coisa. Então, nós os mataremos e levaremos seja lá o que for para o Ducasse. Será moleza.

~

Kurt Schraner, Eric Wallis, Arno Hirzil e Elmar Gallen postaram-se em posição de sentido na frente do general Jean-Christophe Rein. Tinham orgulho de fazer parte de uma tradição militar de 500 anos de idade. Tinham ainda mais orgulho de fazer parte de seu ramo mais secreto — um ramo que não tinha nada a ver com as cores vistosas, calças bufantes, as alabardas e os capacetes emplumados que a maioria das pessoas associa com a unidade militar da qual faziam parte. Ao contrário da ideia que o restante do mundo fazia deles, sabiam que a Guarda Suíça Pontifícia era muito mais do que uma atração turística.

Em junho de 1505, o "Papa Guerreiro" Júlio II contratou os serviços de mercenários suíços que, na época, tinham a reputação de estar entre os mais corajosos, profissionais e leais da Europa. Depois de chegarem a Roma, em 22 de janeiro de 1506, Júlio II obteve deles o juramento de que se manteriam sempre fiéis ao Papa e ao próprio papado e de que estariam sempre prontos e dispostos a sacrificar suas vidas para a proteção de ambos. Júlio II os chamava de *spada della papa* — a espada do Papa. Mas Júlio também criou uma unidade secreta dentro desse grupo, unidade a qual esses homens agora pertenciam; Júlio se referia a ela como *la punta della spada* — a ponta da espada.

Hoje, os membros da Guarda Suíça são treinados não só no manejo da tradicional alabarda, mas também aprendem a usar a pistola H&K 9 milímetros, a submetralhadora MP5, recebem treinamento de combate corpo a corpo e até um extenso curso de línguas. Os homens em pé diante do general tinham passado por tudo isso e muito mais. Todos eram veteranos do exército suíço, vários deles da recém-formada força especial AAD, a versão suíça do SAS britânico. Formavam a nata de uma elite altamente treinada. Foi um membro dessa unidade especial que ajudou a proteger o Papa João Paulo II durante a tentativa de assassinato contra ele em maio de 1981.

Depois de dar o comando de "à vontade", o general Rein saiu de trás da escrivaninha e ficou diante dos quatro homens.

— Os acontecimentos estão começando a se acelerar. Fui informado de que, como resultado de suas pesquisas no *Archivo Segreto Vaticano*, o professor Renna, o monsenhor Della Vecchia e a irmã Alazne Elizalde acreditam que novas pistas sobre o paradeiro da Coroa estejam em Veneza. Isso significa que Émile Ducasse colocará alguém, talvez várias pessoas, para segui-los. Custe o que custar, o pessoal de Ducasse não pode recuperar as pistas que Renna encontrar.

Ele olhou para Eric Wallis.

— Eric, Renna irá reconhecê-lo do encontro no Campo de' Fiori. Você deve ficar para trás e ajudar a coordenar as coisas daqui.

Escondendo o seu desapontamento por perder a oportunidade de atacar Renna novamente, Wallis disse simplesmente:

— Sim, senhor.

— Da mesma forma, Renna reconheceria Kurt da equipe de LeClerc. Isso significa que você, Arno, e você, Elmar, devem permanecer na cola de Renna, mas com cuidado, de forma sutil. Ele não é bobo. E já sabemos que pode revidar.

Wallis corou, mas manteve contato visual com o general.

— Senhor — Arno Hirzil perguntou —, quais são as nossas regras de engajamento?

O general já tinha considerado tal questão longamente e não hesitou em responder:

— A recuperação da Coroa de Espinhos por elementos indesejáveis deve ser considerada uma ameaça ao próprio papado. Assim sendo, você precisa frustrá-la a todo custo e por qualquer meio. Qualquer coisa que você conseguir recuperar deve ser entregue a mim e somente a mim. Kurt, fique mais um pouco. Os outros estão dispensados.

~

Ao contrário do que disse ao casal Smalley, Nick havia feito reserva no Hotel Colombina, no mesmo canal da *Ponte dei Sospiri*, a famosa Ponte dos Suspiros. Construída em 1600, a ponte ligava as prisões do Doge* com o *palazzo* do lado oposto, que abrigava os escritórios da temida Inquisição. O poeta romântico Lord Byron comentou certa vez que o nome da ponte foi inspirado pelos suspiros dados pelos prisioneiros condenados ao cruzá-la.

O Hotel Colombina era pequeno, possuía apenas 32 quartos, mas era requintado. Também se vangloriava de uma cozinha maravilhosa e de

---

* Supremo magistrado da antiga república de Veneza. (N. da T.)

uma equipe de funcionários atenciosa. Nick havia se hospedado lá anos antes. Era mais um dos locais aos quais Nick teria adorado levar Annie.

Depois de desfazer as malas, Nick tentou ligar para o padre Tim, mas não conseguiu falar com ele. Isso foi um pouco surpreendente. Como estavam no meio da tarde em Veneza, significava que estavam no meio da manhã em New Hampshire. Nick supôs que Timmy ainda estava na casa paroquial às voltas com a papelada, antes de sair para fazer suas costumeiras visitas hospitalares e depois passar pelo colégio da paróquia, dentre outros deveres pastorais. Fez uma anotação mental para se lembrar de tentar ligar novamente mais tarde, se tivesse chance.

Nick sentou-se no terraço do adorável bar com vista para o canal, bebericando um copo de vinho para matar o tempo antes de se encontrar com Della Vecchia e a irmã Alana.

Alana — Nick se lembrou da expressão em seu rosto enquanto ela se deleitava com o simples prazer de viajar de trem. Pensou nela também cantando no coro da Santa Brígida, no som puro e doce de sua voz enquanto expressava sua fé inquestionável. E, claro, pensou em seus olhos, aqueles notáveis e expressivos olhos cor de violeta.

Qual é o meu problema com as freiras? Annie e Alana eram lindas, espirituosas e inteligentes, ambas tinham uma enorme capacidade de abraçar a vida e ambas possuíam uma fé poderosa e inabalável. Mas por que ele... De repente, Nick chegou a uma conclusão extraordinária: *em outra época e lugar, Annie e Alana teriam sido melhores amigas.*

— Garçom — chamou Nick —, mais vinho, *per favore.*

Antes de deixar Roma, o monsenhor Della Vecchia havia arranjado para eles prestarem seus respeitos à *la contessa* Orsini, que gentilmente concordara em recebê-los em sua casa, o Palazzo Orsini, e discutir partes relevantes da história de sua família. Tal discussão, o bom monsenhor explicou, seria muito "enriquecedora" para sua pesquisa.

A *contessa*, sentindo-se muito honrada pelo fato de um luminar do Vaticano procurá-la, por sua vez, havia informado ao monsenhor que o momento era propício: estava prestes a fechar o palácio e se retirar para a casa de campo da família, às margens do Lago Garda, para escapar do calor sufocante e da umidade de Veneza no final do verão. O conde Orsini (que — a condessa ressaltou — era significativamente mais velho do que ela) foi na frente por razões de saúde.

Tendo deixado o hotel, Nick parou na pequena ponte que atravessava o Rio di Bacaroli e olhou para o Palazzo Orsini. Era impressionante, digno de uma família cuja herança e ancestralidade remontavam a aproximadamente oitocentos anos. Construído no distrito San Marco no século XV e restaurado nos séculos XVII e XIX, o palácio era uma combinação única da arquitetura gótica e bizantina, tão característica de Veneza: janelas em arco, balcões floridos, relevos ornamentais e cornijas esculpidas. Sua fachada em mármore rosa e calcário fronteava a ponte sobre o Rio di Bacaroli, na sua intersecção com o Rio di Verona. A porta dupla maciça da entrada do *palazzo* era entalhada em carvalho e ostentava o brasão da família Orsini e várias cenas da mitologia romana. No canal ao lado, duas lanchas a motor em madeira extremamente polida estavam presas a uma doca reforçada diante da *porta d'acqua*, a entrada aquática. No geral, parecia que a vida continuava a ser boa para a família Orsini.

Um criado de libré branca conduziu Nick através do pátio interno e por uma escada aberta até o *piano nobile*, ou primeiro andar. Lá, Nick foi levado para uma sala de estar de pé-direito alto, elegantemente decorada, em cujas paredes Nick notou pinturas de expoentes do Renascimento, como Tintoretto, Tiepolo e Rafael. Alana e o monsenhor Della Vecchia estavam sendo servidos de café, frutas frescas e biscoitos por uma mulher de aparência deslumbrante que, obviamente, era a *contessa*.

— Ah, *professore* Renna! *Benvenuto!* — Ela se aproximou de Nick com a mão estendida. — Eu sou a condessa Beatrice Giulietta Orsini. Estou muito feliz em conhecê-lo. Ouvi falar sobre você... isto é, sobre o seu trabalho.

Ela o olhou de cima a baixo, como se avaliasse alguma coisa. Segurando sua mão por mais tempo do que era necessário, ela sorriu e disse:

— Sua reputação é bem conhecida na Itália, mas você me surpreende com a sua... *juventude*.

Nick não sabia muito bem o que havia pensado que iria encontrar, mas a *contessa* o surpreendeu. Sua idade poderia ser qualquer uma entre 35 e 40 anos, e a impressão que causava era formidável. Tinha aproximadamente um metro e setenta e era elegante e esbelta, embora sua blusa de seda lavanda com decote franzido revelasse seios surpreendentemente fartos, que eram acentuados por uma única pérola pendurada entre eles no final de uma corrente de ouro. O efeito era sutil e sofisticado, mas bastante dramático. Seu cabelo, com um corte curto em camadas, era de um castanho brilhante, e seus olhos, apenas um tom mais escuros. Seu nariz era longo e reto, as maçãs do rosto eram proeminentes, a boca, larga. Possuía a inebriante mistura de elegância com a voluptuosidade de todas as mulheres italianas em um único pacote, e de grande impacto.

— *Contessa* Orsini — Nick disse —, com toda certeza, o prazer é meu. E muito obrigado por aceitar nos receber.

A eletricidade entre Nick e a *contessa* não passou despercebida para a irmã Alana, que enrubesceu, mas procurou disfarçar bebendo mais café e mastigando um tanto ruidosamente um *biscotti*. Felizmente, o monsenhor Della Vecchia trouxe à baila o assunto que lhes interessava.

— *Contessa*, em nossa pesquisa sobre a disposição de certas relíquias da Terra Santa adquiridas por Luís IX da França em 1238, descobrimos uma menção a um dos antepassados de seu marido, o conde Vittorio Orsini. Pelo que entendemos, o conde estava salvaguardando algumas dessas relíquias quando sofreu uma morte prematura. Buscamos saber mais sobre esse incidente.

Tendo conduzido Nick a uma cadeira dourada próxima à dela, a *contessa* confirmou com a cabeça e disse:

— Ouvi a família de meu marido falar sobre isso inúmeras vezes, monsenhor. Sempre me surpreendeu que numa família imensamente realizada um incidente de tamanho mau gosto permanecesse tão fascinante por tanto tempo. Talvez porque tenha sido tão medonho.

— De que maneira, *contessa*?

Quase com naturalidade, a *contessa* respondeu:

— Os registros o descrevem como sendo rasgado, *retalhado*, creio que seja a palavra.

A irmã Alana estremeceu com a descrição, mas Nick foi em frente, perguntando:

— *Contessa*, a família nunca chegou a saber *por que* o conde foi morto, ou *por quem*?

Ela brindou Nick com um sorriso radiante, como se a pergunta fosse brilhantemente perspicaz.

— Como um homem rico e poderoso, é claro que o conde tinha inimigos. Ele era, segundo me disseram, um homem duro e extremamente ambicioso. Na verdade, ele queria desesperadamente se tornar doge de Veneza. Tudo que fazia era direcionado para esse fim. O acontecimento em si, no entanto, foi tido como uma tentativa de roubo. O conde Vittorio supostamente surpreendeu um intruso na capela e foi morto por ele. Mas a maneira bizarra de sua morte e os meios pelos quais ela se deu nunca foram apurados. O particularmente irônico foi que, menos de dois meses depois, houve uma morte igualmente pavorosa. Um inquisidor dominicano de nome Aguinaldo Guttierez-Ramos foi assassinado da mesma maneira horrível no mosteiro beneditino em Isola di San Giorgio. Assim como aconteceu com o conde, o crime nunca foi solucionado.

À menção do nome Guttierez-Ramos, Nick, o monsenhor e a irmã Alana experimentaram um choque similar. Ali estava a prova da ligação; de fato, todas as peças se juntavam em Veneza. Parecia uma boa aposta supor que o conde e o inquisidor estavam trabalhando juntos. E Nick agora tinha quase certeza de que o Frei Tiago tinha se desentendido com Guttierez-Ramos a respeito da Coroa. Mas será que o Frei Tiago realmente havia matado Orsini e o inquisidor?

A irmã Alana perguntou:

— Apurou-se formalmente alguma ligação entre o conde e o inquisidor?

A *contessa* dispensou a questão com um aceno de mão.

— Ninguém jamais fez tal sugestão. Entretanto, todos tinham certeza de que existia uma ligação.

A *contessa* se virou para Nick:

— Mas agora eu tenho uma pergunta para você, professor. Na verdade, para todos vocês. Por que todo esse repentino interesse por um crime que aconteceu a quase oitocentos anos?

Sirenes de alerta dispararam na cabeça de Nick, e a irmã Alana e Della Vecchia trocaram olhares. Nick perguntou:

— O que você quer dizer exatamente com "todo esse repentino interesse", *contessa*?

Ela encolheu os ombros:

— Só que outra pessoa entrou em contato comigo ontem. Agora percebo que deve se tratar de um colega de vocês. Ele me perguntou se eu já havia encontrado com vocês para discutirmos esse assunto. E pediu para que eu o informasse quando o encontro acontecesse. Por que ele não lhe pergunta pessoalmente? Me parece bastante estranho, não acha?

— Se não se importa, *contessa* — Nick perguntou —, quem exatamente era esse homem?

— Chama-se Raymond Pelletier. Ele se identificou como membro da Fundação do Calvário e disse que estava aqui em Veneza. Minha secretária me informou que é uma organização muito respeitável. Existe algum problema em relação a isso, *professore*?

Nick pensou rapidamente. Se Pelletier estava envolvido e em Veneza, então, Ducasse não estava apenas de olho nas coisas, mas, muito provavelmente, planejando algo. E o próximo movimento, qualquer que fosse, sem dúvida, não demoraria.

— Problema nenhum, condessa. Tenho certeza de que estarei em contato com ele logo. Tenho outra pergunta, entretanto. Você está muito bem informada sobre esse assunto. Por qual razão?

— A família Orsini sempre teve a preocupação de manter seu legado vivo, *professore*. Vários de seus membros se dedicaram a registrá-lo em livros. Um deles foi o conde Bernardo Orsini, que, em 1564, escreveu *Una storia della famiglia di Orsini, 1200-1500*. Me deparei com a obra quando estava separando parte da biblioteca da família para doar à Fondazione Giorgio Cini. Seria útil a vocês?

Nick estava ciente de que a Fondazione Cini, localizada na Isola di San Giorgio, era reconhecida internacionalmente por suas pesquisas, pela preservação de antiguidades e pelo patrocínio de inúmeras e atuais iniciativas culturais e educacionais ligadas à civilização veneziana.

A Fondazione — e a restauração da Isola di San Giorgio — havia sido iniciada pelo famoso financista, filantropo e ministro de governo Vittorio Cini, um homem muito estimado, que se manifestara corajosamente contra a guerra e também contra Mussolini e os nazistas. Como resultado, foi enviado para o campo de prisioneiros em Dachau em 1943, mas foi salvo em um resgate ousado por seu próprio filho, Giorgio. Ele batizou a Fondazione em homenagem a Giorgio, morto em um acidente de avião em 1949.

— Seria muito útil e muito apreciado, *contessa*.

A *contessa* sorriu e disse:

— Muito bem. Notificarei o curador das coleções na Cini de que você e seus colegas a visitarão.

Como Nick e seus amigos se levantaram para ir embora, a *contessa* disse:

— Se não se opõe, *professore*, fique mais um pouco, por favor. Tenho certeza de que seus amigos não vão se importar.

Como se para reforçar a sugestão, ela tomou Nick possessivamente pelo braço e o escoltou até um pequeno balcão com vista para o canal. Tanto Nick como a *contessa* não notaram o olhar da irmã Alana cravado neles. O monsenhor Della Vecchia, sim; porém, escolheu permanecer alheio.

Observada do balcão com vista para o canal, Veneza era bonita, brilhando à luz do fim de tarde, assim como a *contessa* — e ela sabia disso.

Seu sorriso era ao mesmo tempo malicioso e sedutor:

— *Professore* Renna, sei que você é tanto um erudito notável como um herói de guerra. *Renna*... Sua família é italiana, não?

— Sim, é, *contessa*. De ambos os lados e por toda minha ascendência até...

— De onde vem sua família?

Extremamente surpreso, Nick, entretanto, respondeu:

— A família do meu pai é de Avellino, nas montanhas da Campânia, a nordeste de Nápoles. A de minha mãe era de Foggia, na Apúlia.

— E agora? Seus pais estão vivos? Qual é a profissão deles?

Nick disse:

— Meu pai é cardiologista. Minha mãe é editora de uma revista regional. *Contessa*, se não se importa de eu perguntar...

Ela continuou:

— Bastante impressionante, *professore*. Você tem irmãos ou outros familiares na Itália ou na América?

Nick respondeu:

— Irmãos, não. Uns primos na Califórnia e alguns parentes distantes ainda aqui na Itália. Me desculpe, *contessa*, mas o que exatamente significa tudo isto? É como se você estivesse pedindo o meu *pedigree*.

— É isso mesmo, Niccolo.

Cara a cara com Nick, olhando-o diretamente nos olhos, com voz intensa, ela disse:

— Meu marido, o conde, é um bom homem, gentil e amoroso e, houve época, vigoroso. Contudo, já não é mais. Nosso relacionamento é... confortável. Não sou mais uma menina, mas sou muito mulher, Niccolo, uma mulher madura e vibrante com necessidades. Ao contrário daquela noviçazinha que, não obstante, não perde um movimento seu. Eu também sou uma mulher... com certos dons. Eu quero um homem que preencha minhas necessidades e compartilhe esses dons. Você me entende, Niccolo?

Pegou-lhe as mãos e as colocou em seus seios.

— Um homem como você.

Pressionou a boca contra a dele, e sua língua era uma intrusa viva e exploradora.

Nick podia sentir seu calor e as batidas do coração através do tecido fino da blusa. Foi uma loucura. Muito provavelmente, *ela* era louca. Uma coisa, entretanto, ficou muito clara: a *contessa* Beatrice Giulietta Orsini não era nenhuma noviça.

~

Eles haviam planejado se encontrar para tomar o desjejum num pequeno café perto da paragem de San Zaccaria, onde atracam os *vaporetti* ou táxis aquáticos, antes de embarcarem na viagem de cinco minutos pelo Grande Canal até a Isola di San Giorgio e a Fundação Cini. Todos estavam hospedados perto dali; o monsenhor — convidado do arcebispo de Veneza —, é claro, havia ficado no presbitério, perto da Catedral de São Marcos; a irmã Alana tinha ocupado um quarto na casa de hóspedes do convento do Instituto San Giuseppe, também perto da São Marcos. O hotel de Nick ficava a apenas uns poucos quarteirões.

Nick havia vestido calça cargo marrom, camisa azul de manga curta e calçados de lona. Deixou o laptop para trás, mas juntou algumas anotações, colocou-as numa pasta, e a pasta, na mochila. Então, pegou o passaporte e a carteira e saiu na manhã veneziana. Quando chegou ao café, a irmã Alana já estava sentada; sua bolsa de lona, no chão, ao seu lado. Ela mal olhou para cima quando Nick chegou. A manhã estava aprazível, o céu, claro, mas o superficial "*buongiorno*" da irmã Alana soou indiscutivelmente frio. Ela tomou um gole de *cappuccino*, mordiscou delicadamente um brioche e evitou fazer contato visual com Nick, aparentemente absorta na leitura do *Guia Verde Michelin* de Veneza. Nick pediu um expresso duplo e sentou-se em frente a ela.

Santo Deus, uma noviça dominicana de mau humor. Que maneira ímpar de se começar um dia. Nick, sinceramente, não conseguia atinar o que estava errado. O que poderia preocupar aquela jovem inocente, superprotegida e etérea? Que razão teria para lhe dar aquele gelo? Mas, em seguida, a ficha caiu. Poderia ser por causa da condessa? Será que Alana havia notado a condessa dando em cima dele?

— Irmã Alana — ele começou hesitante —, você parece preocupada esta manhã. Se eu fiz alguma coisa... Quero dizer, ontem, na casa da condessa, eu não...

Ela o interrompeu dizendo friamente:

— O que você faz, professor, ou o que *la contessa* faz, não é, com a mais absoluta certeza, do meu interesse.

Caramba, ela é durona.

— No entanto, irmã, me deixe dizer que eu não só aprecio trabalhar com você, mas eu... Eu espero que possamos nos tornar amigos. E quero lhe garantir que eu não faria nada que pudesse ferir essa amizade. Francamente, é por isso que depois que você e o monsenhor saíram, quando a condessa me pediu para auxiliá-la com uma questão pessoal, eu não aceitei e voltei ao meu hotel.

A irmã Alana levantou os olhos que ela mantinha no livro.

— Por que não a *"auxiliou"*?

Nick lhe disse a verdade.

— Eu sei que pode parecer estranho, mas, no meio da discussão, pensei em você. E então fui embora.

Antes que ela pudesse responder, uma voz cordial foi ouvida em alto e bom som:

— *Buongiorno*, meus amigos! *Come sta?* Temos um dia excitante à nossa frente, não é?

O monsenhor Della Vecchia estava um bocado animado. Chegando à mesa deles, um pouco sem fôlego, mas entusiasmado, ele disse:

— Enquanto vocês terminam sua *colazione* [café da manhã], deixe-me contar-lhes que arranjei para nos encontrarmos com o curador das coleções, *signore* Giambattista Verducci, que conheço já faz alguns anos. Ele nos mostrará a coleção Orsini. Entretanto, também solicitei uma autorização para examinarmos a coleção de documentos do século XIII da Fondazione, pois lá poderemos encontrar referências adicionais sobre a transferência dos três baús para os emissários de Luís IX.

Ele passou a explicar que, além da Fondazione Cini e da bela igreja do século XVI, projetada pelo arquiteto Palladio, a ilha também abrigava um mosteiro beneditino com claustros, jardins e uma antiga biblioteca. A atividade religiosa na ilha datava de 790, quando a primeira igreja foi construída. Em 982, os beneditinos fundaram um mosteiro lá, e eles continuaram a fazer parte da vida da ilha desde então. Ao longo dos séculos, a Isola di San Giorgio se tornou uma parte central da vida religiosa de Veneza, e muitos doges assistiam à missa lá, na festa de Santo Estêvão, no dia 26 de dezembro.

Por volta da década de 1850, coincidindo com o declínio e a queda da República de Veneza, a ilha caiu em ruína. Virou uma autêntica mancha na paisagem, até que foi comprada e restaurada pela Fondazione Cini.

Della Vecchia lhes disse:

— Os beneditinos sempre receberam bem os visitantes. Muitos famosos e algumas pessoas notórias foram para lá, alguns para um retiro religioso, outros, em busca de refúgio ou segurança. Cosimo De Medici, quando exilado de Florença, encontrou asilo ali. Sem dúvida, nossos amigos Guttierez-Ramos e os frades André e Tiago também foram hospedados pelos beneditinos. Assim, não só teremos acesso à coleção Orsini, mas também poderemos vasculhar a biblioteca do mosteiro, onde há registros das idas e vindas de visitantes ao longo dos séculos.

Eles se juntaram a uma multidão de pessoas na paragem dos *vaporetti* de San Zaccaria, uma das mais movimentadas de Veneza, e esperaram pelo número 82, que iria transportá-los pela laguna. É um dos passeios mais bonitos em Veneza, que proporciona, atrás, uma vista soberba da cidade e, na frente, da elegante Igreja de San Giorgio Maggiore, projetada por Andrea Palladio.

Vários *vaporetti* disputavam uma posição na doca, inclusive o número 82, quando Nick ouviu:

— Ora, ora! Mas que feliz coincidência! Como vocês estão? Aonde vocês estão indo?

Era o casal Smalley; ambos traziam câmeras penduradas no pescoço e usavam pochetes de náilon e velcro. Além disso, a senhora Smalley carregava uma sacola considerável. Nick tinha certeza de que a presença deles ali não era coincidência.

Monsenhor Della Vecchia disse:

— Ah! Vocês devem ser o casal que o professor e a irmã Alana conheceram no trem. *Buongiorno, buongiorno*. Estamos fazendo umas pesquisas na *Fondazione* Cini. Quais são seus planos?

Dessa vez, foi a mulher quem falou primeiro:

— Oh, vamos visitar a famosa igreja e ver todas as obras de arte. Depois, Marty me prometeu que iremos pegar o elevador até o topo do campanário da igreja. Dizem que a vista é fabulosa. Minha nossa... Eu tive uma ideia! Por que vocês não se juntam a nós para o almoço? Eu sei que não há restaurantes na ilha, mas talvez possamos fazer um lanche juntos na volta, em São Marcos ou em San Zaccaria. Que tal?

Nick não confiava nem um pouco naqueles dois e não tinha nenhuma intenção de almoçar com eles. Ainda assim, não queria que percebessem suas suspeitas. A irmã Alana, ciente de seus sentimentos em relação ao casal, ficou chocada quando ele disse:

— Isso me parece ótimo, obrigado. Por que não combinamos de nos encontrar na estação dos *vaporetti*, digamos... às 13 horas? — Ele virou a cabeça ligeiramente e piscou para a irmã Alana, como se quisesse dizer "explico depois".

O casal Smalley entrou no *vaporetto* e tomou seus assentos. A mulher inclinou levemente a cabeça para o broche de borboleta preso à blusa. Falando no minúsculo microfone, ela disse:

— Já estamos com eles. Estamos a caminho da Isola di San Giorgio.

Na outra extremidade da conexão, Raymond Pelletier disse:

— Muito bem. Se encontrarem alguma coisa e se tiverem alguma oportunidade, ajam. Mantenham contato.

Os passageiros acabaram de embarcar, e os últimos a fazê-lo foram dois jovens em muito boa forma, sendo que um deles foi para a proa e o outro para a popa; ambos não descolaram os olhos de Nick e seus amigos.

Depois da chegada deles à *Fondazione* Cini, o *signore* Verducci — um erudito amável, alto e magro, aparentando estar na casa dos 60 anos — os saudou efusivamente.

— Monsenhor, irmã Alana! Como é maravilhoso vê-los. E este deve ser o famoso professor Renna. *Benvenuto!* Professor, o seu trabalho acadêmico sobre a campanha partisan italiana é muito admirado em nosso país. E agora você está se tornando um estudioso medieval, não é?

Nick riu.

— Não exatamente, *signore* Verducci. Deixo isso para o monsenhor e a irmã. Vamos dizer que eu seja apenas um amador interessado.

O monsenhor disse:

— Giambattista, meu velho amigo, por onde devemos começar?

Indicando com um movimento de cabeça as muletas do monsenhor, Verducci disse:

— A coleção Orsini é neste prédio, facilmente acessível por elevador. No entanto, temo que o outro material, os documentos do século XIII pelos quais você perguntou, estão na parte remanescente mais antiga do mosteiro. Para consultá-lo, é necessário subir vários lances de uma escada muito estreita e sinuosa. Sugiro que vocês dividam entre si a pesquisa segundo este critério.

— De acordo — disse o monsenhor. — Nicholas, já que você é o "medievalista amador", talvez a irmã Alana deva ir com você para a biblioteca do mosteiro. Vou verificar a coleção Orsini com o *signore* Verducci. Vamos nos reunir aqui no átrio ao meio-dia.

Signore Verducci olhou na direção de um jovem atrás do balcão de recepção, que se aproximou para se juntar a eles.

— Este é Paolo. Ele vai acompanhá-los ao mosteiro.

Enquanto caminhavam pela trilha de cascalho através dos austeros jardins até o mosteiro, a irmã Alana sussurrou para Nick: "Por que você concordou com o almoço? Eu pensei que você não confiasse neles...".

— Não confio. E não há a menor chance de nós almoçarmos com eles. Nós vamos nos encontrar com o monsenhor ao meio-dia, pegar o próximo *vaporetto* e voltar para San Zaccaria. Sairemos uma hora antes do combinado. Não vai ter problema.

A entrada para a biblioteca dava para o lado de um dos dois claustros da ilha, o *Chiostro dei Cipressi*, o claustro dos ciprestes, também projetado por Andrea Palladio. Ao entrarem no edifício, subiram a escadaria bifurcada pela direita. Entretanto, antes de chegarem à biblioteca principal, Paolo os guiou até um corredor lateral, onde encontraram a entrada para uma escada pequena e estreita para cima.

Paolo lhes disse:

— Os documentos e materiais que vocês desejam examinar estão dois andares acima, em uma sala de armazenamento de séculos de idade. Temo, *professore*, que não estejam catalogados. Na verdade, conseguimos apenas organizá-los em ordem cronológica, e não muito bem, devo acrescentar. Tenham cuidado ao lidar com eles. Vocês vão encontrar uma caixa que contém luvas brancas de algodão que devem ser usadas para evitar que a oleosidade da pele entre em contato com os documentos. Além disso, se precisarem de mim, há um telefone nesse andar. Basta digitar o número 11 para a recepção.

Nick e a irmã Alana subiram as escadas e finalmente chegaram a um pequeno corredor que levava a uma sala empoeirada, de pé-direito alto, porém, não muito bem iluminada, medindo cerca de doze metros de comprimento por nove metros de largura. Havia uma longa mesa de madeira com cadeiras no centro da sala; as paredes não tinham adornos, com exceção das estantes de madeira que continham pilhas de caixotes e caixas. A maior parte das prateleiras era numerada, e algumas tinham pequenos cartões de arquivo presos com fita adesiva, nos quais haviam sido escritas duas datas, indicando os anos abrangidos pelos documentos.

Como no *Archivo Segreto Vaticano*, os documentos ou eram costurados e encadernados em couro ou enrolados em tubos de couro e amarrados com uma fita de seda. Logo viram que a maioria era escrita em latim, mas também havia um bom número em italiano. Nick encontrou o que lhe pareceu ser cópias de sermões, correspondências e um livro de registro das visitas de vários convidados. Ele o separou e, em seguida, puxou para perto dele outro caixote de material.

O caixote estava cheio com dezenas de rolos de pergaminho. Quando puxou o caixote para si, percebeu que, atrás da caixa, encravado entre a prateleira e a parede, muito provavelmente por acidente, havia outro rolo embrulhado em couro.

Nick estendeu a mão para o pergaminho, desamarrou a fita e desenrolou o antigo documento. O texto de duas páginas dava a impressão de ser uma espécie de carta, pois parecia conter uma saudação e, ao final, o que provavelmente era uma assinatura. A escrita era elaborada, como seria de esperar, as letras muito pequenas e densamente juntas. A coisa verdadeiramente estranha é que sua leitura era praticamente impossível. As letras claramente formavam palavras, mas as palavras em si não faziam sentido. Nick não conseguia reconhecer o idioma. Certamente, não era língua românica, nem germânica ou eslava.

Disse em voz alta:

— Que língua é esta?

A irmã Alana aproximou-se dele e pegou o documento nas mãos. Seus olhos se arregalaram e uma expressão de choque apareceu em seu rosto.

— Minha nossa... — disse.

— O que foi? Você sabe que língua é essa?

— É euskara!

— Que diabos é euskara?

Ela olhou para ele, ainda atordoada.

— Basco. Euskara é a língua dos bascos.

— Você consegue ler o que está escrito aí? Quem escreveu isso?

Examinando o texto cuidadosamente, ela franziu a testa e disse:

— Consigo ler algumas partes, é claro, já que o basco é o meu idioma nativo. Mas não todo o documento, pelo menos não imediatamente. Ele tem quase oitocentos anos de idade, e as línguas mudam, mesmo o euskara. A tradução completa vai demorar algum tempo, dias, talvez.

Ela passou o dedo sobre as primeiras linhas.

— Mas veja aqui! Depois do que parecem ser orações ou invocações a Deus, o autor se identifica. Meu Deus, Nicholas, ele é o *Frei Tiago de Paris*! O homem que roubou a Coroa de Espinhos era basco!

Nick apontou na segunda página o que ele pensou ser a assinatura.

— 205 —

— Mas isso não parece corresponder a esta assinatura aqui, se é que isso é mesmo uma assinatura. Por quê?

— Não sei. Ele parece estar se referindo a si mesmo de outra maneira. Não posso afirmar nada ainda, o pergaminho está tão manchado e desbotado e em condições tão precárias...

Nick pensou rapidamente. Que descoberta grandiosa. A existência do manuscrito de Frei Tiago poderia fornecer não apenas provas concretas de que a Coroa realmente havia sido roubada, como também alguma indicação a respeito de onde a Coroa poderia estar na atualidade.

Ele tomou o pergaminho das mãos da irmã Alana e enrolou-o em seu revestimento de couro e reatou a fita de seda. Ele começou a colocar o pergaminho em sua mochila, mas, em vez disso, pegou a bolsa de lona da irmã Alana.

— O que pensa que está fazendo? Você não está... Você não pode...

— Sim, estou, e, sim, eu posso. Olhe, nós temos de tirar esse pergaminho daqui e levá-lo para algum lugar onde você possa traduzi-lo. Se o deixarmos aqui, corremos o risco de alguém encontrá-lo e roubá-lo. Se estivermos sendo vigiados, como eu suspeito, a primeira coisa que irão fazer é revistar as minhas coisas. Ninguém vai imaginar que *você* está guardando os bens roubados.

— Quem são "eles"? Você quer dizer aquele casal, os Smalley?

— Exatamente. O mais provável é que Ducasse os tenha contratado para nos seguir e, então, quando encontrarmos algo importante, tirá-lo de nós. Ele tentou me pressionar em Roma, e eu tentei fingir que havia funcionado, como se eu pudesse ser controlado para agir como ele queria. Não acho que o tenha convencido, e o casal Smalley é a prova disso. De qualquer maneira, é melhor encontrarmos o monsenhor e irmos para algum lugar seguro onde possamos decifrar isto.

Eles desceram correndo as escadas e saíram para o jardim em direção ao prédio da *Fondazione* Cini. Nick parou subitamente quando viu o monsenhor Della Vecchia parado no outro extremo do caminho do jardim conversando com os Smalley.

— Oh, droga. Irmã, cubra o pergaminho disfarçadamente.

Foi o que ela fez, mas, mesmo assim, a manobra foi percebida. Jessie Smalley estava parada ao lado de Martin, que enrolava o monsenhor numa conversa fiada sem sentido, quando viu a irmã Alana abrir a bolsa. Ela falou tanto para seu parceiro como para o microfone preso à blusa:

— A freira está com alguma coisa. Parece um rolo de pergaminho ou algum tipo de documento. Ela acaba de guardá-lo na bolsa.

Então, ela se afastou alguns passos do comparsa e meteu a mão na bolsa, seus dedos apertavam o punho da pistola H&K USP 9 milímetros com silenciador Brugger & Thomet. Ela permaneceu com a mão dentro da bolsa.

Martin suavemente enfiou a mão na pochete, apanhou um canivete bem afiado e, escondendo-o atrás da perna, abriu-o. Então, aproximou-se do monsenhor Della Vecchia e postou-se por trás dele, bloqueando seus movimentos da visão de Nick. Encostou a ponta da lâmina no flanco do monsenhor, só um tantinho à esquerda de seu rim. O monsenhor Della Vecchia se encolheu de dor e surpresa.

— Não se mexa nem olhe para baixo, padre. Esta faca é afiada e eu adoro usá-la. Uma olhadinha só e eu corto fora o seu rim direito aqui mesmo. Agora, eu quero que você sorria, seu desgraçado, e acene para aqueles lindos jovens ali. Sorria!

Nick e Alana estavam se aproximando rapidamente.

O monsenhor Bruno Della Vecchia era um homem de Deus e um homem de paz. Entretanto, também era italiano e filho do grande Vito Della Vecchia. Dizem que o fruto não cai longe da árvore. Nesse caso, era verdade. Deslocando seu peso para a perna mais distante de Smalley, o monsenhor Della Vecchia se virou para obter um melhor ângulo e, de repente, levantou a muleta de alumínio com uma força considerável, pegando Smalley diretamente na virilha. As coisas aconteceram numa rápida sucessão.

Gritando de dor e fúria, Smalley caiu sobre um joelho, enquanto o monsenhor Della Vecchia se virou e tentou fugir. Nick, vendo o que estava acontecendo, imediatamente gritou para Alana:

— Corra! Corra para o *vaporetto*! Não olhe para trás!

Então, correu em direção a Smalley, saltou pelo ar e bateu nele antes que o homem pudesse se levantar.

Ao mesmo tempo, a mulher puxou a pistola da bolsa e acertou um tiro rápido no monsenhor, atingindo-o no alto do ombro esquerdo e derrubando-o no chão. Em seguida, ela calmamente voltou sua atenção para Nick e seu parceiro, que lutavam pela posse da faca. Ela preferia um tiro limpo em Nick, mas não relutaria nem um pouco em atingir primeiro o parceiro, a fim de pegar o professor.

Nick e Smalley rolavam no chão, lutando violentamente pelo controle da faca. Uma atrás da outra, Nick aplicava joelhadas na virilha de Smalley sempre que havia uma oportunidade. Ele cravou os dentes na mão de Smalley — que segurava a faca — mordendo e rasgando a carne do homem.

Jessie era paciente. Os problemas de seu parceiro nada tinham a ver com ela. Então, esperou para dar um tiro certeiro em Nick.

Smalley era forte, resistente e profissional; Nick era forte, resistente e estava transtornado pela raiva. Ele continuava a dar joelhadas na virilha de Smalley, enquanto lhe rasgava a carne da mão e a dobrava para trás até que, finalmente, ouviu o ruído do pulso do homem sendo quebrado. Gritando de dor e indignação, Smalley deixou cair a faca. Isso bastou para que Jessie decidisse acabar com aquilo.

Ela apontou a arma calmamente para Nick que, no último segundo, rolou o corpo de Smalley e o usou como escudo. A bala 9 milímetros estraçalhou uma costela de Smalley e explodiu seu coração. O corpo inteiro de Smalley estremeceu e ele ficou imóvel. Nick empurrou o corpo e se levantou rapidamente, e sua camisa de algodão estava empapada com o sangue do homem.

A mulher lançou ao parceiro um breve olhar e, em seguida, brandiu a pistola para Nick.

— Você não é nada mau para um acadêmico idiota.

Então ela lhe apontou a arma para o coração e retesou o dedo no gatilho.

Nick ouviu um ruído distante, algo como uma tosse, seguido imediatamente de um som semelhante a um tapa. Ele assistiu com espanto um pequeno buraco redondo aparecer na testa da mulher, empurrando-lhe a cabeça para trás e matando-a antes mesmo de atingir o chão. Nick girou a cabeça na direção do primeiro ruído. A trinta metros de distância, aproximadamente, um dos jovens do *vaporetto* estava agachado sob um joelho, apontando uma pistola primeiro para a mulher caída no chão e depois para Nick.

O homem gritou:

— Fique onde está. Se você correr, eu atiro.

Nick teve de arriscar. Só então monsenhor Della Vecchia gritou para o jovem que segurava a arma:

— Não! Ele não!

O homem hesitou, dando a Nick a chance de correr para o lado de Della Vecchia:

— Monsenhor, aqui, segure...

Della Vecchia gritou:

— Não! Eu estou bem. Corra, Niccolo! Leve a irmã Alana para as montanhas! Para as montanhas! Rápido!

Nick agarrou sua mochila e começou a correr. O jovem atirador, fiel ao seu treinamento, não arriscou um tiro de longa distância em um lugar público; em vez disso, apressou-se a ajudar o monsenhor Della Vecchia.

Enquanto corria, Nick pendurou a mochila ao contrário, para cobrir o sangue de Smalley na frente de sua camisa. Ele alcançou a irmã Alana perto da doca do *vaporetto*, no exato momento em que um deles começava a se afastar.

— Alana, salte!

— Professor, onde está... Por que você está... O que está acontecendo?

— Mais tarde! Corra e salte para o *vaporetto*!

Não entendendo, mas sem hesitar, a irmã Alana, noviça dominicana e assistente de pesquisa, suspendeu a saia de seu hábito e, correndo, saltou para o convés do *vaporetto* que partia, seguida de perto por Nick. Os gritos e as imprecações do condutor do *vaporetto* foram abafados pela vibração e pelos aplausos dos passageiros que, sem saber o que tinha acabado de acontecer, simplesmente apreciaram o maravilhoso e divertido evento.

Nick e a irmã Alana foram para a popa da embarcação, a fim de não serem ouvidos. Nick disse:

— Os Smalley estão mortos.

— O quê? E o monsenhor?

— Ferido, mas vai ficar bem.

— Oh, meu Deus, o que você começou?

— Irmã Alana, Ducasse parou com os joguinhos. Agora mandou gente atrás de nós. E há outras pessoas envolvidas nessa história, também. Eu não sei quem diabos são, mas um deles acabou de salvar minha vida. O mais importante é que Ducasse deve acreditar que encontramos alguma coisa, ou que de alguma forma nós reunimos pistas suficientes para encontrar a Coroa. De qualquer forma, está claro que ele pretende levar o que temos e se livrar de nós. Foi para isso que os Smalley foram contratados.

Alana tinha recuperado o autocontrole e, agora, podia avaliar o que eles estavam enfrentando.

— Ele não vai desistir, não é? Vai encontrar a Coroa e usá-la para tornar LeClerc Papa. Meu Deus, professor, não podemos permitir que isso aconteça. O que podemos fazer?

— O monsenhor Della Vecchia me disse: "Vá para as montanhas!". Ele queria que eu a deixasse em segurança, enquanto tentamos descobrir isso.

— Montanhas? Que montanhas? A Itália é *toda* montanhosa.

Nick explicou:

— O pai de Della Vecchia foi um líder partisan, um herói durante a guerra. Ele deve estar nos dizendo para irmos para a aldeia de seu pai nos Apeninos. Seu irmão gêmeo, Cesare, ainda vive nas proximidades, ou pelo menos vivia. Cesare conhece o meu trabalho. Eu o entrevistei. Estaremos seguros lá.

Ela ficou pensativa por um momento.

— Eu não posso contar a ninguém, posso?

— Ninguém. E temos de ir agora, irmã, agora. Você está com seu passaporte? — Ela assentiu com a cabeça. — Tudo bem — ele disse —, assim que sair do *vaporetto*, comece a correr. Com toda certeza os bandidos estarão bem atrás de nós.

Assim que disse isso, Nick viu duas velozes lanchas a motor com sirenes ligadas saírem de um canal lateral e cortarem a laguna em direção à Isola di San Giorgio. A palavra *Carabinieri* estava pintada nas laterais de ambas.

— Meu Deus, agora a polícia também está envolvida na história.

De pé na varanda de seu quarto no Hotel Cipriani, Raymond Pelletier pensou rapidamente. Tinha ouvido a maior parte do que havia acontecido nos jardins em Isola di San Giorgio pelo microfone de Jessie Smalley. O que não conseguiu ouvir ele imaginou. Então ele ligou para o celular de Gregory.

— Gregory, aqueles dois idiotas acabaram de estragar tudo. Eles merecem morrer. O problema agora é encontrar Renna e a freira. Quero que você vá imediatamente para o quarto de hotel de Renna. Se ele for estúpido o suficiente para ir lá, pegue o que quer que ele tenha encontrado e acabe com ele; com a freira também. Se não, pelo menos revire o quarto dele e leve com você tudo que possa ser útil. Quero ter algum tipo de plano em andamento antes de ter de explicar essa bagunça para o senhor Ducasse. Vou ligar para a equipe de Milão e dizer para que fiquem de prontidão. É melhor você também mandar buscar Randolph. Tenho a sensação de que vocês dois estão prestes a viajar um pouquinho.

Enquanto o *vaporetto* atracava em San Zaccaria, Nick explicava à irmã Alana que ele não poderia voltar para o seu quarto de hotel.

— Ducasse, sem dúvida, enviou pessoas que devem estar esperando por mim lá. Significa perder o meu laptop e minha capacidade de pesquisa *on-line*, mas podemos sobreviver a isso. O problema imediato é que o pessoal de Ducasse estará por toda a Veneza à procura de um professor americano e uma noviça dominicana.

Então, lhe ocorreu: *uma noviça dominicana? Oh, droga.*

— Irmã Alana, precisamos arranjar umas roupas diferentes para você. Vestida de freira você vai ser um alvo fácil.

— Mas eu *sou* uma freira. O que mais eu poderia usar? Não *tenho* mais nada.

Nick pensou: *Tem gente atirando em mim, a polícia está no meu encalço, e eu estou aqui escutando uma freira reclamar que ela não tem nada para vestir.*

— Encontraremos alguma coisa. Vamos lá.

Eles abandonaram rapidamente a movimentada avenida Riva degli Schiavoni e enveredaram por diversas ruas laterais onde Nick procurou por lojas pequenas. Apontou para um letreiro adiante deles que dizia "Francesca Modas".

— Exatamente o que procuramos.

A loja acabou por ter uma variedade de roupas casuais e esportivas que dariam conta do recado muito bem, mas a própria Francesca ergueu uma sobrancelha desconfiada quando eles entraram.

Francesca — mulher bem-vestida e arrumada, morena, de olhos escuros, na casa dos 40 anos — os olhou de cima a baixo e disse:

— Sem dúvida, isto será divertido.

Indicando a irmã Alana com um movimento de cabeça, Francesca disse para Nick:

— *Signore*, pode não ter percebido, mas esta é uma loja para mulheres ativas *contemporâneas*. É improvável que tenhamos algo para *la Sorella Domenicana*. Algo, digamos, do século XIII. Talvez seja mais bem atendido em outro estabelecimento.

Nick ficou sem saber o que dizer e a irmã Alana não entendeu coisa alguma. Finalmente, desesperado e com pressa, Nick deixou escapar:

— *Signora*, por favor, nos ajude. É... É uma questão romântica. Estamos apaixonados e fugimos juntos.

A irmã Alana deixou escapar uma espécie de gemido e até Nick corou furiosamente.

Francesca, entretanto, foi estimulada a agir.

— Ah! *Amore! Molto bene!* — Ela gritou: — Carla, venha depressa!

Uma jovem, muito provavelmente filha de Francesca, veio correndo da sala dos fundos. Francesca lhe disse:

— Temos trabalho a fazer!

Nick se virou para a irmã Alana.

— Elas vão cuidar de você. Conseguir tudo o que você precisa. É melhor eu também procurar umas coisas para mim. Já volto.

Nick encontrou uma loja masculina por perto e comprou dois pares de jeans, camisas, um suéter e um casaco, roupa de baixo, um kit de barbear e duas sacolas esportivas grandes, uma para a irmã Alana. No provador, ele vestiu uma das calças jeans e uma camisa polo branca; em seguida, limpou o sangue de sua mochila com a camisa velha. Então, jogou a camisa e o restante de suas roupas ensanguentadas no lixo.

Quando retornou à loja de Francesca, havia uma pilha de roupas femininas sobre o balcão, encimado por algumas peças íntimas muito delicadas, mas nenhum sinal da irmã Alana.

Percebendo o olhar de preocupação em seu rosto, Carla sorriu e disse:

— *Signore, un momento, per favore.*

Então, a porta do provador se abriu e dele saiu uma Francesca radiante, seguida por uma insegura — mas simplesmente deslumbrante — Alana.

Francesca estendeu o braço em direção a Alana e disse:

— *Bellissima!*

Alana usava uma blusa de seda sem mangas e decote franzido que combinava com a cor violeta de seus olhos, juntamente com uma saia jeans azul-clara um pouco acima dos joelhos, que revelava pernas longas e bem-feitas para as quais era muito difícil não se olhar. Seus sapatos pretos de cano alto haviam sido substituídos por alpargatas em tom azul--marinho. Francesca havia afofado o cabelo castanho de Alana — farto, porém cortado muito curto — e colocou no topo um par de óculos escuros de grife.

Ela também acrescentou um toque de cor aos lábios de Alana e colocou uns brincos de pressão prateados. O efeito era simples, jovial e lindo. E também nada tinha a ver com o século XIII ou a ordem dominicana.

Nick ficou ali parado olhando, sem palavras. Notando a reação dele, Alana se viu em algum lugar entre o embaraço e o prazer. Francesca e Carla sorriam orgulhosamente, de posse de uma história com a qual elas poderiam regalar a família e os amigos pelos próximos anos.

Nick disse:

— Ela está... Meu Deus, isso é maravilhoso, *signora*. Eu... Nós não podemos agradecer o suficiente.

Entregou-lhe um cartão de crédito e começou a colocar o novo guarda-roupa de Alana na sacola esportiva.

— *Bene* — disse Francesca. — Mas, agora, *signore*, vamos ser objetivos. Suponho que vocês não irão a jantares de gala ou a reuniões de negócios. Então, escolhi coisas de modo a facilitar a viagem. E incluí, é claro, todas as roupas íntimas femininas e os acessórios pessoais que *la signorina* vai precisar.

Alana enrubesceu.

Francesca continuou:

— Mas devo lhe dizer o mesmo que eu disse para a *signorina* Alana. Se vocês estão tentando viajar despercebidos, será difícil com uma jovem de tão extraordinária beleza, especialmente na Itália. Chapéus, óculos escuros e lugares discretos são a melhor opção, está certo?

— Entendi — disse Nick.

A caminho da porta da rua, Alana se virou e disse:

— *Molto grazie, dona Francesca. Arrivederci.*

E, com isso, os dois saíram para um mundo totalmente novo.

Capítulo 11

Montreal, Canadá

Émile Ducasse estava sentado diante de um monitor de alta definição em seu escritório em Montreal, com as mãos cruzadas na frente dele, um copo de água gelada à sua esquerda e, ao seu lado, a senhora Levesque: humilhada, lívida, mas controlada. Raymond Pelletier, que falava de Veneza por meio de videoconferência, tinha acabado de narrar os eventos ocorridos em Isola di San Giorgio. Ducasse escutou tudo em silêncio sepulcral.

Depois de vários minutos extremamente desconfortáveis, Ducasse disse:

— É claro que eles descobriram algo. E devemos tentar apanhá-lo. Mais do que nunca, Renna e a freira devem ser encontrados e eliminados. Nossa estratégia, isto é, a estratégia *da senhora Levesque* de observação, isolamento e interceptação falhou miseravelmente.

A senhora Levesque olhava para a frente, tentando desesperadamente, embora sem sucesso, não revelar sua crescente ansiedade.

Ducasse olhou para ela com desdém:

— *Isolamento*? Renna está conseguindo encontrar colegas e colaboradores por toda a Europa! Primeiro, aquele pervertido do Victor Vogel; depois, o odioso Della Vecchia travou amizade com ele; e agora essa freira mirim que o segue por aí como um cachorrinho. E há outros na parada que ainda nem identificamos. *Observação e interceptação*? Não só não sabemos onde ele está depois de ter conseguido escapar da interceptação de nossos agentes, mas ele também liquidou os dois! Assim sendo, enquanto cada um de vocês ainda é capaz de pensar e de se expressar, por que não me dizem o que estão fazendo para corrigir esse fiasco?

Raymond Pelletier respondeu:

— Senhor, nós filtramos e amplificamos digitalmente as palavras e os sons que gravamos do microfone da mulher morta. Várias informações interessantes foram extraídas. Para começar, houve três disparos. O primeiro, da mulher, foi o que feriu Della Vecchia. Meu palpite é de que ela não atirou para matar, queria apenas tirá-lo do caminho para que pudesse atingir Renna. O segundo, novamente da mulher, foi o que inadvertidamente matou o senhor Smalley. O terceiro tiro, o que matou a mulher, provavelmente foi disparado por um membro do corpo dos *Carabinieri*, que chegaram rapidamente.

Como Ducasse não esboçou reação, Pelletier continuou rapidamente:

— O mais importante para os nossos propósitos imediatos é que conseguimos ouvir Della Vecchia dar certas instruções a Renna. Ele lhe disse para "ir para as montanhas". Só não sabemos ainda a que lugar e a que se referia.

A senhora Levesque apressou-se em acrescentar:

— Renna fez sua pesquisa de doutorado sobre a atividade partisan italiana durante a Segunda Guerra Mundial. Grande parte dessa atividade ocorreu nas montanhas ao norte de Roma e na Toscana.

Ducasse não se impressionou.

— Isso ainda nos deixa vários milhares de quilômetros quadrados para cobrir, senhora Levesque. Você acha que consegue restringir um pouco essa amplitude?

— Sim, senhor, eu lhe garanto que consigo — a senhora Levesque respondeu.

Pelletier prosseguiu:

— Senhor, Della Vecchia também gritou para outra pessoa "Ele não!". Ele poderia estar se dirigindo à pessoa que atirou na mulher. Também ainda estamos tentando descobrir as circunstâncias exatas.

— Continuem tentando. Mais importante, localizem Renna e a freira e acabem com isso — Ducasse instruiu.

Em um tom que indicava que a chamada estava chegando ao fim, Ducasse disse:

— Estarei em meu apartamento em Roma na próxima semana para uma conferência de dois dias com os Cavaleiros de Malta. Serei homenageado em uma recepção e num jantar no último dia. Usarei a ocasião para me reunir com um grande número de nossos membros seniores da *Salvatio Dolore*, tanto leigos como religiosos. Então, pretendo ficar por lá até a convocação do Sínodo. Como a senhora Levesque irá me acompanhar, você poderá entrar em contato comigo por intermédio dela. Espero boas notícias.

Pelletier disse:

— Com certeza o senhor as terá. Randolph completou seu trabalho na Nova Escócia e estará em Veneza amanhã de manhã. Evidentemente, tudo correu bastante bem e os laços foram cortados. No que diz respeito a Renna, assim que tivermos descoberto para onde ele planeja ir a seguir... Provavelmente será para o local, de fato, onde espera recuperar a Coroa... Randolph, Gregory e eu iremos achá-lo e neutralizá-lo. Ainda assim, isso terá lá suas dificuldades. Renna é arrogante, mas não é bobo.

Ducasse ficou pensativo por um momento. Então, sorriu.

— Mas ele não está sozinho, não é? Ele está com uma noviça dominicana. O homem está atravessando a Itália com uma freira. Ela será sua ruína. Afinal, como boa católica, ela acabará querendo assistir à missa em algum lugar, e nosso pessoal está em toda parte.

~

Nick e Alana rumavam para o sul pela A1, em direção a Florença, em um pequeno Fiat Punto vermelho que o professor havia alugado na estação de trem em Mestre. Nick calculou que tinham ainda pela frente cerca de oitenta quilômetros até seu destino final: a vila de Meraviglie, que ficava a aproximadamente cinco quilômetros de San Gimignano, localizada entre Florença e Siena, no noroeste da Toscana. Para Nick, isso significava mais oitenta quilômetros de entorpecente silêncio; Alana não falava desde que deixaram Veneza. Ainda mais enlouquecedor para Nick era o fato de que ela não parecia estar com raiva ou de mau humor; simplesmente havia emudecido.

Nick não precisou pensar muito para chegar a uma conclusão. *Assassinato, mutilação e só Deus sabe mais o quê... Essa pobre criança nunca poderia imaginar isso quando entrou para o convento, e eu sou o cara responsável. Caramba, que enrascada.*

Era início de tarde, e eles não tinham comido desde o café da manhã; por isso, Nick estacionou em uma das paradas de descanso que existiam a cada quarenta ou cinquenta quilômetros ao longo da autoestrada.

Ele disse a Alana:

— Se você quiser se refrescar, enquanto isso, eu dou um pulo lá dentro e pego alguma coisa para comermos. Também estou pensando que talvez fosse mais seguro sairmos da autoestrada. Vai demorar mais, mas provavelmente nós estaríamos mais seguros em estradas mais rurais.

— Se você quiser... — ela respondeu, e eles entraram.

Nick ficou surpreso com a limpeza e as muitas opções disponíveis na lanchonete da parada. Como os sanduíches pareciam especialmente apetitosos e frescos, ele comprou dois — *mozzarella*, pimentão vermelho assado e rúcula, e um de presunto e provolone —, juntamente com duas peras, uma garrafa de água para Alana e uma garrafa de cerveja para si mesmo. Também adquiriu um *Guia Michelin* para a Toscana.

Alana voltou do banheiro e eles saíram. Atrás da lanchonete havia várias mesas para piquenique num local que lhes proporcionava uma vista nada desagradável da paisagem campestre circundante. Eles haviam deixado para trás a planície da região de Veneza e agora começariam a atravessar as montanhas. Nick sabia que, assim que eles entrassem no coração da Toscana, o cenário seria de tirar o fôlego. E aí — quem sabe —, Alana voltaria a falar.

Nick colocou os alimentos e as bebidas sobre a mesa. Abriu a cerveja enquanto Alana se servia de metade do sanduíche de *mozzarella* e pimentão assado.

— Obrigada — disse ela, e começou a comer, quase distraidamente. Seus pensamentos eram impenetráveis.

Depois de vários minutos, enquanto olhava para as montanhas que em breve atravessariam, ela finalmente deu voz ao que obviamente vinha pensando.

— Há quatro pilares que sustentam a vida religiosa dos dominicanos: a oração, a comunidade, o estudo e o trabalho. Eu sabia o que esperar a cada dia, nos últimos dez anos. A partir do momento em que me juntei às irmãs dominicanas, em Segura, até a universidade em Donostia-San Sebastián, e depois em Roma, cada dia foi planejado. Foi-me dito quando acordar, quando rezar, quando comer, quando trabalhar. Eu estava com pessoas que eu conhecia e que me conheciam. Minha vida era ordenada e estável.

Ela olhou diretamente para Nick.

— Agora, tudo mudou. Meus pilares se foram. Nada é estável, nada é familiar. E eu estou com medo. — Ela indicou com a cabeça a direção das montanhas. — Estou com medo do que está lá fora.

Não sabendo o que dizer e sentindo-se culpado por tê-la metido nisso, Nick buscou desajeitadamente uma resposta que pudesse ajudar.

— Acho que todos nós temos medo de alguma coisa lá fora.

Alana olhou para Nick com uma expressão quase compassiva e disse, usando seu primeiro nome, pela primeira vez:

— Não você, Nicholas. Você não tem medo do que está lá fora. — Ela apontou para o coração dele. — Você tem medo do que está aí dentro. É pior, eu acho.

Eles saíram da autoestrada e pegaram uma estradinha rural tortuosa e lenta, que os levou pela região de Chianti, na Toscana. Passaram por encostas cobertas de vinhedos e olivais, por antigas aldeias medievais empoleiradas nos topos de colinas, ao longo de estradas estreitas ladeadas por ciprestes, por entre uma paisagem verde e dourada.

Na cidade de Castellini, viraram a noroeste na SS429, onde, depois de vários quilômetros, viram ao longe uma cidade minúscula e murada, no topo de uma montanha íngreme, sobrepujando um vale centenas de metros abaixo. O vale era de um verde brilhante, cortado por dois rios: o Pesa e o Elsa.

Nick disse a Alana:

— Esta é a aldeia de Meraviglie.

— Mas como é bela! — disse a irmã, com os olhos arregalados.

— Ela data do século X. Foi um posto militar até o século XVI. Então, se tornou um abrigo para peregrinos religiosos. Durante a Segunda Guerra Mundial, os partisans se escondiam nela e elaboravam planos no porão subterrâneo da antiga igreja. Toda essa área era um foco de atividade partisan. O pároco era um de seus melhores estrategistas. Ele também fez parte do grupo que escondeu e ajudou milhares de judeus italianos a evitar os campos de extermínio. De fato, um grande número de judeus lutou lado a lado com os partisans e decidiu permanecer na área após a guerra.

Alana disse:

— Eu não tinha conhecimento disso sobre os judeus.

Nick explicou:

— É uma história e tanto, e que ainda não foi inteiramente contada, pelo menos do ponto de vista acadêmico. Durante a guerra, os judeus foram escondidos por toda a Itália, em igrejas, orfanatos, até mesmo em mosteiros e conventos. Havia um convento de clausura fora de Roma que escondeu famílias judias, inclusive homens judeus, por meses a fio. E era um lugar em que nenhum homem havia posto os pés em mais de setecentos anos.

Nick continuou:

— Um estudioso chamado Mordecai Paldiel, do Yad Vashem, memorial nacional do Holocausto em Israel, disse que o fato de 80% dos judeus da Itália terem sobrevivido à guerra pode ser atribuído, em grande parte, ao apoio fornecido pelo clero italiano.

— Mas essa é uma história notável. Você devia escrevê-la, Nicholas.

— É engraçado você dizer isso. Venho, de fato, considerando a ideia de torná-la foco do meu próximo livro. — Antes que pudesse se deter, ele acrescentou: — Alana, eu tenho uma ideia! Você poderia ser minha assistente de pesquisa.

Alana olhou em seus olhos por alguns instantes, depois virou o rosto. Nick sentiu-se enrubescer. *Que diabos está acontecendo comigo?*

Claramente mudando de assunto, Alana acenou para a aldeia ao longe e perguntou:

— Então, vamos lá?

— Mais tarde. Primeiro, vamos à *Villa** Della Vecchia, procurar o irmão do monsenhor, Cesare. Espero que ele se lembre de mim.

Nick havia telefonado para a clínica do dr. Della Vecchia em Siena, mas fora informado de que *il dottore* havia saído mais cedo. Evidentemente, tinha planos importantes para o fim de semana, já que era sempre o último a sair. Nick decidiu simplesmente aparecer na *villa*.

Poucas centenas de metros depois da pequena ponte de pedra que levava à aldeia, Nick pegou um caminho de terra batida para chegar à Villa Della Vecchia. O caminho era ladeado por ciprestes e, para além deles, por vinhedos à esquerda e olivais à direita. Nick se lembrava de que as terras eram extensas, mais de seiscentos acres. Além dos vinhedos e olivais, havia um bosque de castanheiros, grossos pinheiros, ribeirões borbulhantes que alimentavam os rios lá embaixo e várias construções anexas. A *villa* com vista para todo o vale tinha projeto clássico e despretensioso, aberto e arejado, com janelas em arco, varandas floridas e, é claro, telhado vermelho.

Seguindo pelo vinhedo, Nick e Alana avistaram um homem de meia-idade, robusto e envelhecido pela exposição ao tempo, examinando atentamente as videiras. Quando Nick e Alana passaram por ele, o homem olhou para cima e tirou o boné.

Assim que chegaram à frente da *villa*, o espalhafatoso, gesticulador e totalmente inconfundível Cesare Della Vecchia veio correndo ao encontro deles, seguido por uma bela mulher por volta dos 70 anos, surpre-

---

* Tipo de residência rural aristocrática. (N. da T.)

endentemente calma e, não restava dúvida, infinitamente paciente, que Nick reconheceu como a *signora* Monica Della Vecchia.

— Niccolo! Seu malandro perambulante, seu consumado patife, estamos tão felizes com a sua visita!

Cesare Della Vecchia era quase idêntico ao seu irmão — alto, corpulento e barbudo. No entanto, era decididamente mais animado e mais ruidoso, uma verdadeira força da natureza, ao passo que seu gêmeo era mais tranquilo, mais etéreo e voltado para as coisas do espírito.

Agarrando Nick em seus braços, Cesare disse:

— Niccolo, Bruno me ligou e me contou toda essa maldita e louca história. A boa notícia é que ele está bem, seguro, no hospital em Veneza, e sem dúvida urinando e gemendo como uma mulher em trabalho de parto. O Vaticano já providenciou o retorno dele a Roma. Disse para você entrar em contato com ele em casa, mas apenas dentro de alguns dias. Falou também sobre suas aventuras na Fondazione Cini, que a polícia aparentemente quer falar com você, mas Bruno vai lidar com eles primeiro. E que é para eu lhe dizer que você não corre o risco de ser preso. Nesse meio-tempo, acima de tudo, você deve manter sua acompanhante segura e prosseguir com a sua pesquisa.

Dito isso, ele se virou para a irmã Alana, que, vendo como Nick estava sendo abraçado, inconscientemente deu um passo para trás. Cesare, astuto, percebeu e nem sequer lhe estendeu a mão.

Ele disse:

— Irmã Alana, eu entendo como isso tudo deve ser difícil, como deve ser *estranho* para você. Tenha certeza de que está segura e que é bem-vinda em nossa casa. — E, sendo um homem italiano, não pôde deixar de acrescentar: — Mas, *Madonna dei Miracoli*, como você é bonita! Por favor, vamos entrar.

Agarrou Nick pelo braço e começou a levá-lo para a *villa*.

— Agora, Niccolo, me diga o que esses filhos da mãe são capazes de fazer.

A *signora* Della Vecchia olhou para a irmã Alana e sorriu calorosamente, mas também não estendeu a mão para tocá-la. Em vez disso, disse:

— Venha, minha filha. Deixe esses homens tolos com suas bravatas para lá. Vamos tratar de acomodá-la.

Uma vez lá dentro, eles foram servidos de café e biscoitos sortidos por Lucia, a governanta dos Della Vecchia. Cesare explicou:

— Niccolo, era para Monica e eu passarmos o fim de semana em Florença, na casa de nossa filha e de nosso genro.

A *signora* Della Vecchia sorriu e acrescentou:

— A filha deles de 11 anos, Maria Angela, é violoncelista. Ela tem um solo no concerto da escola amanhã à noite.

Cesare acrescentou:

— Nós tínhamos planejado viajar esta tarde mesmo, seria daqui a pouco. Entretanto, Niccolo, dadas as circunstâncias, podemos, é claro, alterar os nossos planos.

Nick meneou a cabeça:

— Certamente, não, Cesare. Família vem em primeiro lugar — disse Nick. — Nós vamos ficar bem.

Cesare concordou, balançando a cabeça, e disse:

— *Bene, grazie.* — Ele continuou: — Então, seus quartos são no antigo celeiro de pedra, cerca de cem metros descendo pelo caminho, depois da piscina. Nós os transformamos numa casa de hóspedes de aluguel, e é bastante charmoso. Infelizmente, porém, descobrimos que não gostamos de compartilhar a nossa casa com uns chatos de uns alemães em férias e turistas japoneses.

A *signora* Della Vecchia deu palmadinhas na mão do marido e acrescentou:

— E, segundo os comentários no livro de visitas, meu amor, os turistas que nos visitaram também não morreram de amores por você. No entanto, Niccolo, a casa permanece vaga. Ela é toda sua.

Cesare continuou:

— Niccolo, enquanto estivermos longe, se precisar de alguma coisa, não hesite em chamar Pasquale, o marido de Lucia. Você provavelmente o viu nas vinhas, no caminho para a *villa*. A família Gandolfini lutou lado a lado com os Della Vecchia durante a guerra. Você pode confiar neles completamente. Agora, sugiro que vocês se instalem na casa de campo e fiquem à vontade.

Fez uma pausa e acrescentou:

— Niccolo, seja qual for o seu plano, você é bem-vindo para ficar o tempo que desejar. Monica e eu fazemos questão.

— Eu adoraria, meu amigo — disse Nick.

Ele olhou para Alana e esperou que o que ele estava prestes a dizer não a perturbasse ainda mais do que ela, sem dúvida, já estava. Ainda assim, era a verdade.

— Mas, provavelmente, será apenas por uns poucos dias, no máximo. Não vai demorar muito tempo para Ducasse descobrir para onde viemos... Não com os recursos de que dispõe. Certamente, colocará seu pessoal para monitorar meu celular e o uso de meus cartões de crédito. Eu posso restringir essas coisas, certamente, mas não eliminá-las... Pelo menos não neste momento. Além disso, você pode apostar que ele vai colocar alguém para verificar minha formação e meus escritos. Isso significa que ele vai acabar descobrindo a minha ligação com você e a sua família. Ainda assim, isso vai demorar vários dias. A essa altura, a irmã Alana e eu já teremos concluído nosso trabalho e estaremos de volta à estrada. O truque é nos mantermos sempre um passo à frente dele.

A *signora* Della Vecchia, preocupada, perguntou:

— Mas onde isso vai parar, Niccolo? Por quanto tempo você terá de fugir?

Alana disse:

— Eu também gostaria de saber, Nicholas. Onde isso vai parar?

Nick respondeu:

— Vai parar quando eu tiver cumprido a minha promessa.

Depois de alguns momentos de silêncio constrangedor, Cesare falou:

— Bem, nesse meio-tempo, deve haver algo que eu possa fazer, Niccolo.

Nick pensou por um instante.

— Talvez haja. Cesare, você está conectado à Internet?

— Não aqui na *villa*, mas em meu consultório, em Siena, com certeza. Você pode utilizá-la à vontade. A clínica funciona aos sábados, então, por questão de privacidade, seria melhor você ir no domingo. Haverá um segurança na porta, mas vou lhe dar um bilhete para mostrar a ele. Ele o acompanhará ao meu consultório no segundo andar. Minha senha é "Garabaldi".

— *Molto grazie*, meu amigo. Sou-lhe muito grato.

A *signora* Della Vecchia perguntou:

— Você mencionou seu trabalho, Niccolo, seu e da irmã Alana. Tem algo a ver com relíquias medievais, não?

Nick concordou.

— Sim, nós três, o monsenhor Bruno, a irmã Alana e eu, estamos tentando encontrar uma relíquia muito especial. A sua localização tem sido um segredo por oito séculos, mas o trabalho da irmã Alana, sua tradução de um documento antigo, pode conter pistas sobre o seu paradeiro.

— Ah — exclamou Cesare —, e esse filho da mãe capitalista do Ducasse... *Scusi*, irmã Alana... também quer a relíquia. Segundo o meu irmão, ele fará qualquer coisa para pôr as mãos nela, não é?

— Qualquer coisa — disse Nick.

— Você tem alguma ideia de onde ela pode estar, Niccolo? — Cesare perguntou.

Nick se virou para Alana e disse:

— Se minhas suspeitas estiverem certas, nós estaremos indo para a pátria da irmã Alana.

— E onde é isso? — Cesare quis saber.

Alana respondeu:

— Euskal Herria. O País Basco.

Passaram mais alguns minutos colocando os toques finais em seu planejamento. Finalmente, Cesare disse:

— Muito bem. Monica e eu retornaremos para a *villa* na tarde de segunda-feira. Então, poderemos discutir o seu progresso e o que precisa ser feito.

Nick e Alana seguiram Cesare pelo sinuoso caminho de terra ladeado por uma profusão de flores silvestres; depois, atravessaram um bosque de oliveiras em torno da piscina (à visão desta, Alana animou-se e sorriu com prazer), até que chegaram a uma pequena casa de pedra com vista para o vale e rios abaixo. O cenário era magnífico — colinas verdejantes, vinhedos, pomares e olivais em terraços escavados nas encostas das montanhas, flores silvestres preenchendo praticamente todas as porções de terra não cultivada e, no coração de tudo isso, a pequena e antiga aldeia de Meraviglie empoleirada no alto do morro.

O celeiro era uma encantadora e maravilhosamente restaurada estrutura de pedra em dois andares, em frente da qual havia uma pérgula coberta de trepadeiras e flores sombreando uma convidativa varanda de pedra. Quatro cadeiras haviam sido dispostas em torno de uma antiga mesa de carvalho, de maneira a proporcionar uma vista ininterrupta e extraordinária das montanhas e dos vales circundantes.

Em seu interior, a casa tinha os belos pisos de terracota e tetos com vigas aparentes, tão típicos da Toscana. O andar térreo abrigava uma sala de estar com lareira, uma cozinha bem equipada com geladeira, fogão e uma grande bancada de trabalho com tampo de mármore, bem como uma pequena máquina de lavar. No final do estreito corredor havia um pequeno quarto com uma cama de casal e um banheiro com chuveiro.

O andar de cima, acessado por uma escada caracol, era ocupado pelo quarto principal, um banheiro completo, com chuveiro e banheira, e uma pequena varanda.

— Isso é maravilhoso! — Alana não se conteve, correndo de aposento em aposento. — Veja todas essas flores frescas, e como cada janela proporciona uma vista! É um lugar tão... um lugar tão *feliz*. Dá vontade de ficar aqui para sempre!

Cesare sorriu orgulhosamente.

— Irmã Alana, você realmente pode ficar para sempre se assim desejar. Seria uma bênção para nós.

Virando-se para Nick, ele disse:

— *Bene*, Niccolo. Vou deixá-los agora. Há lençóis e toalhas e tudo mais. Há roupões de banho limpos pendurados atrás das portas dos banheiros, assim como nos hotéis cinco estrelas! Monica abasteceu a cozinha com alimentos e há vinho à vontade, é claro. É uma caminhada curta até Meraviglie, se você precisar de mais alguma coisa. É uma aldeia simples, com certeza não um destino turístico, mas tem seu próprio charme. *Arrivederci*, meu amigo.

Enquanto Nick assistia à satisfação de Alana com a pequena cabana, ele se lembrou de como Annie havia se sentido com a cabana da família Renna à margem do lago. Ele ficou imaginando como aquela encantadora casinha de pedra devia ser diferente do lugar em que Alana havia crescido, o lugar em que ela havia sido "abusada horrivelmente", nas palavras do monsenhor Della Vecchia. Ou como toda aquela beleza devia ser diferente dos ambientes austeros dos conventos em que ela viveu durante os últimos dez anos.

De repente, Nick sentiu uma necessidade premente de garantir que Alana apreciasse sua breve estada ali, que ela aproveitasse aquela beleza e aquele charme enquanto pudesse. Mais cedo ou mais tarde, inevitavelmente, ela teria de voltar para o convento e para sua vida real.

Obrigando-se a examinar as questões mais práticas, Nick disse:

— Ok, Alana, que tal se eu ficar com o quarto do térreo e você com o quarto principal? Podemos usar a sala como escritório.

Como não ouviu resposta, Nick foi de aposento em aposento procurando por ela. Encontrou-a enroscada em cima da cama do quarto principal, dormindo profundamente — tranquila, vulnerável e bonita de doer. Voltando para o seu quarto, ocorreu a Nick que, considerando todas as coisas, aquele havia sido um dia e tanto.

~

Em seus sonhos, naquela noite, Nick estava outra vez em Mogadíscio. Mais uma vez ele viu as tripas de Jimmy Grifasi se espalhar por seu uniforme quando a menina somali descarregou o seu AK-47 nele. Mas, dessa vez, em vez de carregar Troy Johnson, Nick estava levando em seus braços a irmã Alana Elizalde, ferida e sangrando. Ela olhava para Nick, seus olhos cor de violeta estavam arregalados de terror. "Onde isso vai parar, Nicholas? Onde isso vai parar?" Apanhado em algum lugar entre o sonho e a consciência, em um inferno de promessas quebradas, Nick abafou seus gritos no travesseiro.

Ele acordou na manhã de sábado com o delicioso cheiro de café fresco e o som fraco e melodioso de alguém cantarolando baixinho o que poderia ser um hino religioso. Ele olhou para o relógio em cima da mesinha de cabeceira: 6 horas. *Obviamente, o pessoal está acostumado a acordar cedo no convento.* Ele rapidamente tomou banho, fez a barba e foi procurar Alana.

Chegando à cozinha, Nick viu que ela estava lá fora, no pátio, de costas para ele, admirando o vale. Nick se serviu de café e saiu para se juntar a ela.

O ar da manhã estava impregnado do perfume das árvores frutíferas e de azeitonas, pinheiros e flores silvestres. A névoa, subindo lentamente do fundo do vale, refletia os raios do sol matutino, banhando a paisagem circundante num brilho etéreo rosa-dourado. As verdes colinas ondulantes, com apenas seus topos despontando através da neblina, pareciam ilhas flutuantes em um mar de ouro. Emoldurada por tal cenário, Alana não apenas parecia fazer parte dele; ela o aprimorava.

— *Buongiorno* — ele disse.

Alana se virou para ele e sorriu. Estava usando o que provavelmente foi o seu primeiro par de jeans, junto de um moletom de algodão branco com capuz, para driblar o frio do comecinho da manhã nas montanhas. Ela disse:

— *Egun on. Zer moduz?*

Nick olhou para ela atônito:

— Como disse? Você poderia repetir, por favor?

Ela riu alegremente.

— Eu disse "Bom dia. Como você está?", em euskara. Você acabou de ouvir sua primeira frase em basco.

— Você quase me enganou. Pensei que estivesse apenas limpando a garganta. De qualquer maneira, com certeza, você parece estar cheia de energia esta manhã.

Ela pareceu confusa.

— Cheia de energia?

— Cheia de disposição — disse Nick. — Animada e ansiosa para começar.

— Sim, estou. E temos muito a fazer. — Apesar de seu apelo à ação, entretanto, ela demorou a se mover. Virou-se para contemplar o vale lá embaixo e a pequena aldeia na colina próxima. Ela disse: — Mas este lugar é tão bonito que estou relutante em começar. É maravilhoso.

Nick disse:

— Bem, na verdade, você tem razão. É verdadeiramente maravilhoso. "Meraviglie" significa "maravilhas" ou "prodígios" em italiano.

Vê-la naquele cenário era de fato prodigioso — e ele também estava relutante em ir para dentro. Eles ficaram ali juntos, saboreando o momento passageiro, que talvez jamais voltasse a acontecer.

Alana, esforçando-se para ser objetiva, finalmente disse:

— Sim, bem, temos de começar. Venha, Nicholas, eu vou mostrar o que eu preparei para hoje.

Ela o levou para a cozinha, para a bancada de trabalho de mármore. Sobre ela, Alana havia colocado as duas páginas do manuscrito do Frei Tiago, cobrindo-o com um tampo de vidro que ela havia pegado emprestado de uma mesa da sala de estar. A primeira página estava intacta, mas a segunda estava rasgada e manchada, e alguns trechos eram praticamente ininteligíveis.

Com autoridade de pesquisadora e estudiosa, ela disse:

— Como você sabe, a primeira providência que devemos tomar é proteger o manuscrito. Usando o vidro, posso trabalhar na tradução sem ter de tocar ou manusear o próprio documento. O vidro o protege, e o mármore não deixa vazar óleos ou outros contaminantes para o frágil pergaminho, como ocorreria com a madeira.

Nick percebeu que havia um caderno aberto e alguma coisa já escrita.

— Quão difícil você acha que será?

— Quanto você sabe sobre o euskara? — perguntou ela.

Nick deu de ombros.

— Não muito. Eu sei que os bascos têm sua própria língua e que ela possui algumas características bem distintas. Mas, além disso, você e este manuscrito são meu primeiro contato com o idioma.

Alana disse:

— Há vários problemas que temos de enfrentar. Para começar, euskara é uma língua isolada, única e antiga, sem relação com quaisquer das famílias de idiomas existentes. Mesmo que se trate de meu idioma nativo e tendo estudado euskara na universidade em Donostia-San Sebastián, traduzir este documento em particular será um desafio.

Ela explicou que o euskara não só não possui relação com qualquer outra língua, mas os estudiosos acreditam que a língua nem sequer foi registrada em escritos significativos até o século XVI.

— Há alguns fragmentos em um texto do século X, conhecido como *Glosas Emilianenses*, que contêm principalmente baladas castelhanas. Também há menção a um vocabulário basco escrito no século XII, em algo chamado Códice Calixtino. Mas em um texto tão antigo assim, a gramática e sintaxe podem diferir significativamente do que temos hoje. Infelizmente, também, não há uso de pontuação para orientar ou quaisquer pistas de como as palavras e frases se combinam ou de como elas se relacionam. Isso tem de ser descoberto a partir do contexto. Linguisticamente falando, Nicholas, estamos em território desconhecido, aqui.

— Você será capaz de descobrir isso? — perguntou Nick.

— Com tempo, sim. No entanto, o problema é mais do que a complexidade da língua. É também a condição do documento. Observe aqui, Nicholas. Viu? Em alguns lugares, o pergaminho é pouco legível, com manchas, marcas, e está bastante desbotado. Além disso, aqui e ali, a escrita em si é quase impossível de decifrar. Espero que eu possa descobrir o que dizem essas determinadas passagens pelo sentido geral do trecho, ou explorando combinações alternativas de letras e palavras. Temos de ser realistas, no entanto. Vai levar tempo, e uma palavra errada pode nos enviar sabe Deus em que direção.

Nick começou a se sentir desanimado. Erros de transcrição e tradução tinham sido a ruína de estudiosos desde o advento da linguagem escrita, muitas vezes comprometendo a validade da pesquisa, chegando até mesmo a arruinar carreiras. E isso no mundo rarefeito dos estudos acadêmicos; os obstáculos eram exponencialmente maiores quando se tratava de encontrar a Coroa de Espinhos.

— Alana, nós não temos muito tempo aqui. Ducasse e seu pessoal vão descobrir onde estamos, e eles têm muito mais recursos do que nós. Portanto, precisamos ser criativos, temos de jogar com nossos pontos fortes. E isso quer dizer *você*. Você é basca, ele era basco. Você é dominicana, ele era dominicano. Você fez os mesmos votos que ele. Você vive uma vida parecida e tem valores similares. *Use* essas coisas. Traduza, sim, mas também *interprete*. Use seus instintos tanto quanto seu intelecto.

Parecendo bastante determinada, ela balançou a cabeça concordando e disse:

— Você pode confiar em mim.

Nick sorriu e disse:

— Disso eu não tenho a menor dúvida. Nesse meio-tempo, preciso tentar entender tudo o que aconteceu e está acontecendo. Quero estabelecer um registro do que descobrimos até agora. Depois, quando chegarmos à clínica de Cesare, em Siena, amanhã, vou enviar um e-mail a um colega nos Estados Unidos, para que outra pessoa saiba perfeitamente o que estamos fazendo e o que está em jogo.

Ele não adicionou "no caso de algo nos acontecer", mas ficou claramente implícito.

Havia, entretanto, outra coisa que Nick tinha de pensar, algo que não compartilhou com Alana — a resposta a uma questão que tanto a *signora* Della Vecchia como a própria irmã haviam formulado na noite anterior: "Onde isso vai parar?".

A verdade era que ele não sabia. Nick estava tão consumido com o quebra-cabeça que era descobrir o paradeiro da Coroa de Espinhos, que nem chegou a pensar de fato no que faria se realmente a encontrasse. Ele a entregaria ao monsenhor Della Vecchia e às autoridades da Igreja? Mas e se a hipótese do monsenhor Della Vecchia sobre o poder do amor fosse correta? E se a Coroa de Espinhos, em virtude de sua ligação com Cristo, na verdade, possuísse algum tipo de poder real, acima e além de seu poder simbólico? Então, como seria? Quem deveria controlar esse poder ou determinar o seu uso?

Nick estava ciente da amarga ironia de tudo isso. Ele, que não dava a mínima para a Igreja Católica ou para o Papa, poderia acabar em posição de influenciar ambos.

Enquanto Alana se debruçava sobre o manuscrito de Frei Tiago (ocasionalmente resmungando para si mesma, de desânimo ou satisfação, jogando pedaços de papel amassado com anotações no chão), Nick escreveu um breve resumo do que tinha descoberto até aquele momento. Começou pelo início da história, oitocentos anos antes, até o momento presente. Foi, por necessidade, um esforço superficial, nada acadêmico. Mas, por ora, ele precisava colocar por escrito, simples e claramente, a maior parte do que havia acontecido, inclusive suas ideias e impressões e o efeito de tudo isso sobre a descoberta do paradeiro da Coroa de Espinhos. Desse modo, se algo acontecesse com ele e — Deus o livrasse disso — Alana, o padre Tim poderia retomar o desafio no lugar deles. A pesquisa de Annie tinha de seguir em frente.

Depois de completar seu resumo, Nick se recostou e considerou as implicações do texto, pensando: *Timmy, não estou lhe fazendo nenhum favor.*

Então, começou a pensar como ele e Alana poderiam se livrar dos presentes apuros, presumindo que o manuscrito apontaria o caminho para a Coroa. Na melhor das hipóteses, eles teriam pelo menos dois dias entre os acontecimentos em Isola di San Giorgio e o momento em que Ducasse e sua equipe descobrissem onde eles estavam. Adicionando mais um dia até que o pessoal de Ducasse chegasse a algum lugar da região, isso significava que na segunda-feira, dali a dois dias, ele e Alana teriam de seguir caminho para... para onde quer que o misterioso manuscrito do Frei Tiago indicasse.

Nick sabia que Ducasse seria implacável, ele iria procurá-los com todas as armas, literalmente. As chances estavam claramente contra eles.

No entanto, Nick acreditava que se a Coroa estivesse realmente escondida em algum lugar do *Euskal Herria*, o País Basco, então, de nada adiantariam todos os recursos de Ducasse; a vantagem estaria com Nick e Alana. Alana era a chave.

~

O padre Tim Reilly se sentou diante do monitor de seu computador, com a pele úmida e a boca seca. Ele leu novamente o anexo do e-mail que lhe tinha sido enviado pelo padre Jean L'Oiseau, de Montreal. Era um artigo de uma edição de cinco dias antes do jornal *Cape Breton Post*. A manchete dizia "Padre mata amante a tiros, depois se mata".

A polícia local havia encontrado os corpos do padre Charles Dupuy, da paróquia Sainte Cécile du Mer, e de sua "filha adotiva", Bernadette Guidry, ambos nus, no quarto do padre Dupuy na pequena cabana em que vivia ao lado da igreja. Na cama entre os dois havia um revólver disparado duas vezes e um bilhete assinado pelo padre Dupuy. Dizia: "Talvez Deus me perdoe, eu não posso me perdoar".

Paroquianos expressaram choque, oficiais da Igreja expressaram horror, e a polícia declarou o caso como encerrado. O padre Tim pensava diferente — *o atentado contra Bola de Boliche, a perseguição a Nick, e agora isso?* Não era coincidência. Ele ficou em silêncio por um tempo, pensando. Duas coisas estavam certas. Primeiro, ele iria entrar em contato com Nick e colocá-lo a par da extensão do mal que eles estavam enfrentando. Segundo, ajudaria a destruir a *Salvatio Dolore* e tudo o que ela representava.

Depois de cancelar as suas obrigações do dia, o padre Tim dirigiu até a delegacia em Hopkinton. O policial de plantão, um sargento negro,

— 233 —

veterano de 25 anos de serviço e membro da paróquia de Saint Claire, cumprimentou-o calorosamente quando ele entrou:

— Ei, padre Tim! Como o senhor está? Veio aqui para ver o chefe?

— De fato, eu vim, Eddie. Será que ele está disponível?

O sargento verificou no computador.

— Parece que sim, padre. Pode subir. Vou avisá-lo de que o senhor está a caminho.

O chefe de polícia Mike Reilly imediatamente percebeu a inquietação de seu irmão mais novo e lhe trouxe uma caneca de café forte, no qual acrescentou uma dose generosa do uísque irlandês Jameson.

Mike disse:

— Timmy, sua aparência está péssima. Qual é o problema?

— Me conte sobre homicídios seguidos de suicídio.

— O quê? Por que você quer saber sobre *isso*?

O padre Tim continuou pressionando:

— Com que frequência eles ocorrem? Quem os comete? Como são praticados?

Mike Reilly suspirou e recitou as tristes estatísticas.

— Ok, Tim, é assim. No ano passado, nos Estados Unidos, houve entre 650 e 700 casos. A maioria, geralmente na Flórida, talvez uns 35, por aí, e a Califórnia não fica muito atrás. As estatísticas mostram que 90% desses homicídios são cometidos por homens, 95% deles envolvem armas de fogo de algum tipo, principalmente revólveres. O álcool geralmente está presente. Mesmo aqui em New Hampshire, onde a taxa de homicídios é invulgarmente baixa, temos três ou quatro casos por ano. Agora, por que diabos você quer saber tudo isso?

O padre Tim, então, contou ao seu irmão mais velho sobre a pesquisa de Annie e Nick, sobre o interesse da Fundação do Calvário, o ataque sofrido por Bola de Boliche e a tragédia na Nova Escócia. Passando a mão pelo rosto, ele disse:

— Não consigo acreditar nessa coisa de homicídio seguido de suicídio, Mike. Não consigo.

Mike disse:

— Eu não sei o que lhe dizer, Tim, a não ser que isso acontece e que é horrível. Além disso, três quartos dos homicídios seguidos de suicídio envolvem parceiros íntimos, geralmente quando a relação se rompe. Pela pressão que você disse que esse tal de Dupuy estava sofrendo, ele se encaixa no padrão, sinto lhe dizer.

— Mas eu os conheci! Passei um tempo com eles! Sim, aquele pobre diabo do Dupuy estava deprimido e com raiva, mas ele amava aquela garota, Mikey... *como uma filha*. Dizer que havia sexo no meio é simplesmente loucura, eu sei o que estou falando.

Mike Reilly sabia que seu irmão era um bom padre. Sabia também que ele era sentimental, emotivo e, às vezes, um pouco esquentado. Mas quando a situação era crítica, Mike reconhecia que, de todos os irmãos, Tim era o mais durão. É claro que, nesse quesito, todos eles perdiam para Annie. Ainda assim, Timmy era inteligente, tinha uma mente lógica e uma capacidade excepcional, quase sobrenatural, de conhecer intuitivamente as pessoas. Ele teria dado um bom policial.

O tom de voz de Mike se tornou mais brando.

— Timmy, esse tipo de coisa não é fácil de falsificar. Mas pode ser feito. Não por um malandro qualquer, sabe? Teria de ser alguém experiente, cuidadoso e metódico. E frio, Timmy, *realmente* frio. Isso significa um profissional. Eu sei que você não pode provar, mas me diga o que você pensa. Esses caras que estão envolvidos com Nick são frios assim? Eles são tão bons?

— Sim, Mike, eu acho que são.

O chefe Reilly ficou em silêncio por vários minutos. Alguns anos antes, ele havia participado de um programa especial, patrocinado pelo FBI, no qual um punhado de destacados chefes de polícia de todo o país foram reunidos em uma instalação do FBI em Quantico, Virgínia. Uma vez lá, eles foram submetidos a um extenso programa de treinamento, muito rigoroso. Mike Reilly terminou em primeiro lugar na sua turma. Como resultado, ele havia estabelecido fortes contatos com alguns pesos-pesados na comunidade policial. Ele disse ao irmão:

— Ok, Timmy, vou dar alguns telefonemas.

~

No começo da tarde de sábado, Alana entrou na sala de estar onde Nick estava fazendo suas anotações. Suas sobrancelhas escuras estavam franzidas, e Nick descobriu que até mesmo um rosto tão bonito como o de Alana era capaz de uma carranca.

Ela disse, com grande seriedade:

— Estou um tanto confusa e faminta.

Nick respondeu, rindo:

— Bem, isso não pode ficar assim! Vou lhe dizer o que faremos. Com relação à segunda parte, vamos caminhar até a aldeia para o almoço. E ao longo do caminho, vou ver se consigo ajudar com a primeira.

Alana colocou o seu chapéu de palha de abas largas e os óculos escuros e os dois se dirigiram para a cidade. O sol da Toscana estava quente e brilhante, mas a brisa fresca da montanha era suficiente para mantê-los confortáveis, enquanto caminhavam pela estrada de terra ladeada de flores em direção à aldeia de Meraviglie.

— Então, me conte: o que a está confundindo? — Nick perguntou.

— Eu já decifrei cerca de metade da primeira página, interpretando e traduzindo, como você me aconselhou. E é isso que está me deixando perplexa. Nicholas, o nosso Frei Tiago é um homem complicado ou, pelo menos, tem sentimentos complicados. De sua escolha de palavras e seu fraseado, eu pude perceber claramente vários humores conflitantes em sua carta: medo e raiva, seguidos de resignação e, em seguida, algo que se aproxima de aceitação. Ele começa dizendo "Eu sou *conhecido como* Tiago de Paris", e não "Eu sou Tiago de Paris". É como se ele pensasse em si mesmo como uma pessoa diferente. Em seguida, ele fala por meio de uma série de paradoxos e contradições. Essas são as características mais marcantes de sua escrita. Ele diz, por exemplo, "Eu traí os meus pais espirituais, ainda que eu seja tanto traidor como traído, um ladrão que desobedece por humilde obediência".

Ela continuou:

— Eu acho, Nicholas, que por "pais espirituais" ele quis dizer a Santa *Madre* Igreja e o Santo *Padre*, Gregório IX. Além disso, ele traiu Luís IX ao concordar com a trama para substituir e roubar a Coroa. Em seguida, ele traiu o próprio Gregório IX, roubando-a sozinho.

Nick pensou por um momento.

— Parece confirmar o que nós concluímos em Roma. Todas essas intrigas e lutas de poder, não foi para isso que ele se tornou um sacerdote. Está sendo manipulado por eles para seus fins pessoais, por isso sente que sua obrigação para com essas pessoas foi revogada. No final, ele próprio foge com a Coroa. Por isso, ele é tanto traidor como traído.

Ela disse:

— E ele quebrou seu voto de obediência, porque a sua *verdadeira* obediência é para com um poder superior: Cristo.

— Faz sentido para mim — disse Nick. — Ele é culpado, tudo bem, mas não consigo vê-lo como o vilão da história. Você não encontrou alguma coisa que sugira que ele tenha matado Orsini ou Guttierez-Ramos, não é?

— Não, nada mesmo.

Nesse caso, Nick se perguntou, *o que diabos aconteceu com eles? Havia mais alguém envolvido?*

Mudando de assunto, ele perguntou:

— E quanto à Coroa em si? Nenhuma pista?

Alana meneou a cabeça.

— Nada sobre o seu paradeiro, pelo menos não até agora. Mas o sentimento de medo que eu mencionei se torna evidente quando ele fala sobre a relíquia, e ele se torna ainda mais enigmático, como se houvesse algo além do seu significado simbólico. Ele diz algo sobre ter de evitar a "posse de um poder terrível demais para os poderosos". E, mais adiante, quase posso sentir o seu terror quando ele diz: "Eu vi os ímpios se tornarem a sua própria impiedade, os maus se tornarem o seu próprio mal. Assim, isso acontece quando eles colocam, sem cuidado, a Coroa de Espinhos."

Nick ficou atônito. *Colocar a Coroa de Espinhos, cuidado com a Coroa de Espinhos!* Santo Deus, essas foram precisamente as palavras que Annie lhe disse em seu leito de morte. Como ela poderia saber? E o que diabos isso significa?

Abalado, Nick disse:

— Vamos deixar para conversar sobre isso durante o almoço.

A aldeia de Meraviglie era charmosa e acolhedora. Suas construções centenárias tinham as paredes na cor ocre e telhados vermelhos, típicos da Toscana. Ruas estreitas de paralelepípedos que entrecortavam os prédios e passavam por lojas variadas — mercearias, açougues, farmácias e padarias — acabavam dando no centro da aldeia, uma praça aberta com uma fonte de mármore diante de uma pequena igreja: Santa Maria della Meraviglie. Ao lado da igreja havia um parque à sombra das árvores, com bancos e uma quadra de bocha.

Enquanto caminhavam pela aldeia, Nick e Alana apreciavam sua beleza simples e sentiam sua vitalidade. Havia flores em evidência por toda parte, e as pessoas eram vibrantes e extrovertidas. Algumas faziam compras preguiçosamente, parando para conversar com vizinhos e amigos; outros se sentavam na beirada da fonte, ouvindo dois jovens tocarem seus bandolins, enquanto tentavam atrair a atenção e a admiração das jovens que passavam, que se esforçavam ao máximo para aparentar indiferença. Velhos jogavam bocha no parque, bebendo vinho e discutindo com bom humor, e as crianças chutavam e perseguiam uma bola de futebol pelas ruas.

— São boas pessoas — disse Nick.

Alana, com um sorriso tão brilhante quanto o dia, disse:

— Sim, é uma aldeia feliz. Gostaria de voltar aqui. — Então, como se percebesse de repente a improbabilidade de algum dia isso vir a acontecer, tentou mudar de assunto. — Então, Nicholas, onde vamos comer?

Nick olhou em volta e apontou para um lugar ao largo da praça, em frente à igreja:

— Que tal experimentarmos a Trattoria Belmonte?

A Trattoria Belmonte acabou por ser um pequeno estabelecimento de propriedade familiar com mesas internas e externas. Nick e Alana optaram por comer lá dentro, para fugir da intensidade do sol da Toscana. Ao entrar, precisaram de um tempo para os seus olhos se adaptarem à fria escuridão. O lugar era pequeno, mas impecável. À esquerda, viram um pequeno bar com quatro banquinhos. Duas cadeiras eram ocupadas por homens que pareciam ser o padre e o policial do local — havia copos de vinho e um prato de queijo e azeitonas diante deles — que discutiam os méritos dos times de futebol: Siena *versus* Firenzi.

No lado direito do restaurante havia seis mesas de madeira, cada qual com talheres e copos de vinho dispostos sobre uma toalha branca e limpa, no centro da qual repousava um vasinho de barro colorido ostentando flores recém-colhidas. Ao longo de um lado da sala, havia uma comprida mesa de bufê com as especialidades do dia. O cheiro delicioso de comida caseira misturava-se à fragrância das flores silvestres, fazendo Nick e Alana salivarem por antecipação.

— *Buongiorno signore e signorina! Benvenuto a Trattoria Belmonte.* Sou Vincenzo Belmonte, e embora estejam entrando como estranhos, sairão como nossos queridos amigos, e bem alimentados, de lambuja.

O anfitrião era um homem de meia-idade efusivo, robusto, que exibia um bigode espesso, embora cuidadosamente aparado e primorosamente penteado, do qual ele obviamente tinha muito orgulho. Usava uma camisa branca e calça preta bem vincada, sustentada por suspensórios pretos. Trazia uma toalha de linho branco jogada por cima do ombro.

Vincenzo voltou sua atenção para Alana e disse:

— *Madonna, que bella! Signorina,* será um prazer alimentá-la. Não há melhor comida e ninguém mais bela para apreciá-la em toda a Toscana.

Alana, corando, mas satisfeita, respondeu:

— *Signore* Vincenzo, a beleza reside na sua encantadora aldeia. Mas a verdade é que estou mais do que disposta a ser alimentada.

— *Molto Bene!* — Vincenzo lhes indicou uma mesa e, então, estalou os dedos para uma jovem parada nos fundos do restaurante.

— *Violetta! Vino, per favore, rosso e bianco.*

Ela voltou rapidamente com um *fiasco** de cada um. Nick ergueu o branco e ofereceu a Alana. A irmã aceitou e ele lhe serviu um pouco, enchendo o próprio copo, depois, com o tinto.

Depois de o vinho ser servido, provado e apreciado, Vincenzo apontou teatralmente para a mesa do bufê, que apresentava uma variedade de pratos verdadeiramente apetitosos e disse:

— Meus novos amigos, as especialidades de hoje são de fato especiais, o melhor que a Toscana tem a oferecer. Eu insisto que vocês experimentem todas ou ficarei magoado.

Nick observou os olhos de Alana se arregalarem à medida que Vincenzo descrevia as opções. Havia pratos de carnes curadas e queijos locais; linguiça de javali grelhada; abobrinha e pimentões vermelhos e amarelos assados; polenta de cogumelos selvagens temperada com tomilho, alho e queijo pecorino; peixe frito crocante, pescado naquela mesma manhã no rio Elsa, perto dali, e a especialidade da Trattoria Belmonte: *fagioli al fiasco*, feijão branco temperado com azeite, alho e sálvia fresca, colocado em seguida em um *fiasco* vazio e assado nas brasas do fogão a lenha.

— *Signore* Vincenzo — Alana disse —, acho que vou querer as especialidades.

Nesse momento, de algum lugar no fundo do salão, ouviu-se uma explosão de risos e uma voz rouca gritou:

— *Bravo, signorina. Buon appetito!*

Nick e Alana notaram que havia uma velhinha encarquilhada meio escondida em um recanto escuro do restaurante, sorrindo beatificamente para eles. Estava sentada em um nicho, toda vestida de preto, com um xale igualmente preto cobrindo-lhe a cabeça. Tinha os olhos fixos na direção de Nick e Alana, mas não parecia olhar para eles; fazia crochê, mas tampouco parecia olhar para o trabalho.

---

* *Fiasco* é um estilo de garrafa típico da Itália, geralmente com o corpo redondo e gargalo estreito, revestida parcial ou totalmente por palha trançada. (N. da T.)

Vincenzo suspirou dramaticamente, mas com bom humor disse, simulando exasperação, alto o suficiente para a velha ouvir:

— Aquela é a avó bruxa da minha esposa. Ela é mais do que velha. Ela é antiga, não é, *strega nonna*, vovó bruxa? Ela é cega desde a infância, mas dizem que ela *vê além*. Durante a guerra, ajudou os partisans a passarem a perna nos filhos da mãe nazistas. *Scusi, signorina*. Por alguma razão, ela gosta de me criar problemas no meu próprio local de trabalho. Dá para imaginar uma coisa dessas? Temo que ela vá viver para sempre.

Encolheu os ombros de uma maneira que sugeria que havia coisas piores na vida para se aturar, e que aquilo, no final das contas, não era nenhum sofrimento. Piscando para Nick e Alana, ele disse para a velha:

— Não espante os clientes, vovó bruxa. Eles vêm para comer, não para serem incomodados por você na sua velhice.

A velha riu novamente e acenou na direção de Nick e Alana. Vincenzo disse:

— Ela quer que vocês se aproximem, para conhecê-los. É raro isso acontecer.

Não querendo decepcionar ou insultar a velha senhora, Nick foi primeiro. Ao parar diante dela, a idosa fez um sinal para que ele se inclinasse. De perto, ele pôde perceber que, em sua época, cega ou não, ela devia ter sido bonita. Mesmo agora, sua estrutura óssea e sua pele, embora desgastadas pelo tempo, sugeriam isso. Ela colocou as mãos enrugadas delicadamente no rosto de Nick e deslizou-as pelos olhos, pelo nariz e pela boca.

Ela falou com Nick num tom de voz que só ele podia ouvir:

— Você tem um rosto como aqueles rostos das moedas ou de uma estátua. É a face de um guerreiro: nobre e triste. — Ela o tocou um pouco mais e disse: — Mas você vai encontrar o que procura, e também o que você não sabe que procura.

Então, ela chamou Alana, que avançou hesitante, não querendo ser tocada, mas se sentindo estranhamente atraída para a velha senhora. Dessa vez, a mulher sustentou as mãos acima do rosto de Alana, sem tocá-la.

— Ah, mas você tem o rosto de um anjo... — Então, como se estivesse ouvindo palavras que só ela podia ouvir, balançou a cabeça e disse: — Sim, sim, meu anjo! Ele vai curar suas feridas, as antigas e as novas.

De repente, a mulher estendeu a mão e colocou-a na parte inferior do abdome de Alana. Radiante e balançando a cabeça, ela disse num sussurro:

— E lhe dar bebês fortes e felizes.

Alana recuou, chocada e surpresa:

— Mas... Eu não posso. Eu não sou...

Vincenzo aproximou-se rapidamente:

— Já chega, vovó. Se você soubesse o que fala, eu iria ganhar o Palio di Siena* todos os anos e ser um homem rico. *Per favore, signorina*, não ligue para *l'anziana strega*, a velha bruxa. Por favor, aproveite o seu almoço. — Ele saiu resmungando e gesticulando para a velha, que simplesmente sorriu e assentiu com a cabeça.

Nick e Alana voltaram para a mesa deles e não comentaram a estranha experiência. Ambos não haviam compreendido o significado e a importância das observações da velha. Nick percebeu que Alana lançou vários olhares curiosos para a velha, mas, além disso, o incidente não parecia perturbá-la.

Depois de uma garfada modesta de *fagioli al fiasco* e um gole de vinho, Alana disse:

— Quando voltarmos, eu vou te mostrar mais sobre o misterioso Frei Tiago. — Em seguida, ela observou: — Esta comida está realmente maravilhosa.

De volta à *villa*, foram parados por Lucia, a governanta.

— *Professore* Renna, *per favore*. O senhor recebeu o telefonema de um padre da América, padre Timothy. Ele soube onde o senhor está pelo monsenhor Bruno. O padre disse para o senhor, por favor, ligar para ele. É urgentíssimo. Ah, e outra coisa: a *signora* Della Vecchia me pediu para

---

* O *Palio di Siena* é uma corrida de cavalos realizada duas vezes por ano, em 2 de julho e 16 de agosto, desde o século XVII, em Siena, Itália. (N. da T.)

que lhes trouxesse a refeição da noite antes de eu ir para casa, para o fim de semana. Passarei por aqui às oito, se lhes convier.

Nick se dirigiu para a casa principal, a fim de fazer a ligação, e Alana voltou para o celeiro adaptado. Ele notou que, da mesma forma que havia reparado antes, ela novamente diminuiu o passo ao passar pela piscina e a olhou desejosa. Ele não podia culpá-la, o sol da Toscana estava quente e a piscina era certamente convidativa. Tentou não pensar em como Alana ficaria em trajes de banho.

Nick consultou seu relógio ao entrar na casa; já que eram 14h30 ali, seriam 8h30 em New Hampshire. Ele fez a ligação, e o padre Tim atendeu no primeiro toque.

— Nicky, graças a Deus você me ligou de volta. Nós... Você, eu e toda a Igreja Católica Romana, estamos no meio de alguma coisa mais feia e mais sinistra do que poderíamos imaginar. LeClerc e Ducasse estão além do próprio mal.

Ele contou a Nick sobre sua viagem à Nova Escócia e o relato de Dupuy ligado aos acontecimentos no Seminário Menor; explicou o terrível significado da confissão de Ducasse ao padre Dupuy e sobre o poder e o alcance da *Salvatio Dolore*.

— Nicky, esses caras estão por toda parte. E são ou apaixonadamente comprometidos com LeClerc ou rigidamente controlados por Ducasse. De qualquer maneira, o que importa é que eles pretendem assumir a Igreja.

Então, falou a Nick sobre o "assassinato/suicídio" de Dupuy e Bernadette.

— Mike deu alguns telefonemas. Ele teve de usar o argumento de cooperação internacional, de irmãos na luta contra o crime e todas essas coisas. De qualquer forma, Nick, o que a princípio parecia ser um caso claro, agora é algo muito mais sombrio, muito mais doentio. Acharam evidências de atividade sexual em Bernadette; até aí, tudo bem. Mas, depois que Mike sugeriu que o DNA fosse testado, eles descobriram que o sêmen... não era de Dupuy. Devia ser de quem os matou. Ele a usou e, em seguida, a matou. É... É provável que ele tenha forçado o padre Dupuy a assistir a tudo.

Nick podia ouvir o padre Tim lutando para se controlar.

— Que Deus nos ajude, Nick. Com que diabos estamos lidando aqui? Quem pode ser capaz de coisa tão medonha?

Em um tom de voz agora calmo, mas que deixava patente todo o horror que sentia, o padre Tim disse:

— Juro por tudo que há de mais sagrado, Nick, que vou acabar com essa corja, com a *Salvatio Dolore* e com qualquer filho da mãe que estiver envolvido de alguma forma nisso tudo.

— Timmy, eles estão na nossa cola, não demorará muito, e eles nos acharão aqui; estamos tentando ficar sempre um passo à frente deles. Acho que daremos o fora daqui a um dia ou dois, mas para onde vamos, exatamente, eu ainda não tenho certeza. Alana está trabalhando para...

— Quem? — o padre Tim perguntou.

— A irmã Alazne Elizalde.

— Oh, certo, a noviça. A assistente de pesquisa do monsenhor Della Vecchia. Como ela está lidando com toda essa situação?

Nick disse:

— Ela é uma garota durona. Annie a teria adorado. Você também gostará dela, se eu conseguir mantê-la longe das garras de Ducasse e companhia. E por falar nisso, enviarei a você um resumo do que descobrimos, só para que tudo fique registrado.

O padre Tim ficou tocado pela referência que Nick fez a Annie. Foi um grande elogio, na verdade. Mas ele se perguntou se também poderia haver algo mais. Voltando-se para questões mais imediatas, o padre Tim disse:

— Nicky, no final das contas, aniquilar esse grupo é tudo que importa. Agora, o monsenhor Della Vecchia mandou dizer que ele está um pouco enfraquecido e de molho, mas que ainda lhe resta sua influência e que está pronto para usá-la. Mas você é quem manda.

Nick ficou em silêncio. As coisas haviam mudado. Não era mais o ego de Nick contra o de Ducasse na busca de um "troféu" eclesiástico arcano. Vidas e futuros, tanto de pessoas como de instituições, estavam em jogo. Mas o que eles poderiam de fato fazer contra um bilionário maníaco por controle, um clérigo sedento de poder e uma organização global de fanáticos religiosos? Alana estava certa: no que ele havia se metido?

— Nick, você ainda está aí? O cronômetro da partida está correndo, parceiro. E nós estamos perdendo. Como faremos para virar esse jogo?

Nick pensou por um momento. As chances eram mínimas, mas, talvez, se fossem inteligentes e sortudos...

— Ok, Timmy, vamos jogá-lo de duas maneiras: na raça e pra vencer.

Seu plano elaborado rapidamente era desesperado e frágil, mas era a única chance que tinham. Depois de explicá-lo ao padre Tim, Nick disse:

— Se o monsenhor Della Vecchia tiver as conexões certas, se Alana for bem-sucedida e nós realmente encontrarmos a Coroa, e se você estiver disposto a pegar um avião para Roma e incomodar um velho amigo, acho que podemos conseguir.

O padre Tim respondeu:

— Que Deus o ouça. Ok, vamos fazer isso.

Capítulo 12

Siena, Itália

Raymond Pelletier decidiu que iria montar seu quartel-general provisório em Siena. A cidade estava localizada praticamente no meio do que havia sido a Linha Gótica, uma área de destaque no livro de Renna, *Montanhas da Coragem*. Também contava com linhas de comunicação e transporte adequado. Monitorando o uso do cartão de crédito de Renna, Pelletier descobriu que o professor tinha alugado um carro em Mestre, e indicou Florença como local de devolução. A pesquisa da senhora Levesque provou ser de grande ajuda. De acordo com a senhora Levesque, "dentre todas as montanhas da Itália, aquelas seriam para onde ele iria".

Durante a leitura de *Montanhas da Coragem*, a senhora Levesque havia examinado as referências acadêmicas e descobriu que Renna citou 24 indivíduos a quem ele tinha entrevistado a respeito da atividade partisan ao longo da Linha Gótica. Alguns deles já estavam mortos, outros eram figuras do governo ou políticos, e os demais, cidadãos comuns. Entre esse último grupo, ela encontrou o nome de Cesare Della Vecchia. *Só podia ser o irmão do maldito monsenhor!* Ela ligou imediatamente para Pelletier.

— Ele conhece o irmão de Bruno Della Vecchia! Ele o entrevistou para o seu livro. Encontre Cesare Della Vecchia, e você acabará descobrindo onde o filho da mãe do Nick Renna está.

Ocorreu a Pelletier que após a fuga de Renna na Isola di San Giorgio, a senhora Levesque havia se tornado ainda mais desagradável e boca-suja do que o habitual. Pelletier tinha certeza de que a senhora Levesque estava reagindo ao desagrado do senhor Ducasse com ela. Mas isso não era desculpa. Pelletier não dava a mínima para a senhora Levesque, em todos os sentidos. Além disso, não tinha o menor interesse em qualquer "acordo" que ela e o senhor Ducasse pudessem ter.

A única coisa que importava para Pelletier era que isso jamais interferisse com o funcionamento eficiente da Fundação do Calvário, o crescente poder da *Salvatio Dolore* ou o seu próprio progresso.

O problema, entretanto, era que, apesar de Ducasse e o cardeal Le-Clerc serem o poder e a visão por trás da *Salvatio Dolore*, a senhora Levesque era a responsável por sua extensa base de dados, que continha as identidades e atividades de todos os membros da organização, inclusive informações altamente confidenciais, potencialmente destruidoras, que os ligavam a Émile Ducasse. Não podiam se dar ao luxo, portanto, de permitir que ela começasse a desmoronar. Se eles perdessem o banco de dados, as consequências seriam catastróficas. Pelletier decidiu que no momento em que a senhora Levesque parecesse se tornar um perigo, ele iria se livrar dela — e não seria nem um pouco relutante. Entretanto, as coisas mais importantes estavam em primeiro lugar.

O plano em prática pedia que Pelletier chegasse a Siena, saindo de Veneza, no domingo; o resto de seu pessoal, Gregory, Randolph e a equipe de Milão teriam de se apresentar na manhã de segunda-feira. Mas a caçada já estava em andamento. Fora passado um alerta para os membros da *Salvatio Dolore* procurarem um professor americano e uma freira fugitiva. Pelletier estava bem ciente da desenvoltura de Renna e, infelizmente, da sua aparente sorte. Ainda assim, Pelletier se permitiu estar satisfeito com os arranjos. O tempo estava cada vez mais apertado — faltava uma semana para o Sínodo dos Bispos. Ele se sentiu confiante. O cerco estava se fechando.

~

Quando Nick entrou na casa de hóspedes, Alana acenou para ele e disse com entusiasmo:

— Por favor, venha ver, Nicholas. Isso é extraordinário!

Ela estava trabalhando na segunda página do manuscrito de Frei Tiago.

Nick olhou por cima de seu ombro, enquanto ela apontava para a assinatura no final do texto.

— Você se lembra de que eu disse que a maneira pela qual ele se referiu a si mesmo no início do documento era estranha? E que percebemos que a assinatura não coincidia com o nome do início? Me ocorreu que a discrepância entre os dois poderia de alguma maneira influenciar a tradução, então, eu pulei para o fim. Decifrei as letras e o significado da assinatura. Nicholas, ele usou o seu *verdadeiro* nome: *Jakome Gaintza*. Isso muda tudo, porque me diz para onde ele foi muito provavelmente depois que deixou Veneza!

— Como onde? — Nick perguntou.

Ela explicou:

— Jakome é o equivalente basco para "Tiago". Mas o mais importante é o seu sobrenome, "Gaintza".

— Por quê?

— Todos os sobrenomes bascos são derivados de localizações geográficas. Eles geralmente se referem a características do terreno ou a fazendas ou casas. Mas, em *todos* os casos, Nicholas, eles se relacionam com o lugar de onde a pessoa é.

— Então, de onde o Frei Tiago, ou Jakome, era?

Ela apontou para o nome no manuscrito.

— "Gain" significa algo como "sobre", ou a "parte superior de uma montanha". O sufixo "za" ou "tza", como está aqui, quer dizer "abundância". Então, quer dizer que o sobrenome do Frei Tiago significa, aproximadamente, "local com uma abundância de montanhas altas".

— Isso é muito interessante, Alana — Nick disse secamente —, mas engloba praticamente toda a região dos Pireneus espanhóis, não é?

— Nicholas, eu conheço duas aldeias com esse nome. Uma delas fica na província de Nafarroa. Tenho a forte impressão, entretanto, por algumas coisas que o Frei diz e alusões que ele faz, de que seu lar é a outra.

Essa Gaintza é uma aldeia em Guipúzcoa, no sopé da Serra de Aralar. Fica a poucos quilômetros de Segura, o povoado onde eu vivia com as irmãs de São Domingos. Nicholas, parece provável que Frei Jakome tenha sido meu vizinho!

— Como ele acabou sendo associado a Paris? — Nick perguntou.

Alana respondeu:

— São Domingos era espanhol, como você sabe, mas Paris era um grande centro de vida e influência dominicana. Não teria sido de todo incomum que Frei Tiago, depois de ordenado, fosse a Paris receber uma educação mais apurada, sendo um jovem e promissor clérigo. E, claro, Paris foi o lugar onde ele se tornou um dos favoritos de Luís IX, que o mandou para Veneza. Depois de um tempo, ele poderia muito bem ter sido identificado como proveniente de Paris.

— Ok, eu vou apostar nessa hipótese. Mas, voltando a Gaintza, como você pode ter certeza de qual das duas aldeias é a Gaintza *certa*?

Ela disse:

— O manuscrito está muito danificado nesse trecho. Mas, se eu puder entrar na Internet e acessar alguns bancos de dados bascos, tenho certeza de que poderemos descobrir.

— E quanto à Coroa em si?

Ela suspirou.

— Sem pistas, por enquanto. Mas, agora que sei quem ele é, vou levar isso em conta, quando traduzir. E se eu estiver certa sobre Gaintza, estaremos pelo menos, como se diz, "na área".

Nick disse:

— Ok, eis o que vamos fazer. Amanhã, quando formos para Siena, você poderá acessar a Internet do consultório de Cesare. Eu só preciso enviar um e-mail ao padre Tim Reilly, mas, depois disso, o computador é todo seu. E talvez seja melhor você levar o manuscrito com você, e também seu passaporte, por via das dúvidas.

Alana compreendeu imediatamente as implicações e perguntou:

— Talvez fosse bom eu também colocar algumas roupas na sacola, não? Por via das dúvidas.

Nick ficou impressionado. Alana podia ser a jovem mais etérea que ele já tinha conhecido, mas ela entendia claramente o que eles estavam enfrentando.

— Bem pensado. Eu também vou fazer isso.

Alana disse:

— Então, eu queria lhe pedir um favor. Em Siena, existe a Basílica de São Domingos, um lugar muito especial para os dominicanos. Há nela uma capela dedicada à Santa Catarina de Siena, um dos expoentes entre os santos dominicanos, em honra de quem o meu convento em Roma foi batizado. Gostaria muito de assistir à missa lá.

— É claro — respondeu Nick, já pensando num jeito de evitar ter de assistir à missa também.

Como se estivesse lendo seus pensamentos, Alana disse:

— E talvez você queira ir, também — ela acrescentou inocentemente. — Especialmente agora, depois de seu recente interesse em recuperar relíquias sagradas.

Sem fazer ideia do que ela estava falando, Nick perguntou:

— Por quê? Que relíquia eles conservam na Basílica de São Domingos?

Mal conseguindo manter uma cara séria, Alana respondeu:

— A própria cabeça mumificada de Santa Catarina. Você teria gostado de recuperá-la?

Nick olhou pra ela por um instante e perguntou:

— Alana, você está familiarizada com a expressão "curtir com a cara de alguém"?

— Não — ela respondeu —, não estou familiarizada. Mas me parece divertido. A que se refere?

— Trata-se do que você acaba de fazer comigo.

Ela sorriu.

— Oh, então, é muito divertido mesmo.

Mais tarde, naquela noite, Lucia trouxe o jantar: coelho assado com vinho branco, azeitonas e cogumelos, servidos sobre macarrão com ovos *tagliatelle*. Durante todo o jantar, a conversa foi calma e agradável, mas nada pessoal. Alana nunca mencionava ou mesmo aludia à sua vida antes de entrar no convento, preferindo, em vez disso, conversar sobre Roma, seu fascínio pelo Vaticano e o prazer intelectual de trabalhar para o monsenhor Della Vecchia. Da mesma forma, Nick manteve sua conversa focada na vida na Faculdade Henniker e na pesquisa que fez na Toscana para seu primeiro livro.

Depois do jantar, Nick disse:

— Podemos estar na correria, mas certamente comendo muito bem. Alana, eu faço questão de lavar os pratos. Mas, já que está uma noite linda, gostaria de dar um passeio antes de ir para a cama... isto é, quero dizer... antes de se recolher?

Não entendendo seu fraseado estranho, Alana, não obstante, declinou do convite, dizendo:

— Não, obrigada, Nicholas. Vou fazer minhas orações da noite e depois dormir. Vejo você pela manhã. Durma bem.

Como de costume, ele não dormiu. E foi por isso que, por volta da meia-noite, Nick ouviu, ainda que bem de leve, Alana descer a escada na ponta dos pés, fazer uma pausa na cozinha e, então, sair pela porta da frente e seguir pelo caminho de terra. Nick saltou da cama rapidamente, enfiou-se em um jeans e começou a segui-la, tomando cuidado para não fazer barulho ou ser visto. Ele não fazia ideia do que ela pretendia.

O ar da noite estava quente e sem vento, e a lua, brilhante o suficiente para projetar sombras. Alana, cerca de vinte metros à frente dele, estava usando um dos roupões de banho da casa de hóspedes. Ele não imaginava a razão disso, até que a viu se dirigir para a piscina. Nick observou — escondido no olival — como Alana caminhou até a beira da piscina e olhou à sua volta, como se quisesse ter certeza de que não havia ninguém por perto, e tocou a água levemente com o dedo do pé. Então, fez algo surpreendente. Ela deixou cair o roupão e ficou nua ao luar, de costas para Nick, a não mais do que dez metros dele.

Ao vê-la assim, dessa maneira chocante e inesperada, mas, de alguma forma, totalmente natural, Nick só pôde se maravilhar com a beleza e graça de seus membros longos, a curva dos seios, o volume suave dos quadris e das nádegas, as linhas elegantes de suas costas e do pescoço.

Era mais bela do que ele poderia ter imaginado. Nick assistiu hipnotizado Alana se esticar uma vez e mergulhar, de forma limpa e quase silenciosamente, praticamente sem respingos, na água banhada pelo luar. Ela nadou bem e vigorosamente até o final da piscina, virou-se e nadou de volta. Completou várias vezes o percurso de modo semelhante, e Nick ficou ali parado, observando-a, em silêncio reverente.

Finalmente, ela parou e descansou brevemente na borda da piscina. Ergueu-se lentamente para fora da água; seu rosto brilhava ao luar, e o cabelo curto e escuro colado à cabeça acentuava-lhe as linhas belas e bem definidas das maçãs do rosto, do nariz e do queixo; os ombros eram delicados, mas fortes, e seus seios, perfeitamente modelados. Nick quase engasgou.

Começando logo abaixo de seu seio esquerdo, uma cicatriz avermelhada e franzida corria em uma diagonal irregular através de seu ventre até dois centímetros abaixo do umbigo. Como um medonho e lívido verme, a cicatriz era ainda mais terrível por ser uma intrusão flagrante e grotesca na beleza impressionante de Alana.

Atordoado, Nick percebeu que era a cicatriz de uma facada. Como ela poderia ter passado por uma coisa assim? Quem, em nome de Deus, seria capaz de fazer aquilo a ela? Então, Nick se lembrou das palavras do monsenhor Della Vecchia: "Irmã Alana tinha 14 anos quando cambaleou para a Igreja de Nossa Senhora da Assunção, na aldeia de Segura, em Guipúzcoa, sangrando, faminta e quase morta...".

Ele assistiu em choque silencioso Alana se secar rapidamente com o roupão, vesti-lo novamente, e voltar apressada pelo caminho até a casa de hóspedes. Ele esperou na escuridão quase vinte minutos, querendo ter certeza de que Alana já estaria deitada e dormindo antes que ele se esgueirasse de volta para o próprio quarto. Ele não conseguia sequer tentar organizar seus sentimentos.

~

Esparramada por várias colinas da Toscana, a bela cidade medieval de Siena tem mais ou menos o formato da letra "Y" e é dividida em três seções chamadas "*terzi*". O consultório de Cesare Della Vecchia estava localizado no Terzo di San Martino, não muito longe da central Piazza del Campo e da Basílica de São Domingos.

Nick e Alana haviam planejado primeiro cuidar de seus negócios no consultório de Cesare e depois seguirem para a Basílica de São Domingos, para que Alana pudesse se confessar antes da missa do meio-dia. O que permanecia além da compreensão de Nick era o que aquela moça inocente poderia ter para confessar e por que razão ela parecia ansiar por isso.

A clínica de Cesare Della Vecchia ocupava dois andares de um prédio em uma rua estreita, junto à Via Fontebranda, uma importante rua de Siena. O guarda uniformizado os deixou entrar sem problemas e os escoltou pelo primeiro andar — onde havia numerosas salas de exame, salas de consulta e várias suítes destinadas a pacientes de cirurgias ambulatoriais — até um elevador, que os levaria ao segundo andar, onde estavam localizados os escritórios administrativos, incluindo o consultório de Cesare.

A sala em si era modesta, porém, confortável e acolhedora, dando a sensação de que se poderia discutir qualquer coisa ali e, independentemente do resultado, sair tranquilo e em paz. Nick sentou-se em frente ao computador de Cesare, iniciou-o e começou a trabalhar. Usando a senha de Cesare, abriu um documento do Word, tirou do bolso suas anotações do dia anterior e começou a digitar. Alana olhava por cima de seu ombro enquanto ele escrevia.

Depois de concluído, Nick enviou um e-mail ao padre Tim com o documento anexado.

Alana disse a Nick:

— A coisa toda parece ainda mais importante quando colocada por escrito nesses termos. Sou apenas uma insignificante noviça dominicana de uma pequena aldeia em Guipúzcoa. O que eu posso fazer em relação a essas questões?

Nick respondeu:

— O que você pode fazer, Alana, é descobrir onde, em Guipúzcoa, o nosso amigo Frei Tiago escondeu a Coroa de Espinhos.

Alana sentou-se em frente ao computador e tirou suas anotações e o manuscrito do Frei Tiago de sua bolsa de lona. Ela explicou a Nick:

— O manuscrito parece ter três partes distintas, embora não pareçam ter sido propositadamente separadas e haja alguma sobreposição. Na primeira, ele parece amedrontado e confuso, angustiando-se em dúvidas sobre o que o Senhor espera dele. Na segunda, Frei Tiago fala sobre a sede por poder e as consequências de seu uso indevido. Finalmente, parecendo quase eufórico, ele toma a decisão de fugir com a Coroa. Nesse momento, uma coisa estranha acontece. Seu uso da linguagem muda, ou, pelo menos, o uso de imagens muda. Seu imaginário torna-se mais basco, mais sugestivo da mitologia basca do que da mitologia cristã. E essa é a parte em que ele deixa entrever para onde vai e o que vai fazer com a Coroa. Pode ser traduzida mais ou menos como "desaparecer na paisagem das lendas". As lendas abundam em Euskal Herria, Nicholas. E mesmo que seja algum local em Guipúzcoa, há um milhão de lugares em que a Coroa poderia estar. É por isso que a parte sobre Gaintza é tão importante.

— Existe muita informação útil sobre bascos na Internet?

Ela pareceu surpresa com a pergunta.

— Existe informação útil sobre tudo na Internet.

Nick observou com admiração enquanto seus dedos voavam sobre as teclas, pesquisando *websites*, entrando em bancos de dados, acessando fontes de referência, vasculhando itens por intrincados expedientes de busca cujo significado Nick mal fazia ideia.

Ele disse:

— Para uma insignificante noviça dominicana de uma pequena aldeia em Guipúzcoa, você é muito boa nisso.

Ocupada com seu trabalho, Alana respondeu:

— Sim, sou muito boa nisso.

Então, quando atinou sobre o comentário de Nick, Alana se virou e olhou para ele.

— Nicholas, essa referência que fez sobre Guipúzcoa e meu novicia-do, estou correta ao supor que foi *sua* vez de "curtir com a minha cara"?

— Garota esperta — disse Nick.

Sorrindo, Alana retornou ao seu trabalho.

~

O monsenhor Giuseppe Malatesta olhou com aprovação seu reflexo no espelho de seus aposentos privativos no presbitério da Basílica de São Domingos. Era alto e esguio (gostava de pensar em si mesmo como "aristocraticamente esbelto") e de aparência um tanto ascética. Verdade seja dita, ele se assemelhava aos sacerdotes de rosto solene e aspecto sombrio que povoam muitas das pinturas de El Greco. Trazia o cabelo espesso, ondulado e negro cuidadosamente penteado para trás, revelan-do sua testa alta e larga e chamando a atenção para o nariz afilado e aquilino, e para os escuros e fundos olhos castanhos.

Em suas vestes paramentais, ele parecia — e sabia disso — um rema-tado príncipe da Igreja. Só que ele não era um príncipe da Igreja. Tam-bém não era bispo nem candidato a se tornar bispo, e esse fato constituía uma profunda decepção para ele. Ser designado para a Basílica de São Domingos, em vez de para o *Duomo*, ou seja, para a catedral, joia arqui-tetônica e eclesiástica de Siena, foi outra decepção e uma afronta à sua noção de autoimportância. A Basílica fora erguida no início do ministé-rio de São Domingos, entre 1225 e 1256. Toda feita de tijolos e austera, a construção gótica, segundo Malatesta, era totalmente desprovida de charme. E também, conforme ele acreditava, era indigna dele.

A verdade é que o monsenhor Malatesta era dono de uma vaidade extrema, e sua ambição não ficava atrás, o que resultava numa combi-nação infeliz, embora não incomum em sua linha de trabalho. Estava convencido de que, se não fossem os ocasionais e insignificantes erros de julgamento (como aquele infeliz episódio com o coroinha de 12 anos de idade, em Pisa, vários anos antes), ele já seria bispo agora.

Ainda assim, como a esperança é a última que morre, e graças à recente associação com certas pessoas influentes, sua ascensão às mais altas esferas do poder estava mais próxima do que jamais estivera. Apenas dois dias antes, eles haviam solicitado sua vigilância em determinada questão relativa a uma freira trapaceira e seu companheiro americano, que estariam se escondendo na Toscana. Se Deus quisesse, e se Malatesta pudesse ajudar seus novos amigos com a solução desse assunto, em breve ele poderia estar celebrando missas no glorioso *Duomo di Siena*.

Naquele domingo, o monsenhor Malatesta estava escalado para ouvir confissões antes da missa do meio-dia, uma função que normalmente achava tediosa, já que a maioria das pessoas que o procuravam era de pecadores do tipo mais venial. No entanto, ele gostava de celebrar a missa, especialmente a do meio-dia, já que era muito concorrida e lhe dava a oportunidade de impressionar centenas de fiéis com sua piedade e seriedade.

Nick e Alana entraram na Basílica de São Domingos quase uma hora antes da missa. Alana estava animada, tanto por estar num lugar tão significativo para a Ordem Dominicana quanto pelo que havia descoberto na Internet. Nick queria apenas que a missa terminasse o mais rapidamente possível, para que pudessem voltar para a *villa* e terminar a tradução do manuscrito. Estavam — surpreendentemente — fazendo um enorme progresso, graças à Alana. Em razão da enorme contribuição que Alana estava dando e do fato de Nick não querer desapontá-la de jeito nenhum, era justo que eles fizessem uma pausa para a missa.

Alana havia concluído que Frei Tiago tinha levado a Coroa para a Serra de Aralar de Guipúzcoa, para algum ponto perto de um lugar que foi descrito como sendo *ituarte*. *Itur* significava fonte ou nascente, e *arte* significava entre ou dentro. Pelo que ela havia entendido, seu propósito era *ezkutatu*, esconder alguma coisa. Além disso, Alana havia encontrado a palavra *leize*, que significava caverna. Seu melhor palpite era o de que Frei Tiago havia ido para a Serra de Aralar, uma região repleta de lendas, e encondido a Coroa numa caverna localizada entre duas fontes. Era uma pista e tanto, mas permanecia o fato de que a área em questão cobria milhares de quilômetros quadrados e era abundante em cavernas, rios e riachos. Ela tinha de chegar mais perto. Mas isso era para mais tarde. Primeiro, a missa.

Ao entrarem na Basílica de São Domingos, a primeira coisa que Nick e Alana fizeram foi procurar *la cappella di Santa Caterina*, a capela de Santa Catarina, que ficava na porção mediana da Basílica, do lado direito. Alana queria ver os afrescos, pintados em 1526 por Sodoma, que retratavam cenas da vida da célebre dominicana. Um deles mostrava a santa intercedendo por um prisioneiro condenado; outro, muito conhecido, Catarina desfalecendo em êxtase. Nick percebeu que havia caixas de moedas, para que se pudesse depositar algum dinheiro e iluminar os afrescos, bem como o relicário dourado sobre o altar, que guardava a cabeça da santa. Quase literalmente "tudo por 1 dólar", Nick se surpreendeu, ou, nesse caso, 1 euro.

Mais para o fundo da Basílica ficavam os confessionários, um dos quais tinha uma luz acesa sobre a entrada mostrando que o sacerdote estava presente e disponível para ouvir as confissões. Havia apenas duas outras pessoas esperando a vez, e Alana tomou seu lugar na fila. Nick ficou esperando em um banco. Então, Alana entrou no confessionário.

— Abençoe-me, padre, porque pequei — ela recitou na forma tradicional. — Já se passaram três semanas desde minha última confissão.

Sentado na escuridão da pequena cabine, separado da penitente por uma tela deslizante que permitia a conversa, mas impedia a identificação, o monsenhor Giuseppe Malatesta abafou um suspiro. Ele pensou: "Três semanas? Pela voz, uma mulher jovem, o que até poderia ser interessante. Mas, com apenas três semanas entre as confissões, parecia improvável que ela houvesse cometido pecados de qualquer magnitude".

Alana continuou:

— Padre, eu estou profundamente perturbada. Creio ter participado de um roubo. Além disso, estou... Estou experimentando sentimentos que... que não são coerentes com os meus votos.

De repente, Malatesta se animou:

— Votos? — perguntou. — Devo entender que você é uma religiosa?

— Sim, padre. Sou noviça na Ordem dos Pregadores, uma dominicana.

Malatesta disse:

— Eu percebi um pouco de sotaque, irmã. Qual é o seu convento de origem?

— O Convento de Nossa Senhora da Assunção, em Segura, na Espanha.

Santa Mãe de Deus, pensou Malatesta, *é ela!* A freira basca da qual havia sido informado, a que estava fugindo com o professor norte-americano. Que oportunidade! Tinha de descobrir mais, porém, sem assustá-la.

— E qual é a natureza desse roubo, minha filha? — Malatesta estava usando sua voz mais sincera, reconfortante e paternal.

— Padre, eu ajudei a remover um documento antigo do lugar onde era conservado adequadamente. Eu fiz isso não para possuí-lo, mas apenas para ajudar os outros... talvez até a Santa Madre Igreja.

Malatesta estava quase trêmulo de emoção. Qualquer que fosse o documento, a *Salvatio Dolore* estaria para sempre em dívida com ele. Já podia ver a si mesmo usando o toucado de bispo, conhecido como mitra, e segurando o báculo, o bastão episcopal. Estaria glorioso.

Ele perguntou delicadamente:

— O que, exatamente, há nesse documento, irmã, que pode ajudar a Igreja? É importante que eu saiba.

Alana estava dividida. Por um lado, devia se submeter, por seu voto sagrado de obediência e pelas obrigações do sacramento da Confissão. Por outro lado, sentia que não devia trair Nicholas e comprometer a busca pela Coroa ou correr o risco de a relíquia cair nas mãos erradas.

No final das contas, ela decidiu que, assim como Frei Tiago, a coisa certa, a coisa moral a fazer, era impedir que a Coroa de Espinhos fosse parar nas garras daqueles que gostariam de rebaixar e aviltar o seu significado, utilizando-a para obter poder pessoal. Certamente, Nosso Senhor iria entender e perdoar sua desobediência.

— Não posso lhe dizer, padre.

Malatesta, temendo que sua oportunidade de ouro pudesse escapar, respondeu bruscamente:

— Mas você deve! Eu exijo isso! Ou não vou lhe conceder a absolvição. Agora, sobre o que é o documento e para onde o está levando?

Alana estava atordoada. *Para onde o está levando?* Por que ele iria perguntar uma coisa dessas? A menos que... Ela saiu como um raio do confessionário e se dirigiu para a saída, fazendo sinal para que Nick fosse atrás dela.

— O que está havendo? O que aconteceu? — Nick gritou, seguindo-a para fora da igreja.

Parada nos degraus da frente da Basílica de São Domingos, Alana respondeu:

— Lembra que você disse que, além do manuscrito, deveríamos trazer também nossos passaportes e nossas roupas, "por via das dúvidas"?

— Sim. E daí?

— Nicholas, "por via das dúvidas" acaba de acontecer. É a *Salvatio Dolore.* Temos de deixar Siena.

~

O voo 615 da Alitalia, numa viagem sem escalas do Aeroporto Internacional de Boston ao Leonardo da Vinci, de Roma, estava apenas com três quartos dos lugares ocupados, por milagre — como preferiu acreditar o padre Tim. Como resultado, tinha dois assentos do lado da porta só para ele. Estava viajando em roupas civis para fins de conforto e anonimato, e, para fins de relaxamento, tomava um uísque. O voo até o momento havia sido agradável; sua conversa mais cedo com o seu superior, o bispo Donald McMurray, da Diocese de Manchester, é que não tinha ido tão bem.

— Mas o que é tão importante, Timothy? Me diga, por favor — o bispo praticamente exigiu. — O que é tão importante para afastá-lo de sua paróquia tão subitamente e levá-lo a *Roma*, Santo Deus, que você não possa *me* dizer? E o que é pior, deixando a paróquia nas mãos do padre Nerlinger, bem-intencionado, mas, vamos ser sinceros aqui, Timothy, desprovido de carisma.

O bispo McMurray se preocupava muito com imagem; mesmo assim, era um bom sacerdote e um administrador decente.

O padre Tim disse:

— Bispo, por favor. Não tiro férias há três anos. Certamente, tenho direito a uns dias de folga, e aconteceu algo que é de natureza pessoal, por assim dizer. Preciso resolver um assunto. Peço a sua compreensão.

O bispo McMurray refletiu sobre a questão durante um tempo, principalmente para deixar o padre Tim saber que ele poderia, se quisesse, proibi-lo de ir. Ainda assim, o bispo sabia que Santa Clara era uma paróquia modelo e o padre Tim, uma estrela eclesiástica em ascensão. Acabou aprovando.

— Você pode ir, Timothy. Mas quero você de volta aqui logo que for possível. E caso possa dar um jeito de explicar melhor o que está acontecendo, eu apreciaria. — Concluiu dizendo: — Só para você saber, Timothy: agora você me deve uma.

Fazia anos que o padre Tim estivera em Roma e, na verdade, ele estava ansioso para voltar, mesmo nas presentes circunstâncias. Na verdade, as perspectivas pareciam sombrias. Se eles falhassem em sua tentativa de sabotar os planos de LeClerc e Ducasse, as portas do inferno — quase que literalmente — seriam abertas. O que aconteceria com eles individualmente teria pouca importância em comparação com o que poderia acontecer dentro da Igreja. O padre Tim acreditava apaixonadamente que a Igreja — mesmo com todas as suas falhas, seus pecados, suas fraquezas e hipocrisias — continuava a ser um farol de esperança e um veículo para a salvação em um mundo deprimente e ameaçador. Mas, com toda certeza, ela estava em sérios apuros agora.

Contudo, havia uma chance. Nick havia concebido um plano brilhante, e eles poderiam realmente ser capazes de fazê-lo dar certo se... se amizade e lealdade ainda valessem alguma coisa, se o monsenhor Della Vecchia tivesse a influência política necessária e, a questão mais importante, se Nick e Alana conseguissem de fato localizar e recuperar a Coroa de Espinhos. O padre Tim suspirou de modo audível: *Tudo o que eu sempre quis foi ser um simples padre provinciano. Verdadeiramente, misteriosos são os caminhos do Senhor.*

Capítulo 13

Roma, Itália

Na noite de domingo, o monsenhor Bruno Della Vecchia, com pontos cirúrgicos e ataduras por baixo do traje clerical, estava sentado numa poltrona reclinável na sala de estar de seu apartamento em Roma, tomando café. Sentia-se muito bem para um homem de 68 anos que recentemente havia sido baleado. Bem o suficiente para receber a visita do comandante da Guarda Suíça, o general Jean-Christophe Rein.

Vestido com roupas civis, conforme o costume da Guarda Suíça quando não estava em serviço cerimonial, o general era um sujeito rígido e formal, não dado a brincadeiras. Vinha informar Della Vecchia sobre o que havia acontecido depois do incidente na Isola di San Giorgio. O general e o monsenhor vinham trabalhando juntos havia semanas.

Antes da chegada de Nick Renna a Roma, o monsenhor Bruno Della Vecchia havia sido contatado pelo general Rein. O general — de quem Della Vecchia conhecia apenas o posto e a reputação — arranjara para se encontrarem secretamente na casa de um amigo comum. Naquela ocasião, o general tinha explicado que "pessoas próximas ao Santo Padre" haviam recebido a notícia de que o bilionário canadense Émile Ducasse estava envolvido na busca de certa relíquia de valor inestimável, cuja disposição poderia causar cismas monumentais dentro da Igreja. Além disso, o general havia descoberto que a relíquia era justamente a mesma sobre a qual uma freira americana falara em contato com Della Vecchia.

Na primeira reunião, o general disse:

— Ducasse tem a intenção de recuperar a relíquia para seus próprios fins, que podem incluir usá-la de alguma forma contra o Santo Padre. O professor Nicholas Renna está sendo usado como boi de piranha. Uma vez que a disposição das relíquias sagradas está em sua esfera de ação, monsenhor, como chefe da Comissão Pontifícia para o Patrimônio Cultural e Artístico da Igreja, os conselheiros do pontífice me incumbiram de informá-lo de que cabe ao senhor nos ajudar na resolução favorável dessa grave questão.

Normalmente avesso à política do Vaticano, o monsenhor havia se interessado ao saber do envolvimento de Ducasse. Admitira sua correspondência com a irmã Anne Marie Reilly e a possibilidade de ser contatado por quem assumisse sua pesquisa, sendo que essa pessoa agora, obviamente, era Renna. O general havia, então, explicado o que se esperava que o monsenhor fizesse.

— É bastante simples, monsenhor. Pedimos apenas que, quando Renna entrar em contato com o senhor, eu seja imediatamente avisado. Além disso, espero que me relate qualquer acontecimento significativo e, na medida do possível, mantenha-se informado sobre os passos de Renna em sua busca. Se ele achar alguma coisa, queremos estar por perto.

Naquela noite, o general relatou os acontecimentos em Isola di San Giorgio a Della Vecchia.

— Monsenhor, descobrimos pela Interpol que o homem e a mulher eram ambos canadenses, assassinos profissionais com dossiês bastante extensos. Entretanto, não há registro de terem trabalhado juntos antes. E, como verdadeiros profissionais, não deixaram para trás pistas sobre quem os havia contratado.

O general continuou:

— A missão deles, aparentemente, era assassinar Renna e a freira. Mas, desconfio, não imediatamente. Penso que estavam atrás de algo que achavam que Renna e a freira haviam obtido... Algo valioso, algo importante relativo à localização exata da Coroa. Se não fosse por esse motivo, eles simplesmente os teriam matado numa emboscada e seguido o seu caminho. Em vez disso, tentaram interceptá-los, e falharam em todos os aspectos. Seguindo sua orientação, Renna foi para a Toscana, buscando refúgio com o seu irmão, que, por sinal, nada sabe sobre a nossa colaboração. Renna e a freira permanecem lá, embora, como acreditamos, não por muito tempo. Ducasse certamente irá localizá-los e mandar alguém atrás deles. O problema, monsenhor, é que o envolvimento da Guarda Suíça deve permanecer discreto daqui em diante. Nossa intervenção aberta em Isola di San Giorgio foi necessária, mas infeliz. Desde então, o incidente foi encoberto. A partir de agora, temos de ficar nas sombras. Renna e a irmã Alana estão por conta própria. Eu, entretanto, continuarei a ser o seu contato.

— Entendo — disse o Monsenhor. — E agradeço mais uma vez sua intervenção, general.

O general se inclinou para a frente como se, ao diminuir a distância entre os dois, pudesse aumentar a importância de suas próximas palavras.

— Monsenhor Della Vecchia, o local para onde Renna e a freira irão a seguir é crítico. Pode ser para de fato recuperarem a própria Coroa. Devemos saber de suas ações e de seu paradeiro, especialmente porque Ducasse os estará perseguindo de perto. Estou confiando no senhor para me manter informado. O Sínodo irá começar em breve, e não queremos surpresas.

Tentando amenizar com um sorriso sua ameaça implícita, embora não obtendo muito sucesso, o general acrescentou:

— Gostaria de lembrá-lo, monsenhor Della Vecchia, que, independentemente da intenção ou motivação de Renna, nobre ou não, não cabe a ele determinar a disposição da Coroa de Espinhos. Que continua a ser da alçada do Santo Padre, a quem cada um de nós jurou obediência.

No início, Della Vecchia havia concordado em compactuar com esse estratagema, acreditando que seria melhor ser informado do que permanecer ignorante, participar, em vez de se isolar. Naquela noite, porém, ele começou a ter graves receios. Ele passou a respeitar o professor norte-americano, a sentir um carinho quase paternal por ele, como já sentia pela irmã Alana. Além disso, fazia tempo que não tinha momentos tão agradáveis como os que havia passado na companhia de Nicholas e da irmã. No entanto, o Santo Padre — na verdade, a própria Igreja — tinha de ser protegido. Por que, então, o monsenhor se perguntou, ele se sentia como um traidor?

Levantando-se para ir embora, o general disse:

— Se o senhor não tem mais perguntas, então o nosso assunto nesta noite está concluído. Vou me certificar de que suas informações sejam repassadas aos conselheiros do Santo Padre. Boa noite, monsenhor.

Depois que o general saiu, o monsenhor Della Vecchia se serviu de um conhaque e se sentou para pensar. Rein estava mentindo e vinha mentindo o tempo todo. O general não estava trabalhando em nome dos "conselheiros do Santo Padre" ou das "pessoas próximas ao Santo Padre". Aquilo era uma artimanha elaborada. O general tinha outras alianças mais sinistras. Renna e a irmã Alana estavam chegando perto, e eles formavam uma equipe formidável. Mas o perigo e a duplicidade estavam por toda parte ao redor deles. Della Vecchia não estava certo de que poderia ajudá-los.

Depois de deixar a residência do monsenhor, o general Rein entrou na Mercedes que esperava por ele.

— Você pode me levar para casa, sargento. Este foi um longo dia.

O brigadeiro Jean-Christophe Rein vivia sozinho. Não fora sempre assim. Ele havia passado 23 anos nas Forças Armadas suíças, incluindo um ano na Bósnia e Herzegóvina, como parte da contribuição da Suíça para a força de paz das Nações Unidas. Tinha sido eficaz tanto como instrutor quanto como líder. Além disso, amava a ordem, a previsibilidade e a clareza de propósito que acompanham a vida militar. Isso combinava com seu temperamento e era coerente com sua visão de como o mundo deve funcionar. Oito anos antes, isso tudo desmoronou.

Sua esposa havia decidido tirar umas férias em Nova York para visitar sua filha, que era uma jovem executiva em ascensão em uma filial nova-iorquina de um famoso banco suíço. Os escritórios da instituição financeira estavam localizados no World Trade Center. A data era 11 de setembro de 2001. Sua esposa e sua filha estavam tomando café em uma das muitas pequenas cafeterias do prédio quando suas vidas — e o mundo do general — chegaram a um terrível fim, em meio a gritos e chamas.

Ele se forçou a continuar a cumprir com o seu dever, a se manter focado em suas responsabilidades militares, mas era uma constante e fatigante luta. Depois de vários anos e a resolução "Exército XXI", que reduziu o tamanho das Forças Armadas na Suíça de 520 mil para 220 mil membros, Rein decidiu se aposentar do exército, com apenas 55 anos.

Sendo um católico devoto e tradicional e possuindo fortes laços familiares com a comunidade diplomática, foi-lhe oferecida a posição de comandante da Guarda Suíça, quando o comandante anterior se retirou para ocupar a posição de chefe de polícia em Zurique. Rein aceitou o posto com gratidão, até mesmo ansiosamente. Esperava que, em Roma, nas cercanias rarefeitas e santificadas da Cidade do Vaticano, ele pudesse encontrar algum consolo, alguma explicação para a presença no mundo de um mal tão sombrio e irredimível, e de como um Deus de amor poderia permitir tal coisa. Ele descobriu apenas que continuava a sofrer.

Na verdade, o sofrimento se tornou um modo de vida — e, depois, um meio de salvação.

~

Pouco antes das 8 horas de segunda-feira, Pasquale Gandolfini ficou surpreso ao ouvir um carro estacionar na porta da frente da Villa Della Vecchia. Ele estava na cozinha tomando café com brioche acompanhado da esposa, Lucia.

Pasquale ficou ainda mais surpreso quando a porta se abriu e dois homens e uma mulher entraram, cada um segurando uma pistola 9 mm com silenciador. Foi a mulher quem falou:

— Onde estão Renna e a garota?

Pasquale se levantou e colocou-se na frente de Lucia, que estava completamente aterrorizada.

— Eu não sei...

A mulher lhe acertou um tiro no joelho e falou com Lucia, sua voz exibia uma estranha calma, enquanto Pasquale se contorcia de dor no chão:

— O próximo tiro será no ouvido dele. Fale. Onde estão Renna e a garota?

— Não diga a eles, Lucia!

A mulher aproximou a pistola da orelha de Pasquale.

— Siena! Siena! Deus nos ajude, o que você fez? Pasquale! — Lucia ajoelhou-se para ajudá-lo e um dos homens se aproximou dela rapidamente e a chutou para longe do marido.

De novo, foi a mulher quem falou:

— Onde ficam os quartos deles? Rápido, mulher, ou vou matá-lo ali mesmo onde ele está. Diga!

Lucia apontou na direção da casa de hóspedes, mas o homem que a chutou a obrigou a ficar de pé e a empurrou porta afora. O outro homem ficou para trás com Pasquale, enquanto Lucia, trôpega e aos prantos, lhes mostrou o caminho.

O homem aguardou do lado de fora, enquanto a mulher inspecionou o local. Ela verificou cada quarto rapidamente, mas com cuidado, no andar de cima e no de baixo, porém não encontrou nada de importante. Então, enquanto atravessava a área da cozinha, notou o retângulo de vidro sobre o balcão. No chão, ao lado, um cesto de lixo cheio com vários pedaços de papel amassado.

Ela desdobrou um e leu algumas frases ao lado de palavras num idioma que ela não conseguiu reconhecer. Palavras e frases estavam riscadas e reescritas por cima, como se a pessoa estivesse pensando e mudando de ideia enquanto as colocava no papel. Em sua maior parte, as anotações eram ininteligíveis — a não ser em um trecho. As palavras "Guipúzcoa" e "Gaintza" tinham sido circuladas e próximo a elas havia uma pergunta: "Será que Tiago pegou a Coroa e voltou para casa?".

Percebendo que aquele amontoado de anotações aparentemente sem nexo poderia de fato significar algo importante, a mulher dobrou o papel e colocou-o no bolso. Pelletier saberia. Então, ela saiu e interrogou Lucia mais uma vez.

— Sobre o que eles falavam? O que você ouviu? Fale!

— Basca! Basca! Eles disseram alguma coisa sobre a mulher ser basca. Não sei mais nada. Por favor, Deus... — Ela irrompeu em lágrimas.

A mulher gritou para o terceiro membro da sua unidade.

— Estamos saindo. Mate-o ou não. De volta para Siena.

Por nenhuma razão em particular, o homem optou por não matar Pasquale, embora tenha pegado um brioche para a viagem de volta a Siena.

Mais tarde, enquanto Raymond Pelletier colhia informações da equipe de Milão em sua suíte no Grand Hotel em Siena, ele começou a se sentir ainda mais confiante. Haviam feito um bom trabalho. As anotações da freira eram difíceis de decifrar, a maior parte do que estava escrito não fazia sentido. Mas que ela considerava as palavras "Gaintza" e "Guipúzcoa" importantes era óbvio, já que havia circulado ambas as palavras.

Pelletier se sentou ao laptop e buscou "Guipúzcoa" no Google; em seguida, acessou um site turístico sobre a região e achou um mapa das cidades na província basca. Encontrou Gaintza em um remoto crescente de pequenas aldeias no sopé da Serra de Aralar, perto da base de uma montanha chamada Txindoki.

Ele imediatamente ligou para o celular de Gregory.

— Gregory, eles estão no País Basco ou vão para lá em breve. Quero que você pegue um avião e chegue lá antes deles. Estão de posse de um documento antigo qualquer. Recupere esse documento, custe o que custar. Você e Randolph devem checar cada hotel, pousada, pensão e albergue em torno da cidade de Gaintza, na província de Guipúzcoa. Vou informar o senhor Ducasse. Entro em contato com você novamente quando ele, a senhora Levesque e eu chegarmos a Donostia-San Sebastián. E, Gregory, assim que você recuperar o documento, Renna e a freira serão dispensáveis. Boa caçada.

~

Nick e Alana haviam passado a noite de domingo em Florença, no Hotel Alba, um hotel barato e surpreendentemente limpo, a apenas dois quilômetros do aeroporto. A recepcionista, uma jovem de vinte e poucos anos, que tinha encarado Alana assim que os dois entraram, ergueu uma sobrancelha quando Nick pediu dois quartos, mas, depois, pareceu ficar mais tranquila quando Nick solicitou que fossem adjacentes.

Depois de um jantar simples no café do hotel, cada um foi para seu respectivo quarto. Alana continuou a trabalhar no manuscrito do Frei Tiago, enquanto Nick tentou, sem sucesso, telefonar para o padre Tim. Não querendo abusar da sorte, Nick decidiu renunciar a qualquer outra tentativa de comunicação com o exterior, com medo de que Ducasse pudesse ter acesso a todos os telefones de hotel no maldito país, para não falar dos computadores das companhias aéreas, das agências de aluguel de automóveis e máquinas informadoras automatizadas. O filho da mãe estava em todo lugar.

Como não tinha muita coisa para se ocupar, Nick pegou duas garrafinhas de uísque no minibar do quarto e tentou relaxar com a bebida. Tinha um gosto bom e desceu bem, mas não contribuiu em nada para relaxá-lo. Em vez disso, seus pensamentos se voltaram rapidamente para Alana — nua ao luar, notavelmente inocente, transcendentalmente bela e horrivelmente marcada. Tentou não identificar seus sentimentos, pois, fossem quais fossem, não havia futuro neles. Mas sabia que o impacto que ela havia causado em sua vida fora tão profundo quanto o impacto que ele havia causado na vida dela.

Ele a tirou de seu mundo familiar e ordenado, de seus "quatro pilares", e a colocou numa história louca de intriga eclesiástica e assassinato de oitocentos anos. Depois, ao vê-la à beira da piscina, tinha invadido seus momentos mais particulares. E agora, não havia como saber que acontecimentos a aguardavam por causa dele. Independentemente do resultado, tinha certeza de que a vida de Alana nunca mais seria a mesma. Como fizera naquele dia em Santa Brígida, Nick se pegou rezando a um Deus distante e questionável: *Se você existir, seja onde for e em qualquer situação, por favor, proteja-a.*

De joelhos na escuridão de seu quarto, a irmã Alazne Elizalde acabara de rezar o rosário e, como fazia todas as noites, passou alguns minutos em silenciosa meditação. Sua vida havia tomado um rumo estranho e completamente inesperado. Não sabia o que os próximos dias trariam, e sentia medo. Mas quando orou e pediu para o Senhor ficar com ela, acrescentou "e com ele". E isso fez toda a diferença.

Na manhã de segunda-feira bem cedo, Nick e Alana saíram rumo ao aeroporto. O dia estava com muito vento e frio, e o céu estava limpo na maior parte, embora algumas nuvens altas começassem a se formar. Nick usava jeans, tênis e uma camisa polo de algodão azul-escura, coberta por um casaco safári bem surrado. Alana usava calças cáqui, uma camisa polo rosa e um impermeável azul-marinho fechado com zíper. Suas sacolas esportivas eram pequenas o suficiente para levarem com eles no avião e não precisarem despachar bagagem; Alana havia guardado o manuscrito do Frei Tiago em sua bolsa de lona.

Eles pegaram um voo da Meridiana Airlines para Barcelona. De lá, eles tomariam um voo da Iberia para Donostia-San Sebastián. Havia uma escala de duas horas entre os voos, durante a qual Nick adquiriu um mapa do País Basco e algumas brochuras turísticas relacionadas com a história basca. Estava tentando se familiarizar tanto com a cultura quanto com a província de Guipúzcoa.

Estavam fazendo progresso. A pesquisa de Alana na Internet havia confirmado que Gaintza, em Guipúzcoa, era a aldeia correta. De acordo com o mapa, Gaintza estava localizada praticamente à sombra de uma grande montanha chamada Txindoki, dentro do Parque Natural de Aralar. Alana também havia explicado a Nick que a Serra de Aralar era particularmente notável no folclore basco como um lugar de mistério e lendas — o lugar ideal para Frei Tiago se esconder.

Enquanto eles aguardavam o voo — sentados na sala de espera perto do portão de embarque —, Alana colocou Nick a par de seu trabalho da noite anterior.

— 269 —

Tirando suas anotações da bolsa, ela disse:

— Estamos nos aproximando, Nicholas, posso sentir isso. Há algo na terceira seção do manuscrito, algo sobre sua escrita. Ele é vago e obscuro, mas não consigo deixar de sentir alguma intenção, algum propósito por trás disso.

— O que em sua escrita faz você pensar isso? — Nick perguntou.

— Lembra que eu disse que o emprego pelo Frei Tiago de imagens e de palavras mudava, tornava-se mais basco? — Ela apontou para suas anotações. — Bem, ele começa a falar sobre Mari...

— A Virgem Maria? — Nick perguntou.

— Bem, sim e não. Ele fala sobre ela, também, mas essa é Mari. Mari é a divindade primária da mitologia e do folclore bascos. Ela é uma grande e bela mulher, que vive em cavernas que descem para as profundezas da Terra. Como o País Basco está repleto de cavernas, especialmente Guipúzcoa, muitos lugares proclamam ser a "caverna de Mari". Ela também é uma divindade da montanha, capaz de se deslocar de um cume de montanha para outro, atravessando todo o céu como uma bola de fogo acompanhada de trovoadas.

— Isso deve ser impressionante, certamente chama a atenção — disse Nick. — Entretanto, me diga: como Frei Tiago se refere a ela? Em que contexto?

Alana disse:

— Ele fala *em procurar proteção e desobrigação entre Santa Maria e Dama Mari, de modo que abaixo do mundo eu ainda possa olhar para mim mesmo de cima, por trás da morte que vive para sempre.* "Abaixo", "de cima", "por trás"... Ele fala mais uma vez por meio de paradoxos. Ele está me deixando tonta.

Nick detectou frustração na voz dela.

— Me conte mais sobre Mari.

— Bem, ela condena o roubo, o orgulho e a incapacidade de manter a palavra dada. Ela outorga benefícios ou dispensa bênçãos àqueles que ajudam e respeitam os outros, e ela tem o poder de conceder ou suprimir abundância. Mas ela é inconstante. Diz-se que ela vive *"ezgaz eta baiagaz"*, isto é, vive entre o sim e o não. Eu não sei o que isso significa.

— Entre o sim e o não — Nick repetiu. — É um paradoxo, novamente, bem ao gosto da escrita de Frei Tiago.

Alana confirmou com a cabeça e então continuou:

— Em outros tempos, qualquer aldeia basca nas montanhas tinha um monumento ou algum tipo de devoção a Mari, montado no seu pico mais alto.

— Mas eu pensei que você tivesse dito que ela vive em cavernas — disse Nick.

— Isso mesmo, e ai de quem entra sem ser convidado!

Nick permaneceu em silêncio, pensando. Paradoxos e mistificações — *há um propósito ou um padrão neles? E por que se dar ao trabalho?*

De repente, ele se levantou.

— Meu Deus, *e se ambos forem e não forem paradoxos e mistificações? E se eles existirem entre o sim e o não?* Alana, estamos fazendo a pergunta errada! Vamos supor que sabíamos por que ele escreveu em euskara. Vamos formular a pergunta na negativa: por que o Frei Tiago *não* escreveu em latim ou espanhol ou mesmo em francês? Ele devia conhecer todas essas línguas. Então, por que ele não usou uma delas?

— Mas, Nicholas, é claro que se ele escrevesse nessas línguas e alguém encontrasse o manuscrito, seria capaz de ler e entender. Ele escreveu em euskara porque não queria que pessoa alguma entendesse o que ele escreveu.

— Me perdoe, Alana, mas acho que ele *não* escreveu nessas línguas, pois *realmente* queria que alguém entendesse o seu manuscrito. Meu palpite é que ele se sentiu compelido a escrever uma espécie de *apologia pro vita sua*, uma explicação ou justificativa de sua vida, ao menos esta parte dela, e queria que a pessoa que a achasse fosse euskaldún, ele queria que fosse um basco.

— Meu Deus... — disse ela, atordoada. — Você realmente acha isso? Mas por quê? Por que um basco?

— Pense nisso — disse Nick. — Pelo que você me disse e o que eu tenho lido, os bascos são devotamente católicos, ferozmente independentes, geograficamente e talvez até mesmo geneticamente distantes do restante da Europa. Além disso, sua bravura é literalmente material para lendas. Foram elementos desse povo de fibra que, crucificados pelos romanos, entoaram cânticos e insultaram os seus algozes do alto das próprias cruzes. Depois disso, os romanos nunca mais os incomodaram. Foram os bascos que, em 778, ficaram furiosos com os francos por saquearem Pamplona. Como resultado, atacaram e destruíram uma força muito maior de francos na Batalha de Roncesvales, episódio que foi deturpado pelos franceses medievais e imortalizado no poema épico *A Canção de Rolando*. E foram os bascos também que reconheceram em Franco o canalha fascista que era e lutaram contra ele e os alemães na Guerra Civil Espanhola, daí o famoso quadro *Guernica*, de Picasso. Esse é o povo dele. Quem melhor para se confiar? Você não percebe? Todo o tempo ele desejou que alguém descobrisse o manuscrito, mas tinha de ser alguém como você. Os paradoxos são pistas, Alana. Devemos lê-los como pistas!

Agora animada, Alana disse:

— Nicholas, Txindoki, a montanha, o emblema de Guipúzcoa, tem um lugar chamado "caverna de Mari". É muito conhecido e amplamente visitado, então eu não posso acreditar que o Frei Tiago de fato tenha se escondido nesse local. Mas também, ao longo do caminho tradicional até o cume, existe uma capela do século XII, Nossa Senhora dos Remédios. Maria e Mari, não é?

— Ok, vamos pensar a respeito disso. — Nick olhou para o mapa de Guipúzcoa e apontou para o Parque Natural de Aralar. — Você disse que ele escreveu sobre procurar proteção "entre" Maria e Mari. Alana, em euskara a palavra para "entre" também pode ser traduzida como "no meio de"?

— Minha nossa... sim. Você acha que isso faz diferença?

— Uma grande diferença. Suponha que ele queira dizer, de fato, no meio geográfico entre Mari e Maria. Ele também diz que está olhando para baixo e para si mesmo de um ponto de vista mais baixo, mais geografia. Parece bizarro, mas vamos tomá-lo ao pé da letra. Alana, suponha que olhando "para baixo" e para si mesmo significa olhar para o vilarejo de Gaintza no sopé da montanha de algum lugar no alto da Txindoki. E que "de baixo" se refere a uma caverna, por exemplo, que se encontra em algum lugar "entre" a ermida de Nossa Senhora dos Remédios e a caverna de Mari. Isso significa que ele está em cima da montanha, mas, ao mesmo tempo, em uma caverna; está entre o sim e o não. Que tal isso?

— Sim, sim, pode ser. A gruta teria de estar fora das rotas tradicionais para o cume, é claro. Mas ninguém teria motivos para procurá-la. Além disso, a área abrange milhares de quilômetros quadrados, e existem cavernas por todo o lugar que até hoje não foram descobertas. É o lugar perfeito. Oh, meu Deus, Nicholas! Você acha que nós resolvemos esse impasse? — Ela estava radiante e, em sua excitação, colocou a mão sobre a de Nick. Em seguida, a retirou rapidamente, envergonhada.

Consciente de seu toque, Nick disse apenas:

— Bem, nós não encontramos ainda, e ainda há um longo caminho a percorrer. Mas nossas chances aumentaram consideravelmente, e formamos uma equipe fantástica.

~

Sentado numa mesa ao ar livre em um café na Via della Conciliazione, a cerca de quatro quarteirões de distância do Gabinete de Imprensa da Santa Sé, Brian Donnelly quase deixou cair a xícara de café expresso e olhou boquiaberto para seu amigo, o padre Tim Reilly.

— Você está maluco? Que diabos você anda bebendo, Timmy? Ok, seu amigo Renna é um cara impressionante, eu tenho de admitir. Mas acusar Émile Ducasse e o cardeal Marcel LeClerc de heresia, assassinato e conspiração para roubar o Papado... e usando a Coroa de Espinhos para fazê-lo... Timmy, isso é pura maluquice!

— Brian, eu entendo que é um tanto controverso...

— *Controverso*? Você acaba de me contar a história mais doida que eu já ouvi desde que o *National Enquirer* publicou uma manchete que dizia "Anão de circo estupra a Mulher Gorda e foge em um disco voador"! E você espera que eu a publique no *Boston Globe*?

— Calma, Brian — o padre Tim disse gentilmente —, eu nunca disse que gostaria que você a publicasse. Pelo menos não ainda. Mas de fato quero que você saiba o que está ocorrendo para o caso de acontecer alguma coisa.

Brian Donnelly suspirou exasperado:

— Tim, a *Salvatio Dolore* é excessivamente conservadora, com certeza. Eles estão além da *Opus Dei* e dos Legionários de Cristo, eu sei. Contudo, não foram julgados heréticos, nem estão em conflito com a Lei Canônica. Tim, o secretário adjunto de Estado Papal faz parte da *Salvatio Dolore*, assim como o prefeito da Casa Pontifícia. E esses são apenas os que eu posso citar de cabeça. Há todo tipo de prelados eminentes, altamente conservadores, porém, não fora da lei, que pertencem à *Salvatio Dolore*. Eu não concordo com eles, você não concorda com eles... Que diabos! Até mesmo o Santo Padre não concorda com eles, mas eles ainda são parte da Igreja.

O padre Tim não perdia a paciência:

— Brian, me deixe dizer outra vez. O padre Dupuy foi assassinado porque sabia demais, porque a *Salvatio Dolore* está agindo agora. Farejaram a oportunidade oferecida pelo Sínodo. Nick Renna e...

Meneando a cabeça, Donnelly se levantou e interrompeu-o:

— Tim, eu estou muito feliz em vê-lo e talvez nós possamos jantar juntos um dia desses enquanto você está em Roma, mas isso é...

Foi nesse instante que o padre Tim recuperou o comportamento que lhe rendera tantos elogios quando jogava futebol no Santa Cruz. Estava doido de raiva:

— Agora você vai sentar aí, calar a boca e escutar o que vou falar, caramba! — vociferou o padre Tim, enquanto os passantes paravam e olhavam assustados para o enorme e apoplético clérigo ruivo que reprendia asperamente seu acompanhante, que parecia ter se encolhido de medo. — Quem ficou a seu lado durante sua crise de fé? Quem apoiou você quando conheceu uma garota... Deus abençoe a adorável Domenica... e decidiu abandonar a batina? Quem estava lá em seu casamento, quando ninguém mais foi? Me diga! E depois me diga, seu merdinha arrogante, presunçoso e hipócrita, como pensa que pode se levantar na minha cara e ir embora, me dispensando de maneira tão estupidamente leviana, quando eu voei 4 mil milhas para pedir ajuda a *você*, porque o meu amigo está em sérios apuros, correndo risco de vida, como, aliás, também está a *sua Igreja*!

O padre Tim fez uma pausa para recuperar o fôlego e, então, disse a um garçom que passava:

— *Per favore*, vou tomar uma taça de vinho tinto.

Depois de alguns minutos, um intimidado e envergonhado Brian Donnelly disse:

— Ok, Tim. O que você quer que eu faça?

Capítulo 14

Euskal Herria

Nick Renna pensou que, se fossem outras as circunstâncias, a cidade de Donostia-San Sebastián seria um lugar maravilhoso para passar o tempo, principalmente no verão, quando as coisas ficavam especialmente movimentadas. Construída em três belas praias ao longo da costa do Golfo de Biscaia e cercada por montanhas, Donostia-San Sebastián era um cenário magnífico, de certa forma conseguindo parecer sofisticada e rústica ao mesmo tempo. Um lugar pleno de arte, cultura, história, mistério — tudo que se pode querer. Alana disse que dos 180 mil habitantes, cerca de 17 mil eram estudantes, o que conferia à cidade uma energia ainda mais especial.

— Para mim foi uma experiência maravilhosa ir à universidade aqui — ela disse a Nick —, mesmo sendo tão protegida. Necessariamente, é claro — Alana apressou-se a acrescentar.

Depois de alugarem um carro pequeno na onipresente agência EuropeCar, eles pararam para comprar dois pares de tênis apropriados para a escalada que tinham pela frente, além de mapas adicionais. Rumaram para o sul pela N-1, no coração da província basca de Guipúzcoa, em direção à região de Goierri, ou "terras altas", e ao Parque Natural de Aralar.

Nas tradições dos euskaldunak (falantes da língua basca), a Serra de Aralar era um lugar especial e místico. Uma enorme área de afloramentos calcários, rios e córregos sinuosos, flora e fauna abundantes, e uma história repleta de mitos e lendas. Enquanto Nick dirigia em direção às terras altas, Alana disse a ele:

— Alguém certa vez descreveu Euskal Herria como "pequenos vales entre as montanhas". Você pode ver bem por quê.

O panorama era dos mais bonitos e dramáticos que Nick já tinha visto. Estranhamente, entretanto, Nick percebeu que quanto mais fundo eles adentravam o terreno, seguindo pelos trinta quilômetros de estrada por entre as montanhas, mais retraída Alana parecia se tornar.

Era fim de tarde quando deixaram a N-1 e pegaram a CI-2133, uma estrada local muito menor. Nick viu alguns pequenos e isolados bolsões de industrialização, fábricas, minas e coisas do gênero, mas aquela área era decididamente mais rural.

Embora o céu começasse a ficar nublado, ele ainda pôde se maravilhar com a paisagem intensamente verde, de contornos acentuados, com suas recortadas montanhas de pedra calcária, florestas de faias, carvalhos e teixos, e pastagens notavelmente íngremes, com ovelhas da raça latxa espalhadas pelos prados.

Nick notou que era uma paisagem cárstica, formada pela dissolução química do calcário, o que resultava em fantásticas esculturas de rocha, cavernas e rios e córregos subterrâneos. O rio Amundarain corria ao lado da estrada, derramando-se selvagem e vigorosamente sobre rochas e pedregulhos, formando cascatas que mergulhavam em convidativas piscinas naturais, e depois desaparecia embaixo da terra em alguns trechos e brotava novamente em outros. Mais adiante, ele se encontrava com o rio Agauntza, menor, perto da aldeia de Zaldibia, onde Nick e Alana decidiram montar base. Zaldibia ficava perto de Gaintza e era o costumeiro ponto de partida para caminhadas no Parque Natural de Aralar.

Entretanto, além de belo, o relevo acidentado também era intimidante, especialmente levando-se em consideração a tarefa que tinham pela frente.

Nick disse:

— Alana, eu estou começando a me perguntar se conseguiríamos encontrar qualquer coisa nestas montanhas, que dirá uma pequena caverna que não foi descoberta em quase oitocentos anos. Não é de admirar que esse povo nunca foi conquistado. Pode-se ficar escondido aqui para sempre.

— É preciso ter fé — disse Alana, ainda que soasse a Nick como se ela estivesse respondendo mais aos próprios pensamentos do que à sua observação.

Tão preocupado quanto curioso, ele perguntou:

— Como é a sensação de estar voltando para casa?

— Muito estranha. Nasci aqui e cresci aqui, mas eu também quase morri aqui. E agora, retornando, não sei o que me espera, mas sinto que alguma coisa vai acontecer.

Eles permaneceram em silêncio até que Nick deparou com uma placa na estrada indicando uma pousada próxima. Ele disse:

— É melhor experimentarmos essa mesmo. Está a apenas três quilômetros de Zaldibia, e vamos precisar de uma base de operações.

Alana simplesmente assentiu.

A pousada era encantadora. Construção típica do País Basco, em pedra e estuque, e com vigas de madeira, ficava situada fora da estrada, num pequeno morro com uma magnífica vista da Serra de Aralar e da marcante montanha Txindoki, em forma de pirâmide, que dominava todo o vale e era símbolo da região Goierri.

Ao se dirigirem à pequena área de estacionamento, Nick percebeu apenas um outro carro, uma Mercedes 500 preta, com vidros fumê. Ele achou que o veículo era uma escolha estranha para explorar aquela região, acidentada e remota. Nick e Alana tiraram suas sacolas esportivas do carro — a irmã ainda carregando em sua bolsa de lona o manuscrito de Frei Tiago, enrolado e revestido em couro — e entraram na pousada.

Apesar de pequena, era arejada e convidativa, com arte local nas paredes, piso de terracota e vários pequenos conjuntos de sofás e poltronas dispostos perto de uma lareira. Entretanto, estava deserta. Assim como o restaurante, o pequeno bar e, mais flagrantemente, o balcão da recepção. Então, ocorreu a Nick:

— Meu Deus, a Mercedes! Alana, temos que sair agora...

Gregory e Randolph de repente estavam parados na entrada, cada um apontando uma arma para Nick e Alana. Gregory olhava para Nick, com ar de superioridade, infinitamente confiante. Randolph, no entanto, só tinha olhos para Alana. Percebendo sua depravação, mas não sua inimaginável extensão, Alana deu um passo para trás. Nick se lembrou da narração do padre Tim sobre os acontecimentos no Canadá e soube imediatamente que o autor daquele horror era o homem que olhava para Alana. Ele fez questão de se colocar na frente dela.

Gregory disse:

— Professor, você vai me dar o documento, agora, ou atiro na garota. — Sorriu friamente e se corrigiu: — Oh, *me desculpe*. Quis dizer: atiro na *irmã*. Vamos! Quer dizer, eu vou atirar na irmã. Agora!

Nick sabia que ele faria isso; Nick também sabia que Gregory iria matá-los, independentemente do que eles fizessem, quer obedecessem ou não. Ele precisava ganhar tempo.

Tentando parecer reconfortante, ele disse:

— Tudo bem, Alana. Dê a eles.

Foi Randolph quem se adiantou para pegar o manuscrito. Quando Alana estendeu o documento para ele, Randolph meteu o dedo indicador esquerdo na boca, lambeu-o e, em seguida, roçou-o levemente na parte inferior do pulso de Alana. — Depois — sussurrou.

Ela recuou com medo e repugnância. Nick fervia de ódio, mas esperou.

Gregory, claramente aproveitando a oportunidade para provocar Nick, disse:

— Agora, professor, todos nós vamos para o carro. Não tente nada, não diga nada. Apenas se comporte, fique quietinho e obediente. Sabe... Isso pode ser feito da maneira mais fácil ou difícil. Não faz diferença para mim. Mas o meu colega Randolph aqui, bem... Receio que ele prefira a maneira mais difícil.

O vento aumentara substancialmente e o céu havia escurecido. Nick e Alana foram jogados no banco traseiro, enquanto Randolph deslizou para trás do volante e Gregory sentou-se no banco do passageiro, de frente para eles, sua pistola apontada para Alana.

— Se você se mover, ela morre — disse a Nick.

Randolph partiu na direção de Zaldibia, mas virou abruptamente em uma tortuosa estrada de terra ainda mais deserta, que se contorcia ao longo do rio. Ele dirigiu cerca de um quilômetro e meio e depois parou. A essa altura, o sol havia se posto e a tempestade que se aproximava estava quase sobre eles; gotas de chuva espaçadas começaram a cair do céu escuro.

Gregory disse a Randolph:

— Lá embaixo, perto do rio. É menos evidente. Você fica no carro, para o caso de termos visitas. — Ele sorriu vitoriosamente para Nick e acrescentou: — Não vou demorar.

Gregory abriu o porta-luvas e tirou dali uma lanterna. Em seguida, abriu a porta do carro e lhes indicou o bosque. Começaram a andar e logo sentiram o declive do solo em direção ao rio. A densa vegetação agarrava e arranhava seus rostos e membros enquanto caminhavam, e eles podiam ouvir as corredeiras do Amundarain lá embaixo e a aproximação da tempestade acima.

Nick sabia que logo teria de tentar algo contra Gregory, e tinha certeza de que Gregory também sabia disso. O pensamento do que aconteceria a Alana se ele falhasse o deixava louco de raiva, mas lutava para manter a calma e permanecer atento até mesmo à menor das oportunidades.

A chuva agora caía pesadamente, e as trovoadas pareciam sacudir tudo em volta deles. O chão ficou encharcado e lhes prendia os pés, dificultando a caminhada à medida que se aproximavam do rio. Nick podia sentir a impaciência e a tensão crescente em Gregory; sua tentativa teria de acontecer em breve, embora inevitavelmente estivesse condenada ao fracasso.

Nick se retesou e se preparou para agir. Lançou a Alana o que poderia ser seu último olhar e ficou surpreso ao vê-la olhar para o céu escuro. A chuva escorria pelo seu rosto bonito, e ela disse com calma surpreendente:

— Nicholas, Mari virá.

— Cale a boca! — Gregory gritou mais alto que o vento. Mas Nick tinha ouvido e compreendido.

Uma fração de segundo depois, o céu explodiu em um intenso clarão, seguido pelo estrondo de um trovão, como se a tempestade houvesse aterrissado bem em cima deles.

Gregory recuou e fechou os olhos, temporariamente ofuscado pelo raio. Mas Nick agiu instantaneamente. Virou-se e aplicou um chute violento na virilha de Gregory.

Com um gemido, Gregory se curvou, mas, apesar da dor, tentou mirar a arma em Nick. Nick agarrou pelo punho a mão de Gregory que segurava a arma, empurrando-a para cima e para longe de si, ao mesmo tempo que dirigia seu cotovelo à têmpora de Gregory. Gregory virou a cabeça no último segundo, amenizando um pouco o impacto do golpe, e desvencilhou a mão do firme aperto de Nick, mas, ao fazer isso, perdeu o controle da arma, que saiu voando na escuridão.

Gregory desferiu um poderoso soco contra Nick, tentando ganhar tempo para se recuperar, mas o professor se abaixou e espalmou a mão no queixo de Gregory, lançando-lhe a cabeça para trás e fazendo com que Gregory mordesse a língua.

Ele gritou de indignação e ódio, cuspiu sangue e continuou avançando.

Nick e Gregory sabiam que quanto mais a luta durasse, mais a vantagem iria para Gregory, por ser maior e mais forte. Ele partiu para cima de Nick, curvado em posição defensiva, com as mãos elevadas; sua confiança crescia a cada passo.

Nick sabia que tinha de acabar com aquilo imediatamente e também sabia o movimento certo — se conseguisse colocá-lo em prática. Seu antigo instrutor dos Ranger havia dito: *"Não é um movimento fácil, e com certeza não é também uma maneira fácil de morrer. Mas, se o fizerem direito, esse movimento pode salvar o rabo de vocês"*. O truque consistia em expor o alvo, de alguma forma.

Nick enfiou a mão no bolso de trás, puxou sua carteira e aproximou--se de Gregory. Ele agitou a carteira no ar e disse:

— Espere, pare! Por favor, não faça isso. Você não tem de fazer isso. Posso lhe pagar o que quiser. Tenho dinheiro, você pode ficar com ele...

Gregory hesitou e endireitou o corpo. *Seria possível que aquele idiota achasse mesmo que ele trairia a Salvatio Dolore por dinheiro?*

— Aqui — Nick disse, dando um passo para a frente e aproximando--se mais um pouco —, veja, cartões de crédito e dinheiro. Por favor, pegue, é tudo seu.

De repente, Nick jogou a carteira para o alto. Gregory instintivamente olhou para cima, com a cabeça erguida, olhos acompanhando o voo da carteira. Naquele milésimo de segundo, expôs o alvo que Nick esperava: sua garganta.

A mão esquerda de Nick avançou, dedos rígidos, mas ligeiramente curvado nas pontas. Enquanto perfurava a garganta de Gregory, Nick torceu a mão e deslocou-a para o lado, dilacerando e rompendo a laringe do adversário.

Gregory cambaleou para trás, com as mãos no pescoço, o sangue enchendo-lhe a boca e a garganta. Mal conseguindo manter-se em pé, engasgava e arfava, inutilmente buscando ar. Sua visão tornou-se turva quando o cérebro começou a se ressentir da falta de oxigênio.

Emitindo medonhos sons de asfixia e gargarejo, caiu de joelhos e olhou para Nick, sem compreender.

Nick não mostrou misericórdia. Temendo que a qualquer momento Randolph pudesse chegar correndo, Nick estendeu a mão para um pedaço de pedra calcária do tamanho de uma bola de beisebol e, olhando diretamente nos olhos de Gregory, agora em pânico, arrebentou-lhe a cabeça, reduzindo a pó os ossos, a carne e a cartilagem. O homem tombou para a frente, morto.

Nick recuperou sua carteira e, em seguida, procurou pela arma, sem sucesso. Revistou rapidamente os bolsos de Gregory e encontrou um canivete suíço, cigarros e uma caixa de fósforos. Ele guardou a lâmina e os fósforos.

Alana, tremendo na escuridão, olhava para ele, silenciosa e imóvel. Nick disse:

— Temos de correr, Alana. Em direção ao rio. O outro virá atrás de nós.

Ela estremeceu ligeiramente, como para expulsar o que tinha visto e, então, abaixou-se para pegar a lanterna, jogou-a para Nick e começou a correr.

A tempestade uivava em torno deles enquanto fugiam para o rio tentando colocar o máximo de distância entre eles e Randolph. De súbito, Nick ouviu:

— Gregory? *Gregory!* Onde você está? O que está acontecendo?

Nick apontou para o que parecia ser uma parte rasa do rio e gritou mais alto que a tempestade:

— Temos de tentar atravessar para o outro lado! — O rio tinha cerca de dez metros de largura naquele ponto e a correnteza era forte, mas eles não sabiam se a travessia poderia ser mais fácil em outro trecho. Tinham de tentar. Eles quase conseguiram.

Já rápido normalmente, o Amundarain tinha agora o fluxo engrossado pelas águas da copiosa chuva. No meio da travessia, Alana perdeu o equilíbrio, caiu e foi arrastada pela forte correnteza gelada, mal sendo capaz de manter a cabeça acima da água. Nick mergulhou atrás dela.

Ele nadou furiosamente para alcançá-la, conseguiu e, então, envolveu-lhe o corpo com o seu, usando-o como um escudo, enquanto eram arrastados, chocando-se com as pedras, às vezes acima, às vezes abaixo da superfície da corredeira.

O rio varreu-os através de um estreito desfiladeiro, ganhando velocidade e atirando-os contra pedras e tocos, para dentro e para fora de pequenas piscinas naturais, passando por redemoinhos e contracorrentes. Nick absorvia os golpes enquanto Alana tentava manter a cabeça acima da água gelada. Quase inconsciente pelos constantes choques, Nick lutou para levantar a cabeça e olhar a jusante, na esperança de detectar um lugar de descanso. Em vez disso, de repente, ele viu uma bifurcação do rio, o braço esquerdo indo em direção a uma acentuada queda d'água, o direito desaparecendo pela boca aberta de uma caverna. A única escolha era tentar ir para a direita.

Em uma paisagem cárstica como a Serra de Aralar, os rios podem desaparecer embaixo da terra e fluir através de buracos e cavernas formadas nas rochas permeáveis. O fluxo constante de água corrói as laterais das cavernas e as torna ainda maiores.

Foi numa dessas em que se viram Nick e Alana, na escuridão quase estigial de uma caverna de pedra calcária, a pálida luz do lado de fora revelando ocasionais estalactites no teto ou estalagmites crescendo do chão. Embora a corrente houvesse abrandado, ainda era muito forte para os dois conseguirem vencê-la e chegar até a margem, se é que havia uma. Então, logo adiante, Nick viu o reflexo de um relâmpago na água e, finalmente, a abertura do outro lado da caverna.

Eles desembocaram em uma piscina natural grande, mas relativamente rasa. Nick trocou a posição de Alana em seus braços, esforçou-se para ficar em pé e levou-a para um ponto baixo na margem do rio. Eles desabaram na terra, tentando recuperar o fôlego. Continuava a chover forte, mas os relâmpagos e trovões haviam diminuído um pouco.

Uma vez livres do rio, começaram a tremer descontroladamente no ar frio da noite. Nick ajudou Alana a ficar em pé e ficou chocado ao constatar como sua pele estava pálida, e como seus lábios pareciam finos e azulados.

— Alana, estamos bem. Conseguimos sair dessa vivos, mas temos de encontrar abrigo logo.

O que ele não disse a ela foi que, se não encontrassem um lugar para se aquecerem, a temperatura da montanha caindo rapidamente os sujeitaria a uma hipotermia, uma perda abrupta de calor do corpo que poderia facilmente ser fatal.

Eles escalaram a margem do rio e se viram numa vasta extensão de pasto montanhoso. Ao clarão fortuito de um raio, Alana apontou e gritou:

— 284 —

— Olhe lá! Veja! Uma *txabola*, uma cabana de pastor. Podemos nos abrigar lá.

A uns cem metros de distância, protegida do vento por várias pequenas colinas, havia de fato uma cabana abandonada. Feita de pedra e madeira, a cabana era pequena e visivelmente velha, mas serviria às suas necessidades.

Nick chutou a porta trancada para abri-la e os dois cambalearam para dentro, molhados, quase congelados, machucados e esgotados. Alana tremia tanto que mal conseguia ficar em pé. Nick examinou o interior da *txabola* sob a luz fraca da lanterna.

Era evidente que a cabana tinha sido abandonada havia algum tempo, provavelmente um ano ou mais, mas estava seca e era segura, embora sem aquecimento. A velha cabana tinha um aposento principal e um menor, que parecia ser um espaço para armazenagem ou uma despensa. À direita, uma lareira com grade de ferro forjado, mas Nick sabia que não podiam arriscar-se a serem descobertos acendendo o fogo, não importa quão desesperadamente precisassem disso. No meio da sala havia quatro cadeiras de madeira em torno de uma pesada mesa igualmente de madeira, no centro da qual havia um lampião de querosene. Nick rapidamente o acendeu, mas manteve a chama baixa, por razões de segurança. O lampião fornecia um mínimo de luz, mas nenhum calor. Depois, Nick empurrou a mesa contra a porta e inclinou-a de lado, mantendo-a escorada por duas das cadeiras.

Na parede em frente à lareira, havia uma pia com uma bomba-d'água manual, e acima dela, vários armários. Ao longo da parede à esquerda, uma cama de madeira de aparência resistente; não tinha lençol e o travesseiro era velho e sujo, mas o colchão parecia bom. Além disso, dobrados ao pé da cama estavam dois pesados cobertores de lã, gastos, mas relativamente limpos.

Nick olhou para Alana, que tremia incontrolavelmente e agora parecia ainda mais pálida. Ele disse:

— Alana, você precisa tirar sua roupa molhada, toda ela, ir para a cama e enrolar-se nos cobertores. Molhados e congelados assim, corremos risco de hipotermia. Sinto muito, mas não podemos acender o fogo, pelo menos não até termos certeza de que estamos seguros aqui.

Nick estava tremendo tanto que mal conseguia segurar a lanterna.

A princípio, Alana hesitou, mas, depois, percebendo a gravidade da situação em que se encontravam e a precisão do que Nick havia falado, começou a abrir o casaco. Para lhe dar privacidade, Nick se virou e caminhou em direção à pequena área de armazenamento.

Ele encontrou várias ferramentas agrícolas, um balde de metal enferrujado, o que parecia ser um instrumento para a tosquia de ovelhas, parecido com uma tesoura, e outro lampião de querosene. Também encontrou um pedaço de lona encerada do tamanho de uma toalha de mesa, que ele pegou e colocou debaixo do braço. Em seguida, abriu os armários e encontrou alguns enlatados, atum conservado em azeite de oliva, e alguns pratos de cerâmica e canecas. À direita dos armários havia um suporte de madeira que sustentava um pequeno barril de vinho de carvalho. Ele bateu no barril e pareceu-lhe que o líquido estava pela metade. Pelo menos, teriam alimentos, se conseguissem permanecer vivos para comê-los.

Virou-se para a cama e viu que Alana estava enfiada debaixo dos cobertores, ainda tremendo, a roupa encharcada em uma pilha no chão, ao lado da cama. Usando a tesoura de tosquiar, ele cortou a lona em duas partes. Envolveu um pedaço ao redor do travesseiro sujo e delicadamente o colocou sob a cabeça de Alana. Então, ele tirou a própria roupa. Os arranhões, os cortes e as contusões que recebera quando haviam sido varridos rio abaixo estavam agora facilmente perceptíveis e doendo horrivelmente.

Já nu, pegou as roupas, torceu-as para tirar a água o melhor que pôde e colocou-as na grade diante da lareira. Pela manhã, iria acender o fogo e secá-las. Por enquanto, o problema era simplesmente sobreviver à noite. Enrolou-se com o outro pedaço de lona e sentou-se em uma das cadeiras, tremendo violentamente, sentindo-se tonto e incapaz de se concentrar em seus pensamentos. Estava nos primeiros estágios da hipotermia. Apertou mais a lona em torno dele. Não adiantou.

Debilmente, como se o som viesse de muito longe, ouviu Alana dizer:

— Nicholas, Nicholas você precisa... Você precisa ficar debaixo dos cobertores. Não conseguirá sobreviver se não fizer isso. Por mim... tudo bem.

Sem questionar, sem pensar, ele cambaleou até a cama e meteu-se sob os cobertores, de costas para Alana. Em apenas alguns minutos, adormeceu. Demorou um pouco mais para Alana pegar no sono, mas ela acabou adormecendo.

Talvez tenha sido o súbito silêncio — o vento e a chuva haviam cessado, o céu e a noite estavam apaziguados. Seja qual for a razão, Alana acordou em algum momento durante a noite sentindo coisas incomuns e inesperadas.

Para começar, sentia-se aquecida, gloriosamente, maravilhosamente aquecida. Em segundo lugar, percebia o corpo de Nick ao longo de toda a extensão do seu próprio corpo e não sentia repulsa. Ferrado no sono, ele havia se virado e estava agora firmemente aconchegado contra ela, um braço sobre o ombro de Alana, seu calor pressionado contra as nádegas dela.

Mas apesar de tudo isso, foi a terceira coisa que ela achou de fato a mais surpreendente. Pela primeira vez em muitos, muitos anos, Alana Elizalde sentia-se *segura*. Ela ficou ali por um tempo, com Nick enrolado nela — perplexa e admirada, perguntando-se como isso era possível.

Algum tempo depois, o corpo de Nick pareceu estremecer e contorcer-se. Ainda profundamente adormecido, Nick começou a gemer baixinho, no início, mas, depois, com intensidade crescente. Ele começou a se debater e virar violentamente, e Alana não sabia o que estava acontecendo nem o que fazer.

Nick gritou em seu sono: "*Jimmy, eu vou voltar, prometo... ninguém fica pra trás, ninguém... Troy, eu estou com você, cara... fique comigo... fique comigo.. Não! Por favor, Deus, não, não mais...*".

De repente, sentou-se e continuou a gritar: "*Eu não vou deixar você... Eu não vou deixar você, Deus, me ajude, Deus...*".

Sem compreender a fonte de todo aquele medo e daquela dor, mas, de alguma forma, instintivamente, sabendo como tranquilizá-lo, Alana tomou o rosto de Nick nas mãos, beijou-o suavemente e guiou-o até seus seios. Sentindo suas lágrimas, puxou-o para mais perto, murmurando suavemente, afastando-lhe o cabelo umedecido de suor para trás do rosto, soprando seu hálito fresco sobre a fronte febril de Nick, embalando-o em seus braços. Muito lentamente, ele começou a se acalmar, seus estremecimentos cessaram, assim como seus gemidos. Acabou adormecendo.

Alana se perguntou: *Quem é este homem? Quem é este homem cheio de contradições, que pode esmagar a cabeça de um inimigo, mas coloca um travesseiro tão gentilmente sob a minha; que insulta Deus e sua Igreja, mas move montanhas para encontrar a relíquia que pode transformá-la; que age e fala como uma alma perdida e amargurada, mas que amou tanto uma mulher que atravessa países e continentes para cumprir uma promessa feita a ela; que se apega a mim e me comove tão profundamente e de maneiras que eu nunca imaginei que fossem possíveis? Quem é ele? E o que ele significa para mim... não, o que ele se tornou para mim?*

Na manhã seguinte, Nick deslizou silenciosamente para fora da cama e saiu para fazer um reconhecimento rápido da área. O céu da manhã estava brilhante e límpido, apesar do ar gelado. Ele viu que a *txabola* encontrava-se em um pequeno vale, com três de seus lados protegidos por colinas baixas, mas íngremes; o quarto lado ficava de frente para o rio. Ele subiu correndo uma das colinas e olhou para o local de onde tinham vindo; em seguida, procurou por uma trilha ou rota sem marcas até Txindoki.

Tremendo de frio, Nick voltou para a cabana, quebrou duas das cadeiras de madeira, jogou os pedaços na lareira e usou o querosene do lampião para acender o fogo. Espalhou as roupas deles na grade de ferro para que secassem. Virando-se para a cama, viu que Alana estava acordada e olhava para ele. Seus olhos cor de violeta se abriram mais, e ela olhou profundamente nos olhos de Nick, como se procurasse e questionasse o que encontrou neles.

Sentindo a intensidade daquele olhar, constrangido com a própria nudez, e não sabendo como reagir à situação muito estranha em que se encontravam, Nick disse, um tanto hesitante:

— Bom dia. Hum... Alana, sobre a noite passada... Eu sinto muito... Não tive intenção de acordá-la, eu apenas...

Sem vacilar, com total segurança, ela disse:

— Venha para a cama, Nicholas.

— Alana, você está... Você...

— Nicholas, venha para a cama.

Ela o acolheu e envolveu em seus braços; ele a beijou suavemente nos lábios e, em seguida, tocou-a e provou-a, extasiado com sua beleza; eles se olharam e sorriram. Ele percorreu o arco de sua cicatriz com os lábios, como se pudesse curar e aliviar sua dor, e jurou que iria sempre protegê-la e mantê-la a salvo, sempre. Alana maravilhou-se com as diversas nuances dele — duro e insistente, delicado e complacente, ao mesmo tempo dando e recebendo. "*Agora* eu entendo", pensou ela. *Isto é um dom de Deus* — abraçar e aceitar o ser amado, e experimentar um ao outro de uma forma que é ao mesmo tempo completamente física, plenamente espiritual, totalmente humana.

Aquele não foi um ato de paixão desenfreada, embora tenha sido apaixonado; nem foi um ato calculado de sedução. Foi inesperado, embora talvez inevitável; certamente, ambos sabiam, trazia mudanças, era um divisor de águas. De que maneira tais mudanças impactariam cada um deles, e o que acabaria resultando disso, eles continuavam sem saber.

Depois, enquanto Alana dormia, Nick saiu novamente da cama e se dirigiu faminto para o armário. Usando o canivete suíço, abriu duas das latas de atum e despejou seu conteúdo em um prato de cerâmica. Em seguida, apanhou duas canecas, lavou-as e encheu-as com o líquido cor de âmbar e ligeiramente efervescente do barril. Antes de beber, ele cheirou — tinha a fragrância pungente de maçãs silvestres —, e só então provou. "*Uau!*", murmurou para si mesmo. Que cidra que nada, a bebida estava mais para combustível de foguete.

Ele levou o prato e as canecas para perto da cama e colocou-os no chão. Ele recuperou o pedaço de lona encerada e tentou, sem sucesso, enrolá-la em volta de sua nudez. Era muito dura e muito áspera para dar conta do serviço com conforto, e tinha a maciez e a consistência de madeira compensada. Nick soltou um palavrão e largou a lona no chão. Parado ali, nu, ele ouviu uma risadinha embaixo das cobertas. Ele olhou e viu um par de olhos espiando-o dos cobertores de lã.

— Oh, não! Por favor, diga que não estava aí assistindo. É embaraçoso andar assim por aí.

— Nicholas — disse Alana, ainda rindo —, a essa altura, eu acho que você não precisa mais proteger sua modéstia. Mas, se isso é o café da manhã, vamos comer. Estou faminta!

Alana mergulhou os dedos no atum oleoso e colocou um pedaço substancial na boca.

— Oh, meu Deus — disse ela —, isso está maravilhoso. Atum espanhol, é o melhor.

Terminando um bocado igualmente prazeroso, Nick tomou um grande gole do líquido cor de âmbar e disse:

— O que é isto?

— *Sagardo*. É um vinho de maçã poderoso, uma bebida tradicional basca. O que você achou? Gostou?

— É ótimo, mas acho que depois de beber umas tantas canecas disso, eu mesmo teria de viver em uma caverna.

Depois de um instante, Alana perguntou delicadamente:

— Nicholas, seus pesadelos, seus terrores noturnos, isso acontece com frequência?

Nick nunca havia falado de seus sonhos; nunca teve chance com Annie, e certamente nunca teria falado disso com mais ninguém.

— Com bastante frequência. Na verdade, não consigo saber o que provoca isso, mas é sempre o mesmo sonho.

Ela permaneceu em silêncio, mas ouvindo com atenção. Nick contou a ela a origem do sonho.

— 290 —

— Era outubro de 1993. Eu estava com os Rangers do Exército em Mogadíscio, na Somália. Cerca de cem de nós tínhamos ido capturar dois dos principais colaboradores de um líder militar somali. No início, era para ser uma missão tranquila. Então, as coisas começaram a dar errado. Dois dos nossos helicópteros foram derrubados. Ao tentarmos resgatar nossos camaradas, centenas e centenas de somalis armados começaram a atacar e atirar em nós de todas as partes da cidade, usando armas pequenas, lança-granadas, um monte de poder de fogo. Eu estava com uma equipe de três homens, tentando chegar até a tripulação do segundo helicóptero, mas fomos encurralados nos escombros de um edifício. Continuamos atirando sem parar. Nós matamos dezenas de inimigos, mas eles estavam por todos os lados e continuavam a nos atacar. Então, alguém da minha equipe, Troy Johnson, foi atingido no peito e no ombro. Não sabíamos se era grave ou não, apenas que tínhamos de ajudá-lo. Eu deveria dar cobertura e tentar liderar o caminho para sair de lá, enquanto Jimmy Grifasi, um cara grandão de Buffalo, Nova York, carregava Johnson.

Nick continuou:

— Estávamos abrindo caminho de prédio em prédio, escondendo-nos atrás das pilhas de entulho e de destroços, quando, do nada, uma... uma adolescente somali saiu da lateral de uma construção. Não passava de uma menina, e era tão sem sentido, tão incoerente que uma criança bonita estivesse no meio de toda aquela loucura que simplesmente paralisei. Mas ela tinha uma arma, ela era um deles. Eu fiquei atordoado, demasiadamente lento para reagir, e ela abriu fogo contra nós. Grifasi levou uma saraivada de balas na barriga e deixou Johnson cair. Eu matei a menina. Agora eram Johnson e Grifasi ali gritando para mim por socorro. Eu... Eu tive de decidir. Não podia levar os dois. Tinha de levar um e, em seguida, tentar voltar para buscar o outro. Fiz um curativo em Grifasi, nas partes que eu pude cobrir, e prometi a ele que voltaria. A verdade é que pensei que as chances de Johnson eram maiores. Pensei que, recebendo tratamento, Johnson pudesse sobreviver. Grifasi tinha sido ferido muito gravemente. Foi uma decisão de triagem padrão, mas

Grifasi começou a me implorar por sua vida. Prometi a ele outra vez e depois o deixei lá. A caminho de onde Johnson poderia ser atendido, ele foi atingido novamente. Então, eu também fui. Mal conseguia me mover, mas fomos em frente. Chegando aos paramédicos, deixei Troy, tomei água e uma injeção de morfina e depois voltei para buscar Grifasi. No caminho, fui atingido novamente. No momento em que cheguei, ele estava morto. Os somalis haviam pegado seu corpo e arrastavam-no pelas ruas. Alguma coisa aconteceu comigo, então, Alana. Estava dividido entre a culpa por não tê-lo salvado e a felicidade de não ser eu quem estava morto e sendo arrastado. E... e algo em mim simplesmente se quebrou. Não me importava onde estavam ou quem eram, continuei atirando. Eu recarregava e recarregava, catei as armas perdidas, continuei atirando sem parar... Tudo que eu queria fazer era matar o maior número possível deles. Não havia sobrado nada de humano em mim. Eu... Eu às vezes me pergunto se realmente voltei a ser como era antes disso ou se a mudança que se operou em mim ainda perdura.

Agora gelado e trêmulo, Nick prosseguiu:

— Eu desmaiei depois. Os nossos rapazes acabaram indo me procurar. Haviam recuperado o corpo de Grifasi. Quando voltei a mim, fiquei sabendo que Troy não havia sobrevivido. Minha hesitação com a menina, a minha decisão de triagem... Acabei perdendo os dois. Me deram medalhas por isso, Alana. Aceitei-as e fiquei feliz por estar vivo. Essa é a minha culpa, e esse é o sonho que se repete.

Alana ficou em silêncio, pensativa. Tanta dor, tanta dor em ambos. Como acabaram se encontrando? Existiria, talvez, um propósito?

Ela disse:

— Minha mãe morreu no parto. Os médicos acharam que iriam me perder, também. Meu pai sempre disse que era um milagre eu ter sido salva e, por isso, ele me batizou de *Alazne*. Significa "milagre" em euskara. Tivemos uma boa vida, por um tempo. Ele sempre lia e cantava para mim, me contava histórias antigas, sobre mitos e lendas. Eu me sentia amada, valorizada e necessária. Ele morreu num acidente numa mina em Miltoa, quando eu tinha 13 anos. Fui enviada para viver com o primo de minha mãe em Zerain, um homem de idade, com um filho retardado. Sua esposa havia fugido muitos anos antes para Barcelona, segundo diziam. Ele tinha uma pequena fazenda e algumas ovelhas. O filho era uma mera presença. Mentalmente perturbado ou atrasado de alguma maneira que nunca entendi, era quase inexistente, preferindo passar seu tempo com as ovelhas. O homem estava muito relutante em me levar e insistiu que os pequenos pertences e o dinheiro que meu pai me deixou deveriam ir para ele, para o meu sustento. Ele mantinha um santuário para a Virgem Maria em sua casa, embora odiasse as mulheres. Ele as achava "traiçoeiras" e "impuras". Estava sempre me observando, ficava me olhando o dia inteiro, enquanto eu executava minhas tarefas. Todos os meses, quando chegava o meu período menstrual, ele me fazia dormir no celeiro e insistia para que eu tomasse banho várias vezes por dia. Uma vez, eu o peguei me olhando tomar banho. Gritei para ele ir embora, mas o velho disse que era apenas para ter certeza de que eu estava realmente tomando banho, e não fazendo outra coisa qualquer, coisas "sujas". Eu não fazia ideia do que ele queria dizer.

Nesse ponto, Alana parecia lutar com as próprias lembranças, como se relutasse em reavivá-las, mas ela continuou:

— Depois de vários meses vivendo lá, ele começou a abusar sexualmente de mim. Isso acontecia quando ele estava bêbado. Ele me dominava e violentava no lugar em que eu estivesse, não importava onde, parecia possuído por alguma compulsão insaciável. Eu tentava lutar, mas ele me chutava e socava. Eu ficava enojada com seu toque e vomitava. E isso só o tornava mais violento. Eu vivia desse jeito, com nojo dele, com nojo de mim mesma. Depois de vários meses, ele percebeu que eu tinha parado de menstruar. Foram o medo e o trauma que haviam interrompido o meu ciclo. Ele pensou que eu estava grávida. Certa noite, horrivelmente bêbado, ele começou a gritar que eu estava "desovando um filho do diabo". Ele veio atrás de mim com uma faca, berrando que iria arrancar o demônio de mim. Ele me cortou, o que resultou nesta cicatriz, mas, então, ele tropeçou em uma cadeira e caiu, batendo a cabeça na quina da mesa, e largou a faca. Implorei ao filho dele para me ajudar, mas ele só estava ali, sem expressão, sem entender. O velho lutou para se levantar, e eu fiquei apavorada, sabia que ele iria me matar. Peguei a faca e cravei-a em seu peito. Ele cambaleou e olhou para mim, como se estivesse surpreso com o que eu havia feito. Corri para fora de casa, sangrando, chorando, e não parei até chegar à Capela da Assunção, em Segura, que foi onde as irmãs me encontraram. Elas me levaram para um médico local, que fez o melhor que pôde para me costurar. Ele disse às irmãs que eu iria sobreviver, mas que nunca teria filhos. Quando me recuperei, pedi às irmãs que me deixassem ficar com elas, e elas me acolheram. Foi como se eu tivesse renascido. Para esconder o meu passado e me proteger de qualquer interferência por parte da polícia, elas até me deram um sobrenome diferente, *Elizalde*. É um antigo nome basco, que significa "do lado da igreja", porque foi onde elas me acharam.

Nick disse:

— Então o seu nome, *Alazne Elizalde*, significa "milagre do lado da igreja". — Ele sorriu para ela. — Combina com você.

Alana continuou:

— Eu soube que o homem morreu e o filho foi enviado para uma instituição. E eu entrei para o convento. Você, é claro, conhece a minha vida desde então. — Ela sorriu gentilmente: — Você se tornou parte dela.

Nick estava pasmo, pasmo de como aquela jovem extremamente bela e inocente havia resistido e sobrevivido; pasmo com o fato de que ela houvesse se entregado a ele com tanta vontade e amor... e outra vez. Então, ele dormiu — mais serenamente do que costumava, fazia muito tempo.

~

Sentado em sua suíte em um hotel em Donostia-San Sebastián, com um copo de água gelada na mão direita e a senhora Levesque à sua esquerda, Émile Ducasse nada disse a Randolph. Em vez disso, deixou o homem parado ali, se contorcendo apavorado. Ducasse não tolerava fracassos, e Renna e a freira escaparem era mais do que um fracasso. Era uma vergonha, um insulto que Ducasse tomou como pessoal.

O futuro de Randolph, o que restava dele, já estava determinado. Era simplesmente uma questão de conveniência e hora certa.

Raymond Pelletier fez o relatório.

— A morte de Gregory é uma perda. Entretanto, por segurança, podemos acessar a equipe de Barcelona rapidamente, caso seja necessário. Quanto a Renna, deve ter percebido que nós estamos perto, mas ele tem de continuar a busca de qualquer maneira. O especialista que contatei na universidade disse que, com base nos fragmentos e nas anotações recuperados na Toscana, parece que esse tal de "Jakome" escondeu alguma coisa ou a si próprio nas cavernas de Txindoki, uma grande montanha em forma de pirâmide perto da aldeia de Gaintza, na região de Goierri. O que é coerente com o comportamento de Renna e da freira. É provável que estejam justamente nessa área e, hoje mesmo, sem dúvida, irão para algum lugar dessa montanha.

Ducasse disse:

— Senhor Pelletier, existe a possibilidade de se alugar um helicóptero nesta cidade?

— Existe, senhor. Existem várias agências que levam turistas em voos panorâmicos por entre as montanhas e ao longo das praias. Eu tomei a liberdade de reservar um Bell 206B-3 Jet Ranger. Tem capacidade para quatro passageiros e o piloto.

Ducasse pensou por um momento e depois disse:

— Só a senhora Levesque e eu precisamos ir atrás da Coroa. A essa altura, Renna e a freira são apenas um incômodo. Não representam uma ameaça.

Tecendo sua objeção com o maior cuidado, Pelletier disse:

— Me perdoe, senhor, mas eles certamente parecem ter sido uma ameaça para Gregory. Talvez devêssemos proceder com cautela — acrescentou.

Ducasse repudiou essas preocupações com um aceno de mão.

— Esqueça Renna. Se for necessário, a equipe de Barcelona pegará um avião para se encontrar conosco. O mais importante agora, senhor Pelletier, é que o quero de volta a Roma, para dar à Sua Eminência toda assistência necessária para ele se preparar para o Sínodo e controlar o que resultar dele. Leve Randolph com você. A senhora Levesque e eu recuperaremos a Coroa e nos reuniremos a vocês, o mais tardar, depois de amanhã. Isso nos dará um dia inteiro antes de o Sínodo começar. Nossa hora chegou.

~

Com Nick e Alana em Euskal Herria, os outros membros da eclética equipe de Nick se reuniram para esclarecer a estratégia e definir responsabilidades. Estavam no pátio atrás dos escritórios de Della Vecchia na Cidade do Vaticano. Brian Donnelly explicava seu progresso ao padre Tim e ao monsenhor Della Vecchia. Depois de ter sido devidamente repreendido e um tantinho intimidado pela explosão do padre Tim, Donnelly havia feito muito bem a parte que cabia a ele desempenhar. Finalmente lhe ocorreu que ele poderia estar diante de uma das maiores histórias envolvendo o Vaticano e, de fato, todo o mundo cristão, em séculos.

— Eu entrei em contato com um amigo no Gabinete de Imprensa do Vaticano. Tim, eu arranjei para você e Renna credenciais de imprensa completas para o Sínodo. Isso significa que vocês terão acesso a quase tudo que desejarem. O engraçado é que, mais cedo ou mais tarde, o jornal *Concord Monitor* vai ficar muito surpreso ao descobrir que tem dois correspondentes em Roma.

Virando-se para Della Vecchia, ele disse:

— Monsenhor, é quase impossível burlar a lista de participantes. Ela inclui cerca de 450 sacerdotes de vários lugares ao redor do mundo. Credenciais de visitantes são difíceis de arranjar. Receio que eu não possa ajudá-lo. O senhor terá de usar seus próprios contatos para obter acesso.

— Já está sendo providenciado — tranquilizou-o o monsenhor Della Vecchia.

Encolhendo os ombros, Brian continuou:

— Estão chamando o encontro de "O Sínodo dos Bispos XII: Aspectos Salvíficos da Paixão". O foco é sobre as possíveis implicações litúrgicas para o catolicismo de um exame mais detalhado da paixão de Cristo. Sua duração será de 7 a 28 de setembro.

— Qual é a agenda? — perguntou o padre Tim.

Brian respondeu:

— No primeiro dia, haverá uma missa. No dia seguinte, o Santo Padre abrirá oficialmente a sessão geral. Os temas principais serão descritos, e dignitários especialmente escolhidos farão breves introduções. Nos dias seguintes, os temas selecionados serão explorados em detalhes, explanações serão feitas e as refutações, apresentadas. Há geralmente uma grande quantidade de debate e discussão entre os dignitários que defendem suas respectivas causas. Na conclusão, eles chegam a um acordo sobre um conjunto de recomendações para o Papa.

Donnelly se inclinou para a frente a fim de enfatizar sua próxima colocação:

— Lembrando que, em termos políticos, o segundo dia do Sínodo é o horário nobre. É quando a atenção de todos está concentrada e o negócio começa pra valer. E o principal tema para o segundo dia, meus amigos, é "Os Aspectos Redentores do Sofrimento: Um Chamado à Renovação". O nosso amigo cardeal Marcel LeClerc será o apresentador do tema.

O padre Tim não se conteve:

— É como ter o primeiro comercial durante a transmissão da final do campeonato nacional.

Della Vecchia permaneceu imperturbável e Brian Donnelly sorriu. Não importava quão longe fosse, Tim Reilly nunca havia se afastado muito do campo de futebol. Donnelly continuou:

— Agora, eis o que importa. Como o senhor sabe, monsenhor, a função tradicional do Sínodo é consultiva, não carrega o peso de lei. Mas o

Papa pode elevar ou reduzir qualquer coisa que resultar do Sínodo, se assim o desejar. Um monte de observadores estará de olho para ver se esse Papa expande ou diminui o papel de qualquer área particular, como a de LeClerc, por exemplo.

— Por que isso faria alguma diferença? — perguntou o padre Tim.

Monsenhor Della Vecchia respondeu:

— A diferença, padre Timothy, é que isso seria uma espécie de termômetro da influência de LeClerc. Se o seu tema for percebido como importante e urgente o suficiente para o Santo Padre elaborá-lo ou abordá-lo em uma encíclica, isso poderá aumentar o *status* e a influência de LeClerc tremendamente. Ele já tem a *Salvatio Dolore* por trás dele, mas ele ganharia mais seguidores e, certamente, seria encarado como um dos *papabili*, um potencial candidato para o papado, no caso da morte do Papa atual. Dado o seu desejo de poder por um lado, e os antagonismos que ele tem causado por outro, o resultado seria um cisma, uma divisão dentro da Santa Madre Igreja que iria devastá-la por séculos.

O padre Tim murmurou sombriamente:

— E aquele herege filho da mãe, me perdoe, monsenhor, não haveria de querer outra coisa. Ou se torna Papa ou começa sua própria igreja.

Donnelly disse:

— A posição de LeClerc será reforçada de qualquer maneira, simplesmente em virtude de ele ser um orador tão proeminente. Mas, se tiver a Coroa de Espinhos e revelá-la dramaticamente ao Sínodo, não se sabe o tamanho da influência que irá adquirir.

Della Vecchia disse:

— Tenha fé, Brian. LeClerc não sairá impune dessa vez.

Capítulo 15

Euskal Herria, Serra de Aralar

Nick e Alana se vestiram relutantemente, nem um pouco ansiosos por deixar a pequena cabana que havia se tornado seu novo mundo. Com as roupas quase secas, partiram a pé para subir Txindoki e localizar a caverna de Frei Tiago. Nick levou com ele a lanterna e o lampião de querosene.

A rota usual até a montanha começava na pequena aldeia de Larraitz, um pouco depois de Zaldibia, na encosta menos íngreme da montanha Txindoki, e subia pelo lado norte. Depois de consultarem vários mapas diferentes, Nick e Alana decidiram seguir por esse caminho durante vários quilômetros; depois, iriam deixá-lo e continuar a escalada pela face noroeste, que, além de não contar com uma trilha, era mais escarpada e rochosa, com mais pedra calcária exposta e vários pequenos bosques de teixos e cachoeiras que precisavam ser atravessados.

Logo depois de passarem por Larraitz, chegaram a uma pequena estrutura de pedra encimada por uma cruz. Alana disse:

— Essa é a ermida de Nossa Senhora dos Remédios.

Nick olhou para o cume e depois novamente para o vale.

— Ok, o mapa diz que a caverna de Mari fica próxima a um local chamado Arrate-Gorri, sob a massa de calcário do cume. Então, vamos subir em direção a ele. Quando nos aproximarmos, veremos se Gaintza é visível lá embaixo, isso será a nossa orientação.

A subida começou gradualmente, mas, depois de várias centenas de metros, o terreno se tornou abruptamente íngreme, e eles ziguezaguearam por toda a encosta, passando por caminhos salpicados de rochas que não constavam nos mapas, atravessando pequenos riachos e cachoeiras. A presença de megálitos e dólmenes, evidência de povoamento daquela região na pré-história, só contribuía para a aura mística da montanha.

Ao longe, avistaram uns poucos trilheiros e alpinistas usando a rota mais tradicional; de vez em quando, helicópteros de passeio de Donostia-San Sebastián zumbiam por sobre suas cabeças. Uma hora depois, já não viam ninguém.

O caminho que percorriam atravessava minúsculos vales e passava por fendas na montanha, muitas das quais levavam a pequenas cavernas e fascinantes estruturas de pedra calcária esculpidas pelo vento e pela chuva. Outras duas horas de escalada e encontravam-se abaixo do maciço calcário, distante apenas algumas centenas de metros do cume. Estavam cansados e respiravam com dificuldade, mas ambos começaram a sentir uma excitação crescente.

Parando para descansar, Nick disse:

— Nós devemos estar quase em paralelo com a caverna de Mari na encosta norte. — Ele se virou, olhou para o vale e apontou: — Alana, aquela aldeia à esquerda é Gaintza?

— Sim. Estamos agora entre a caverna de Mari e a ermida de Nossa Senhora dos Remédios, com Gaintza à vista.

Nick disse:

— Ok, se nós percorrermos a inclinação para o sudoeste ao longo desta linha, e se Gaintza permanecer visível, qualquer caverna ou fenda na face do calcário deve ser o local descrito por Frei Tiago.

Atravessaram toda a encosta da montanha, escalando rochas e atravessando cascatinhas. Nick apontou para um paredão de calcário logo adiante, para além de um curso d'água considerável.

— Alana, olhe lá, depois do córrego. Parece um local promissor, vamos dar uma olhada.

A água fluía de uma fenda na pedra calcária parcialmente escondida pelas árvores, e eles se dirigiram rapidamente para lá.

Alana disse entusiasmada:

— Nicholas, uma caverna!

Ela havia encontrado uma pequena abertura na parede de pedra calcária ao lado do córrego que parecia adentrar a montanha. Nick se virou para olhar o vale lá embaixo, e Gaintza permanecia visível.

— Muito bem, Alana! Pode ser o que procuramos.

Mas, quando eles entraram, viram que a cavidade tinha apenas dez ou doze metros de profundidade.

— Merda — Nick murmurou entre os dentes, enquanto saíam da caverna. — Alana, eu não entendo. Esta área é perfeita. Podemos ver Gaintza, o terreno é natural e nós estamos entre a caverna de Mari e a ermida. Se caminharmos um pouco mais ao longo dessa linha, já não seremos capazes de avistar Gaintza. Além disso, vamos começar a nos aproximar das trilhas conhecidas. Tem de ser por aqui.

Alana concordou.

— Bate com tudo o que o Frei Tiago sugeriu no manuscrito. Exceto por aqueles teixos lá adiante. Ele nunca os mencionou.

Nick olhou para ela.

— Teixos. Aquelas árvores são *teixos*. Talvez ele os tenha mencionado, sim.

— Eu não me lembro de ele ter feito isso, Nicholas. Do que você está falando?

Nick disse atropeladamente:

— Alana, tem um cara no departamento de Literatura na Faculdade Henniker, Graham Thackery, um inglês radicado nos Estados Unidos, que ensina Drama Elisabetano. Em todo caso, ele pertence a uma sociedade no Reino Unido que protege teixos ingleses que crescem em cemitérios antigos. Ele vai para lá todos os verões com o intuito de cuidar deles.

— Nicholas, eu não estou conseguindo acompanhá-lo. O que isso tem a ver com esses teixos?

— Thackery me disse certa vez que os teixos têm uma vida extremamente longa. Há um na Escócia que tem quase 4 mil anos. A ironia, porém, é que, apesar de viver tanto tempo, sua casca e seus frutos são mortalmente venenosos. Para os povos antigos e até mesmo na Idade Média, o teixo era um símbolo para *ambas* as coisas: vida e morte. Você não percebe? É mais um paradoxo, como se o teixo vivesse "entre o sim e o não". E é exatamente o tipo de coisa que o Frei Tiago tem feito o tempo todo. Você não disse que ele escreveu algo como "por trás da morte..." ou algo assim?

Alana ficou animada:

— Sim, escreveu! No manuscrito, no trecho em que ele fala sobre "acima e abaixo", ele também diz "por trás da morte que vive para sempre". Nicholas, ele quis dizer atrás dos teixos!

Eles voltaram para o agrupamento de teixos, andando entre eles com cuidado, olhando para suas raízes e por trás de seus ramos, perto da parede de pedra calcária.

Nick disse:

— Alana, aqui.

Ao lado das profundas raízes da árvore, escondida pelos ramos baixos pendentes, havia uma fenda quase vertical nas rochas, de onde fluía um pequeno córrego. Várias pedras maiores haviam caído no solo, obstruindo a visão. Nick pôs-se de joelhos e afastou algumas das rochas para alargar a abertura. Ao fazê-lo, viu que por trás de algumas das maiores pedras havia o que parecia ser outro espaço, com menos de sessenta centímetros de largura, mas grande o suficiente para lhe permitir a passagem, se espremesse o corpo. Ele olhou para Alana, que assentiu.

Nick acendeu o lampião de querosene e deu a lanterna para Alana. Então, deslizou pela estreita abertura, com Alana seguindo-o de perto. Eles rastejaram de quatro por vários metros, mas, depois, conseguiram ficar em pé, curvados, por dez metros ou mais. As paredes eram estreitas e úmidas, sem sinais de que a caverna um dia houvesse sido descoberta, muito menos habitada.

Cerca de trinta metros e numerosas guinadas e curvas depois, o teto da caverna tornou-se mais alto, a passagem, mais ampla. Nick ergueu o lampião, dirigindo sua luz para a frente e para os lados. Estavam agora em um corredor que parecia descer ligeiramente. Cinquenta metros adiante, eles entraram numa grande câmara, do tamanho de um quarto. Era iluminada apenas pela luz muito tênue filtrada da entrada, mas nos recessos parecia haver luz na parte dos fundos da caverna, talvez sugerindo outra maneira de entrar ou sair. Então, Nick ergueu o lampião perto das paredes.

— Santo Deus — disse Nick, admirado.

Alana engasgou:

— Isto... Isto é um milagre!

As paredes da caverna eram uma galeria de arte. E toda a história estava lá: a terrível morte do conde Orsini e a substituição da Coroa verdadeira pela falsa; a viagem para Sens, e depois para Isola di San Giorgio, a fim de recuperar a Coroa genuína, escondida no mosteiro, a morte igualmente horrível do inquisidor e a fuga final do Frei Tiago. A coisa toda devia ter levado anos, talvez décadas para ser concluída.

A qualidade das pinturas era extraordinária, principalmente levando-se em conta o uso de materiais tão humildes. As imagens haviam sido feitas com ocre vermelho e amarelo, umbra, carvão, hematita, ou seja, com os pigmentos obtidos de vários minerais e plantas disponíveis. Frei Tiago havia misturado os pigmentos com óleos provenientes de gordura vegetal e animal para formar as tintas. As pinceladas provavelmente tinham sido aplicadas com pelos de animais, penas, galhos finos e os próprios dedos. As representações não só eram finamente trabalhadas, mas se podia sentir nelas o medo, o horror e a alegria de Frei Tiago.

Alana apontou para várias das cenas representadas.

— Nicholas, os corpos de Orsini e do inquisidor estão horrivelmente mutilados. Como a *contessa* disse, eles parecem *retalhados*. Mas ali, veja, ao lado de cada corpo está a Coroa. O que é que isso pode significar?

— Eu não sei. Será que eles a experimentaram? Mas, então, o que ou quem os teria mutilado?

A pequenina semente de uma ideia começou a se formar em sua mente, como sempre, motivada por uma pergunta. Nick pensou: "Acho que entendemos o que a Coroa significa para os crentes, mas o que ela significou para Jesus? O que *Ele* experimentou? E qual teria sido a experiência para aqueles que se atreveram a usá-la? Annie havia dito: '*cuidado com a Coroa de Espinhos*'. Mas também disse '*colocar a Coroa de Espinhos*'. Era aquilo que acontecia com aqueles que a colocavam?"

Ele continuou a admirar as pinturas fascinado, enquanto Alana foi olhar o restante da caverna. De repente:

— Nicholas...

Ele se virou e viu-a apontando para o que a princípio parecia ser uma pilha de escombros em um canto da caverna, mas que eram — ele percebeu — os restos mortais de frei Jakome Gaintza. Suas roupas haviam se desintegrado havia muito tempo, muitos de seus ossos provavelmente tinham sido eliminados por animais, mas o crânio estava intacto, assim como uma corrente de prata e um crucifixo perto de seu pescoço.

— *Requiescat in pacem* — Alana orou, fazendo o sinal da cruz. — Que ele descanse em paz.

Ele havia traído o seu rei e o seu Papa, mas permaneceu fiel à sua fé e ao seu Deus. Terminou seus dias numa caverna, à vista de quem e o que ele havia sido um dia, mas nunca poderia voltar a ser. *Existiria* — Alana se perguntou — *uma história mais triste a ser contada?*

Quando Nick olhou ao redor da câmara, viu antigas lamparinas de pedra e restos fragmentados de tochas, sem dúvida, alimentadas por gordura animal. Era daquela maneira que Frei Tiago conseguia enxergar nas profundezas da caverna. Nick caminhou até o pequeno espaço que Frei Tiago havia montado para passar a vida, ao lado de uma prateleira natural na rocha. Os escombros no chão da caverna sugeriam um lugar de descanso; a prateleira na rocha, talvez uma espécie de altar no qual houvesse lamparinas de pedra, velas toscas, tigelas talhadas em madeira e...

Simplesmente estava lá. Não estava enterrada ou escondida ou envolta em nada. Estava exposta ao ar sobre a prateleira na rocha.

Seus espinhos, afiados como agulhas, tinham mais de três centímetros de comprimento, partindo dos ramos retorcidos, manchados, escurecidos e trançados. Fora projetada para se encaixar sobre a coroa da cabeça e ser pressionada, de forma extremamente dolorosa, até a altura da testa, infligindo o máximo de sofrimento e extraindo o máximo de sangue. Nick notou que alguns espinhos estavam faltando, mas aqueles que permaneciam eram assustadores — pontiagudos, penetrantes, fortes. E eles estavam manchados de sangue, o sangue de Cristo.

Nick aproximou-se timidamente, quase com medo, embora a princípio não soubesse por quê. Disse a si mesmo que, pessoalmente, o objeto não significava nada para ele — embora reconhecesse sua importância histórica. Afetando a neutralidade e a objetividade de um erudito, pegou a Coroa e a segurou em suas mãos.

Annie tinha razão. Ela havia resolvido um mistério de oitocentos anos, que poderia muito bem transformar a Igreja dela. Lembrando-se dela enquanto segurava a Coroa, pensando em tudo o que tinha acontecido — em Victor, Benjamin "Bola de Boliche", padre Dupuy e Bernadette Guidry, sobre o que aquilo significava para todos eles —, pensando em tudo isso, até mesmo a alma cética e amarga de Nick foi tocada. Fosse Deus ou homem ou ambos, Jesus havia transformado o mundo, e aquele artefato era uma parte fundamental dessa transformação. Ele estava profundamente comovido.

De repente, ele ouviu Alana gritar:

— Nicholas!

Virou-se para ouvir Émile Ducasse dizer:

— Obrigado, professor Renna. Eu fico com isso agora.

Com uma pistola Glock 9 mm na mão, Ducasse sorria triunfante. Ao lado dele estava Marie-Claude Levesque, também armada.

Nick perguntou:

— Como...?

— Helicóptero. Consegue-se alugar qualquer coisa hoje em dia, especialmente pagando bem. Ainda assim, foi tedioso tentar encontrar um local para descermos nesta montanha. Agora, chega de conversa. Coloque a Coroa no chão e se afaste. Faça isso ou morrerá mais cedo.

Nick fez o que Ducasse pediu. Tentando ganhar tempo, ele disse:

— Olhe, eu cumpri minha parte do acordo, então, por que não nos deixa ir? Pelo menos, deixe a irmã Alana ir. Ela não faz parte disso. Você não precisa dela.

Ducasse balançou a cabeça, concordando.

— Não, eu não preciso dela. — Então, virou a arma para Alana e atirou.

Um pequeno furo redondo apareceu debaixo do seio esquerdo de Alana, logo abaixo da caixa torácica, seguido por um fluxo lento — mas crescente — de sangue. Ela engasgou e cambaleou para trás, olhou sem compreender para Nick e desmoronou no chão.

Nick gritou:

— Não! — correu para Alana e a tomou em seus braços, colocando a mão sobre o buraco em seu peito. Alana olhou para ele desamparada e lutou para se manter consciente.

Ducasse deu alguns passos na direção de Nick, a pistola apontada para a cabeça dele.

— Você vai se juntar a ela em breve, professor. Quanto à jovem freira, receio que a morte seja inevitável, embora vá ser lenta. Alguns ferimentos são assim. E você... Você viverá tempo suficiente para testemunhar o meu triunfo antes de se juntar a ela.

Nick enfiou seu lenço de bolso no ferimento de Alana; em seguida, rasgou uma tira do pano de sua camisa para cobrir a ferida e usou mais para enrolar um curativo improvisado em torno de seu peito. Alana não tinha sido atingida no coração, pois teria morrido imediatamente, mas não havia dúvida de que, sem ajuda imediata, seu ferimento seria mortal. Nick não tinha ideia de quanto tempo lhe restava antes de perdê-la. Só o que podia fazer era tentar estancar o sangramento e esperar por um milagre.

Ducasse só tinha olhos para a relíquia. Ele apanhou a Coroa de Espinhos — humilde, marrom-avermelhada e manchada — e segurou-a alto, com admiração.

Com satisfação maligna, ele disse:

— Não tenho certeza de que você saiba o que é realmente esse emaranhado de galhos secos e mortos, professor. É uma revolução, um fim à fraqueza e à autoindulgência. É um símbolo que irá provocar uma renovação da força, da disciplina e do poder. Você não vai estar vivo para testemunhar isso, professor, mas o que você, aquele frei dominicano morto ali e essa noviça moribunda me deram foi um poder espiritual e temporal verdadeiramente ilimitado.

O rosto de Ducasse assumiu uma expressão assustadora, seus olhos brilhavam com um bizarro fervor messiânico.

— Sabe, professor, que, de acordo com o Direito Canônico, não é preciso ser um cardeal para ser eleito Papa? Na verdade, meu arrogante professor, de acordo com o Terceiro Concílio de Latrão, de 1179, mesmo um *leigo* pode ser eleito Papa.

Ele começou a sorrir, depois a dar risadinhas de prazer e, então, finalmente irrompeu em gargalhadas quase incontroláveis.

— Esse fato... Esse fato é bastante *emocionante*, sabe? É emocionante, professor, porque, graças a você e à sua equipe de tolos, esse leigo serei *eu*!

Nick olhou para ele e disse, com indiferença e nenhum sinal de ironia:

— Você é realmente muito louco, Ducasse. Infelizmente, também é um cretino. E todos ao seu redor sabem disso. Mesmo *ela* sabe disso. Você simplesmente é rico o suficiente para se safar.

Cada vez mais ansiosa, a senhora Levesque colocou a mão no braço de Ducasse e disse:

— Senhor, apenas mate-o e vamos embora. Ainda temos muito a fazer em Roma.

— *Eu* tenho muito a fazer, senhora Levesque. Eu tenho uma Igreja para salvar, almas para redimir!

Ducasse deleitava-se com o momento, seduzido e fascinado pelo poder que segurava em sua mão.

Sentindo isso, Nick tentou uma última jogada desesperada.

— Se é tão emocionante, se você vai redimir a Igreja Católica, vá em frente e seja um verdadeiro salvador. Coloque a Coroa.

Com sua ansiedade agora beirando o pavor, a senhora Levesque interveio:

— Émile, por favor, vamos sair daqui. Já temos o que queríamos.

Mas Ducasse não só tinha ficado intrigado, mas também se sentiu desafiado com a sugestão de Nick.

— Por que você diz isso, professor? Está zombando de mim? Acha que eu sou como aqueles tolos nas pinturas?

Com o rosto se contorcendo em uma explosão de raiva, Ducasse gritou:

— *Eu não sou como eles! Eu sou puro! Eu sou digno!*

Nick respondeu:

— Não consigo pensar em ninguém menos digno do que você no planeta inteiro, Ducasse. — Ele meneou a cabeça e acrescentou: — O seu sonho é pervertido. E tenho pena dos pobres tolos que o compartilham com você.

Um Ducasse enfurecido gritou para Nick:

— E quem é *você* para me insultar? Você, que não acredita em nada, que despreza o seu Deus e humilha a sua Igreja? *Você* é quem vai queimar no inferno, e *eu* vou ser a pessoa que o enviará para lá!

A respiração de Alana agora estava muito curta, o rosto, pálido, o olhar, sem foco. Nick sabia que a estava perdendo.

Então Nick disse:

— Ducasse, você não passa de um cretino com uma fantasia doentia.

Ducasse bateu com a pistola no rosto de Nick, deixando um corte largo e profundo sobre o olho esquerdo dele. O sangue jorrou da ferida e pelo seu rosto. Momentaneamente cego, Nick se esforçou para focar Ducasse.

Limpando o sangue dos olhos, Nick disse, com um olhar exagerado na cabeça de Ducasse:

— Mas o que vejo? Nada de Coroa ainda? Peço desculpas, Ducasse. Eu julguei você mal. Você não é apenas um cretino. Você é um covarde.

Enfurecido, Ducasse gritou:

— Eu fui *escolhido*! Eu sou um *salvador*!

E então, como Nick esperava, Émile Ducasse colocou em sua cabeça a Coroa de Espinhos de Jesus Cristo. Olhando para o alto, ele abriu os braços e preparou-se para receber a iluminação divina, para experimentar um momento de êxtase transcendente.

O que se passou não foi nada parecido.

Em vez disso, Émile Ducasse começou a sentir cada dor lancinante, cada tormento, cada horror que havia infligido a outros durante toda a sua vida. Ele arrancou a Coroa da cabeça, mas as imagens continuaram. Ele viu e sentiu como essas transgressões foram passadas adiante e multiplicadas, como elas afetaram a vida de outros a quem ele nunca sequer conheceu.

Émile Ducasse foi exposto a cada um dos momentos sombrios, destrutivos e perversos de sua vida — o relacionamento pervertido com a irmã Camille, a descoberta dos dois juntos pela própria mãe e o subsequente suicídio dela, o banimento do Seminário Menor, depois de causar a morte de Alain Franey, o jeito que deu para o pai sofrer um "acidente" na madeireira, miríades de vidas e futuros esmagados, pessoas corrompidas, famílias destruídas — e toda transgressão similar, pública ou privada, que ele cometera até ali, incluindo o tiro em Alana. O que aconteceu com Émile Ducasse foi que ele se viu como realmente era. Foi quando o verdadeiro horror começou.

A transformação foi tão rápida quanto chocante. Os olhos de Ducasse primeiro cintilaram e abaularam antes de revirarem totalmente, como se, de certa forma, estivessem olhando para o abismo de sua própria alma. A boca se abriu em um grito silencioso, enquanto os dedos recurvaram-se e torceram-se, e as unhas alongaram-se em garras. Então, Émile Ducasse começou a raspar, arranhar e retalhar a própria pele, rasgando-a horrivelmente, debatendo-se em agonia, mas incapaz de parar. Seus olhos foram arrancados das órbitas, suas faces, transformadas em tiras de carne dependuradas do osso. Em seguida, as garras prosseguiram a destruição pelo pescoço e peito, descendo mais e mais, até que, finalmente, estavam entre as pernas. Lá, elas arranharam, retalharam e mutilaram os seus órgãos, até que Émile Ducasse já não era mais do que uma irreconhecível massa de carne sangrenta, contorcendo-se convulsa, mas ainda continuando a se dilacerar, com a boca aberta num grito sem som todo o tempo. Por fim, parou.

Marie-Claude Levesque caiu de joelhos e começou a vomitar violentamente, vômito e bile jorravam de sua boca e de seu nariz. Uma grande mancha úmida apareceu na virilha de sua calça cáqui. Ela começou a gemer e a se lamentar de um jeito estranho, agudo, meio animalesco, que por si só era horripilante.

Virando as costas para os horríveis restos de Émile Ducasse, Nick pegou Alana nos braços; ela estava quase inconsciente, sua respiração era superficial e difícil. *Jesus, eu não posso perdê-la. Por favor, Deus, não me deixe perdê-la.* A Coroa de Espinhos estava no chão, perto dele.

Você deve colocar a Coroa de Espinhos.

Temeroso e angustiado, Nick Renna se esforçou para entender. E se as palavras de Annie não significavam nada? E se eram apenas os murmúrios delirantes de uma mulher moribunda? Por que manter a promessa a uma mulher morta?

Você deve tomar cuidado com a Coroa de Espinhos.

Mas e se... e se, de alguma forma, de alguma forma, a Coroa realmente tivesse o poder de salvar Alana? E se *ele* tivesse o poder de salvar Alana? Essa pequena possibilidade valeria o seu sofrimento ou a sua morte?

Nicholas Renna colocou a Coroa de Espinhos.

A dor no início foi impressionante, queimando, rasgando sua pele e seu crânio. E, então, veio o resto.

Nicholas Renna encontrou-se olhando para as profundezas de sua alma e viu que era um lugar amargo. Todos os seus pecados, os de comissão, os de omissão, todos eles foram revividos, reexperimentados — e também todas as suas consequências.

Viu sua vida como praticamente sempre havia sido — autoindulgente, autocentrada, fria.

Viu como havia usado a perda de Annie como desculpa para se voltar para dentro dele, não dar nada de si, não ajudar ninguém e ferir a muitos.

Viu e sentiu como sua raiva por Annie a magoara tão profundamente e privou-os de serem os verdadeiros amigos que tinham sido um dia — e que poderiam ter continuado a ser. Ele viu como o orgulho e a arrogância, a covardia e a cegueira levaram-no a rejeitar todas as ofertas de amor que lhe chegaram de sua família, de sua igreja e de seus amigos. Viu-se usar e rejeitar amantes vezes sem conta, sem nenhum remorso, sem nenhuma consideração para com os sentimentos delas. Sentiu novamente como sua vergonha abjeta e sua raiva descontrolada o levaram a matar tão impiedosamente em Mogadíscio — e a aceitar condecorações.

Enquanto a sombria procissão de seus pecados prosseguia, Nick sentiu uma mortalha sufocante de desespero começar a envolvê-lo, puxando-o incansavelmente e inexoravelmente em direção a uma escuridão sem fim. Ele experimentou autoaversão e uma autorrepulsa de tal forma que quase implorou pela própria condenação. Desesperado e à beira da morte, ele lutou contra esse sentimento, vasculhando sua alma atormentada e os elementos sombrios de sua vida em busca de uma pequena faísca de esperança ou redenção.

Então, cada vez mais fraco, começou a perceber uma sugestão de luz. A princípio, mal dava para distingui-la, mas ela foi crescendo, tornou-se mais forte, mais promissora. Sentiu-se responder e foi circundado pela luz. E dentro da luz, unificada com a luz, ele ouviu a voz de Annie. *Eu vou amar você para sempre, Nicky. O amor é dom de Deus, uma dádiva a ser compartilhada. Quando você ama, abre seu coração para Deus.*

Ele entendeu, finalmente, o que Annie quis dizer há tanto tempo. É o amor que dá vida, é o amor que cura e transforma e, no final, é o amor que redime. Sentiu novamente o amor de Annie e também o de Alana. E soube que os dois haviam sido dádivas de Deus, que é a fonte de todo amor. E assim, Nick Renna abriu seu coração, aceitou suas falhas e seus defeitos, escolheu perdoar a si mesmo e tentar novamente. Em seu coração, ele disse: *"Obrigado por esta dádiva. Eu prometo compartilhá-la e me manter digno dela".*

Quanto à Coroa de Espinhos, Nick agora entendia o seu verdadeiro poder.

Durante a Paixão de Cristo, na ocasião em que foi mais humilhado, escarnecido e injuriado e, em seguida, coroado de espinhos, Jesus tinha visto, havia *experimentado* os pecados de toda a humanidade. Tudo isso — o ódio e a violência que parecem não acabar, a amargura, mesquinhez e estupidez intermináveis, toda a extensão da maldade e da selvageria que a humanidade poderia e iria causar a si mesma por milênios — ele viu e sentiu.

E apesar de tudo, Cristo disse: "Perdoai-os, Pai, porque não sabem o que fazem". Ele escolheu perdoar e amar.

Um transformado Nick Renna removeu a Coroa da cabeça e segurou-a firmemente em sua mão direita. Apertou-a até os espinhos lhe perfurarem a carne da palma da mão, misturando seu sangue com os vestígios secos do sangue do próprio Cristo.

Retirou a mão sangrando da Coroa e ergueu Alana nos braços. Acreditando no poder do amor sem limites, Nick Renna abriu a blusa de Alana, colocou a mão sobre a hemorragia de seu ferimento e repetiu as palavras do incrédulo Tomé.

— Meu Senhor e meu Deus... — disse ele.

A princípio, Nick não sentiu coisa alguma. Então, percebeu uma pequena vibração debaixo da mão e uma alternância rápida entre calor e frio. Em poucos segundos, a vibração aumentou, enquanto o processo de cicatrização do ferimento se dava na sequência normal — fase inflamatória, proliferativa, de maturação —, mas numa incrível rapidez. Coagulação, migração, inflamação, angiogênese — o crescimento de novos vasos sanguíneos —, tudo ocorria quase que simultaneamente. E parecia afetar o corpo inteiro de Alana.

Uma fase inflamatória que normalmente levaria 24 horas levou apenas alguns segundos. Plaquetas, neutrófilos e macrófagos executaram o seu trabalho em hipervelocidade. A carne por baixo da sua mão fervilhava de vida.

Células epidérmicas, que na fase de proliferação levariam de 24 a 72 horas para iniciar a migração em toda a superfície da ferida, migraram imediatamente. Fibroblastos acorriam para construir suportes de colágeno, e ajudar a migração celular e intensificar a atividade nas camadas mais profundas do ferimento.

Proteoglicanos aceleravam para aumentar a formação de fibras colágenas, dando força e apoio para o tecido de cicatrização. A fase de remodelação, que normalmente levaria meses, aconteceu em segundos, assim como a fase de maturação, para a qual normalmente é necessário um período de até um ano para aumentar a resistência à tração da ferida. Ossos refeitos, fibras musculares reforçadas, sangue fluindo normalmente. Tudo isso em questão de instantes.

De repente, as vibrações cessaram. Tudo que Nick sentia por baixo de sua mão era a pulsação normal e o calor natural de um corpo humano no auge da saúde.

Ele retirou a mão da ferida e descobriu que Alana estava completamente curada. Nenhuma cicatriz era visível, tanto de entrada como de saída do projétil. Ainda mais notável: a cicatriz da facada que atravessava seu peito e seu abdômen havia desaparecido também. O corpo de Alana estava tão imaculado, saudável e gloriosamente belo como no dia em que nasceu.

Alana, sem consciência de nada disso, abriu os olhos e olhou para o rosto de quem ela mais amava.

— Nicholas, graças a Deus! A bala... Meu ferimento... Estou viva! E me sinto forte. Nicholas, isto é um milagre... — ela puxou o rosto de Nick e o beijou. — Estamos juntos e vivos!

— Milagres estão à nossa volta, Alana — disse ele e, depois, a beijou profundamente.

Nick, então, se virou para a imunda, traumatizada, quase catatônica Marie-Claude Levesque e disse:

— Senhora Levesque, olhe para mim.

Ela se esforçou para levantar a cabeça, evitando, no início, o contato visual. Finalmente, olhou para ele.

Nick apontou para a massa disforme e quase irreconhecível a que tinha ficado reduzido Émile Ducasse.

— Senhora Levesque, Émile Ducasse determinou seu próprio destino e foi responsável por sua própria condenação. Isso é o que vai ser de você também, aqui, agora, a menos que responda às minhas perguntas de forma rápida e completa e faça exatamente o que eu disser. Se você se recusar — ele apontou para a Coroa —, verá como você realmente é por dentro. Pense sobre isso, senhora Levesque, pense em se ver como você *realmente* é. E então pergunte a si mesma se está preparada para isso.

Evitando olhar para a Coroa e incapaz, também, de olhar para Nick, devastada pelo medo e pela autorrepulsa, Marie-Claude Levesque respondeu:

— Por favor, por favor! Eu faço qualquer coisa, qualquer coisa!

— Tudo bem — disse Nick. — Eis o que eu quero saber e o que quero que você faça...

A última peça do plano de Nick foi colocada no lugar.

Capítulo 16

Roma, Itália

Nos dias que antecederam a convocação do Sínodo XII, toda Roma estava animada e vibrante. Normalmente, um Sínodo não tem o peso ou as implicações de um Concílio Ecumênico. O Sínodo XI, por exemplo, realizado no outono de 2005, gerou pouco interesse, especialmente fora da Igreja. Mas esse era diferente, como se o mundo de alguma forma soubesse que algo dramático ou, no mínimo, altamente controverso poderia ocorrer. Para os íntimos do Vaticano, essa possibilidade não era emocionante; era aterrorizante.

Havia quem, na Igreja, enxergasse a cisão entre os moderados e liberais de um lado e, do outro, os arquitradicionalistas, exemplificados pela *Salvatio Dolore*, como a ameaçadora possibilidade de um cisma. Tal separação rasgaria a Igreja em duas, dividindo-a entre aqueles que desejavam uma Igreja centrada no pecado e no castigo *versus* uma Igreja centrada no perdão e na salvação; uma que seria fechada e introspectiva, aceitando apenas alguns poucos escolhidos, e outra que abriria os braços para toda a humanidade, em toda a sua diversidade, imperfeita e contenciosa.

A questão fundamental era se o Santo Padre estava preparado para encarar uma batalha doutrinal. Não parecia favorável para ele. O cardeal Marcel LeClerc era apaixonado, carismático, poderoso e implacável. O Santo Padre era um homem amável, acadêmico, ex-capelão universitário e teólogo. Até agora, em seu pontificado, não havia demonstrado habilidades políticas na rivalidade entre os próprios membros da Igreja. O resultado de tal confronto parecia claramente favorecer LeClerc.

Os clérigos convidados do mundo todo e os seus assistentes e secretários já haviam chegado e estavam instalados nos hotéis, albergues e afins próximos à Cidade do Vaticano. Um número surpreendente de jornalistas procuraram o Gabinete de Imprensa do Vaticano, pedindo credenciais, buscando tradutores e locais adequados para filmagens; o Pontifício Conselho para a Comunicação Social, solicitado diariamente, elaborava orientações, explicações e agendas.

Enquanto tudo isso acontecia em torno deles, Raymond Pelletier, o cardeal Marcel LeClerc e o general Rein estavam reunidos na residência do cardeal, cuidando do planejamento estratégico e tomando um conhaque muito antigo e muito bom. Marie-Claude Levesque tinha enviado um e-mail a Pelletier de Zaldibia com notícias chocantes. "Renna recuperou a Coroa. Ducasse está morto. Renna deseja negociar. Por favor, aguardo instruções. Chego a Roma amanhã, no final da tarde."

Raymond Pelletier era da opinião de que, dentro de cada revés, há uma oportunidade. A morte de Émile Ducasse certamente tinha sido um contratempo, mas não uma catástrofe. Era apenas um desvio na rota para recuperar a Coroa e obter o papado para a *Salvatio Dolore* — que exigiria apenas um ligeiro ajuste de planos. E quanto à oportunidade... Bem... Pelletier tinha algumas ideias.

A reação do cardeal LeClerc foi ainda mais otimista. Ele disse:

— É certamente um inconveniente e, depois de todos esses anos, sinto profundamente a perda de Émile. Mas, verdade seja dita, era inevitável. Émile sempre foi instável, sempre capaz de excessos que poderiam ser prejudiciais a questões maiores e mais importantes... O incidente no seminário, sua história perturbadora com a irmã, a senhora Levesque... Assim, a nossa decisão de trabalharmos juntos, sem que ele soubesse, foi necessária e prudente. Com respeito a isso, general Rein, seus homens foram muito úteis aos nossos propósitos, mesmo que não os conhecesse... Com exceção de Kurt, é claro. Ainda assim, Émile fará falta. Seus recursos e seu empenho foram fundamentais para o crescimento da *Salvatio Dolore*. Nós, no entanto, vamos continuar.

O cardeal prosseguiu:

— Agora, senhor Pelletier, quais são as implicações da morte de Émile para a Fundação do Calvário e para você?

— Eminência, a Fundação do Calvário possui um capital extraordinário, algo na ordem de 500 milhões de dólares. A morte de Émile não muda nada. Como diretor financeiro, sou o próximo da fila em termos de autoridade sobre questões rotineiras, reportando-me e sujeito ao Conselho de Curadores, é claro.

Pelletier, um homem de perene ambição, mas também prudente, acrescentou:

— Mas devo dizer, Vossa Eminência, que um endosso pessoal seu iria garantir que eu também me tornasse diretor executivo e *presidente* do Conselho de Curadores. Essa posição me permitiria um controle quase exclusivo sobre as atividades da Fundação, de financiamento e outras. Assim, eu seria mais capaz de agilizar e facilitar os seus planos e os da *Salvatio Dolore*.

— Estou impressionado com sua visão, senhor Pelletier. Estamos de acordo. Agora, general, qual foi o impacto da infeliz morte de Émile sobre você?

Rein deu de ombros.

— Foi mínimo, Eminência. Sempre soubemos que chegaria a hora em que o senhor romperia sua ligação com Ducasse. Renna apenas nos poupou do problema. Quanto a Della Vecchia, ele ainda acredita que está ajudando pessoas próximas ao Papa. Renna, sem dúvida, irá procurá-lo quando chegar a Roma. Agora mesmo, neste exato momento, enquanto nos falamos, existem pessoas vigiando-o.

O general deu um pequeno sorriso de autocongratulação.

— Quanto ao próprio Pontífice, elaborei um plano que aguarda apenas o seu sinal verde para ser posto em prática. Por orientação minha, o prefeito da Casa Pontifícia mantém um novo médico pessoal para o Pontífice. O bom doutor me garante que não é incomum para alguém na

— 316 —

idade e nas condições de saúde do Pontífice ter reações adversas graves a uma combinação de medicamentos prescritos. Não raro, o bom médico explicou, o resultado é a morte.

O cardeal ficou satisfeito:

— Bom médico, de fato. Agora, e quanto à senhora Levesque?

Pelletier respondeu:

— Quando tivermos os detalhes da negociação com Renna, ela não será mais necessária. Randolph cuidará disso. Assim que ela estiver fora do caminho, acessarei e controlarei o seu banco de dados sobre a *Salvatio Dolore*. Pelletier não sentia nenhum remorso diante da perspectiva de se livrar de Marie-Claude Levesque.

Ele acrescentou:

— Quanto a Renna, apesar de sua sorte e inteligência, o fim dele está próximo. Eu providenciarei para que ele e a freira sejam eliminados.

O cardeal LeClerc estava contente:

— Então, estamos progredindo dentro do cronograma. Amanhã, teremos a missa de abertura na Basílica de São Pedro e outras atividades variadas de boas-vindas. Minha apresentação para o dia seguinte está concluída. General, seu homem de confiança, Kurt, ficará encarregado do audiovisual.

Sua Eminência passou a explicar:

— Eu sou o terceiro na sequência, depois das boas-vindas e o pronunciamento de abertura do Santo Padre, e o secretário de Estado Papal. No momento em que eu estiver com a palavra, suponho, já estaremos de posse da Coroa. Pelletier, você e Randolph a guardarão. Providenciei uma pequena sala de conferências privativa no andar acima da Sala do Sínodo. Agora, a sincronia é fundamental. Assistam aos procedimentos pelo monitor. Quando eu disser "*O sofrimento como foi experimentado, enobrecido e santificado pelo próprio Nosso Senhor...*", vocês entrarão com a Coroa. Eu a revelarei dramaticamente, chegando ao cerne de meu discurso. Depois disso, cavalheiros, ninguém me segura. Minha eleição para o papado estará garantida, após a infeliz morte do Papa, é claro.

Eles voltaram ao seu conhaque.

Nick e Alana desembarcaram no Fiumicino-Leonardo Da Vinci, o Aeroporto Internacional de Roma, no início da tarde. Nick abriu o compartimento de bagagem e apanhou um humilde embrulho de papel pardo amarrado com barbante, do tamanho de uma caixa de chapéu. Então, eles saíram em busca de táxis, um para cada um.

Nick se aproximou de Alana e a beijou:

— Alana, seja o que for que você decidir, meu amor por você nunca vai mudar.

Ela tocou o rosto de Renna e disse:

— Nem o meu por você. Mas eu decidi há muito tempo, Nicholas.

Ele balançou a cabeça concordando:

— Vejo você depois de amanhã na Sala do Sínodo. Boa sorte.

Seguiram caminhos distintos: Alana foi para o Convento de Santa Catarina de Siena e Nick para a residência do monsenhor Bruno Della Vecchia.

Naquela tarde, o monsenhor Della Vecchia e Nick estavam no jardim da casa do sacerdote, e na mesa entre eles havia uma garrafa de vinho e frutas, junto de um humilde pacote embrulhado com papel pardo.

Olhando com espanto para o pacote, Della Vecchia disse:

— Essa é a história mais extraordinária que eu já ouvi, Nicholas. Como você suspeitou desse notável poder?

— Pelas pinturas na caverna. Alana havia deduzido, pelas imagens e pela linguagem empregada por Frei Tiago em seu manuscrito, que algo terrível estava associado à Coroa. Mas as pinturas na caverna foram feitas quando ele já estava seguro e teve tempo para expressar com mais detalhes o que, de fato, originava o terror. As pinturas revelaram que quem colocar a Coroa confrontará o estado de sua própria alma, e para o conde Orsini, Guttierez-Ramos e Ducasse, houve horríveis e condenatórias consequências.

— Mesmo assim, você a colocou. Por quê?

Nick disse honestamente:

— Eu não tive escolha. No início, acreditava que Annie havia dito ou *"Você deve tomar cuidado com a Coroa de Espinhos"* ou *"Você deve colocar a Coroa de Espinhos*". Na ocasião, não tinha ideia do que ela queria dizer. Mas, naquela caverna, com Alana morrendo, eu comecei a entender. A escolha se resumia a: não colocá-la e deixar Alana morrer ou colocá-la e confiar em Annie, arriscando-me a terminar como Orsini, Guttierez-Ramos e Ducasse. Eu escolhi confiar em Annie. O que Annie quis me dizer é que, para salvar minha alma, era necessário que eu confrontasse o meu verdadeiro eu e, confiantemente, perdoasse a mim mesmo. Fazendo isso, eu pude então ser capaz de acessar o poder da Coroa para salvar Alana.

Della Vecchia disse, com admiração:

— De alguma maneira, a irmã Anne Marie sabia. E por acreditar nela e colocar a Coroa, na verdade, você praticou essencialmente um ato de fé, um ato de contrição e um ato de amor, tudo ao mesmo tempo. Notável.

Della Vecchia continuou ansioso para ouvir o resto:

— Agora, sobre a cura... me conte mais.

— Bem, isso foi graças ao senhor, monsenhor, e à sua hipótese sobre os efeitos curativos reais do amor ilimitado. Quando almoçamos juntos em Roma, o senhor falou da profundidade infinita do amor de Cristo e de seu potencial poder. Na caverna, eu comecei a entender. Compreendi que o amor de Deus infunde e vitaliza todo o cosmos. Não está *fora* ou *além* do universo; é inerente ao universo. E, por um momento, eu era parte desse amor, parte de seu poder ilimitado. Naquele momento, eu acreditei que poderia salvar Alana. E isso *aconteceu*.

Nick lutava para se expressar claramente:

— É tão difícil de explicar, monsenhor. Eu certamente não controlava o poder, mas não era passivo, tampouco. A melhor maneira de explicar é dizendo que eu era uma espécie de *participante*.

— Que coisa extraordinária — disse Della Vecchia.

Depois de uma pausa, Della Vecchia perguntou delicadamente:

— Nicholas, deixando de lado o poder do universo por um momento, e quanto a você? E quanto ao *seu* poder?

— O que o senhor quer dizer? Que poder? — Nick perguntou.

Della Vecchia disse:

— E se houver algo em você, Nicholas, algo unicamente seu, que lhe permitiu canalizar o poder?

Nick foi abalado por tal pensamento, pela simples possibilidade de ser verdade.

— Mas isso é... Como poderia ser? *Por que* seria?

— Quanto a como poderia ser, bem... — Della Vecchia hesitou e sorriu. — Devo admitir que isso está além da minha capacidade. Mas sou da opinião de que da mesma forma que há, sem dúvida, uma coisa como a evolução *biológica*, existe também a evolução *espiritual*. Claro que nem todos nós... Na verdade, quase nenhum de nós alcança um estágio de nossa evolução espiritual em que podemos acessar esse poder de cura ao qual se referiu. Mas você parece ter feito isso, Nicholas. Sua evolução espiritual deu um salto espetacular. Quanto ao motivo, talvez seja simplesmente a vontade de Deus, parte do plano dele para você — Della Vecchia sugeriu.

Confrontado com uma possibilidade além da imaginação, Nick permaneceu em silêncio.

O monsenhor Della Vecchia decidiu não forçar a barra nesse tema — por ora.

Em vez disso, ele disse:

— Há outra questão, Nicholas. Durante o curso dessa extraordinária aventura, você, eu creio, se afeiçoou bastante à irmã Alana. Ela é uma jovem excepcional. Acredito que o mesmo tenha acontecido com ela. Você está preparado para as consequências?

Nick, desejando ser sincero tanto com Della Vecchia quanto com seus sentimentos por Alana, respondeu:

— Monsenhor, eu agora encaro a vida sob outra perspectiva e vivo num mundo diferente do que eu vivia. Só espero que Alana faça parte desse mundo.

Della Vecchia assentiu, mas não disse nada.

Foi então a vez de Nick fazer uma pergunta.

— Monsenhor, temos a Coroa agora, e ela está a salvo. Mas a *Salvatio Dolore* continuará a representar uma ameaça, enquanto existir. O senhor acha que nosso plano tem chance de dar certo?

O monsenhor Bruno Della Vecchia inclinou-se sobre a mesa e deu um tapinha na mão de Nick, de uma forma paternal e tranquilizadora.

— Não se preocupe, Nicholas. Seu plano já está em execução. Conforme suas instruções, o padre Timothy veio da América e está aqui. Nós dois nos reunimos com o senhor Donnelly, que tem sido de grande ajuda, e a irmã Alana está trabalhando arduamente na peça final. Eu, à minha humilde maneira, fui bem-sucedido junto aos meus contatos, alguns dos quais podem surpreendê-lo. Estamos prontos. E, como escreveu Shakespeare, "Estar pronto é tudo".

Mudando ligeiramente de assunto, o monsenhor disse:

— Agora, me fale mais da suposta negociação com o pessoal do cardeal LeClerc.

~

Marie-Claude Levesque desejava apenas uma coisa: dar o fora de Roma e voltar viva para o Canadá. Seria uma façanha. Sabia muito bem que, depois que entregasse os termos de Renna para Pelletier, ela seria inútil para eles. Com Émile morto, aquele bando de malucos da *Salvatio Dolore* não lhe daria um lugar, nem ela iria querê-lo. Era hora de seguir em frente, ir para algum lugar e fazer um balanço, pensar num futuro qualquer que pudesse ter.

Talvez fosse para Vancouver, ou melhor, uma das Ilhas do Golfo, como Galliano ou Salt Spring. Poderia exercer a advocacia ou a contabilidade, ou... ou... *Oh, Deus, o que será de mim? O que aconteceu comigo? Eu não posso viver assim, já não consigo viver assim!*

Ela se hospedou em um hotel na Via degli Scipioni, perto do Vaticano, e telefonou para Pelletier de seu celular.

Ela disse:

— Estou no Hotel Gerber. Me encontre no bar do átrio em duas horas.

Tentou tirar uma soneca, mas não conseguiu. Tomou um banho quente, mas não se sentiu relaxada nem limpa. *Por favor, Deus, me ajude. Eu não consigo mais viver dessa maneira.*

Raymond Pelletier, pontualíssimo, apareceu no bar do átrio impecavelmente bem vestido num traje de trabalho casual. Fora sozinho, Randolph não estava à vista em parte alguma.

Pediram bebidas, e a senhora Levesque foi direto ao assunto.

— Renna vai trocar a Coroa por sua vida. Além disso, quer três coisas: 1 milhão de dólares depositados em sua conta pessoal no seu banco em New Hampshire, 1 milhão de dólares doados para a Universidade Monte São Domingos para subvencionar uma cátedra de estudos medievais em honra da irmã Anne Marie Reilly, e quer que a noviça, irmã Alana Elizalde, nunca mais seja incomodada. Tudo isso deve ser acertado e concluído antes de ele entregar a Coroa. Se estiverem de acordo, ele levará pessoalmente a Coroa de Espinhos na manhã da apresentação do cardeal LeClerc no Sínodo dos Bispos. Ele diz que há salas de conferência disponíveis no andar acima da Sala do Sínodo. Você pode levar Randolph, para sua segurança. Renna diz que vai ter alguém com ele, para garantir que ele saia ileso. Depois disso, cada um cuidará de sua própria vida.

— Como faremos para nos comunicar com ele? — Pelletier perguntou.

— Fiquei de ligar para ele na residência de Della Vecchia.

Pelletier ficou em silêncio por vários minutos, considerando todos os ângulos da questão e as opções. Então ele perguntou:

— Senhora Levesque, você tem certeza de que ele está com o artigo genuíno?

Ela estremeceu ao responder:

— Sim. Sim, eu tenho. Eu vi a Coroa, e jamais quero voltar a vê-la. Renna disse que ela vai estar numa caixa de cerejeira polida com dobradiças e fechos de ouro, com um crucifixo entalhado no topo.

Na verdade, Pelletier ficou satisfeito com as exigências de Renna e, francamente, não de todo surpreso. Estava claro agora que Renna tinha o seu preço, como todo mundo. Além disso, o trato não era muito diferente do que ele havia oferecido a Renna em New Hampshire. Ah, a soma havia aumentado, mas isso era irrelevante. Eles teriam, naturalmente, de liquidar Renna em uma data posterior, em Henniker — apenas para manter as coisas organizadas. Por último, quando a Coroa estivesse nas mãos do cardeal LeClerc, Randolph poderia lidar com a senhora Levesque da maneira que preferisse. Pelletier sorriu novamente. Tudo estava se resolvendo bastante bem.

Pelletier disse para a senhora Levesque:

— De acordo. Faça a ligação.

~

Diferentemente da Capela Sistina — onde o Colégio dos Cardeais tradicionalmente elege o novo Papa — e de seus mais de quinhentos anos, a Sala do Sínodo do Vaticano é moderna e bem equipada, com ar-condicionado, acesso à Internet, instalações primorosas de áudio e vídeo, recursos de tradução simultânea e até dispositivos de segurança como os dos aeroportos.

Em termos de segurança, além dos membros da Guarda Suíça, as grandes conferências e os grandes eventos também contam com a Gendarmerie do Estado da Cidade do Vaticano e as unidades especiais dos *Carabinieri* italianos. Essas últimas, sob o comando do altamente capacitado e condecorado coronel Enrico Luigi San Giacomo, um homem com um *hobby* incomum para um policial: colecionar arte sacra do Renascimento italiano. Um interesse que ele compartilhava com seu bom amigo, um certo monsenhor baseado no Vaticano.

Na manhã seguinte à missa de boas-vindas na Basílica de São Pedro, centenas de bispos e arcebispos, abades de mosteiros importantes e membros do Colégio dos Cardeais, juntamente com vários outros dignitários do clero, começaram a chegar e tomar seus lugares no salão principal da conferência. No tablado à sua frente estaria sentado Sua Santidade, o Papa Leão XIV, ladeado pelo secretário de Estado Papal, o cardeal Josef Czesnick, e o prefeito da Congregação para a Doutrina da Fé, cardeal Paolo Antonio Cimini.

Atrás deles, na parede, em ambos os lados do Selo Papal, duas grandes telas em que os participantes podiam acompanhar as apresentações; na frente deles, um púlpito com *teleprompters* havia sido montado para os apresentadores. Monitores estavam disponíveis nas salas de conferência privativas no segundo andar, e as apresentações seriam transmitidas para salas de reuniões e afins por toda Roma, sendo que a principal delas era a da sede da Assessoria de Imprensa do Vaticano, onde jornalistas de todo o mundo já começavam a se reunir.

Dentro da Sala do Sínodo, Kurt, o assistente do cardeal LeClerc, estava sentado diante do monitor de computador na seção especial da sala de conferências reservada para o pessoal do apoio técnico aos apresentadores. Ele fazia as verificações finais para garantir que tudo estava funcionando como deveria quando ouviu uma voz atrás dele.

— *Per favore, signore.* Suas credenciais.

Um homem musculoso e de rosto corado, trajando o elegante uniforme azul-escuro dos *Carabinieri*, estava parado ali com a mão estendida.

— Agora, por favor.

Kurt ficou perplexo.

— O que significa isso? — ele apontou para o cartão laminado amarelo brilhante pendurado em seu pescoço. — Estou com Sua Eminência, o cardeal Marcel LeClerc. Você sabe quem ele é? Sabe o quanto ele é importante?

O policial sorriu, porém não foi nem um pouco caloroso.

— *Signore*, você deveria se preocupar com o quanto *eu* sou importante. Sou o coronel Enrico Luigi San Giacomo, e você virá comigo. *Andiamo.*

— Espere, espere — gritou Kurt. — Procure o general Rein, pergunte a ele sobre mim!

O coronel disse:

— 324 —

— O general já é nosso convidado. Agora, vamos.

Enquanto o coronel San Giacomo escoltava Kurt para fora do auditório, uma jovem noviça dominicana tomava seu lugar no computador. Ela removeu o CD do laptop de Kurt e tirou de sua bolsa de lona um *pendrive* que ela havia preparado na noite anterior para substituí-lo. Certificou-se de que o sistema estava funcionando perfeitamente e de que a apresentação estava completa. Então, esperou.

Nick Renna e o padre Tim Reilly estavam numa pequena sala de conferência no segundo andar. O monsenhor Bruno Della Vecchia havia descido para tomar o seu lugar na plateia. Nick tinha em suas mãos uma caixa de cerejeira polida que continha o que poderia muito bem ser o futuro para todos eles.

Nick perguntou ao padre Tim:

— Você já falou com Brian?

O padre Tim assentiu:

— Ele está no Gabinete de Imprensa do Vaticano, ansioso para agir.

Ele disse a Nick:

— Você acha que Della Vecchia realmente tem o tipo de conexão de que precisamos?

— Nós vamos descobrir em breve — Nick respondeu. Então, ele perguntou:

— E você, Timmy. Está pronto para isso?

O padre Tim fechou a cara:

— Estou pronto desde que saí do Canadá.

Também no segundo andar, embora em outra ala do edifício, Raymond Pelletier e Randolph assistiam aos preparativos atentamente.

Pelletier olhou para o relógio.

— Renna deve estar aqui em cinco minutos.

Randolph nada disse. Sua participação viria depois. Cuidar da senhora Levesque seria um prazer. E, posteriormente, de volta à América, ele daria um jeito em Renna e no padre.

Um sorridente e extremamente confiante cardeal Marcel LeClerc entrou na Sala do Sínodo com ar de triunfo. Parou aqui e ali para confraternizar com simpatizantes e colegas e aceitar congratulações por sua posição de destaque na agenda. Entretanto, estancou de chofre ao ver uma desconhecida noviça dominicana sentada no lugar de Kurt.

— Quem é você? Onde está o meu assistente? — perguntou irritado e inquieto por aquela mudança inesperada nos acontecimentos.

A jovem noviça olhou para ele inocentemente com seus olhos cor de violeta e respondeu:

— Ele foi chamado inesperadamente, Eminência. Mas eu lhe asseguro que sou uma operadora de computador muito hábil e, certamente, muito motivada.

Com seu bom humor anterior sendo substituído pela irritação, o cardeal retrucou:

— Bem, certifique-se de não cometer erros, irmã. Minha apresentação terá um impacto monumental sobre o futuro da Santa Madre Igreja.

— Não tenho dúvida disso, Eminência — respondeu ela.

A assembleia levantou-se quando Sua Santidade e os membros de seu séquito entraram. Depois de subir ao tablado, o Pontífice começou com uma oração para que a discussão fosse aberta e esclarecida, em nome de Jesus, e pediu a Deus Pai que os iluminasse com a sabedoria do Espírito Santo. Ele saudou a assembleia e expressou seu compromisso para com eles e sua tarefa. Então, fez um sinal com a cabeça ao cardeal Czesnick, para que esse pudesse oferecer a sua saudação e dar início aos trabalhos do Sínodo.

Assim que o cardeal começou a falar, Nick disse ao padre Tim:

— Vamos lá.

Eles seguiram pelo corredor em direção à sala em que Pelletier e Randolph aguardavam. Nick não tinha certeza de quanto tempo lhes restava, mas sabia que Alana estaria esperando ansiosamente.

Nick bateu na porta e Raymond Pelletier atendeu, deixando-os entrar.

Ele viu a caixa nas mãos de Nick.

— É ela? — perguntou, e sua voz refletia a reverência que até mesmo ele sentia naquele momento.

— Sim — disse Nick. — Todos os arranjos foram feitos?

Pelletier respondeu:

— Sim, é claro.

Nick e o padre Tim adentraram a sala. Pelletier estendeu a mão e deslizou-a levemente sobre a madeira polida.

— Isto é bastante notável, Renna — disse Pelletier. — Isso muda tudo.

— Com certeza — disse Nick.

Nick, então, fez uma coisa surpreendente. Passou por Pelletier e entregou a caixa para Randolph. Sem pensar, Randolph a segurou.

Com as mãos de Randolph assim ocupadas, o padre Timothy Reilly acertou um poderoso cruzado de direita no nariz de Randolph, que explodiu em vermelho, enquanto a caixa caía no chão. Prosseguiu acertando dois golpes rápidos de esquerda bem no plexo solar de Randolph e o liquidou com um direto de direita no queixo. Randolph caiu duro numa poça de sangue.

Pelletier estava atordoado:

— O que... Que loucura é essa?

Uma voz na porta disse:

— O que está acontecendo aqui?

O coronel San Giacomo entrou na sala, seguido por dois outros *Carabinieri*. Olhou para Randolph, que sangrava inconsciente no chão, e depois para o padre Tim, que estava esfregando os nós dos dedos e respirando com um pouco mais de dificuldade do que o habitual, mas que, por outro lado, se sentia muito satisfeito consigo mesmo.

Avaliando a situação de imediato, o coronel — um aficionado de longa data da arte do pugilismo, e ele próprio um lutador de boxe em sua juventude — deu um pequeno sorriso e fez um sinal de aprovação com a cabeça para o padre Tim. — *Bravo* — ele disse.

Virando-se para Pelletier, o coronel San Giacomo anunciou formalmente:

— Raymond Pelletier, você e seu colega ali no chão são procurados pela Interpol, pelo GIS da Suíça e pela Real Polícia Montada do

Canadá para interrogatório sobre os assassinatos de Victor Vogel, padre Paul Dupuy e Bernadette Guidry, e pela tentativa de assassinato do padre DeWayne Benjamin.

Enquanto os dois *Carabinieri* levavam Pelletier e Randolph pelos braços e os escoltavam para fora da sala, Pelletier gritou:

— Como você se atreve? Isso é absurdo, é ultrajante!

O coronel San Giacomo não se impressionou.

— Sempre é... — Ele fez um sinal com a cabeça para Nick e o padre Tim. — Recomendações ao monsenhor. *Arrivederci*, meus amigos.

O padre Tim se virou para Nick.

— Nós formamos uma bela dupla, você não acha?

— Sem dúvida — Nick concordou.

Olhando para o monitor de televisão, Nick viu que o cardeal LeClerc estava falando; a primeira parte de sua apresentação seguia conforme o planejado. Nick pegou a caixa.

— Ok, Timmy. É a minha vez.

Lá embaixo, na Sala do Sínodo, o cardeal Marcel LeClerc tinha a plateia na mão. Homem de grande carisma e um apresentador poderoso, ele sabia que todos ouviam enlevados cada palavra sua. Podia sentir a intensidade, a energia emanando dele — era glorioso!

Então, ele disse as palavras "... *o sofrimento como foi experimentado, enobrecido e santificado pelo próprio Cristo...*" e olhou para cima. Renna! Era Renna carregando a caixa com a Coroa! Primeiro, a noviça, agora Renna — o que estava acontecendo?

LeClerc pela primeira vez tropeçou nas palavras, mas, então, endireitou-se enquanto Nick parava diante dele, abria a caixa e a colocava sobre o púlpito.

Nick olhou o cardeal nos olhos; o cardeal titubeou, olhando de Nick para o público e de volta para Nick. Nick disse num tom de voz que só LeClerc podia ouvir:

— *Non praevalebunt, la Vostra Eminenza. Arrivederci*.

Então, Nick partiu, parando apenas para piscar e sorrir para a jovem noviça, que sorriu radiante de volta para ele.

Um zum-zum-zum confuso atravessou a audiência, murmúrios de preocupação e desalento. O Santo Padre, no entanto, nada disse, permitindo que a cena se desenrolasse.

O cardeal Marcel LeClerc estava agora completamente desconcertado. Renna havia citado o lema latino do jornal não oficial do Vaticano, *L'Osservatore Romano*, que significava "Eles [os inimigos de Deus e da Igreja] não prevalecerão".

Hesitante, quase com medo, o cardeal LeClerc virou-se para a caixa e olhou o que continha. Estava vazia, exceto por um pequeno pedaço de papel em que fora digitado *João 8:1-11*. LeClerc ficou olhando para ele, sem entender.

O episódio no Evangelho de João narra a cena em que os inimigos de Jesus confrontam-no com uma mulher em desalinho que fora apanhada no ato de adultério. Eles tentam fazer com que Jesus condene a mulher, de modo que ela seja apedrejada. Mas Jesus diz: "Aquele que dentre vós estiver sem pecado, atire a primeira pedra".

Então, Jesus começa a escrever no chão. Quando seus inimigos foram ver o que ele estava escrevendo, eles fugiram apressadamente. A tradição sugere que Jesus estava escrevendo os pecados daqueles que tinham prendido a mulher. Diante de todos os presentes, seus pecados haviam sido revelados.

LeClerc estava lutando para compreender as implicações quando ouviu uma comoção na plateia. Ele olhou para o auditório, sem compreender, enquanto alguns ouvintes se contorciam em seus assentos, outros desviavam o olhar e outros ainda se levantavam para sair.

LeClerc se virou para olhar os telões atrás dele.

Lá, nas telas gigantescas da Sala do Sínodo, e ao mesmo tempo em monitores e televisões de todo o Vaticano, de Roma e do mundo, os segredos e os crimes da *Salvatio Dolore* e de Marcel LeClerc estavam sendo expostos para todos verem. Nomes e contatos, subornos pagos, favores trocados, crimes, perversões, traições — todos estavam expostos por meio de uma apresentação de PowerPoint que incluía fotografias, clipes de filmes, gravações, e-mails e cartas.

Toda a informação contida na base de dados de Marie-Claude Levesque, as informações que Émile Ducasse havia coletado e que ele usava para controlar a *Salvatio Dolore*. Expostos como os pecados escritos no chão há 2 mil anos, mas com o auxílio da tecnologia digital e das habilidades em computação da irmã Alana Elizalde.

O impacto foi imediato e global. Graças aos esforços de Brian Donnelly, os crimes hediondos e os segredos sujos da *Salvatio Dolore* agora estavam sendo publicados no *Boston Globe*, seguido rapidamente pelo *The New York Times*, pelo *L'Osservatore Romano*, pelas agências de notícia da Itália, pela Reuters, pela Associated Press e pelos jornais e pelas agências em todo o mundo.

Em questão de minutos, o poder da *Salvatio Dolore* havia terminado, esmagado por um historiador católico desiludido, uma jovem noviça dominicana, um erudito aleijado do Vaticano e um simples padre provinciano. Como o padre Tim dizia: *misteriosos são os caminhos do Senhor*.

O cardeal Marcel LeClerc parecia recolher-se dentro de si mesmo, a murchar tanto no tamanho como no espírito. Enquanto o seu mundo e as suas ambições desabavam ao seu redor, ele fechou os olhos, numa tentativa de calar o horror do que estava acontecendo. Não deu certo. O horror o engoliu. Era o fim de tudo o que ele era ou havia sonhado se tornar.

Finalmente abrindo os olhos, LeClerc olhou em torno da Sala do Sínodo. O silêncio era absoluto. Apenas Bruno Della Vecchia e a jovem noviça permaneciam na plateia. Estaria o odioso Della Vecchia por trás daquilo? Confirmando seus piores temores, LeClerc viu Della Vecchia olhar diretamente para ele, sorrir e confirmar com a cabeça. Ele e a noviça saíram.

A Sala do Sínodo agora estava deserta, exceto por LeClerc e pelo Papa.

Em um tom de voz ressoando os dois mil anos de autoridade papal, o Papa Leão XIV entoou solenemente:

— Marcel LeClerc, por seus crimes, suas traições e seu sacrilégio, imponho-lhe a pena de excomunhão. *Res sacrae, ritus, communio, crypta potestas, praedia sacra, forum, civilia jura ventantur.* Você está proibido de receber ou ministrar os sacramentos; você está proibido de assistir aos ofícios religiosos; você está proibido de ser sepultado em solo sagrado; você está sem jurisdição e benefícios eclesiásticos; você está exilado da sociedade eclesiástica e civil e privado do relacionamento com os demais fiéis. Você está sozinho. Entrego-o à própria sorte e a Deus. Que Ele tenha piedade de sua alma.

~

Foi o irmão Alfonso, assistente do monsenhor Della Vecchia, quem alcançou Nick e o padre Tim.

— *Scusi, signori.* O cardeal pede para que os senhores se juntem a ele no Palazzo Apostolico. Sigam-me, por favor.

Nick e o padre Tim estavam confusos. O *cardeal*? E agora?

O Palácio Apostólico no Vaticano abriga inúmeros escritórios, bibliotecas, galerias e salas de conferências, bem como os aposentos privados do Papa.

Nick e o padre Tim foram levados a uma sala cuja entrada era controlada por um membro da Guarda Suíça. Ele checou as suas credenciais e os deixou entrar. Nick e o padre Tim estavam atordoados.

A sala era uma biblioteca íntima e belamente decorada, que continha centenas de livros, obras de arte e artefatos do mundo todo. Ela também continha uma irmã Alana com os olhos arregalados e um sorridente Bruno Della Vecchia, agora usando o solidéu, a faixa corporal e a capa curta vermelha de um cardeal da Igreja Católica Romana. Também na sala, resplandecente em suas vestes brancas, sua seriedade temperada com um sorriso caloroso, estava Sua Santidade, o Papa Leão XIV. Sobre uma mesa atrás dele repousava uma caixa de cerejeira polida com dobradiças e fechos de ouro. Ela agora abrigava a verdadeira Coroa de Espinhos.

O padre Tim gaguejou:

— Santo Padre, eu... eu nunca esperei...

Como a tradição e o protocolo exigiam, o Papa Leão XIV estendeu seu anel para ser beijado. Ele era um homem pequeno, de cabelos brancos e aparência quase frágil, embora irradiasse tremenda energia pessoal e espiritual; seus olhos cor de avelã brilhavam com inteligência e perspicácia. Seu tom de voz era afetuoso e acolhedor.

— Professor Renna e padre Tim, sejam ambos muito bem-vindos. Juntamente com a irmã Alana, vocês prestaram à Santa Madre Igreja um enorme e profundo serviço.

Olhando para o padre Tim, o Papa disse, com um sorriso repuxando-lhe os lábios:

— Padre Timothy, você se saiu admiravelmente bem, considerando o fato de ser um "simples padre provinciano". Suspeito que a Santa Madre Igreja queira aproveitar melhor sua força e devoção.

Em seguida, o Pontífice se voltou para Nick.

— Professor Renna, você empreendeu uma notável e, de fato, uma milagrosa jornada pessoal. A história dessa jornada merece ser contada para que outros possam ver e compreender o poder do amor e do perdão, e da presença de Deus em nossas vidas. Quanto ao poder da Coroa em si, em especial, seu poder de cura, talvez nós três, o cardeal Della Vecchia, você e eu, possamos conversar sobre isso antes de revelá-lo ao mundo. Agora, entretanto, devemos nos recuperar do desastre e da desgraça que a *Salvatio Dolore* representou.

O rosto suave do Papa tornou-se severo:

— Como eu disse ao cardeal Della Vecchia, há lobos que se atrevem a ameaçar nosso rebanho. Eles serão removidos. Usaremos o restante do Sínodo para curar nossas feridas e procurar conciliar as questões que nos dividem. Nosso diálogo aberto, embaraçoso e até mesmo doloroso, como pode ser ocasionalmente, será um modelo para o mundo. Então, professor, vamos celebrar o seu triunfo e o de seus colegas.

Nick disse:

— Como quiser, Santo Padre... — Sorrindo para Della Vecchia, Nick acrescentou: — Mas eu tenho uma pergunta, Vossa Santidade, se me permite. "*Cardeal*" Della Vecchia?

O próprio cardeal Della Vecchia respondeu:

— Nicolau, o Santo Padre deu-me a atribuição de acompanhar as maquinações da *Salvatio Dolore*, porque todos presumiam que eu não era próximo a ele. Assim, os espiões da *Salvatio Dolore* concluíram que eu não era uma ameaça. Na verdade, acreditavam que estavam me usando. Ao mesmo tempo, Sua Santidade teve a bondade de me nomear cardeal *in pectore*, um encontro realizado em segredo, geralmente por razões de segurança.

O Santo Padre acrescentou:

— Veja, eu precisava de alguém de absoluta confiança e integridade para tão delicada tarefa, em virtude das repercussões que ela poderia ter. Bruno era essa pessoa. E sua posição como prefeito da Comissão Pontifícia para o Patrimônio Cultural e Artístico da Igreja proporcionava a oportunidade perfeita.

Nick sorriu para o cardeal Della Vecchia e balançou a cabeça.

— Bem, admito que o senhor tinha boas conexões, de fato.

— Peço desculpas por ser dúplice e por mantê-lo no escuro quanto ao meu verdadeiro papel, Nicholas. Mas estávamos diante da possibilidade de um cisma e, nos primeiros dias do nosso relacionamento, eu não tinha certeza de sua real motivação. Você provou ser mais digno do que eu poderia ter me atrevido esperar.

Virando-se para o Pontífice, o cardeal Della Vecchia disse:

— Santo Padre, várias questões gerais permanecem. Em primeiro lugar, sua decisão quanto à disposição da Coroa de Espinhos.

O Papa disse:

— Meus filhos, agora que a Santa Madre Igreja dispõe da mais maravilhosa e santa das relíquias, devemos tratá-la com a admiração e a reverência adequadas. Ela jamais deve ser usada como pretexto para brigas internas ou para a guerra religiosa. Pelo contrário, é uma fonte de inspiração divina, meditação e orientação, um símbolo do amor duradouro e do perdão, do amor que une todas as pessoas, de todas as crenças religiosas, como filhos de Deus. E deve ser acessível a todas as pessoas. Assim sendo, a Coroa de Espinhos será colocada em uma capela especial na

Basílica de São Pedro, para que o mundo venha, veja e contemple-a. E, se for da aprovação do professor Renna, a nova capela terá uma dedicatória à irmã Anne Marie Reilly, em memória da mente brilhante e do coração amoroso que nos levou a isso.

Os olhos de Nick se encheram de lágrimas.

— Meus profundos agradecimentos, Santo Padre. Não poderia querer outra coisa.

— Agora — Della Vecchia continuou, dirigindo-se a Nick e aos outros —, a segunda questão. O Santo Padre pediu que eu partisse na próxima semana para Donostia-San Sebastián. Lá eu me reunirei com o arcebispo Ybarra e o governador de Guipúzcoa, para providenciar a criação de uma capela e um memorial dedicado aos sacrifícios de frei Jakome Gaintza. Eles serão construídos nas proximidades da "Caverna da Coroa".

Della Vecchia, em seguida, disse:

— Por último, Vossa Santidade, creio que a irmã Alana tenha um pedido a fazer ao senhor.

— Certamente, minha filha — disse o Pontífice. — O que você deseja?

Um pouco tímida na presença do Papa, mas certa de sua decisão, Alana deu um passo à frente.

— Santo Padre, eu sempre acreditei que Deus tem um plano para cada um e que cabe a nós encontrar o nosso lugar nesse plano. Por meio dos acontecimentos e das experiências dos últimos dias, eu certamente encontrei o meu. — Ela tomou a mão de Nick e continuou. — Peço que eu seja dispensada de tomar os meus votos finais. Gostaria de deixar a Ordem dos Pregadores e voltar à vida leiga, para passar minha vida com Nicholas.

O Papa olhou para eles antes de responder. Estava patente o que os dois sentiam.

Sorrindo, o Pontífice disse:

— Um dos meus antecessores escreveu sobre o amor e a união em sua primeira encíclica. Ele a descreveu como "o amor que se destaca de todos os outros amores, onde o corpo e a alma estão inseparavelmente unidos". Eu olho para os seus rostos e sei que isso é verdade. Ofereço-lhes a minha bênção, as minhas orações e os meus votos mais calorosos de uma vida plena e amorosa juntos.

~

No último sábado de setembro, quando as uvas estavam sendo colhidas, o ar impregnava-se do perfume de frutas e flores e o céu da Toscana encontrava-se deslumbrantemente azul, Nick Renna e Alana Elizalde casaram-se nos jardins da Villa Della Vecchia. A cerimônia foi realizada pelo cardeal Bruno Della Vecchia. O padre Timothy Reilly foi o padrinho, a *signora* Monica Della Vecchia foi a dama de honra, e um Cesare muito emocionado e profundamente honrado conduziu a noiva ao altar. Também estiveram presentes Brian Donnelly, sua esposa Domenica, grávida, os dois filhos deles e Pasquale e Lucia Gandolfini.

Nick e Alana haviam decidido passar a lua de mel na pequena casa de hóspedes, antes de partirem para New Hampshire e a Faculdade Henniker. Cesare e Monica asseguraram-lhes privacidade organizando uma visita à filha, em Florença. A casa — e a piscina — seria toda deles.

Depois da cerimônia, os convivas foram caminhando descompromissadamente para a aldeia de Meraviglie, onde um almoço festivo teve lugar na Trattoria Belmonte. O *signore* Vincenzo não cabia em si de tanto contentamento. Afinal, ter um príncipe da Igreja comendo em seu estabelecimento seria uma história para ser contada por anos a fio, talvez por gerações!

Depois de beijar a noiva e felicitar Nick, o *signore* Vincenzo anunciou com as devidas fanfarras:

— E agora, meus amados amigos e convidados, as delícias da Trattoria Belmonte são de vocês!

O cardeal Della Vecchia, empunhando um copo de vinho, perguntou:

— *Signore* Vincenzo, isso inclui os seus famosos *fagioli al fiasco*?

O *signore* Vincenzo abriu um sorriso de orelha a orelha.

Os dois jovens que estavam tocando bandolim quando Nick e Alana visitaram a aldeia pela primeira vez, agora eram os responsáveis pela música da festa de casamento, enquanto vários aldeões passavam por lá para felicitar os noivos. O *signore* Vincenzo graciosamente lhes fornecia um copo atrás do outro de seu melhor vinho caseiro.

Sentada nos fundos da *trattoria*, exatamente como na visita anterior que eles haviam feito, estava a anciã cega. Quando a viram, Nick e Alana foram prestar seus respeitos.

Nick disse carinhosamente:

— *Buongiorno*, vovó. Pode nos dar sua bênção?

A velha sorriu:

— Ah, o guerreiro e o anjo. *Bene, bene...* — Ela colocou a mão sobre o ventre de Alana.

— Você está grávida, meu anjo.

Alana riu:

— Estou, vovó. E *não* estou surpresa de você saber. Nosso filho vai nascer na primavera.

— Como vai se chamar? — a idosa quis saber.

— Se for menino, será Timothy Nicholas. Se for menina, será Annie.

A velha bruxa da aldeia das maravilhas sorriu, balançando a cabeça.

— Assim será — disse ela. — Com a bênção de Deus.

Ali estava Nick Renna, com sua noiva ao lado dele, cercado de amigos e de música. Cumprida a sua promessa e finda a sua jornada — e uma nova jornada prestes a começar —, acabara finalmente compreendendo uma grande verdade: o inferno é o isolamento, e a redenção encontra-se no companheirismo, na amizade. Ele entendeu, também, que o mundo realmente está cheio de grandes bênçãos e maravilhas. E a maior delas é o amor.